Der schlimmste Alptraum jeder Mutter: Nur einen fatalen Moment lässt Tinka Hansson ihre schlafende Tochter aus den Augen, während sie vor der Markthalle am Göteborger Kungstorget einkauft. Als sie sich wieder umdreht, ist Lucie wie vom Erdboden verschluckt. Der erste Moment des Schreckens wird schnell zur grauenvollen Ewigkeit ... Vier Jahre nagt das ungelöste Verbrechen an Kommissar Greger Forsberg. Erst als ihm die bizarre Selma Valkonen als Kollegin aufgezwungen wird, kommt Bewegung in den alten Fall. Zur selben Zeit erhält Lucies Vater eine perfide anonyme Nachricht: Seine Tochter lebt, doch für weitere Informationen über ihren Aufenthaltsort soll er zum Mörder werden – und: keine Polizei!

Susanne Mischke wurde in Kempten im Allgäu geboren, lebt in Norddeutschland und Südschweden und schreibt seit zwanzig Jahren erfolgreich Romane, u.a. ausgezeichnet mit dem Georg-Christoph-Lichtenberg-Preis für Literatur und der »Agathe«, dem Frauenkrimipreis der Stadt Wiesbaden. Ihre Bestseller »Mordskind« und »Die Eisheilige« wurden vom ZDF verfilmt.

Susanne Mischke im Berlin Verlag:

Liebeslänglich (978-3-8333-0947-2)

Susanne Mischke

Töte, wenn du kannst!

Kriminalroman

Berlin Verlag Taschenbuch

3. Auflage 2017
Juli 2014
© Berlin Verlag in der Piper Verlag GmbH, München 2013
Alle Rechte vorbehalten
Umschlaggestaltung: ZERO Werbeagentur, München
unter Verwendung des Originallayouts
von HAUPTMANN & KOMPANIE, Zürich
und eines Fotos von © plainpicture/Arcangel
Gesetzt aus der Sabon Next von Greiner & Reichel, Köln
Druck und Bindung: CPI books GmbH, Leck
Printed in Germany
ISBN 978-3-8333-0960-1

www.berlinverlag.de

Licht strahlt durch die Baumkronen wie die Finger Gottes. All-mählich verliert sich der Pfad im Dickicht. Strauchwerk greift nach seinen Füßen und die Last, die er trägt, zerrt an seinen Armen. War ihm der Wald zunächst still vorgekommen, so hört er jetzt unzählige Geräusche, es raschelt und knistert, es murmelt und summt. Ein klagender Schrei lässt ihn zusammenzucken. Seine Nerven liegen blank.

Unter einem Baum, dessen Rinde silbrig schimmert, legt er das Bündel ab, bettet es zwischen hohen Farnen. Sogar hier, im tiefsten Schatten, sind noch Farben zu erkennen, doch er hat keinen Blick für die düstere Schönheit des Ortes. Zitternd und horchend wie ein gejagtes Tier richtet er sich auf. Möchte am liebsten weglaufen.

Er umklammert den Spaten, sticht das Metall in den Boden, durchtrennt Blätter und Wurzeln, die den Grund durchziehen wie Blutgefäße, gräbt tiefer und tiefer. Dann schleift er das Bündel heran. Schwarz gähnt die Grube, Erdgeruch steigt auf. Er weiß, er sollte die Plastiksäcke entfernen, doch schon der Gedanke daran macht ihn panisch, und er stößt das Paket mit dem Fuß hinab ins Loch. Dumpf schlägt der Körper auf. Ihn fröstelt. Zuschaufeln, schnell!

Seine Stiefel stampfen die Erde fest, ein Zweig verwischt die letzten Spuren, und dann ist es plötzlich totenstill. Als hielte der Wald den Atem an. Er hört sein Blut durch die Adern rauschen, sieht sich um. Die Bäume sind näher herangerückt, umzingeln ihn wie Monster. Hastig stolpernd folgt er seinem eigenen Weg durch niedergetretene Preiselbeerbüsche. Das Gestrüpp, so hofft er, wird sich in ein paar Tagen erholt haben. Alles wird sein wie vorher.

Erster Teil

Der 17. August 2007 begann harmlos. Sie frühstückten zusammen. Lucie thronte auf ihrem Hochstuhl und kaute auf einem Stück Brot mit Frischkäse herum. Sie war ein zartes, hübsches Kind. Ihr herzförmiges Gesicht mit dem niedlichen Schmollmund wurde von großen blauen Augen beherrscht, weshalb Leander irgendwann bemerkt hatte, dass seine Tochter einem dieser Äffchen glich, die es nur auf Madagaskar gab. Seitdem nannten sie Lucie manchmal ihren kleinen Mausmaki.

Leander trank den letzten Rest des Milchkaffees aus. Seit Tinka die Zeitung abbestellt hatte, wirkte er morgens immer etwas verloren, als wüsste er nicht, wohin mit seinen Blicken. Jetzt stand er auf und sagte: »Was plant ihr beiden Frauen denn heute Schönes?«

Tinka machte es nur noch schlimmer und sagte mit derselben künstlichen Munterkeit, sie habe vor, mit Lucie in die Stadt zu fahren und sich das Kinderprogramm im Botanischen Garten anzusehen. »Für die meisten Sachen wird sie noch zu klein sein, aber vielleicht finden wir was, nicht wahr, mein Mäuschen?«

Diese falschen Töne gab es zwischen ihnen erst seit *dieser Sache*. Als wären sie ihre eigenen Karikaturen und müssten einem unsichtbaren Publikum ein glückliches Familienleben vorspielen.

Leander stand auf, zog das Sakko über und klemmte sich die Aktentasche unter den Arm. Lucie fing an, aus Leibeskräften zu brüllen und fegte ihren Plastikteller vom Tisch. Neuerdings machte sie jeden Morgen Theater, wenn Leander das Haus verließ. Der verharrte unschlüssig zwischen dem plärrenden Kind, das ihm die Arme entgegenstreckte wie ein Ertrinkender, und der Küchentür.

»Geh nur, ich mach das schon«, erlöste ihn Tinka.

Erleichtert zerzauste Leander seiner Tochter die hellblonden Locken, dann drückte er Tinka einen Kuss auf die Wange. Die Haustür fiel zu. Tinka klaubte Brotstückchen vom Boden auf. Noch immer schrie Lucie wie am Spieß.

Sie war ein Papakind. Tinka hatte mal irgendwo gelesen, dass das in dem Alter normal sei.

Lucies Wutgeheul war bis auf die Straße zu hören. Leander blieb stehen, wartete. Herrgott, warum unternimmt Tinka nichts? Sie kann das Kind doch nicht einfach schreien lassen! Er war kurz davor, umzukehren, als das Gebrüll abrupt abbrach. Leander hielt den Atem an. Was war passiert? Sie wird doch nicht … Aber da hörte er durch das gekippte Fenster Tinkas Stimme, brummig verstellt in der Rolle des kleinen Stoffaffen, und gleich darauf ein glucksendes Lachen von Lucie. Erleichtert und beschämt zugleich ging Leander los. Dieses Lachen war das Letzte, was er von seiner Tochter hörte.

Nein, nicht ganz. Gegen Mittag klingelte sein Telefon. Er kam gerade mit Eyja de Lyn, einer recht bekannten Fantasy-Autorin, aus dem Aufnahmestudio und begleitete sie zurück in sein Büro, wo sie Jacke und Handtasche zurückgelassen hatte. Tinka war dran. Sie sei in der Stadt und frage sich, was sie fürs Wochenende besorgen solle: Lamm, Huhn, Fisch oder etwas anderes?

Tinka konnte einem aus dem Schlaf gerissen den Zitronensäurezyklus im Detail erläutern, aber die Essensplanung für zwei Tage überforderte sie. Allerdings hegte Leander den Verdacht, dass sie mit ihren mangelnden hausfraulichen Qualitäten kokettierte und diese sogar noch kultivierte. Am Wochenende delegierte sie das Kochen grundsätzlich an Leander. In seiner vorehelichen Balzphase hatte er seine Kochkünste eingesetzt, um Tinka rumzukriegen. Das rächte sich jetzt. Innerlich seufzend schielte er unwillkürlich nach dem Foto auf dem Aktenschrank. Tinka kniete im Sand und lächelte verhalten in die Kamera. Das Haar war hochgesteckt und betonte ihren grazilen Hals. Ihr Körper in einem schwarzen Badeanzug, schlank, fast schon mager, wurde halb verdeckt von Lucie in Badeshorts. Sie blickte neugierig ins Objektiv. Im Vordergrund war eine Sandburg zu sehen. Familienurlaub auf Korfu, drei Monate her. Leander sandte einen gequälten Blick in das zaghafte Blau von Tinkas Augen. »Wenn du an der Markthalle vorbeikommst, nimm Fisch! Und für Sonntag Lamm und etwas Gemüse. Ich muss aufhören, ich hab …«

»Was für Gemüse?«

Seine Besucherin lächelte ihm und dem Foto verständnisvoll zu, nahm ihre Tasche, hängte sich die Jacke über den Arm und strebte zur Tür. Leander machte ihr ein Zeichen, zu warten.

»Tinka, bitte, ich kann nicht länger sprechen, ich habe in zwei Minuten eine Livesendung«, schwindelte er. »Kauf irgendwas. Ciao, ihr zwei Süßen.« Er hörte sie einen Gruß murmeln und im Hintergrund ein Quengeln, das sich sehr nach Lucie anhörte, wenn sie anfing, sich zu langweilen. *Das* war der letzte Laut, den er von Lucie hörte. Er schaltete das Handy aus und begleitete seinen Gast bis zur Pforte, wie es die Höflichkeit verlangte.

Tinka schleppte sich über die Avenyn. Wie schon befürchtet, war im Botanischen Garten nichts dabei gewesen, was Lucie amüsiert hätte. Im Gegenteil. Ein Clown hatte ihnen beiden Furcht eingejagt, und erst mithilfe einer roten Schildkappe ließ sich Lucie ablenken und beruhigen. Die Kappe, Werbegeschenk eines Mobilfunkanbieters, hielt sie nun in den Händen und kaute darauf herum.

Die Stadt glich einem Ameisenhaufen, wie immer im Sommer, wenn ein Ereignis das nächste ablöste. Aber das Kulturfest, der Göteborgskalaset, Mitte August, schien stets der Höhepunkt zu sein. Früher waren Leander und Tinka an diesen Tagen regelmäßig losgezogen, hatten den Konzerten gelauscht, dem Straßentheater zugesehen oder sich einfach irgendwo ins Freie gesetzt und den Strom der Besucher an sich vorbeiziehen lassen. Spätabends waren sie dann in einer Bar gestrandet und erst in den Morgenstunden ziemlich angetrunken nach Hause gekommen. Damals hatten sie noch im Linnéviertel gewohnt. Als Tinka schwanger wurde, waren sie nach Mölndal gezogen, hauptsächlich, weil Leander der Meinung war, dass ein Kind einen Garten brauche. »Es heißt ja auch Kindergarten und nicht Kinderhinterhof«, hatte er rechthaberisch argumentiert. In dem Vorort gab es doppelt so viel Platz für ein Drittel weniger Miete, nette Nachbarn, viele Kinder. Aber an Tagen wie dem heutigen sehnte sich

Tinka zurück nach der unmittelbaren Nähe zum kulturellen Leben. Allerdings würde sie im Moment wohl kaum die nötige Energie aufbringen, um das Angebot zu nutzen.

Lucie war kein einfaches Kind. Da sie nachts schlecht schlief, quengelte sie tagsüber. Sie war häufig krank und dazu kam noch das ewige Drama mit dem Essen. Jede Mahlzeit artete in ein Geduldsspiel aus. Jetzt, mit zwanzig Monaten, war sie achtzig Zentimeter groß und wog gerade einmal zehn Kilo.

»Sie wird doch nicht schon magersüchtig sein«, hatte Tinka den Kinderarzt halb im Scherz, halb besorgt gefragt, doch der hatte sie beruhigt, das würde sich einspielen. »Sie braucht eben ihre Zeit.«

Zeit, dachte Tinka, und: Nur noch zwei Wochen! Zum ersten September hatten sie überraschend kurzfristig für Lucie einen Platz im Kindergarten zugesagt bekommen. Nach dieser Nachricht hatte Tinka sich wie ein Soldat in den allerletzten Kriegstagen gefühlt. Leander dagegen hätte es lieber gesehen, mit dem Kindergarten noch bis zu Lucies zweitem Geburtstag im Dezember zu warten. »So war es doch auch abgesprochen, oder nicht?«, beharrte er. Aber das stimmte nicht ganz. Ursprünglich hatten sie sogar nur ein Jahr Pause eingeplant. Doch als Lucies erster Geburtstag nahte, hatte sich keiner von ihnen vorstellen können, dieses kleine, zarte Wesen fremden Menschen anzuvertrauen. Also hatte Tinka eingewilligt, noch ein weiteres Jahr zu Hause zu bleiben. Aber nun, nach *dieser Sache,* fühlte sie sich an Absprachen nicht mehr gebunden. »Bleib du doch bis zu ihrem zweiten Geburtstag zu Hause«, hatte sie vorgeschlagen und hinzugefügt: »Wie die jüngsten Erfahrungen gezeigt haben, erscheint es mir nicht ratsam, meine Karriere noch länger zu vernachlässigen.«

Vor diesem Geschütz hatte Leander erwartungsgemäß kapituliert und Tinka reumütig gedacht: *Ich lasse Lucie für Leanders Verfehlung büßen.* Aber schließlich hatte sie sich gesagt, dass ein Kindergarten das Normalste auf der Welt wäre, keine Buße oder Strafe.

Tinka drängelte sich zuerst in die Markthalle, in der sich mehr Schaulustige als Käufer aufhielten. Sie stellte sich für norwegischen Kabeljau an und dann noch einmal für eine Lammkeule. Die Preise in der Stora Saluhallen waren gesalzen, aber dafür erhielt man gute Qualität. Sie kaufte für Lucie, die langsam unruhig wurde, eine Zimtschnecke und trat wieder hinaus auf den Kungstorget.

Jetzt noch Gemüse und Obst. Zwischen dem großen Marktstand und der Halle war einiges los. Einheimische erledigten ihre Wochenendeinkäufe, herumschlendernde Touristen lauerten vor den Cafés, die die Markthalle säumten, auf einen Tisch im Freien und verstopften den Durchgang. Lucie begann erneut zu quengeln. Die Zimtschnecke hatte sie offenbar aufgegessen oder, was wahrscheinlicher war, fallen gelassen. Hoffentlich würde sie den Rest des Einkaufs noch durchhalten.

Tinka stellte den Buggy an die Seite des Marktstands neben ein paar grüne Plastikkisten mit Salatköpfen und reihte sich in die Schlange ein. Vor ihr war eine ältere Dame an der Reihe, die von nahezu jeder Sorte Obst und Gemüse winzige Mengen kaufte. Während Tinka die Auslage betrachtete und überlegte, was sie auswählen sollte, horchte sie auf Lucie, jeden Augenblick darauf gefasst, jenen typischen Jammerton zu vernehmen, der ihr Weinen für gewöhnlich einleitete und sich dann mit jedem Atemzug zu einem durchdringenden Brüllen steigern würde. Aber Lucie blieb ruhig, und Tinka versuchte, sich auf den Einkauf zu konzentrieren. Was nicht ganz einfach war, denn von beiden Seiten riefen die Kunden dem Standpersonal ihre Fragen und Wünsche zu, und hinter ihr schob sich laut schnatternd eine Gruppe französischer Touristen vorbei. Tomaten, Äpfel, Lauch, Karotten. Bohnen zum Lamm. Rucolasalat. Noch was? In letzter Zeit fiel es Tinka immer schwerer, ihren Alltag zu bewältigen. Sie verlegte Dinge und vergaß, warum sie in ein Zimmer gegangen war. Neulich hatte sie im Parkhaus eine halbe Stunde nach ihrem Wagen gesucht, weil sie sich einfach nicht mehr erinnern konnte, wo sie ihn geparkt hatte, und vorige Woche hatte sie im Nordstan ihre Einkäufe dalassen müssen. Sie hatte an der Kasse gestanden und plötzlich die PIN ihrer Bankkarte nicht mehr gewusst. Die vier Zahlen, seit Jahren dieselben, waren einfach weg gewesen. Als hätte man sie ihr aus dem Gehirn radiert.

»Noch etwas?« Die Verkäuferin blickte sie ungeduldig an. Hatte sie die Frage etwa schon einmal gestellt?

Tinka verneinte und folgte der Verkäuferin zur Kasse. Der Korb mit dem Fisch und der Lammkeule hing schwer an ihrem Arm. Sie bezahlte, verstaute das Gemüse im Korb und das Wechselgeld in der Geldbörse. Als sie sich umwandte, fiel ihr Blick auf einen Mann, der in einem der Cafés vor der Markthalle saß und in seiner Tasse rührte.

Axel?!

Es war ein Flirt gewesen. Anders als er hatte Tinka nie vorgehabt, Leander zu betrügen. Aber es hatte gutgetan, ein wenig umworben zu werden. Seit Tinka nicht mehr in der Firma war, schrieben sie sich E-Mails. Nicht oft und nicht regelmäßig, nur gerade so viele, um den Faden nicht ganz abreißen zu lassen. Er berichtete, was in der Firma los war, und sie kommentierte es auf launige, lustige Art. Sie selbst hatte wenig zu erzählen, denn ob Lucie Zähne bekam, Durchfall hatte oder Husten, würde ihn wohl kaum interessieren. Hatte er sie gesehen? Sie konnte es nicht sagen, denn er trug eine dunkle Sonnenbrille. Oder erkannte er sie womöglich gar nicht? Tinka hatte seit Lucies Geburt abgenommen, und in den Augenwinkeln zeigten sich erste Fältchen. Besser, er sieht mich nicht, dachte sie, aber etwas in ihr wünschte sich doch, er würde ihr zulächeln. Einen Kaffee mit ihr trinken. Vielleicht würde sie jetzt sogar … Unsinn! Hatte er ihren Blick gespürt? Nun stand er auf und nahm dabei die Sonnenbrille ab. Verlegen senkte Tinka den Blick auf ihre Schuhe. Er war es gar nicht. Nicht Axel vom Marketing. Der Mann war jünger, kleiner und hatte ganz andere Augen. *Ich alberne Gans!*

Sie musste sich durch einen Pulk Touristen zwängen bis zu der Stelle, an der sie Lucies Buggy abgestellt hatte. Aber da stand kein Buggy mehr. Die Salatkisten waren noch da, aber der Buggy nicht. *Ganz ruhig*, befahl sie sich, *denk nach!* Sie *hatte* ihn doch dort abgestellt und die Bremse herabgedrückt. Oder? Doch, ganz sicher! Er musste dort sein. Aber er war es nicht.

Tinka wurde von einem eisigen Schrecken gepackt, gleichzeitig brach ihr der Schweiß aus. War sie vielleicht ans falsche Ende des Standes gegangen oder sogar an den falschen Stand? Sie hastete hin und her und stieß dabei rücksichtslos Leute zur Seite, die ihr im Weg waren. Auf der linken Seite machte der Stand einen Knick, dort sah es ganz anders aus, dort war sie nie gewesen. Auch der rechte Nachbarstand kam ihr fremd vor und der linke verkaufte Blumen.

Die Panik ließ sich nun nicht mehr aufhalten.

»Lucie?« Was ein Schrei werden sollte, kam nur als seltsam gequetschtes Wimmern aus ihrem Mund.

Wie konnte das sein? Lucie konnte doch nicht allein aus dem Wagen klettern und ihn wegschieben, wie sie es schon getan hatte, als sie nicht angeschnallt gewesen war. Denn sie war angeschnallt gewesen, ganz bestimmt! Hatte jemand den Wagen verwechselt? Tinka schaute sich um. Es waren etliche Mütter mit Kinderwagen unterwegs. Da! Über den Kungsportsplatsen lief eine Frau, die einen schwarzen Buggy schob. Das Kind darin hatte etwas Rotes auf dem Kopf. Die Vodafone-Kappe! Tinka rannte los.

Leander wurde aus einer Besprechung geholt. Die Kripo wartete auf ihn, ein Mann und eine Frau, die ihm mit ernster Miene erklärten, dass Lucie verschwunden sei.

Zuerst verstand er gar nicht, was sie meinten, und einen verwirrten Moment lang glaubte er, dass ihn Tinka mit Lucie verlassen hätte. Dass sie mit Lucie weggefahren war, zu ihren Eltern nach Utby oder ins Ausland, so etwas hörte man ja ab und zu. Nachdem die Sache mit Eva aufgeflogen war, hatte Tinka zunächst mit einer Wut und Heftigkeit reagiert, die er ihr vorher nie zugetraut hätte, und danach tagelang geschwiegen. Sie müsse nachdenken. Ob und wie es weitergehen solle. Um ein Haar hätte sie den schon gebuchten Korfu-Urlaub abgesagt. Leander hatte sie angefleht, es nicht zu tun und ihnen noch eine Chance zu geben. »Denk doch an Lucie!« – »Das hättest besser du getan!« Unter der griechischen Sonne hatten sie sich wieder einigermaßen versöhnt, aber zurück blieb ein Riss, der jederzeit wieder aufzubrechen drohte. Seither war ihre Ehe wie ein Tanz auf dem Vulkan.

Blödsinn!, erkannte er im selben Atemzug. So etwas Verrücktes würde Tinka niemals tun, und selbst wenn, dann hätte sie wohl nicht die Polizei darüber in Kenntnis gesetzt. In diesem Fall hätte er abends vor leeren Schränken gestanden und einen Zettel auf dem Küchentisch vorgefunden.

Die Kripobeamten nahmen ihn in ihrem Dienstwagen mit aufs Präsidium. Es waren bereits etliche Streifenwagen unterwegs, um nach Lucie zu suchen, das konnte Leander dem Pingpong der krächzenden Funksprüche entnehmen. Zu diesem Zeitpunkt fühlte sich alles noch unwirklich an, und Leander kam es vor, als wäre er in einen Film geraten. Aber die Angst war schon da, und sie wurde von Minute zu Minute größer.

Man brachte ihn zu einem Kommissar namens Greger Forsberg. Ein besonnener Typ Anfang vierzig, der einen professionellen Eindruck machte. Er teilte Leander in dürren Worten das Wenige mit, was man zu diesem Zeitpunkt wusste. Auch Tinka war bereits im Präsidium, in einem anderen Büro. Der Kommissar wollte zuerst mit Leander allein sprechen. Er hatte nicht die Kraft, sich zu widersetzen. Es fiel ihm schon schwer, sich aufrecht auf dem Stuhl zu halten. Eine maßlose, nie gekannte Angst schnürte ihm die Kehle zu und legte sich wie eine kalte Klammer um sein Herz.

Sie nannten es Befragungen, aber es waren Verhöre. Sie, die Eltern, waren Verdächtige.

Kommissar Greger Forsberg war erst seit Januar dieses Jahres für *Vermisste Personen* zuständig. Seine Exkollegen von der Fahndung fanden dies, milde ausgedrückt, erstaunlich. Auch sein Chef, Anders Gulldén, hatte gezögert, ausgerechnet ihm diesen Posten anzuvertrauen, aber Forsberg hatte ihn darum gebeten. Böse Zungen behaupteten, er habe dies nur getan, weil mit der Stelle ein eigenes Büro verknüpft war.

Sein erster Fall war ein neunzigjähriger, desorientierter Mann gewesen, der nach zwei Tagen Suche tot aufgefunden worden war. Er war in der Nähe der Delsjön-Seen erfroren, gar nicht weit weg von Forsbergs Wohnung in Skår. Man hätte es als böses Omen werten können, aber Forsberg war nicht abergläubisch. Die fünf anderen verwirrten Senioren, die seit Antritt seines Postens als vermisst gemeldet worden waren, hatte man denn auch alle lebend wiedergefunden, zwei ausgerissene Teenager waren von selbst wieder heimgekehrt, drei andere aufgestöbert worden, nachdem Forsberg sich ihre Freunde vorgeknöpft hatte. Und sämtliche nach Sauftouren abgängigen Ehemänner waren ebenfalls wieder aufgetaucht.

Der Fall Lucie Hansson hatte jedoch das Potenzial eines medialen Großereignisses und es war zu befürchten, dass die Presse ihn zu einem zweiten Maddie-Fall aufbauschte. Zumindest waren die Umstände von Lucies Verschwinden ähnlich spektakulär und rätselhaft wie bei dem schottischen Kind, das im Mai des Jahres aus einem Hotelzimmer in Portugal verschwunden war.

Gerade hatte Forsberg die Eltern nach Hause bringen lassen, da erschien auch schon Eva Röög vom *Göteborg Dagbladet* auf der Bildfläche. Normalerweise pflegte Forsberg mit der Journalistin ein wenig zu flirten, ehe er mit Informationen herausrückte, aber heute war beiden nicht danach zumute. Außerdem kam sie in Begleitung eines gegelten Schnösels, den sie als »Leif Hakeröd, mein neues Faktotum«, vorstellte. Sie wurde blass, als Forsberg ihr in dürren Worten schilderte, was geschehen war. Die Sache schien ihr sehr

17

nahezugehen, und es kam kein Wort des Protests aus ihrem Mund, als er sie und den Schnösel mit dem Hinweis, es gäbe später eine offizielle Presseerklärung, aus seinem Büro hinauskomplimentierte. Er hatte jetzt wirklich keine Zeit für sie, denn als Nächstes mussten unzählige Befragungen durchgeführt werden.

Es ging auf Mitternacht zu, als Greger Forsberg sein Fahrrad im Hinterhof abstellte. Er hatte sich zwingen müssen, nach Hause zu fahren, doch im Moment blieb nicht viel mehr zu tun, als zu warten. Besser, er schlief ein paar Stunden.

Seit heute Mittag wurden alle Ausfallstraßen kontrolliert, ebenso die Fähren und Fernzüge, die Flughäfen und die Öresundbrücke. Die Hafenbehörden in Norwegen, Finnland, Deutschland und Dänemark waren informiert. Aufzeichnungen von Überwachungskameras der gesamten Innenstadt waren zusammengetragen worden und wurden von der rasch gebildeten »Soko Lucie« ausgewertet. Ebenso die Bilder der Kameras in den Straßenbahnen. Eine Suchmeldung mit einem Foto der kleinen Lucie Hansson war in den Abendnachrichten gesendet worden, und man hatte eine Telefonhotline eingerichtet für Hinweise aus der Bevölkerung.

Die Hanssons waren ein sympathisches Paar. Leander Hansson gehörte zu den Menschen, deren Attraktivität sich erst auf den zweiten Blick erschloss. Sein Charme entfaltete sich, wenn er sich bewegte und redete, und die Art, wie er seine Worte mit Gesten unterstrich, hatte beinahe etwas Südländisches. Seine Stimme war nicht besonders tief, aber auf eine seriöse Art wohlklingend, sodass man versucht war, alles, was er sagte, für wahr und endgültig zu halten. Dazu kam seine Angewohnheit, immer einen winzigen Tick zu leise zu reden, was einen zwang, sich ganz auf ihn zu konzentrieren. Er war sechsunddreißig und gerade erst Programmchef der Sparte Literatur bei *Sverigesradio P2* geworden, dem Kultursender, den auch Forsberg hin und wieder hörte. Tinka Hansson war sechs Jahre jünger, eine hübsche Naturblonde, sehr schlank, beinahe schon dürr. Hellviolett schimmernde Halbmonde unter ihren Augen verrieten, dass sie momentan wohl nicht genug Schlaf bekam. Sie war Chemikerin bei dem Pharmakonzern Astra Zeneka, war momentan aber in Elternzeit.

Zusammen mit Malin Birgersson und einem Techniker war Forsberg nach Mölndal gefahren, wo die Hanssons in einem unauffälligen Reihenhaus wohnten. Die Inspektorin hatte sich angeboten, bei den Hanssons zu übernachten. Noch zog man in Betracht, dass Lucie Hansson entführt worden war, um Lösegeld zu verlangen, und für den Fall, dass die Erpresser anriefen, war eine Fangschaltung installiert worden. Zwar verfügten die Hanssons über kein besonders hohes Einkommen, aber der Vater von Tinka Hansson war Holger Nordin, Seniorchef eines Konzerns, der aus mehreren gesunden, mittelständischen Unternehmen bestand. Holger und Greta Nordin befanden sich noch auf einem Kreuzfahrtschiff in der Karibik und würden vom nächsten Hafen aus so schnell wie möglich nach Göteborg zurückkehren.

Bei der Gelegenheit hatte sich Forsberg im Haus der Hanssons umgesehen. Lucies Zimmer war liebevoll ausgestattet, mit einem Himmelbett, einer Handvoll Puppen und unzähligen Stofftieren. Die Kirschholzmöbel waren an die schrägen Wände des oberen Stockwerks angepasst, eine ausgeklügelte Schreinerarbeit, sicher nicht billig. Die Einrichtung im übrigen Haus war eine geschmackvolle Mischung aus modernem skandinavischem Design und einer Prise IKEA. Im

Wohnzimmer wurden die Wände von hohen Bücherregalen eingenommen, und bis auf den antiken Esstisch und den darunter liegenden Perserteppich zeugte nichts vom Wohlstand der Eltern der Ehefrau. Offenbar wollte man unabhängig sein und vom eigenen Geld leben. Ein Mitgiftjäger schien Leander Hansson jedenfalls nicht zu sein.

Nein, es gab keinen Grund, den Hanssons zu misstrauen. Im Gegenteil: Greger Forsberg ahnte, wie sich die Eltern gerade fühlten. Dass es ihnen den Boden wegzog, dass sie durch die Hölle gingen. Besonders leid tat ihm die Mutter des Mädchens, die sich die Schuld an der Katastrophe gab.

Aber natürlich war dem Kommissar klar, dass es auch in kultivierten Milieus zu Gewalttaten kommen konnte.

»Ich habe früher nie gewusst, dass ich den Jähzorn meines Vaters geerbt habe, bis Annika da war«, hatte ihm seine Frau Benedikte einst gestanden. Und in den wenigen Jahren, in denen sie eine Familie gewesen waren, hatte auch Greger Forsberg die Erfahrung gemacht, dass einen ein Kleinkind zur Raserei bringen konnte.

Entlastend war nach Forsbergs Dafürhalten jedoch der schier unglaubliche Umstand von Lucies Verschwinden: am helllichten Tag, mitten auf dem Kungstorget. Eltern, die etwas vertuschen wollten, würden sich eine bessere Geschichte ausdenken. Zudem gab es einen Zeugen. Ein Verkäufer des Marktstands hatte den abgestellten Buggy mit dem Kind darin bemerkt, weil er ihm im Weg gestanden hatte. Leider hatte der junge Mann nicht gesehen, wer ihn von dort weggeschoben hatte.

Forsberg hatte die Anweisung hinterlassen, sofort informiert zu werden, sollte eine Geldforderung eingehen. Aber er bezweifelte inzwischen, dass das geschehen würde. Ein Entführer hätte sich längst gemeldet. Außerdem: Wer auf Geld aus war, überließ Zeit und Ort einer Entführung nicht dem Zufall, und Tinka Hansson hatte sich spontan, nach einem Telefonat mit ihrem Mann, für den Einkauf in der Markthalle entschieden. Wahrscheinlicher erschien dem Kommissar, dass Lucie das Opfer einer psychisch gestörten Frau geworden war. Ein niedliches kleines Mädchen sitzt allein in seinem Buggy zwischen Salatköpfen und Orangenkisten, vielleicht fängt es an zu weinen, die Mutter reagiert nicht sofort … Eine Kurzschlusshandlung.

Forsberg war noch immer in Gedanken versunken, als er im Vorbeigehen an den Briefkästen etwas Farbiges wahrnahm, das durch den Schlitz aus seinem Kasten hervorblitzte. Werbung, sagte er sich. Aber dennoch bekam er Herzklopfen, als er den Kasten aufschloss.

Eine Ansichtskarte fiel ihm entgegen. Sie trug eine italienische Briefmarke und zeigte eine Art Kirche. Auf der Rückseite war seine Adresse in sehr gleichmäßigen Druckbuchstaben zu sehen und links oben stand kleingedruckt *Torino* und *Mole Antonelliana*. Darunter dehnte sich höhnisch eine leere Papierfläche.

Irgendwie schaffte er es bis in den zweiten Stock, hangelte sich zum Kühlschrank, goss sich Wodka in ein Wasserglas und stürzte ihn hinunter. Der Schnaps fraß sich durch die Kehle und war noch im Magen zu spüren. Er war hungrig gewesen, aber jetzt saß Forsberg am Küchentisch und starrte auf die *Mole Antonelliana*, auf die St. Giles' Cathedral in Edinburgh und die Ansicht einer Amsterdamer Gracht mit Ausflugsbooten und Fahrrädern, die er über dem Tisch an die Wand gepinnt hatte. Auf allen drei Karten war die Adresse in geraden, schablonenhaften Druckbuchstaben mit Kugelschreiber geschrieben worden, und alle drei Karten waren ohne Text. Nicht eine Silbe.

Weil ich dir nichts zu sagen habe? Von keiner der Städte hatte Annika jemals gesprochen. Eine Kirche, eine Gracht, eine … was war überhaupt eine »Mole«? Er fuhr seinen Laptop hoch. *Mole: sehr großes Bauwerk … Die Mole Antonelliana ist das Wahrzeichen von Turin und das höchste Gebäude Italiens … spektakulärer Aufzug … Filmmuseum …* Verbarg sich dahinter eine Symbolik, die er nicht zu deuten vermochte? Der Poststempel war vom 31. Juli. Siebzehn Tage hatte die Karte von Norditalien nach Göteborg gebraucht, so viel zum Fortschritt in der EU. Kein besonderes Datum, der 31. Juli. Auch die anderen beiden nicht.

Edinburgh, Stempel unleserlich, eingetroffen am 7. März 2006

Amsterdam, Poststempel 10. Januar 2007

Turin, Poststempel 31. Juli 2007

Annikas Geburtstag war der 20. September 1987. Seiner war im Februar und der von Annikas Mutter Benedikte im Mai. Gestorben waren Benedikte und ihr Mann Lars am 12. Februar 2000.

Forsberg hörte Schritte aus der Wohnung über ihm, und ein wenig Putz rieselte auf die Postkarten. Der Riss in der Decke kam ihm länger vor als noch vor ein paar Tagen, aber er konnte sich täuschen. Im Bad war vorige Woche die dritte Fliese von der Wand gefallen.

Ungefähr sieben Prozent der Häuser in der Stadt waren einsturzgefährdet, weil sie auf lehmigem Grund gebaut waren, hatte neulich im *Göteborg Dagbladet* gestanden. Die Stadtverwaltung unternahm nichts dagegen, im Gegenteil, sie gaben nicht einmal genau an, welche Straßen betroffen waren. Aber vielleicht stimmte auch, was sein Vermieter behauptete, dass das alles harmlos wäre und bei Altbauten ganz normal. »Das Haus arbeitet«, pflegte er zu sagen, wenn Forsberg ihn darauf ansprach. Zwei der acht Wohnungen im Haus standen jedoch seit Wochen leer, was bei dem hiesigen Mangel an preiswerten Mietwohnungen für sich sprach. Aber Forsberg wollte nicht umziehen. Die Wohnung war günstig, und er hatte es von hier aus nicht weit zur Arbeit. Außerdem: Was, wenn Annika zurückkäme? Vier Jahre wurden es im Oktober, und natürlich sagte ihm sein Verstand, dass Annika, sollte sie noch leben, inzwischen fast zwanzig und damit alt und klug genug wäre, um ihn im Präsidium zu finden. Dennoch war für ihn die Vorstellung unerträglich, sie könnte eines Tages zurückkommen und vor der leeren Wohnung stehen.

Zweiter Teil

Gierig ruht sein Blick auf ihr, während sie sich auszieht und in das rosa Kleid schlüpft. Nun sitzt sie auf dem Bett, inmitten einer Wolke aus glänzendem, raschelndem Stoff.

Er lächelt. »Wie schön du aussiehst! Wie eine Prinzessin.«

Ja, das ist es. Ein Prinzessinnenkleid! Etwas knistert, und er reicht ihr einen halb ausgepackten Schokoriegel, nach dem sie mit einer schnellen, katzenhaften Bewegung greift. Auf dem Kopfkissen liegt eine Puppe mit langen blonden Haaren. Auch die Puppe trägt ein rosa Kleid.

»Die ist für dich«, sagt er.

Süß und klebrig zerfließt die Schokolade in ihrem Mund. Die Matratze wird schief, als er sich zu ihr setzt. Dunkle, borstige Haare auf weißem Puddingfleisch. Wie komisch er riecht. Er rückt näher zu ihr, sie weicht aus, bis sie gegen den kalten Streifen der Tapete stößt. Seine Hand fühlt sich an wie ein Fisch, der ihr Bein hinaufwandert. Die Härchen an ihren Unterarmen stellen sich auf. Sie presst die Puppe an ihre Brust. Die Puppe hat runde blaue Augen mit richtigen Wimpern und ist wunderschön. Noch viel schöner als der Teddy von neulich.

»Du musst doch keine Angst haben«, sagt er.

Aber sie hat Angst, große Angst, sie durchdringt ihren Körper und füllt das ganze Zimmer, macht die Luft schwer und stickig. Seine Hand legt sich auf ihren Nacken, und sie senkt den Kopf, damit er sie streicheln kann, als wäre sie ein Pony.

Am späten Vormittag des 17. August 2011 kam eine Dame in Greger Forsbergs Büro und mit ihr ein Hauch französischer Lavendelseife. Die Frau trug ein dunkelblaues Kostüm von zeitloser Machart, dazu niedrige Pumps und eine schlichte schwarze Handtasche. Ihr Name war Marta Cederlund, sie wollte ihren Mann Magnus Cederlund als vermisst melden.

Forsberg bat sie, sich zu setzen, nahm ihre Personalien auf und stellte die üblichen Routinefragen, die sie präzise und unaufgeregt beantwortete. Marta Cederlund war klein und von schlanker Zerbrechlichkeit. Ihr Haar hatte sie walnussbraun gefärbt, der Kurzhaarschnitt betonte ihr mädchenhaft schmales Gesicht, das bis auf einen dezenten dunkelrosa Lippenstift nicht geschminkt war. Offensichtlich gehörte sie zu diesen Frauen, die auf sehr vorteilhafte Weise alterten, ihre zweiundsechzig Lebensjahre sah man ihr jedenfalls nicht an. Etwas jedoch irritierte den Kommissar: ihre Augen. Grau und kalt wie Beton blickten sie ihm über den Schreibtisch hinweg entgegen.

Menschen, die in Forsbergs Büro kamen, weil sie einen nahen Angehörigen vermissten, waren im Allgemeinen aufgeregt, verängstigt, verzweifelt. Nervenzusammenbrüche und hysterische Anfälle waren nicht selten, sogar Wutausbrüche kamen vor. Natürlich gab es auch Leute, die sich zu beherrschen wussten, aber immer spürte man ihre Besorgnis. Eine Frau, die ihren Ehemann als vermisst meldete und dabei so teilnahmslos wirkte, als wolle sie ein Auto abmelden, war Forsberg bis jetzt noch nicht untergekommen.

Verstohlen warf er einen Blick zur Seite auf seine neue, junge Kollegin. Sie starrte ungerührt auf den Bildschirm. Im Profil sah sie aus wie ein Vogel. Das schwarze Haar fiel ihr tief ins Gesicht, es glänzte wie das Gefieder eines Kolkraben. Darunter stach die Nase hervor wie ein Geierschnabel. Den linken Nasenflügel zierte ein kleiner Brillant, der aufblitzte, wenn ein Sonnenstrahl durch die Jalousien drang, und der Mund kaute Kaugummi, während die langen Finger in atemberaubender Geschwindigkeit über die Tastatur flogen. Forsberg widmete seine Aufmerksamkeit wieder der Besucherin.

Der Vermisste war vierundsechzig Jahre alt und hatte das Haus gestern Vormittag mit seinem Wagen verlassen. Seine Frau wusste nicht genau, wohin er wollte. Geschäfte.

Marta und Magnus Cederlund wohnten in Långedrag. Es war schon zwei, drei Jahre her, dass Forsberg zum letzten Mal dort gewesen war. Er hatte eine Frau, der er imponieren wollte, zum Fischessen ins Långedrags värdshus eingeladen. Ob der Abend für ihn zufriedenstellend verlaufen war, wusste er nicht mehr. Demnach also eher nicht. Auch an die Frau erinnerte er sich nur noch dunkel. Magnus Cederlund … Den Namen hatte er schon gehört oder gelesen. Forsberg kramte in seinem Gedächtnis, während Marta Cederlund berichtete, ihr Mann sei gestern Abend nicht nach Hause gekommen, habe sich auch nicht gemeldet und sei auf seinem Mobiltelefon nicht erreichbar. Seine Gesundheit sei etwas angeschlagen, er habe vor drei Jahren einen Herzinfarkt erlitten.

Forsberg erkundigte sich nach Angehörigen.

Dag Cederlund, ihr gemeinsamer Sohn, lebe mit seiner Frau in Malmö. Sie hatte ihn noch nicht kontaktiert, hielt es aber für völlig ausgeschlossen, dass ihr Mann sich dort aufhielt.

»Warum?«, fragte Forsberg.

»Es ist so, glauben Sie mir.«

Nachdem der Kommissar nach weiteren Adressen und Verwandten gefragt hatte, schickte er die Frau nach Hause. Sie war noch nicht ganz aus der Tür, da griff der Vogel schon zum Telefon und vergewisserte sich bei der Verkehrspolizei, dass der Wagen des Gesuchten letzte Nacht in keinen Unfall verwickelt worden war und er in keinem Göteborger Krankenhaus lag.

Forsberg googelte derweil *Magnus Cederlund, Göteborg.* Ein Foto aus jüngerer Zeit zeigte einen Mann mit schmalen Lippen und tief liegenden Augen hinter einer dünnrandigen Brille. Das einzig Markante an dem sonst eher langweiligen Gesicht waren die dunklen, buschigen Brauen, die außerdem einen Gegensatz zu seinem schütteren grauen Haar darstellten. Cederlund gehörten Teile eines privaten Fernsehsenders, er war Mitinhaber einer Buchhandelskette, besaß einen Kinderbuchverlag, und er hielt den Mehrheitsanteil an der Zeitung *Göteborg Dagbladet,* deren Chefredakteur er von 1999 bis 2003 gewesen war. Nach seinem Herzinfarkt war er von einigen Posten zurückgetreten, saß aber noch immer in diversen Aufsichtsräten und Beiräten. Zweifellos war Magnus Cederlund ein veritables Mitglied der oberen Zehntausend der Stadt und des Landes, wobei man in seinem Fall sicher noch eine Null streichen durfte. Eine Entführung? Dann würde es aber langsam Zeit für Forderungen.

Die Abfrage der Krankenhäuser brachte kein Ergebnis.

Blieb noch das Sommerhaus am Vättern. Forsbergs Erfahrung nach wurden Sommerhäuser neben ihrem eigentlichen

Zweck gerne auch benutzt, um den Ehepartner zu betrügen, sich nach einem Streit schmollend zurückzuziehen, einmal völlig ungestört zu arbeiten oder Selbstmord zu begehen.

Er erwog kurzzeitig das Für und Wider, dann sagte er: »Äh … Selma …«

Statt einer Antwort drang ein seltsames Gurren aus ihrer Kehle. Der Vogel lachte.

»Was ist so lustig?«

»Nichts. Es ist nur das erste Mal, dass du meinen Namen aussprichst.«

»Hab ich dabei was falsch gemacht?«, knurrte Forsberg.

»Nein. Er ist türkisch, wusstest du das?«

»Valkonen?«

»Selma.«

Was, bitteschön, konnte schwedischer sein als der Name Selma? War der finnische Vogel übergeschnappt? Darauf ging man am besten gar nicht ein. Er bat sie, dem Sommerhaus einen Besuch abzustatten. »Und für den Fall, dass … dann ruf die Kollegen aus Jonköping an.«

»Mach ich.«

»Wenn du den Schlüssel nicht findest …« Laut Marta Cederlund hing der angeblich hinter der Holzverkleidung neben der Tür.

»Ich komm schon klar«, sagte der Vogel. Offenbar erfreut über den Auftrag, schnappte sich Selma Valkonen ihre schwarze Lederjacke und federte schwungvoll aus dem Büro. Forsberg sah ihr kurz nach. Dann war sie weg.

Seufzend lehnte sich der Kommissar zurück, legte die Füße auf dem Schreibtisch ab und verschränkte die Hände hinter dem Kopf. Endlich allein! Er war es nicht mehr gewohnt, den ganzen Tag jemanden um sich zu haben.

Letzte Woche war er in Anders Gulldéns Allerheiligstes zitiert worden, wo sein Vorgesetzter ihm mit jenem Grinsen, dem immer eine Gemeinheit folgte, »die lang ersehnte Verstärkung« präsentiert hatte. Forsberg hatte sich zunächst suchend umgesehen und dann geglaubt, sein Chef wolle ihn auf den Arm nehmen. Denn dieses Geschöpf, das aufrecht und dünn wie ein Reiher auf einem der Besucherstühle saß, konnte damit ja wohl nicht gemeint sein. Das Vogelwesen schien kaum volljährig zu sein, geschweige denn eine »frischgebackene Inspektorin«, wie Anders Gulldén großspurig verkündete. Wo hatte Gulldén sie gefunden, in Transsylvanien? Davon abgesehen konnte von einer lang ersehnten Verstärkung überhaupt keine Rede sein. Forsberg fühlte sich allein stark genug. Ein einzelner wacher Geist brachte, wenn man ihn in Ruhe ließ, noch immer bessere Ergebnisse hervor als dieser ganze Teamwork- und Brainstorming-Mist. Allerdings musste Forsberg zugeben, dass Zusammenarbeit manchmal notwendig war. Besonders jetzt.

Die Sache mit Cederlund kam ausgesprochen ungelegen. Am Montag, dem 15. August, an Mariä Himmelfahrt, war die sechsjährige Valeria Bobrow aus der Önskevädersgatan in Biskopsgården verschwunden. Ihre Mutter, Oxana Bobrow, putzte nachts Bürogebäude, weshalb sie froh gewesen war, als ihre Tochter am Morgen gesagt hatte, sie wolle zu ihrer Freundin Bahar Haaleh, die in der Godvädersgatan wohnte. Sie hatte ihren zehn Monate alten Sohn gefüttert und hingelegt, dann war sie selbst eingeschlafen. Als Valeria abends um sieben Uhr noch immer nicht zu Hause war, ging Frau Bobrow los, um sie zu suchen. Valeria war jedoch gar nicht bei ihrer Freundin gewesen und Bahar Haaleh hatte von dem geplanten Besuch Valerias nichts gewusst. Außer Bahar hatte

Valeria anscheinend keine Freundinnen oder Freunde. Zumindest keine, die die Mutter kannte.

Erschwert wurde die Ermittlung dadurch, dass Valerias Mutter aus Russland kam, nur schlecht Schwedisch sprach und offenbar nicht gerne mit Polizisten redete. Die zwei letztgenannten Punkte trafen allerdings auf die meisten Bewohner des Viertels zu, und man hätte einen ganzen Pulk unterschiedlicher Dolmetscher gebraucht, um die Befragungen effizient durchzuführen. Frau Bobrows Freund, ein gewisser Ivan Krull, wohnte in einem benachbarten Block. Krull war ein Kleinkrimineller aus Tallinn. Er war bisher wegen Alkohol- und Zigarettenschmuggels aufgefallen, außerdem war in seiner Akte eine Bewährungsstrafe wegen Schwarzbrennerei vermerkt. Krull hatte den fraglichen Montagnachmittag mit zwei Kumpels in einer Spielhölle verbracht, das hatten diese und die Aushilfskraft, die dort Dienst gehabt hatte, bestätigt. Forsberg waren schon bessere Alibis untergekommen, aber im Moment bestand kein Grund, es anzuzweifeln.

Es gab kein einziges vernünftiges Foto von Valeria. Die Mutter besaß keine Kamera, und auch sonst hatte es offenbar jahrelang niemand die Mühe wert gefunden, das Kind zu fotografieren. Das jüngste Foto des Mädchens war schon drei Jahre alt, sonst gab es nur ein Klassenfoto, aber der Ausschnitt mit Valerias Gesicht war durch die Vergrößerung sehr grobkörnig geworden.

Inzwischen hingen im ganzen Stadtviertel Plakate mit diesem unzulänglichen Bild und der mehrsprachigen Aufforderung, sich bei der Polizei zu melden, falls jemand etwas beobachtet oder Valeria am 15. August oder danach noch gesehen hatte. Doch entweder hatte niemand etwas gesehen oder die Leute scheuten sich aus verschiedenen Gründen, zur

Polizei zu gehen. Forsberg wunderte das nicht. Biskopsgården, insbesondere Norra Biskopsgården, war ein Ghetto, daran änderten auch die Investitionen zur Imageverbesserung nicht viel, die der Göteborger Stadtregierung immerhin fünfzig Millionen Kronen wert gewesen waren. Seit der Wirtschaftskrise brannten dort regelmäßig Autos.

Natürlich verfolgte auch die Presse den Fall und druckte entsprechende Aufrufe, was zur Folge hatte, dass sich die üblichen Irren und Wichtigtuer angesprochen fühlten und der Polizei die Arbeit schwer machten. Kripochef Anders Gulldén ließ zurzeit alle polizeibekannten Pädophilen in Västra Götaland überprüfen und vernehmen. Das Waldgebiet westlich des Sees Svartemossen, der an Biskopsgården grenzte, war mehrmals mit Spürhunden abgesucht worden. Doch alle Anstrengungen waren ins Leere gelaufen.

Valeria litt an nervösem Asthma.

Forsberg hatte kein gutes Gefühl.

Selma Valkonen brauchte für die Fahrt an den Vättern fast zwei Stunden, da sie es nicht riskieren wollte, auf ihrer ersten Tour mit dem Dienstwagen einen Strafzettel zu bekommen. Außerdem genoss sie es, allein zu sein. Ohne Forsberg. Das Navigationssystem hatte sie vor Jonköping auf die 195 geschickt und dann auf immer enger werdende Landstraßen. Sie passierte ein Dorf, folgte einem schmalen Feldweg und schwenkte schließlich in eine kiesbedeckte Auffahrt ein, in der ein schwarzer Volvo S80 parkte. Cederlunds Wagen.

Das sah nicht gut aus.

Das Sommerhaus war ein einstöckiges, schiefergedecktes

Gebäude, dessen Giebel wie ein spitzer Zahn in den Himmel ragte. Selma betrat die weiß gestrichene, umlaufende Veranda, suchte aber nicht sofort nach dem Schlüsselversteck, sondern bog zuerst um die Ecke. Von hier hatte man einen weiten Blick über den See. Sie drehte sich eine Zigarette und während sie rauchte, sog sie die ruhig schwingenden Töne der Landschaft in sich auf. Eine Weide mit Kühen, ein Wald und dahinter der See, der in der Sonne glitzerte wie flüssiges Silber. Dann wandte sie sich um. Die große Fensterscheibe spiegelte, Selma trat nah an das Glas heran und schirmte die Augen mit den Händen ab. Eine Art Wohnzimmer. Schränke, Bücherregale, Elchschaufeln über dem Sofa, ein Kamin. Vor dem Kamin stand ein Sessel, und in dem Sessel befand sich, etwas zur Seite hängend, der Körper eines Mannes. Dass es ein Mann war, sah man nur noch an der Kleidung, denn das, was einmal sein Kopf gewesen sein musste, war eine Mischung aus Haaren, Zähnen, Hautfetzen und … war das ein Auge? Die Wucht der Schrotladung hatte dafür gesorgt, dass die Wand über dem Kamin bedeckt war mit Hirnmasse, Knochensplittern, Blut und kleinen schwarzen Körnern. Zwischen den Schuhen des Toten lag eine doppelläufige Flinte, die Läufe zeigten unter den Sessel.

Suizid durch Kopfschuss mit einer Schrotflinte.

Ein rauer, fauliger Geschmack legte sich auf Selmas Zunge. So fühlt sich das also an, dachte sie. Ausgehend von den Beinen begann ihr ganzer Körper zu zittern. Sie stolperte von der Veranda und schaffte es gerade noch bis zur Auffahrt, wo sie hinter einem kugelrund geschnittenen Buchsbaum grünliche Galle erbrach.

Ein angenehmes Lüftchen zerzauste ihm das Haar, als Forsberg auf seinem Hollandrad in Richtung Innenstadt fuhr. Seit Montag arbeitete er quasi am Stück, er brauchte dringend Luft, Licht und Sonne, und er wollte für eine kleine Weile unter Menschen sein, die keine Polizisten waren. Er überquerte den Wallgraben, stellte das Rad ab und schlenderte durch die schmalen Einkaufsstraßen der Innenstadt. Ein neues Café hatte aufgemacht, das so in war, dass die Gäste schon beim Bestellen nach dem Wi-Fi-Code fragten. Es gab noch einen freien Tisch. Forsberg bestellte Kaffee und dazu einen Blaubeermuffin. Das Publikum war im Schnitt fünfzehn Jahre jünger als er, alle mit Notebooks und iPads und den angesagten Logos an Schuhen und Sonnenbrillen. Aus irgendeinem Grund fragte sich Forsberg, ob der Vogel wohl hierher passen würde, aber er konnte sie sich inmitten dieser digitalen Boheme nicht so recht vorstellen. Aber eigentlich passte der Vogel in keine Schublade so richtig. Was im Grunde kein Fehler war.

Forsberg dachte an Annika. Vielleicht verkehrte sie ja in solchen Lokalen, irgendwo in London, Lissabon, Turin, Berlin …

Vielleicht war sie aber auch längst tot. Plötzlich brachte er keinen Bissen mehr hinunter und hielt es in dem Café auch keine Minute länger aus. Er wollte aufstehen, als sein Mobiltelefon klingelte. Der Scheitelträger am Nebentisch warf über sein aufgeschlagenes Notebook hinweg einen halb faszinierten, halb mitleidigen Blick auf den Nokia-Prügel, den der Kommissar aus seiner schlammfarbenen Fjällräven-Weste zog.

»Ja«, sagte Forsberg.

»Ich bin's.«

Der Vogel. Verdammt, er musste endlich aufhören, sie in Gedanken so zu nennen, sonst verplapperte er sich irgendwann noch.

»Ja?«

»Ich habe ihn gefunden. Er hat sich erschossen.« Selmas Stimme klang rau und gedämpft. Wie eine Krähe im Nebel. Aber so klang sie eigentlich immer.

»Ruf die Kollegen aus Jonköping an und komm zurück.« Forsberg legte auf, denn zwei sehr hübsche Frauen betraten das Café und fesselten für einen Moment seine Aufmerksamkeit. Die beiden behandelten ihn jedoch, als wäre er durchsichtig. Das war auch schon mal anders gewesen, konstatierte er ernüchtert. Er sollte mal wieder zum Friseur gehen und sich neue Klamotten zulegen. Sogar die Kollegen zogen ihn schon auf wegen seiner ausgebeulten und abgewetzten Cordhosen und den karierten Hemden mit den abgestoßenen Kragen. Außerdem spannten die Hosen um den Bauch herum. Das bisschen Radfahren bis zum Präsidium reichte offenbar nicht, um ihn halbwegs in Form zu halten.

Wieder sirrte sein Handy. Ein Kommissar Erik Abrahamsson aus Jonköping meldete Details: »Wie es aussieht, war es ein Suizid durch Kopfschuss mit der Schrotflinte zu La Traviata.«

»La Traviata?«

»Im CD-Player. Anna Netrebko. Kein Abschiedsbrief. Eine Riesensauerei«, betonte Abrahamsson so vorwurfsvoll, als wäre Forsberg persönlich dafür verantwortlich. »Die Kleine war ziemlich blass um die Nase.«

Geiernase mit Glitzerstein. Türkisch.

Er hätte doch selbst hinfahren sollen. Andererseits gehörte so was auch zum Job. Forsberg bedankte sich, behielt das

Telefon in der Hand und rief Selma an. Sie war schon wieder auf dem Rückweg.

»Ich fahre nach Långedrag«, sagte er.

»Gut.«

»Ist alles in Ordnung mit dir?«

»Ja.«

Ein leises Schmatzgeräusch verriet ihm, dass sie Kaugummi kaute.

»Hör zu, heute kommt noch ein gewisser Leander Hansson vorbei, der nach seiner Tochter Lucie fragen wird. Falls ich noch nicht zurück bin, sag ihm, es gibt momentan nichts Neues, aber wir bleiben dran.«

»Ja.«

Selma hatte nicht gefragt, woher er das wusste und was es damit auf sich hatte. Aber der Vogel reagierte oft nicht so, wie man es erwartete. Vielleicht erinnerte sie sich noch an den Namen. Der Fall hatte seinerzeit großes Aufsehen erregt und war dieser Tage im Zusammenhang mit der verschwundenen Valeria Bobrow von den Zeitungen wieder aufgewärmt worden. Und genau heute vor vier Jahren, am Freitag, dem 17. August 2007, war die kleine Lucie Hansson verschwunden.

Selma sah zu, wie der Kaffee aus dem Automaten in den Pappbecher rann. Sie konnte noch immer nichts essen. In der Zwischenzeit hatte sie versucht, sich durch das Studium der Akte Lucie Hansson abzulenken. Aber obwohl sie Forsbergs Anweisung befolgt und das Haus erst gar nicht betreten hatte, wurde sie den Geschmack von Cederlunds Leiche nicht los und das Bild dieses Zimmers hatte sich ihr ins Gehirn gefräst.

»Hübscher Stein.« Ein muskulöser Kerl, tief gebräunt mit kahl geschorenem Kopf, stand hinter ihr und tippte sich an die Nase.

Selma schwieg. Ihr war jetzt nicht nach Geschwätz.

»Pontus Bergeröd«, stellte der Hüne sich vor und musterte Selma mit unverhohlenem Interesse. »Du bist die Neue, die bei Forsberg arbeitet.«

Er kam frisch aus dem Urlaub. Bestimmt irgendwo, wo der Alkohol billig und Prostitution erlaubt war.

»Ja«, sagte Selma. Wenn er wusste, wer sie war, dann kannte er bestimmt auch ihren Namen. Der Becher war vollgelaufen, sie nahm ihn in die Hände und drehte sich um.

»Na, dann viel Spaß«, meinte Bergeröd mit einem süßsauren Lächeln, das verriet, dass er gerne noch ein wenig Klatsch losgeworden wäre.

Doch Selma ließ ihn stehen und ging davon, worauf er etwas vor sich hin murmelte, das sich wie »Scheißlesbe« anhörte. Sie kümmerte sich nicht darum. Bergeröd eilte der Ruf des Dienststellenmachos voraus, früher oder später würde sie sowieso mit ihm aneinandergeraten.

Ohne es zu wollen, hatte sie über Greger Forsberg schon einiges gehört: *Komischer Kauz, Eigenbrötler, nicht teamfähig, arrogantes Arschloch. Netter Kerl, nur etwas verschroben*, meinte dagegen eine Minderheit, die aus Malin Birgersson und Kripochef Anders Gulldén bestand. Und früher, ja, früher sei er umgänglicher gewesen. Charmant, witzig, ein Womanizer geradezu. Bis dann im Oktober 2003 das mit seiner Tochter passiert war. Jemand hatte noch eine Bemerkung hinterhergeschickt, dass es doch makaber wäre, dass ausgerechnet Fors-

38

berg für vermisste Personen zuständig war. Aber angeblich hatte er das selbst so gewollt. Wenigstens, so sagten die Zyniker, verstand er, was in den Leuten vorging, die zu ihm kamen.

Der Mann, der vor der Tür zu ihrem Büro stand, war nicht sehr groß, höchstens eins achtzig, aber gut proportioniert. Er hatte eine Aktentasche in der Hand und trug ein dunkles Sakko über einem eierschalenfarbenen Hemd, dessen oberster Knopf offen stand.

»Leander Hansson?«

Er nickte. Die Andeutung eines Lächelns erhellte sein Gesicht für einen flüchtigen Moment.

»Selma Valkonen. Kommissar Forsberg ist unterwegs. Kommen Sie herein.«

Sie bat ihn, Platz zu nehmen, und er zog den Besucherstuhl vor Selmas Schreibtisch und setzte sich hin.

»Ist das Deko oder arbeiten Sie daran?« Er deutete mit einer Kopfbewegung auf die Akte neben ihrem Monitor.

»Ich bin dabei, mich in den Fall einzuarbeiten«, sagte Selma.

Hanssons Gegenwart machte sie nervös, und ihr Magen spielte schon wieder verrückt. Sie hätte gern von ihrem Kaffee getrunken, kam aber zu dem Schluss, dass sich das wohl nicht gehörte.

»Möchten Sie einen Kaffee?«, fragte sie stattdessen.

»Nein, danke. Aber trinken Sie, er wird sonst kalt.«

Diese Stimme. Dankbar griff sie nach dem Becher, doch ihre Hände waren plötzlich ganz zittrig und sie stellte ihn wieder hin, ohne getrunken zu haben, aus Angst, die Hälfte davon zu verschütten.

Kopfschuss mit einer Schrotflinte.

Verdammt, ich hätte was essen sollen!

»Ist Ihnen nicht gut? Sie sind ganz blass.«

Selma atmete tief durch die Nase ein. »Ja, nein … entschuldigen Sie. Ich komme gerade von einem Leichenfund. Ein Mann hat Selbstmord begangen, und es war …« Na, großartig! Anstatt Zuversicht und Kompetenz auszustrahlen, gab sie hier ein Bild des Jammers ab, und das vor dem Vater eines seit vier Jahren verschwundenen Kindes.

Leander Hansson öffnete seine Aktentasche und holte eine angebrochene Tafel Schokolade heraus. Zartbitter. Als sei es das Selbstverständlichste der Welt, brach er einen Riegel davon ab und reichte ihn Selma. »Mir hilft das immer.«

Jetzt war schon alles egal. Sie nahm die Schokolade, aß die Hälfte davon und flößte sich noch einen großen Schluck Kaffee ein. Der Leichengeschmack wich der Süße, die Flauheit im Magen ließ tatsächlich ein wenig nach.

»Geht's wieder?«, fragte Leander Hansson. Dunkelrot. Seine Stimme. Ein samtiges Dunkelrot, wie ein schwerer Burgunder.

»Ja. Danke.«

Selma suchte in seinem Gesicht nach Spuren der Katastrophe, fand aber keine. Feste, schön geschwungene Lippen. Die Nase stand ein klein wenig schief und der Blick seiner tief liegenden grauen Augen war wach und klug. Cooler Typ, irgendwie.

»Gibt es irgendwelche Neuigkeiten über unsere Tochter?«

Seine Schultern, dachte Selma. Man sieht es an seinen Schultern. Kraftlos hingen sie nach vorn, wie gebrochene Flügel.

Selma wurde klar, dass sein Besuch eine Art Ritual war. Hätte sich etwas Bedeutsames ergeben, wäre Forsberg sicherlich der Letzte, der ihm das verheimlichen würde.

»Es kommen noch immer Hinweise von Leuten, die Ihre Tochter angeblich gesehen haben wollen. Die prüfen wir selbstverständlich oder veranlassen es. Auch Scotland Yard und Interpol sind nach wie vor an der Sache dran. Im letzten Jahr kam ein Tipp aus Oslo, einer aus Kopenhagen und einer aus Hannover, Deutschland. Immer falscher Alarm. In Oslo war es sogar ein kleiner Junge.«

»Und die anderen beiden?«

»Das Mädchen aus Deutschland war erst vier. Bei dem Kind in Kopenhagen stimmte das Alter bis auf wenige Monate, aber die Mutter, eine Schwedin, konnte die Geburtsurkunde ihrer Tochter vorweisen. Sie sah tatsächlich ein bisschen aus, wie … wie Ihre Tochter jetzt vielleicht aussehen könnte.«

»Kann man eine Geburtsurkunde denn nicht fälschen?«

»Ja, vielleicht. Aber es stimmte auch der Eintrag im Einwohnerregister, und es gibt Unterlagen über die Geburt des Mädchens in Kopenhagen. Die Beamten vor Ort gaben außerdem zu Protokoll, dass das Mädchen ihrer Mutter recht ähnlich sah«, fügte Selma hinzu. Auch sie hatte bei der Lektüre dieses Hinweises für einen Moment gestutzt und dann darüber nachgedacht, wie es wohl war, wenn eines Tages plötzlich Polizisten vor der Tür standen und einen Beweis verlangten, dass das eigene Kind auch wirklich das eigene war. »Es wird natürlich immer schwieriger, je mehr Zeit vergeht«, sagte Selma.

Was rede ich da für einen Scheiß? Als ob er das nicht am besten wüsste!

»Ja, natürlich«, sagte Leander Hansson und lächelte bitter.

Er stand auf, nahm seine Tasche. Selma brachte ihn zur Tür.

»Danke für die Schokolade.«

»Diesmal lächelte er so, dass Selma fast die Luft wegblieb.

»Wiedersehen«, sagt er.

Selma setzte sich wieder hin. Eine Weile noch starrte sie auf die Tür, durch die Leander Hansson gerade verschwunden war. Dann seufzte sie und vertiefte sich wieder in die Akte Lucie Hansson.

Forsberg stieg aus der Linie 11, ging ein paar Meter entlang der Hauptstraße zurück und folgte dann der steil ansteigenden Solhöjdsgatan. Je höher er kam, desto respektabler wurden die Villen. Nein, wer hier in Långedrag lebte, war kein Sozialfall. Das ehemalige Nest für Fischer und Schmuggler war heute einer der exklusivsten Stadtteile. Hier wohnten Leute, die schon seit Generationen Geld hatten, neben solchen, die sich in der neoliberalen Epoche nach oben geboxt oder geschleimt hatten.

Oben angekommen, blieb Forsberg für ein paar Minuten stehen, um zu verschnaufen. Ein salziger Wind vom Meer wühlte in seinen Haaren, sein Blick schweifte über die Schären und die Festung Nya Älvsborg. Ganz hinten im Dunst, an der Grenze zum offenen Wasser, konnte er die Insel Vinga ausmachen. Nördlich von ihm ragten die Kanonen der Festung Oscar II. über die Klippen des Öberget.

Eine Möwe kreischte über ihm. Ich sollte viel öfter rausfahren, ans Meer, dachte er. Vor der Hafeneinfahrt kreuzte eine Gruppe Kinder in ihren Optimisten durch die aufgekratzte See, der Wind trug die Kommandos des Segellehrers bis zu Forsberg herauf.

Ein Boot. Wollte ich ein kleines Kind, eines wie Lucie Hansson, nach dem das ganze Land sucht, außer Landes bringen, würde ich ein Boot benutzen. An einem schönen Augusttag wie heute in wenigen Stunden rübersegeln nach Dänemark, Deutschland, oder Norwegen. Oder auf eine Insel. Man kann schließlich nicht jeden kleinen Yachthafen überwachen. In irgendeinem abgelegenen Ferienhaus in Ruhe abwarten, bis die Kontrollen vorbei sind. Man kann so ein Kind natürlich auch ruhigstellen für die kurze Zeit, die man braucht, um auf eine Fähre und wieder herunter zu gelangen.

Er ging weiter.

Auf der Fahrt dahin hatte er sich das Haus der Cederlunds als altehrwürdige Villa vorgestellt, Familienbesitz seit mehreren Generationen, aber als er schließlich davorstand, stellte er fest, dass die Villa zwar imposant, aber höchstens zwanzig Jahre alt war. Das Gebäude, weiß verklinkert, viel Stahl und Glas, thronte in oberster Hanglage vor der Küste. Ein Haufen Geld allein reichte nicht, um in den Neunzigern noch an so ein Baugrundstück zu kommen. Dafür brauchte man schon die richtigen Beziehungen.

Boxer und Schleimer.

Was hatte diesen Vorstadtlöwen wohl zum Selbstmord veranlasst? Eine Depression? Die Wirtschaftskrise? Eine böse Krankheit? Forsberg hoffte, dass ihm seine Witwe einen Hinweis geben würde.

Eckig gestutzte Buchsbaumhecken säumten die Zufahrt, an der Wand der Doppelgarage waren Holzscheite aufgestapelt. Auf dem Rasen zog, wie von Geisterhand, ein kleines Ufo seine Kreise. Neulich hatte jemand in der Kantine von einem Roboter-Staubsauger geschwärmt und Forsberg hatte sich noch gedacht, dass das für seinen Haushalt womöglich gar keine schlechte Anschaffung wäre. In der Rasenmähervariante sah er so ein Gerät aber zum ersten Mal und er beobachtete es eine Weile fasziniert, bis Marta Cederlund die Haustür öffnete und ihn hereinbat, ohne nach dem Grund seines Kommens zu fragen. Sie trug nicht mehr das Kostüm, sondern dunkle Hosen, die um ihre Hüften schlackerten, und einen marineblauen Kaschmirpullover. Eine vollkommen leere Diele, deren Granitboden glänzte wie ein neuer Grabstein, führte in ein riesiges Wohnzimmer mit großflächigen, abstrakten Gemälden an den weiß verputzten Wänden und einem modern designten Kaminofen in der Mitte. Falls es Hauspersonal gab, so war es nicht zu sehen. Nur drei Möpse sprangen um die Hausherrin und den Besucher. Forsberg musste an die Queen und ihre Corgis denken.

Marta Cederlund fragte, ob sie ihm etwas anbieten dürfe, und Forsberg bat um ein Glas Wasser. Von den Hunden umkeucht ging sie in die Küche, die nur durch zwei Stufen vom Wohnraum getrennt war.

Dann saßen sie auf der ledernen Couchlandschaft, deren Farbe zum Fell der Haustiere passte oder umgekehrt, und Forsberg, den ein wenig fröstelte, hing dem Gedanken nach, dass Marta nicht hierher passte, mit ihrer altmodischen, apart verblühten Schönheit.

»Ist mein Mann tot?«

»Ja«, sagte er.

Sie presste kurz die Lippen aufeinander, ihr Brustkorb hob und senkte sich, dann fragte sie: »Wie ist es passiert?«

Forsberg sagte es ihr.

Etwas tat sich in ihrem Gesicht. Hatte sich das Leben darin bisher nur um die Mundpartie herum abgespielt, so kam nun ein düsterer Glanz in ihre Betonaugen, und zum ersten Mal drohte sie die Beherrschung zu verlieren. »Sich erschossen?«, wiederholte sie, und dann, schrill: »Im Sommerhaus?«

Offensichtlich stellte die Wahl des Ortes in ihren Augen eine ganz besondere Verworfenheit dar. Doch Forsberg war erleichtert, überhaupt eine menschliche Gefühlsregung bei ihr zu beobachten. Er fuhr fort: »Mit einer Schrotflinte. Besaß er eine Schrotflinte?«

Sie holte tief Luft, die sie gleich darauf geräuschvoll ausstieß, wie man es macht, wenn einem übel zu werden droht. »Ja.«

Forsberg betrachtete die Hunde, die sich in einem Korb neben dem Kamin zusammengeknäuelt hatten.

»Hat er etwas hinterlassen?«, fragte sie.

»Meinen Sie einen Abschiedsbrief?«

»Ja«, sagte sie.

»Nein. Bis jetzt wurde nichts gefunden.«

Ihr Blick verlor sich irgendwo draußen, zwischen Kattegat und Skagerrak. »Die Waffen stammen von seinem Vater, es war dessen Haus. Magnus selbst hat nie gejagt, er hat das verabscheut. Ich wusste gar nicht, dass es sie noch gibt. Ich war schon jahrelang nicht mehr dort.«

»Als Sie heute Morgen zu mir kamen … was dachten Sie da, was passiert sein könnte?«, fragte Forsberg.

Sie wandte den Kopf und sah ihn an, als hätte er etwas Ungehöriges von sich gegeben. »Ein Unfall natürlich. Etwas mit seinem Herzen.«

Ein anständiger Tod.

»Haben Sie eine Erklärung für sein Handeln?«, fragte der Kommissar.

Die kurze Phase der Verletzlichkeit war jetzt endgültig

vorbei. Ihre Antwort kam schnell und hart wie ein Boxhieb: »Nein, die habe ich nicht. Braucht die Polizei eine?«

»Ich … ich habe nur aus persönlichem Interesse gefragt.«

»Kannten Sie meinen Mann denn persönlich?« Das letzte Wort betonte sie auf eine spöttische Weise.

Was hatte ihr das Leben angetan, damit sie so wurde?

»Nein«, sagte Forsberg. Er stand auf. Längst bereute er, nicht einfach eine Streife vorbeigeschickt zu haben. Vergeudete Zeit. Gutmütigkeit rächte sich immer.

Sie brachte ihn zur Tür, wo sie sich wieder auf ihre Manieren besann. »Danke für Ihr Kommen, Herr Forsberg.«

»Mein aufrichtiges Beileid, Frau Cederlund«, sagte er und flüchtete vor ihren Eisaugen.

Die Nachricht von Magnus Cederlunds Tod löste in den Redaktionsräumen des *Göteborg Dagbladet* mehr Betriebsamkeit als Betroffenheit aus.

Nachdem Eva Röög vom Pressesprecher des Polizeipräsidiums erfahren hatte, dass Jonköping für die Ermittlungen zuständig war, wollte sie dorthin fahren, wurde aber von Leif Hakeröd daran gehindert. »Der Alte sagt, du wärst geradezu prädestiniert, den Nachruf zu verfassen.«

»Und das bedeutet?«, fragte Eva, obwohl sie es schon ahnte.

»Du kriegst eine ganze Seite, er muss morgen fertig sein. Ich fahre selbst nach Jonköping. Tut mir leid, Eva, das war nicht meine Idee. Der Alte ist der Überzeugung, du hättest dafür das nötige Fingerspitzengefühl. Und ich denke auch, dass er damit recht hat«, säuselte Hakeröd und fuhr sich durch seine affige Wuschelfrisur.

Das Gesülze kannst du dir sparen, dachte Eva. Aber möglicherweise stimmte es sogar, dass der Auftrag, Cederlunds Nachruf zu schreiben, von Chefredakteur Petter Hinnfors selbst stammte. Die Sache war ja tatsächlich ein wenig heikel, es gab da so einige Klippen, die umschifft werden mussten.

Magnus Cederlund hatten nicht nur zwei Drittel der Anteile am *Göteborg Dagbladet* gehört, er war auch vier Jahre lang, von 1999 bis 2003, Chefredakteur seiner eigenen Zeitung gewesen. Unter seiner Regie hatte das Blatt ein Viertel an Auflage, Abonnenten und Anzeigenkunden verloren, und ein paar gute Leute waren zur Konkurrenz abgewandert. Wäre Cederlund nicht tot, wäre er sicher noch immer der Meinung, dass das Internet schuld daran war. Es hatte weitere vier Jahre und große Anstrengungen gebraucht, um wieder schwarze Zahlen zu schreiben. Die alte Auflagenzahl hatten sie bis heute noch nicht wieder erreicht, woran vielleicht wirklich das Internet schuld war. Nach Cederlunds Weggang hatte es eine Menge böses Blut gegeben, denn es waren etliche Leute, die er eingestellt hatte, von seinem Nachfolger, Petter Hinnfors, wieder gekündigt worden. Auch Eva Röög hatte um ihren Posten gebangt, denn es war Magnus Cederlund gewesen, der ihre Festanstellung forciert hatte. Hinnfors und Reinfeldt hatten jedoch beide erkannt, dass Eva ein guter Fang war, und sie behalten, zumal sie schon jahrelang vorher als »feste Freie« für das *Dagbladet* geschrieben hatte.

»Gut, ich schreibe den Nachruf«, sagte Eva.

»Dank dir!« Leif Hakeröd wirkte erleichtert. »Und ich versuche, noch heute mit der Witwe zu reden.«

»Viel Spaß dabei«, murmelte Eva, als er weit genug weg war. An Marta würde er sich die Zähne ausbeißen.

Sie gab Sigrun Jenssen den Auftrag, das Netz zu durchforsten und alles, was für einen Nachruf taugte, auszudrucken und es ihr auf den Schreibtisch zu legen. Die Volontärin machte sich prompt ans Werk. Sie war seit April in der Nachrichtenredaktion und stellte sich nicht dumm an. Sie hatte sich von Anfang an auf Eva kapriziert, wie ein kleiner Hund, der ihr an den Hacken klebte und alles machte, was sie sagte. Offenbar war sie zu der Überzeugung gelangt, dass sie von Eva am meisten lernen konnte. Vielleicht mochte sie sie auch am liebsten. Sigrun war fleißig und nützlich, aber Eva war vorsichtig und ließ sich nicht allzu sehr in die Karten schauen. Nicht, dass Sigrun Jenssen die Nächste sein würde, die ihr auf der Überholspur zuwinkte. Auch Leif Hakeröd war unter ihren Fittichen gediehen, Eva hatte ihn eingearbeitet, als er vor gut vier Jahren in die Nachrichtenredaktion gekommen war. Ein Lackaffe mit einem Auftreten wie Graf Protz, Eva hatte ihn erst einmal auf Normalmaß zurechtgestutzt und ihm dann das Einmaleins des Journalismus beigebracht. Und was war dabei herausgekommen?

Als Peer Reinfeldt, der alte Nachrichtenchef, vor zwei Jahren in Rente gegangen war, hatte sich Eva gute Chancen ausgerechnet, den Posten zu bekommen. Sie war die Dienstälteste in der Abteilung, zusammen mit Fredrika Lindblom, und eine Weile hatten sie und Fredrika ziemlich unverhohlen miteinander konkurriert. Dabei war Eva stets sicher gewesen, dass sie das Rennen machen würde. Reinfeldt musste doch gemerkt haben, dass sie mehr Biss hatte als Fredrika, und ihrer Meinung nach hatte Chefredakteur Petter Hinnfors, »der Alte«, deutliche Signale in ihre Richtung ausgesandt. Aber zur allgemeinen Verblüffung war dann Leif Hakeröd der neue Nachrichtenchef geworden. Ein gerade mal dreiunddreißig Jahre junger Quereinsteiger, der, ehe er zum *Dag-*

bladet gekommen war, als Model gejobbt und für ein Detektivbüro gearbeitet hatte!

»Ein frischer, unverbrauchter Geist«, hatte Hinnfors dazu gesagt. Demnach war also ihr Geist mit achtunddreißig Jahren alt und verbraucht, oder wie war das zu verstehen? In ihrer ersten Wut hatte sie kündigen wollen, oder wenigstens Petter Hinnfors zur Rede stellen, wieso er ihr ihren eigenen Zögling vor die Nase setzte. Weil er ein Mann war? Okay, Hakeröd war ein guter Reporter, kein »Heißluftballon«, wie ihn Fredrika hinter seinem Rücken nannte. Er hatte ein Näschen für eine gute Story und irgendwie das Talent, zur rechten Zeit am rechten Ort zu sein. Aber besser als Eva war er nicht. Es war einfach nur ungerecht!

Am Ende hatte sie doch geschwiegen und die Kröte geschluckt. Das war Fredrika zu verdanken, die ihr beim gemeinsamen Frustbesäufnis im Irish Pub geraten hatte: »Gib dir keine Blöße. Einen wie den hält es bestimmt nicht länger als nötig in der Provinz. Den zieht es bald in die Szenebars von Stockholm.«

Im Stillen gab Eva ihr recht. Es würde vorbeigehen. Beim nächsten Karrieresprung, den er tat, würden sie ihn los sein und die Karten neu gemischt werden. Das sagte sich Eva inzwischen jeden Tag, während sie darauf wartete und Leif Hakeröd auf die Finger schaute, jederzeit bereit, ihn ans Messer zu liefern, sollte er einen Fehler machen.

Ja, aus Schaden wurde man klug, und in Zukunft würde Eva vorsichtiger sein.

Als Selma Valkonen am Freitag gegen elf Uhr das Büro betrat, blieb Greger Forsberg der Mund offen stehen. Er hatte sich gerade so einigermaßen an ihren Existentialistenlook gewöhnt, aber nun trug sie Jeans, eine blau und türkis gemusterte Bluse und eine Handtasche anstatt des gewohnten Rucksacks. Auch ihre Frisur war anders, irgendwie braver als sonst. Davon abgesehen, kam sie fast drei Stunden zu spät zum Dienst, ohne sich entschuldigt zu haben. Aber was Forsberg wirklich aus der Fassung brachte, war der Buggy, den sie ins Büro schob. Darin saß ein pausbäckiges Kind, das Gesicht halb verdeckt von einem Schnuller in der Form eines Propellers. Kugelrunde blaue Augen blickten den Kommissar aufmerksam an.

»Was, zum Teufel …?«

»Das ist Wilma.«

Forsbergs Blick verfinsterte sich. Er wusste inzwischen, dass Selma Valkonen sechsundzwanzig und ledig war und im Linné-Viertel wohnte, das bei Studenten und jungen Leuten recht beliebt war. Er wusste außerdem, dass ihre Mutter als Özge Akbar in Izmir geboren und im Alter von drei Jahren nach Schweden eingewandert war, wo sie zwanzig Jahre später, 1984, einen gewissen Emppu Valkonen aus Turku, Finnland, geheiratet hatte. Die Ehe war vor dem Standesamt in Halmstad, dem Wohnort des Paares geschlossen worden. Ein Jahr danach kam eine Tochter zur Welt: Selma Nilay Valkonen. Und ja, tatsächlich war Selma auch ein türkischer Name, das hatte er im Internet nachgelesen. Er bedeutete: *Harmonie, Frieden*. Außerdem hatte Forsberg von Anders Gulldén die vertrauliche Information bekommen, dass Emppu Valkonen 1995 gestorben war, und zwar durch Suizid durch Kopfschuss mit einer Schrotflinte. Er hatte nicht nachgefragt, woher Gulldén das wusste. Aber offenbar hatte es niemand für nötig gehalten, ihm mitzuteilen, dass Selma ein Kind hatte. Mit allem hätte er gerechnet, nur nicht damit. Wieso eigentlich nicht?, dachte Forsberg selbstkritisch. Nur weil sie auf den ersten Blick nicht nach *Volvo, Villa, Wuffe* aussieht, den Inbegriffen des gesettelten Lebens?

»Gibt's Läuse im Kindergarten?«, fragte er.

»Ich möchte es ausprobieren«, sagte Selma.

Was wollte sie ausprobieren? Das Vogelkind ab jetzt öfter mitzubringen? Forsberg holte in Gedanken zum Protest aus, als seine junge Kollegin erklärte: »Wir sollten uns gleich auf den Weg machen, dann haben wir sozusagen authentische Bedingungen.«

Jetzt dämmerte es Forsberg endlich. Stimmt, Selma hatte am Mittwoch mit Leander Hansson gesprochen. Er musste wohl einen nachhaltigen Eindruck bei ihr hinterlassen haben. Frauen!

»Wir?«, blaffte er. »Wir haben einen aktuellen Fall, um den wir uns kümmern müssen.«

»Aber gestern hast du selbst gesagt, dass uns im Moment nichts anderes übrig bleibt, als auf brauchbare Hinweise aus der Bevölkerung zu warten. Und während wir warten, können wir doch die Entführungssituation von damals mal durchspielen.«

Forsberg fühlte sich überrumpelt, fand jedoch, dass die Idee etwas hatte. Noch heute gab es Nächte ohne Schlaf, in denen er sich fragte, ob er damals etwas falsch gemacht oder übersehen hatte.

Er folgte Selma auf den Flur, streckte aber dann den Kopf ins benachbarte Büro und fragte Malin Birgersson, ob sie mal eben für eine Stunde Zeit hätte. Sie stand prompt von ihrem Platz auf, ließ den Kommissar aber links liegen und stürzte sich stattdessen auf Wilma, mit jenem verzückten Gesichtsausdruck, den die meisten Frauen beim Anblick von Babys bekommen, und der Rest bei Hundewelpen.

»Selma, ist das deine Kleine? Wie hübsch! Wie alt ist sie?«

»Wilma ist die Tochter einer Nachbarin, ich habe sie mir ausgeliehen und muss sie um ein Uhr wieder abgeben«, sagte Selma.

»Schade«, sagte Malin, und Forsberg verspürte eine große Erleichterung, für die er keine Erklärung hatte. Wieso hätte es ihn so sehr gestört?

Auf dem Weg in die Innenstadt erläuterte er Malin ihr Vorhaben.

»Und was genau willst du beobachten?«, fragte sie.

»Die Leute. Ob da wirklich keiner reagiert, wenn eine Frau ein Kind im Buggy neben dem Verkaufsstand abstellt und eine andere es mitnimmt.«

»Du glaubst also, dass es eine Frau war?«

»Nur eine Vermutung. Aber ein Mann mit Buggy ist noch immer ein bisschen auffälliger als eine Frau. Selbst in diesem Land, in dem der Feminismus zur Staatsreligion erhoben wurde«, stichelte Forsberg, aber Malin ging nicht darauf ein. Sie war eine hochgewachsene Blonde mit einem sanften Augenaufschlag und einem durchtrainierten Körper, den Forsberg eine Zeitlang recht gut gekannt hatte.

»Zumindest, wenn es ein älterer Mann ist«, sagte sie und grinste ihn dabei an. »Aber für einen Kinderschänder ist der Kungstorget auch viel zu riskant.«

52

Der Meinung war auch Forsberg. Pädophile suchten sich Spielplätze an der Peripherie, in den schlechteren Vierteln, wo die Kinder nicht so überbehütet waren. Die überließen nichts dem Zufall, sahen sich das Kind vorher genau an, beobachteten es über Tage und Wochen. Oft waren sie sehr gute Menschenkenner, arbeiteten sogar im sozialen Bereich mit Kindern und wussten daher genau, welches Kind der Außenseiter war, bei welchem sie eine Chance hatten. Valeria aus Biskopsgården zum Beispiel. Die passte nur allzu gut ins Opferprofil. Lucie dagegen … Um ein Kind am helllichten Tag auf dem Kungstorget zu entführen, brauchte man eine gehörige Portion Verrücktheit und Draufgängertum.

Landesweit hatten sie damals Todesfälle von Kindern unter drei Jahren zusammengetragen. Besondere Aufmerksamkeit galt den Müttern verstorbener Einzelkinder, vor allem den allein lebenden. Doch außer peinlichen Situationen für die ermittelnden Beamten vor Ort hatte das nichts gebracht. Natürlich kam auch eine Frau infrage, die keine Kinder bekommen konnte. Darüber und über frühe Fehlgeburten gab es leider keine Unterlagen.

» … und einem jüngeren Mann schielen andere Mütter hinterher, besonders, wenn er nett aussieht«, hörte er Malin sagen.

»Ach ja«, sagte Forsberg.

Selma schob schweigend den Buggy vor sich her und rauchte dabei eine Selbstgedrehte. Vielleicht war er ja hoffnungslos altmodisch, aber Forsberg fand es obszön, wenn Frauen auf der Straße rauchten. Besonders Mütter mit Kinderwagen. Wilma war eingeschlummert, nur hin und wieder zuckten ihre Lider, und der Schnuller bewegte sich, wenn sie daran nuckelte.

Sie nahmen den Weg durch den Botanischen Garten. Wegen des Sommerfestes kostete es zurzeit keinen Eintritt, was viele Menschen in den Park gelockt hatte. Kleine Bühnen und Pavillons waren über die weitläufige Grünanlage verteilt und vor einer Puppenbühne hatte sich eine Gruppe Kinder versammelt. Sie saßen auf einer Plane, die Mütter standen im Halbkreis dahinter.

Es gab diverse PR-Aktionen von Firmen, auf ihrem Weg durch die Stadt mussten sie Schlüsselanhänger, Pappkronen und Fähnchen zurückweisen. Rote Schirmkappen, wie Lucie eine bekommen hatte, gab es dieses Jahr wohl nicht.

Die Markthalle befand sich am nördlichen Rand des Kungstorget. Das Gebäude stammte aus dem neunzehnten Jahrhundert und erinnerte mit seinem Dach aus Stahl und Glas an einen alten Bahnhof. Rund um die Halle gab es Cafés mit Außenbestuhlung. Auf der Westseite des Platzes stand während des Kulturfestes eine große Bühne, auf der jeden Abend Konzerte stattfanden. Im Süden säumte die Basargatan den Platz, die wiederum direkt an den Wallgraben grenzte. Dort reihten sich Imbissbuden aneinander, die den Festbesuchern Speisen aus aller Welt anboten, von Heuschrecken bis Wiener Schnitzel. Am Abend würde sich ein nicht abreißender Strom von Flaneuren über die Avenyn, den Kungstorget und die angrenzenden Straßen wälzen und die Kneipen bevölkern. Auch jetzt war rund um die Markthalle schon einiges los. Die Stora Saluhallen wurde in jedem Reiseführer als Sehenswürdigkeit genannt, und so mischten sich ausländische Touristen und Landvolk mit den Göteborgern, die fürs Wochenende einkaufen wollten.

Selma sollte den Buggy dort abstellen, wo Tinka Hansson seinerzeit Lucie hingestellt hatte. Dann sollte sie ein paar

Dinge einkaufen, mindestens vier oder fünf, und sie bezahlen, indem sie der Verkäuferin zur Kasse folgte. Malin sollte in der Nähe lauern und sich den Buggy schnappen, spätestens dann, wenn Selma bezahlte.

»Wo soll ich denn warten?«, fragte Malin.

»Was fragst du mich? Du bist die Täterin, überleg dir was!«, antwortete Forsberg. »Und denk schon mal darüber nach, wie du mit dem Kind von hier wegkommst. Wenn dein Handy klingelt, bleibst du stehen und sagst mir, wo du bist.«

Für wie lange sie Lucie denn aus den Augen gelassen habe, hatte Forsberg damals von Tinka Hansson wissen wollen.

Nur so lange, wie die Verkäuferin gebraucht habe, um die einzelnen Posten einzutippen, so lange, wie Tinka benötigt habe, ihre Geldbörse zu zücken, einen Schein herauszuziehen und ihr hinüberzureichen, so lange, wie die Frau hinter der Kasse gebraucht habe, um das Wechselgeld abzuzählen, es Tinka zu geben, die es in ihrer Geldbörse verstaut und diese in die Handtasche gesteckt habe. Danach habe sie sich mit ihrem vollen Korb zurückgedrängelt.

Eine Minute vielleicht.

»Selma, wenn du bezahlt hast, gehst du mit deinen Einkäufen ans Ende des Standes und danach ein paar Mal vor den Ständen auf und ab, so als würdest du nach deinem Kind suchen.«

Zwölf Meter. So lang war der Stand, das hatte die Polizei später nachgemessen. Am Ende beschrieb er noch einen sanften Knick. Die Kasse stand in der Mitte. Sechs, sieben Meter war Lucie demnach von ihrer Mutter entfernt gewesen, als diese für kurze Zeit nicht auf sie geachtet hatte.

»...und anschließend läufst du über den Kungsportsplatsen zu den Straßenbahnhaltestellen.«

Tinka hatte ausgesagt, sie sei zuerst panisch vor den Ständen auf und ab geirrt. Dann aber habe sie eine Frau bemerkt, die einen schwarzen Buggy vor sich her schob, mit einem Kind darin, das eine rote Kappe trug. So eine, wie Lucie sie kurz vorher geschenkt bekommen hatte. Die Frau sei über den Kungsportsplatsen geeilt, in Richtung der Haltestellen.

Die Zeugin hatte später ausgesagt, Tinka Hansson sei »wie eine Verrückte« auf sie und ihr Kind losgestürzt, habe sich dann aber bei ihr entschuldigt und angefangen, um Hilfe zu rufen. Die Mutter des Jungen mit der roten Mütze hatte geistesgegenwärtig die Polizei angerufen. Der Anruf bei der Notrufzentrale war um 12.26 Uhr eingegangen.

Jetzt war es Viertel nach zwölf. Forsberg warf einen prüfenden Blick auf die kleine Wilma, aber die Hauptdarstellerin ihrer geplanten Scharade schlief noch immer friedlich und ahnungslos. Hoffentlich würde das noch ein paar Minuten so bleiben.

»Es geht los. Malin, du bleibst zurück, niemand soll euch beide zusammen sehen. Selma, warte, bis ich vor dem Café bin. Einer muss die Übersicht behalten, nicht, dass das Goldstück am Ende wirklich noch geklaut wird.«

»Weiß Wilmas Mutter eigentlich, wofür du dir ihr Kind ausgeliehen hast?«, fragte Malin.

»Bist du verrückt?«, entgegnete Selma und schob den Buggy davon.

Harmonie, Frieden.

Forsberg blickte ihr stirnrunzelnd nach. War das ihr robuster Charme, war sie sauer, weil er Malin gebeten hatte, mitzukommen? Oder war sie gekränkt, weil er Malin das Kind »entführen« ließ. Aber bei aller Liebe: Trotz ihrer heutigen Aufmachung war Selma noch weit davon entfernt, wie eine dieser Latte-Macchiato-Mütter auszusehen, die die Innenstadt um diese Zeit bevölkerten. Und Lucies Entführerin war bestimmt an Unauffälligkeit gelegen gewesen.

Forsberg bezog seinen Beobachtungsposten neben der Außenbestuhlung des Cafés. Er wollte sich nicht setzen, für den Fall, dass irgendetwas passieren sollte und sein schnelles Eingreifen erforderlich würde. Davon abgesehen, hätte er auch kaum einen Platz bekommen. Aufmerksam beobachtete er das Geschehen. Das hatte er in den vergangenen vier Jahren schon viele Male getan, aus wechselnden Perspektiven und vorzugsweise an Freitagen. Und jedes Jahr während der Tage des Kulturfestes.

Es herrschte lebhafter Betrieb. Mütter mit Kinderwagen nutzten das schöne Wetter für einen Stadtbummel. Die Buggys ähnelten einander, fast alle waren schwarz oder dunkelbraun, eine Mode, die sich schon seit ein paar Jahren hartnäckig hielt.

Die Gasse zwischen dem Stand und den Cafétischen war nur drei, vier Meter breit. Schier unglaublich, dass niemand etwas beobachtet hatte. Oder auch wieder nicht. Die meisten Gäste waren Touristen. Hinter ihm sprach man Norrländer Dialekt, ein paar Tische weiter Deutsch und Englisch. Die Fremden hatten von den späteren Zeugenaufrufen vielleicht gar nichts mitbekommen.

Er beobachtete Selma. Jetzt stellte sie den Wagen rechts neben dem Stand ab und reihte sich in die Schlange der Käufer ein. Von Malin war nichts zu sehen. Selma war an der Reihe, er sah, wie sie mit der Verkäuferin sprach. Der Kinderwagen stand noch da. Immer wieder schoben sich Passanten in sein Blickfeld. Aus Sorge um das Kind beschloss er, sich besser zu postieren. Er pflügte durch eine Gruppe schwadronierender Italiener. Aus dem Augenwinkel sah er Selma bezahlen und eine Tüte entgegennehmen. Die Italiener waren weitergegangen. Der Wagen war weg. Forsberg blickte sich um, aber er konnte Malin nirgends entdecken. Obwohl genau das geplant gewesen war, ergriff ihn nun doch eine große Unruhe. Mit Mühe widerstand er dem Impuls, Malin auf der Stelle anzurufen, um sich zu vergewissern, dass auch wirklich sie das Kind mitgenommen hatte. Verdammt, hätte er sich bloß nicht auf dieses idiotische Spiel eingelassen! Der Vogel, die Tüte im Arm, schleuste sich an der Schlange der Wartenden vorbei und trug dabei ein teuflisches Grinsen zur Schau. Mit einem Kopfnicken registrierte Selma den fehlenden Buggy, ging ohne Forsberg zu beachten ein paar Meter weiter bis zum Nachbarstand, dann zurück bis zum Blumenhändler, dort blieb sie stehen, sah sich suchend um und rannte plötzlich Haken schlagend und Menschen anrempelnd in Richtung Kungsportsplatsen davon. Forsberg griff zum Telefon. Sein Herz schlug ihm bis zum Hals. Es brauchte sechs Klingeltöne, die ihn fast in den Wahnsinn trieben, bis Malin endlich abnahm.

»Hast du das Kind?«

»Ja, natürlich. Wilma ist aufgewacht, und jetzt brüllt sie, weil sie mich nicht kennt.«

Er vernahm Babygeschrei und dankte dem Himmel dafür. »Wo bist du?«

»Kurz vor der Brücke am Ende der Basargatan.«

»Gut. Wir treffen uns vor dem Avalon. Ich hoffe, die haben ihre Bar schon geöffnet, ich brauche jetzt dringend einen Schnaps.«

Eva Röög beobachtete eine Möwe, die ihr Mittagessen aus einer McDonald's Pommestüte klaubte, die jemand an der Anlegestelle der Älvsnabben in Lilla Bommen weggeworfen hatte. Sie zündete sich eine Zigarette an. Eigentlich rauchte Eva nicht mehr, aber urplötzlich hatte sie die Gier überwältigt, und für solche Anfälle hatte sie immer eine Notration in der Tasche. Warum gerade jetzt? Erinnerungen? Sie sah sich hier stehen und mit Herzklopfen auf Leander warten, der ihr über den Fluss entgegengefahren kam, um sich zusammen mit ihr eine verlängerte Mittagspause im Café der Oper zu gönnen.

Eine ganz entspannte, unkomplizierte Sache sollte es sein, ohne Verpflichtungen, ohne Gefühlsballast. Aber dann hatte sie, ausgerechnet sie, Eva Röög, die erklärte Anti-Romantikerin, sich verliebt. Und er? Wer weiß? Vielleicht hatte er ihre Gespräche genauso gemocht wie sie. Vielleicht hatte sie bei ihm aber auch nur ein paar sexuelle Defizite ausgeglichen.

Leander hatte ihre Beziehung jedenfalls sofort beendet, als seine Frau dahintergekommen war und mit Scheidung drohte. Es hatte Eva überrascht, wie sehr sie darunter litt. Sie konnte sich nicht einmal trösten lassen, denn sie hatte keinem Menschen von ihrem Verhältnis erzählt, nicht einmal Fredrika und auch nicht ihrer Mutter. Ihr schon gar nicht. Denn schließlich hatte sie ja von Anfang an gewusst, dass es nicht von Dauer sein würde, und was gab es Armseligeres als eine verlassene Geliebte? Nein, niemand sollte davon erfahren, erst recht nicht jetzt, wo es vorbei war. Sie war so sehr aus dem Gleichgewicht geraten, dass sie nach irgendeiner Jubiläumsfeier mit der örtlichen Polit-Prominenz mit dem schnuckeligen Neuen, Leif Hakeröd, in einer Bar gestrandet war. Sie hatten Malt getrunken, ihre Knie hatten sich berührt, und vielleicht auch ihre Hände, aber trotz des gehörigen

Quantums Alkohol, das Eva intus hatte, hatte sie sich von einer Sekunde zur anderen von Leif verabschiedet, sich ein Taxi geschnappt und war allein nach Hause gefahren. Dafür war sie sich heute noch dankbar, sogar mehr noch als damals.

Und dann war das mit Leanders Kind passiert, und angesichts dieser Katastrophe hatte sich ihr Liebeskummer – was für ein lächerliches Teenager-Wort – wie eine Bagatelle angefühlt. Und das war es auch: eine Affäre, eine Liaison, eine Banalität. Trotzdem und obwohl zwischenzeitlich vier Jahre vergangen waren, musste sie noch immer an Leander denken. Nicht ständig, aber doch zu oft für eine frisch verheiratete Frau, wie sie fand, und sie fragte sich, welche Frequenz von Erinnerungen an Exgeliebte für eine Ehefrau normal war.

Das Schiff legte an, Eva sah Stieg an der Reling stehen, das blonde Haar windzerzaust, die blauen Augen strahlend, als käme er von einem siegreichen Beutezug auf den sieben Weltmeeren zurück und nicht von einem Kundentermin in Eriksberg. Obwohl das Ergebnis dasselbe sein konnte. Das ist die Gegenwart, Eva! Alle beneiden dich um diesen Mann. Fredrika hatte bereits angekündigt, sich ihn sofort zu schnappen, falls Eva ihn nicht mehr haben wollte, und Sigrun bekam jedes Mal knallrote Ohren, wenn er Eva abholte und dabei ein wenig mit ihr flirtete. *Mein Ehemann.* Immer wenn sie Stieg jemandem vorstellte, zuckte sie für einen winzigen Moment zurück, ehe sie diese Worte über die Lippen brachte, und genauso ging es ihr, wenn er sie *meine Frau* nannte. Es klang für sie mehr nach Steuererklärung als nach Liebe, wohingegen *mein Geliebter* einen wunderbaren Klang hatte. Bedauerlicherweise hatte sie Leander nie jemandem so vorstellen dürfen. Schluss jetzt damit! Sie umarmte Stieg, als hätte sie ihn seit Wochen nicht gesehen.

Dann saßen sie auf der Terrasse des Operncafés, blickten über den Fluss auf den nördlichen Älvstrand, und er erzählte ihr, welchen Fonds er seinem Kunden gerade verkauft hatte.

»Siegreicher Beutezug«, sagte Eva.

»Du hast noch immer keinen Respekt vor meinem Beruf.«

Sie hatte Stieg Mellqvist vor zwei Jahren kennengelernt, und zwar im Haus ihrer Mutter. Alarmiert von der Pleite der Lehman-Bank und der angekündigten Apokalypse in Form einer Weltwirtschaftskrise hatte Gudrun Röög geglaubt, nun sei der Rat eines Profis nötig, um das Erbe ihres verstorbenen Ehemanns zu retten. Eva hatte den Finanzberater charmant, aber bestimmt hinausgeworfen. »Sie sind ein attraktiver Mann und machen einen recht vertrauenswürdigen Eindruck, aber ich würde dennoch lieber mit Ihnen ausgehen, als Ihnen das Geld meiner Mutter anzuvertrauen«, hatte sie zu ihm gesagt.

Immerhin hatte er Haltung bewahrt.

Als er weg war, hatte Eva ihrer Mutter eingeschärft, um solche Leute künftig einen Bogen zu machen. »Die Typen sind es doch, die die ganze Misere verursacht haben.«

»Aber den hat mir Inga Fryklund empfohlen.«

Ihre Fußpflegerin!

»Und er war sehr nett.«

»Das sind die Schlimmsten!«

Inzwischen hatte Gudrun Röög fast alle Besitztümer ihrer Tochter überschrieben: achthunderttausend Kronen und ein Paket schwedische und norwegische Staatsanleihen, die etwa denselben Wert hatten. Und ausgerechnet dieses kleine Vermögen, das sie zusammengeführt hatte, sorgte in letzter Zeit immer wieder für Misstöne zwischen Eva und Stieg. Auch jetzt hörte sie ihn sagen, es wäre geradezu unverzeihlich, dass Eva das Geld auf einem Tagesgeldkonto »vergammeln« ließe.

»Wenigstens ist es noch da«, konterte Eva.

»Es ist eben bald nicht mehr da. Die Inflation frisst die niedrigen Zinsen und den Kapitalstock«, behauptete er und hielt ihr einen seiner Vorträge, dass man gerade in Krisenzeiten enorm profitieren könnte, wenn man geschickt damit umging.

»Ich möchte aber nicht an der Misere anderer Leute verdienen.«

»Aber so funktioniert nun mal der Kapitalismus.« Stieg lächelte nun.

Sein Lächeln konnte unwiderstehlich sein, prallte aber an Eva ab, wenn es um dieses Thema ging.

»Mein Vater war ein aufrechter schwedischer Sozialdemokrat. Der würde nicht wollen, dass sein Erbe Spekulanten in die Hände fällt, die auf das Elend anderer wetten.«

»Wie wär's mit grünen Energiequellen? Moralisch einwandfrei ...«

Aber Eva blieb stur. Das Geld war ihr Notgroschen, ihr Polster fürs Alter, das wollte sie nicht in Dinge investieren, von denen sie nichts verstand.

»Aber ich verstehe was davon! Vertraust du mir nicht?«, fragte er.

Möwen umschwirrten eine auslaufende Stena-Fähre. Schmarotzervögel, dachte sie. Schmarotzer und Aasfresser.

Selbstverständlich glaubte sie nicht, dass Stieg es auf ihr Erbe abgesehen hatte. Aber sie wusste auch, dass er sich und seine Fähigkeiten zuweilen überschätzte. Vermutlich eine Voraussetzung, um in seinem Beruf bestehen zu können. Wie sollte man die Geldgeber überzeugen, wenn man selbst nicht von sich überzeugt war? Und sie hatte in letzter Zeit sehr wohl mitbekommen, wie er mit sorgenvoller Miene über dem Wirtschaftsteil der *Financial Times* brütete. Auch wenn er auf ihre als Scherz getarnte Nachfrage, »Schatz, sind wir pleite?«, stets versicherte, es wäre alles im grünen Bereich, man dürfe jetzt nur nicht hysterisch reagieren, so war ihr durchaus klar, dass auch er ein paar Fehlentscheidungen getroffen hatte. Ein Schiffsfonds, in den er sein Geld und das seiner Kunden investiert hatte, war buchstäblich baden gegangen.

»Du hast doch bestimmt noch unerfüllte Träume«, lockte Stieg.

»Ich habe einen Traummann, eine tolle Wohnung, ein schickes Auto … Was sollte ich da noch für Träume haben?« Sie lächelte ihm kokett zu.

»Und was ist mit deinem Job?«

»Was soll damit sein?« Eva war überzeugt: Hätte sie sich vor zwei Jahren, als man ihr Leif Hakeröd vor die Nase gesetzt hatte, nicht gleichzeitig in Stieg verliebt, wäre sie jetzt nicht mehr beim *Dagbladet* beschäftigt. Sein Werben hatte sie von der erlittenen Demütigung abgelenkt.

»Du könntest doch zum Beispiel deine eigene Zeitung gründen«, sagte Stieg. »Hast du mir nicht mal erzählt, dass du es schade findest, dass es bei uns keine überregionalen politischen Wochenmagazine gibt, wie den *Spiegel* in Deutschland oder *The Economist* in England?«

Eva musste lachen. Im Bauen kühner Luftschlösser war er wirklich ein Meister. Sie fand es rührend, dass er ihre Träume weiter spann, als sie selbst es je gewagt hätte. Er war wie ein kleiner Junge, der noch daran glaubt, dass ihm die Welt offensteht.

»Um so etwas zu gründen, würde selbst das Zehnfache meiner Erbschaft nicht reichen.«

»Nicht unbedingt …« Aber ehe er ihr seine Strategie erläutern konnte, sagte Eva: »Hör bitte auf. Es ist so ein schöner Tag. Lass ihn uns genießen!«

Stieg beugte sich über den Tisch und drückte ihr einen Kuss auf die Lippen und Eva musste an die drei, vier Gelegenheiten denken, als sie mit Leander hier gesessen hatte. Eine Redakteurin des *Göteborg Dagbladet* und ein Redakteur des Kultursenders von *Sverigesradio,* warum nicht? Sie hatten jedenfalls nichts getan, was dem Eindruck eines Business-Termins entgegengewirkt hätte, es sei denn, man hatte ihr diesen Sturm angesehen, der gerade bei diesen Treffen, bei denen es kaum zu einer Berührung gekommen war, in ihr getobt hatte. War es das gewesen, was sie so gereizt hatte? Dieses Heimliche, Verbotene, Prickelnde?

Eine Schiffshupe ertönte.

»Schon wieder die *Aida*«, sagte Eva, die an Stiegs Lächeln vorbei in Richtung Westen blickte. »Als wäre die Stadt nicht schon voll genug.«

»Möchtest du mit mir eine Kreuzfahrt machen?«, fragte Stieg.

Eva sah ihn entsetzt an. »Du lieber Himmel! Seh ich etwa so aus?«

»Es war ganz leicht«, sagte Malin, als sie in den Lounge-Möbeln der Hotelbar des Avalon versanken. »Niemand hat auch nur gezuckt, als ich den Buggy weggeschoben habe, und es kam auch gerade eine Gruppe Touristen vorbei, sodass mich wohl auch keiner der Gäste in den Cafés gesehen hat. Ich bin an den Lieferwagen, die hinter den Ständen parken, entlanggegangen, dann auf der Rückseite der Bühne vorbei und in Richtung Wallgraben. Als Nächstes wollte ich über die Brücke und durch den Park.«

»Warum hinter der Bühne herum? Quer über den Platz wärst du doch schneller«, wandte Forsberg ein.

»Aber dort kann man mich von allen Seiten sehen. Und außerdem gibt es da ja noch die Webcam. Sie filmt die südliche und östliche Hälfte des Platzes. Aber selbst, wenn ich das nicht wüsste, würde ich mich instinktiv lieber am Rand halten.«

»Du hättest auch quer durch die Markthalle und durch die Innenstadt gehen können«, schlug Forsberg vor.

Malin schüttelte den Kopf. »Nein. Wo Geschäfte sind, sind auch Kameras. Und wenn mir in einer der engen Straßen oder Passagen eine Streife entgegenkommt, sitze ich in der Falle. So hatte ich nur die Brücke als Nadelöhr, aber die hätte ich in einer Minute erreicht, wahrscheinlich noch bevor der Notruf einging. Und wenn ich erst mal den Kungsparken hinter mir und die Nya Allén überquert habe, dann gibt es zahlreiche Möglichkeiten: Ich kann in mein Auto steigen, das in einer der Seitenstraßen steht, ich kann bis zur Vasagatan gehen und die Straßenbahn nehmen. Oder ich durchquere den Park, gehe bis zum Storan, und auf dem Parkplatz hinter dem Theater wartet mein Wagen.«

Malins Gedankengang war ganz richtig. Vier Minuten nach Eingang des Notrufs war die erste Streife vor Ort gewesen. Zehn weitere Minuten verrannen, ehe eine Suchmeldung an alle Einsatzfahrzeuge und Dienststellen rausging. Zeit genug, um die genannten Ziele zu erreichen.

»Und warum würdest du nicht näher am Kungstorget parken?«, fragte Forsberg.

»Wo denn? Die paar Kurzzeitparkplätze vor der Halle? Damit mich jeder, der im Café sitzt, beim Einladen des Kindes beobachten kann? Außerdem werden diese Parkplätze mehr als eifrig kontrolliert, um die Stadtkasse aufzufüllen.«

Sämtliche Wagen, die an diesem Vormittag von der Verkehrsüberwachung aufgeschrieben worden waren, waren überprüft worden und auch die Aufzeichnungen der Webcam, die den Kungstorget filmte, hatte man analysiert. Aber die Auflösung war nicht sehr hoch und die Konzertbühne versperrte einen großen Teil des Sichtfeldes.

»Vielleicht muss es gar kein Auto sein«, überlegte Malin. »Ein Fahrrad mit Kindersitz tut's auch. Das könnte ich im Park deponiert haben, oder gleich hinter dem Platz.«

»Und der Buggy«, wandte Forsberg ein. »In den Kanal werfen wäre zu auffällig. Es hat sich niemand gemeldet, der einen leeren Kinderwagen gefunden hat.«

»Das heißt ja nichts. Ein schöner Wagen findet schnell einen Abnehmer. Auf die Ladefläche eines Christiania-Rads, beispielsweise, passt ein Kind samt Buggy.«

Selma hatte die ganze Zeit stumm dagesessen und dabei scheinbar teilnahmslos die inzwischen wieder schlafende Wilma betrachtet. Jetzt saugte sie mit dem Strohhalm geräuschvoll den Rest ihres Milchshakes auf, stellte das Glas hin und stieß hervor: »Das ist doch Bullshit!«

Harmonie, Frieden, dachte Forsberg.

»Das Rad?«, fragte Malin etwas pikiert zurück. »Ich gebe zu …«

»Nein, die Aussage der Mutter.« Aus dem Gedächtnis zitierte Selma die Stelle aus Tinka Hanssons Vernehmungsprotokoll, nachdem Forsberg sie gefragt hatte, warum sie den Buggy denn überhaupt neben dem Stand abgestellt hatte. *»Weil vor dem Stand dichtes Gedränge herrschte. Ich wollte den Passanten nicht im Weg sein.«* Selma tippte sich an die Stirn. »Von den Müttern, die ich kenne, würde keine einzige ihr Kind neben dem Stand abstellen. Da kann das Gedrängel noch so groß sein. Die fahren dir eher mit ihrer Karre in die Hacken oder stehen eben allen im Weg.«

»Stimmt, so kenne ich das auch«, sagte Malin. »Bloß keine Rücksicht auf andere, Hauptsache mein Kind und ich ...«

Forsberg staunte. Besonders von Malin hätte er derlei Ressentiments nicht erwartet. Er hatte das penetrante Ticken ihrer biologischen Uhr noch gut im Ohr. Seit zwei Jahren war sie verheiratet, und Forsberg rechnete täglich damit, sie jubelnd und ein Ultraschallbild schwenkend durch die Gänge des Präsidiums laufen zu sehen. »Und da heißt es immer, wir wären eine kinderfreundliche Gesellschaft«, bemerkte er.

»Kinder sind okay. Die Mütter nerven«, sagte Malin, und Selma kam zu dem Schluss: »An der Aussage von Tinka Hansson ist irgendetwas faul.«

Forsberg schaute auf die Uhr. »Müsste die Russin nicht schon längst da sein?«

»Ja«, sagte Selma.

Oxana Bobrow, die Mutter der verschwundenen Valeria, sollte zu einer erneuten Befragung im Präsidium erscheinen. Der Fall machte überhaupt keine Fortschritte, und Forsberg war inzwischen überzeugt, dass ihnen die Frau bei den ersten Befragungen etwas verheimlicht hatte. Besonders kooperativ war sie ohnehin nicht gewesen, man hatte ihr jedes Wort aus der Nase ziehen müssen.

»Vielleicht haben es die Russen ja nicht so mit der Pünktlichkeit«, grantelte er.

»Bist du etwa auch noch ein Rassist?«, fragte Selma.

»Klar«, sagte Forsberg und dann, nach einer kleinen Denkpause: »Was meinst du mit ›etwa auch noch‹?«

»Neben der Arschloch-Nummer, die du sonst so abziehst.«

Forsberg verschlug es die Sprache, aber dann musste er grinsen. Sie hatte ihn durchschaut, wenigstens war sie nicht dämlich.

»Die Frau putzt nachts Büros«, gab Selma zu bedenken. »Vielleicht hat sie verschlafen. Oder kein Vertrauen zur Polizei.«

»Wer hat das schon?«

»Sie ist keine Beschuldigte, sie muss nicht kommen«, sagte Selma.

»Ja, ja. Aber verdammt noch mal, ihr Kind ist seit zwei Wochen verschwunden!«

»Soll ich hinfahren und nachsehen?«, fragte Selma.

Den Vogel allein in die Bronx schicken? Eigentlich gegen die Dienstvorschrift, aber womöglich gar keine schlechte Idee. Von Frau zu Frau würde Oxana Bobrow vielleicht gesprächiger sein.

»Gut, fahr raus«, sagte Forsberg und beschloss erst jetzt endgültig, zu der Trauerfeier von Magnus Cederlund auf dem Kviberg-Friedhof zu gehen, die an diesem Freitagnachmittag stattfinden sollte.

Eigentlich gab es keinen vernünftigen Grund, dorthin zu gehen, denn die Ermittlungen hatten keinen Hinweis auf ein Fremdverschulden erbracht. Forsberg hatte sich von seinem Kollegen Erik Abrahamsson aus Jonköping die Bilder vom Fundort und die Berichte der dortigen Spurensicherung kommen lassen und hatte den Obduktionsbericht gelesen. Demnach hatte sich Cederlund in den Sessel gesetzt, sich die Schrotflinte zwischen die Knie geklemmt und mit dem Daumen abgedrückt. Und schon war ihm der Schädel explodiert. Auf den Fotos war deutlich zu sehen, dass die Waffe vor ihm lag, die Läufe zeigten auf den Sessel. So weit war alles plausibel. Im Waffenschrank des Sommerhauses hatte die Kripo Jonköping außerdem noch eine Büchse und eine Pistole gefunden. »Mit der Pistole wär's längst nicht so eine Schweinerei geworden«, hatte sich Abrahamsson erneut beklagt, und Forsberg hatte ihm recht geben müssen. Warum die Schrotflinte, warum nicht die Pistole? Er konnte nur vermuten, dass der Mann eben sichergehen wollte und zudem weder eitel noch besonders rücksichtsvoll gewesen war. Eine Frau, hatte Forsberg gedacht, hätte so etwas nie getan.

Ja, es war wohl tatsächlich ein Selbstmord, aber Forsberg hätte zu gerne gewusst, warum. Das, und was Marta Cederlund zu dem Eisblock hatte werden lassen, der sie heute war.

Die Kirche war bis auf den letzten Platz gefüllt, und auch das *Göteborg Dagbladet* war zahlreich vertreten. Neben Chefredakteur Petter Hinnfors saß Peer Reinfeldt, Hakeröds Vorgänger als Nachrichtenchef, und Eva Röög ertappte sich bei dem Gedanken, wie rasch die Menschen doch alterten, wenn sie erst einmal aus dem Beruf ausgeschieden waren. Eva hatte sich zunächst in eine der hinteren Bänke gesetzt, zu ihren Kollegen, aber dann war sie von Dag Cederlund, der sie mit einer herzlichen Umarmung begrüßte, nach vorn gebeten worden. Jetzt saß sie in der zweiten Reihe, gleich hinter der Familie; schräg vor ihr der ausrasierte Nacken von Dag, dessen brav gescheiteltes Haar erste graue Einsprengsel aufwies, daneben der blonde Haarknoten seiner Frau Mette, Dag hatte sie kurz miteinander bekannt gemacht. Über Marta Cederlunds Hut hinweg konnte sie auf den Sarg blicken, der unter einer Kaskade von Blumen verschwand.

Es war kühl in der Kirche, und Eva war froh, dass sie einen Blazer angezogen hatte. Gut auch, dass sie sich im letzten Moment für das kleine Schwarze entschieden hatte, denn hier, in den vorderen Bänken, war sie umgeben von Maßanzügen aus italienischem Tuch und Designerkostümen. Steif und mit blickdichten Mienen verharrten die Mächtigen des Landes auf den unbequemen Kirchenbänken. Neben den Göteborger Platzhirschen waren auch ein paar Wirtschaftsbosse aus Stockholm zur Gedenkfeier gekommen, Gesichter, die man aus dem Wirtschaftsteil kannte. Das *Göteborg Dagbladet* war für Cederlund eher eine Liebhaberei gewesen, an dem er aus irgendeinem sentimentalen Grund gehangen hatte.

Neben ihr, im schwarzen Kaschmirrollkragenpullover, saß der Herausgeber eines stylischen Kunstmagazins, umhüllt von einer schwülen Duftwolke. Es waren überhaupt viele Medienleute hier und vorhin hatte Eva sich dabei ertappt, wie sie die Reihen der Gäste nach Leander Hansson absuchte. Er war nicht hier, warum sollte er auch?

Eine Pastorin bemühte sich Trost zu spenden und verwies auf das ewige Leben. Auf Cederlunds Selbstmord ging sie nur flüchtig ein, indem sie feststellte, man wisse nicht, was ihn dazu veranlasst habe.

Die Rede berührte Eva nicht allzu sehr, umso erstaunter

war sie darüber, dass einige der Anzugträger Tränen in den Augen hatten. Ein hohes Tier der Stena-Line schniefte sogar recht hemmungslos vor sich hin. Weinten sie wirklich um Cederlund? Oder war es nur die traurige Stimmung, die sie melancholisch machte und über eigene Kümmernisse nachdenken ließ?

Im Anschluss an die Predigt hielt Chefredakteur Petter Hinnfors eine seiner grauen Reden, gefolgt vom Leiter des Kinderbuchverlags und einem Fernsehboss. Dann trat der Sohn des Verstorbenen ans Mikrofon. Dag Cederlund dankte den Menschen, dass sie heute hier waren, und schilderte Magnus Cederlund in Form einiger Anekdoten als strengen, aber liebevollen Vater, ohne den er, Dag, heute nicht das wäre, was er war.

Was er war. Er war Wirtschaftsprüfer beim Finanzamt. Kein schlechter Beruf, nichts Ehrenrühriges, aber auch nicht gerade eine Traumkarriere für einen Millionärssohn.

Was für ein Schauspieler!, dachte Eva, als Dag seine Rede beendet hatte.

Dag war neununddreißig, ein Jahr jünger als sie, und als Kind war er für sie wie ein kleiner Bruder gewesen. Nahezu täglich hatte er bei ihnen im Garten oder im Haus gespielt. Nur wenn Evas Freundinnen zu Besuch gekommen waren, hatten sie ihn weggeschickt. Dann stand er am Zaun wie ein trauriger Hund, sogar wenn es regnete oder schneite. Manchmal hatten sie sich dann erbarmt, ihn wieder hergewunken und ihn als ihren Diener mitmachen lassen. Dag hatte Eva vergöttert und alles getan, was sie sagte. Heute, dreißig Jahre später, schwante es Eva, dass sie das ganz schön ausgenutzt hatte. Fast immer war Dag bei ihnen gewesen, selten umgekehrt. Spielten sie doch einmal im Haus der Cederlunds,

71

dann schwänzelte Marta ständig um sie herum und achtete darauf, dass sie nichts beschädigten oder schmutzig machten. Magnus Cederlund sah man wenig, aber wenn er nach Hause kam, dann schickte Marta Eva immer sofort weg.

»Der arme Junge tut mir leid«, hatte Evas Mutter oft gesagt, und ihr Vater hatte Cederlund einen Tyrannen genannt. Lange Zeit wusste Eva nicht, was sie damit meinten. Das Wort Tyrann verstand sie nicht, aber es klang nach nichts Gutem. Sie selbst hatte Dags Vater eigentlich ganz okay gefunden. Jedenfalls netter als Marta mit ihrem Zitronengesicht.

Eva war neun oder zehn, als sie aus dem Garten Wäsche hereinholte und aus dem Nachbarhaus Geschrei und Schläge hörte. Doch als sie ein paar Tage später davon anfing, verschloss sich Dag wie eine Auster. Von da an hatte sich Eva häufiger zwischen den Wäschestangen herumgedrückt, wohlig schaudernd im Bewusstsein, etwas Verbotenes zu tun.

Fünf Jahre später war Eva von der Schule nach Hause gekommen und hatte Marta Cederlund mit ihrer Mutter am Küchentisch sitzen sehen. Eva wusste damals nicht, was sie mehr schockierte: die Anwesenheit der Nachbarin, die vorher noch nie in ihrem Haus gewesen war, oder die Tatsache, dass sie weinte. Sie war nicht in Tränen aufgelöst, aber ihre Lider waren gerötet und darunter glitzerte es verdächtig. Dag war ausgerissen. Ob Eva wüsste, wo er sei.

Eva und Dag hatten den engen Kontakt zueinander mit fortschreitender Pubertät verloren, aber sie waren nach wie vor auf dasselbe Gymnasium gegangen, und natürlich hatte Eva dort so einiges mitbekommen. Sie sagte, sie hätte keine Ahnung. Am nächsten Morgen hatte Cederlunds dunkle Limousine vor ihr an der Bushaltestelle gehalten. Eva war fünfzehn und noch wenig selbstbewusst. Als er sie freundlich bat, einzusteigen, hatte sie nicht den Mut gehabt, Nein zu sagen, trotz der Angst vor seinen stechenden Augen unter den mächtigen Brauen, und sie hatte es ganz deutlich gespürt, dass sich hinter seinem Leguanlächeln etwas verbarg, etwas Dunkles, Gefährliches.

Ein Tyrann.

Als er sie schließlich wieder vor der Schule absetzte, hatte er erfahren, was er wissen wollte.

Dag wurde noch am selben Tag von einer Polizeistreife im Schlosswald aufgegriffen, wo er mit einer Horde Punks herumhing und Dosenbier trank. Eine Polizeistreife brachte ihn nach Hause.

Die Tage danach hatte Eva vergeblich nach Dag Ausschau gehalten und sich große Vorwürfe gemacht. Grün und blau geschlagen und mit gebrochenen Gliedern hatte sie ihn in wüsten Bildern vor sich gesehen. Dann hatte Evas Mutter erzählt, dass Dag jetzt bei Martas Schwester in Malmö wohnte. »Ist sicher das Beste für ihn«, sagte sie.

Seither hatte Eva nichts mehr von Dag gehört, und als die Cederlunds Mitte der Neunziger in Långedrag bauen ließen und wegzogen, studierte Eva bereits in Uppsala. Bis heute fragte sie sich manchmal, ob Dag wusste, wer ihn damals verraten hatte. Und ob ihre spätere Festanstellung beim *Dagbladet* ihr Judaslohn gewesen war.

Der Trauergottesdienst war vorbei, und mit dem Segen strömte die Menge ins Freie wie eine Herde schwarzer Schafe. Da Eva vorn gesessen hatte, war sie eine der Letzten, die die Kirche verließ. Sie hielt Ausschau nach ihren Kollegen, als Marta Cederlund zielstrebig auf sie zukam. Kondoliert hatte Eva schon, aber nun bedankte sich Marta für ihr Kommen und erkundigte sich nach Evas Mutter. Ihr Blick ließ darauf schließen, dass ihr Interesse ernst gemeint war und sie nicht nur aus Höflichkeit gefragt hatte. Also antwortete Eva wahrheitsgemäß: »Nicht gut. Sie hat Krebs, es wird keine Heilung geben.«

Marta nickte. »Ich hörte davon. Es tut mir sehr leid. Sie ist eine liebenswerte Frau.«

»Ja, das ist sie.« Nun kämpfte Eva plötzlich doch noch mit den Tränen.

»Und du hast geheiratet, hörte ich.«

»Ja, vor vier Monaten«, sagte Eva. Stieg hatte halbherzig gefragt, ob er sie begleiten sollte, aber Eva hatte abgelehnt. Es sei mehr ein dienstlicher Termin, der Tote stünde ihr nicht besonders nah. Stieg war erleichtert gewesen, denn er ging nie zu Beerdigungen und mied auch sonst alles, was traurig machte.

»Dein Nachruf auf meinen Mann hat mir gefallen«, sagte Marta.

Eva dankte ihr lächelnd. Ein Lob aus ihrem Mund, das bedeutete schon etwas.

»Ich lese alle deine Artikel. Auch die im *Expressen* und im *Svenska Dagbladet*.«

Es wunderte Eva, dass Marta so gut über ihre Veröffentlichungen informiert war. Las sie etwa täglich mehrere Zeitungen? Genug Zeit dazu hätte sie ja, soweit Eva informiert war, war Marta Cederlund nie einer Berufstätigkeit nachgegangen. Oder hatte ihr Mann ihr die Artikel zu lesen gegeben?

Plötzlich trat Marta dicht an Eva heran, umklammerte ihren Oberarm und blickte ihr unter ihrer Hutkrempe heraus fest in die Augen. Dazu musste sie den Kopf in den Nacken legen, denn Eva war fast eins achtzig groß. Abgesehen von förmlichem Händeschütteln war es bestimmt das erste Mal, dass Marta sie berührte, und beinahe wäre sie zurückgezuckt. Sie konnte sich aber gerade noch beherrschen.

»Ich muss mit dir reden, Eva.« Martas Stimme, obwohl leise geworden, hatte einen erregten Unterton.

»Ja, sicher, gern.«

»Nicht hier. Kannst du zu mir kommen?«

»Natürlich. Wie wär's morgen Abend?«

Marta ließ Evas Arm wieder los und schüttelte den Kopf. »Dag und seine Frau bleiben noch ein paar Tage. Es gibt noch einiges zu regeln.« Ihre Miene ließ die Vermutung zu, dass ihr der Besuch nicht unbedingt angenehm war.

»Worum geht es denn?«, fragte Eva.

»Es hat mit meinem Mann zu tun. Ich bin da auf etwas gestoßen … ich weiß nicht, was ich damit machen soll. Mit Dag kann ich nicht darüber sprechen. Ich brauche deine Hilfe. Und Diskretion.«

Evas Verwunderung wuchs. Was konnte so heikel sein, dass Marta es ihrem Sohn nicht anvertrauen wollte? Wie war wohl das Verhältnis zwischen den beiden?

»Ruf mich einfach an, wenn es dir passt«, sagte Eva und entfernte sich, denn einer der Trauergäste steuerte auf Marta zu. Hellbraune Hundeaugen, grauer Dreitagebart, das Jackett, das um die Körpermitte ein wenig spannte, war vor zehn Jahren modern gewesen und das borstige, an den Schläfen ergraute Haar hätte mal wieder einen Schnitt vertragen. Greger Forsberg.

Marta Cederlund streckte dem Kommissar hastig die Hand entgegen, was aussah, als zücke sie ein Schwert.

Was, fragte sich Eva, hatte Forsberg hier verloren? Gab es da vielleicht etwas im Zusammenhang mit Cederlunds

Selbstmord, das die Presse nicht erfahren hatte? Irgendeine Unstimmigkeit? Zu gern hätte Eva versucht, etwas von dem Gespräch aufzuschnappen, aber sie wollte nicht als Lauscherin ertappt werden. Sie nickte Forsberg kurz und ohne eine Gesichtsregung zu. So ganz hatte sie ihm noch immer nicht verziehen, wie er sie vor vier Jahren behandelt hatte, obwohl er ja auch nur seinen Job gemacht hatte. Dann wandte sie sich um und stand plötzlich vor drei schwarzen Gestalten: Leif, Fredrika und Sigrun. Letztere rieb sich noch immer frierend die bloßen Oberarme.

»Möchtest du mit uns zurückfahren?«, fragte Leif.

»Nein, ich will noch das Grab meines Vaters besuchen.« Er war seit sechs Jahren tot und Eva vermisste ihn. Dennoch kam sie selten hierher, der Friedhof war nicht der Ort, an dem sie ihm nahe war.

»Was wollte Marta denn von dir?« Leifs Frage kam einen Tick zu beiläufig daher, und Eva musste innerlich grinsen. Garantiert hatte er sich während der gesamten Andacht den Kopf zerbrochen, wieso Eva vorne sitzen durfte, bei der versammelten Prominenz. Und jetzt redete die Witwe auch noch vertraulich mit ihr, während sie Leif vor einigen Tagen abgewiesen hatte, als er sie zu Hause aufgesucht und um ein Interview gebeten hatte. Jedenfalls war er ziemlich mies gelaunt von dort zurückgekehrt.

»Sie hat mir nur gesagt, dass ihr mein Nachruf gefallen hat.« Eva sah keine Notwendigkeit, den anderen ihre Beziehung zu den Cederlunds zu erklären. Sie konnte gut darauf verzichten, dass in der Redaktion demnächst das Gerücht umging, sie hätte ihre Stelle vor allem durch Vitamin B bekommen.

»Da siehst du, wie gut meine Entscheidung war, dich mit

der Aufgabe zu betrauen«, sagte Leif, und Eva machte sich keine Illusionen darüber, dass er das nicht ernst meinte.

»Kennt ihr euch denn, du und Dag Cederlund?«, bohrte nun Fredrika nach. »Ihr habt so vertraut ausgesehen.«

Verdammt! Nicht nur, dass Fredrika mal wieder ein unsensibles Trampeltier war, sie hatte zudem auch noch Ohren wie ein Luchs. Aber warum war es eigentlich gar so interessant, worüber sie mit Marta sprach und woher sie Dag kannte? Noch während sie sich den Röntgenblicken ihrer Kollegen ausgesetzt sah, bemerkte sie vor dem Kirchenportal Dag Cederlund im Gespräch mit Chefredakteur Petter Hinnfors. *Ich Idiotin!* Natürlich war es wichtig, wer gut mit Dag und Marta Cederlund konnte und wer nicht. Dag erbte wahrscheinlich den Firmenanteil seines Vaters. Er oder Marta.

»Wir waren mal auf derselben Schule«, erklärte Eva. »Ehrlich gesagt, kann ich mich aber kaum noch an ihn erinnern.«

Als Selma Valkonen aus der Straßenbahn stieg, kämpfte sich die Sonne gerade durch die Wolkendecke, aber das machte die Sache auch nicht besser. Hier zeigte sich das andere Gesicht Göteborgs, dies war die Stadt der Ausfallstraßen, Billigläden, Automatenspielhöllen und Wohnsilos. Hier lebten Niedriglöhner, Leiharbeiter, Illegale, Halblegale und Kriminelle, das Treibgut der Gesellschaft, das Europa an seinen Rändern ausspuckte und in die Vorstädte spülte.

Da Valeria an einem Feiertag, Mariä Himmelfahrt, verschwunden war, war Selma nicht im Dienst gewesen, und Forsberg – typisch! – hatte es nicht für nötig gehalten, seine neue Mitarbeiterin anzurufen.

Er hatte Selma den Weg beschrieben. Gerade ging sie an einem Spielplatz mit einem rostigen Klettergerüst vorbei. Der Sandkasten sah aus wie ein überdimensionales Katzenklo. Kein Kind spielte darin, es waren überhaupt nirgends Kinder zu sehen, nur drei Halbwüchsige, die rauchend um einen Motorroller herumstanden und ihr abschätzige Blicke zuwarfen. Eine Sekunde lang hatte Selma die Vorstellung, dass die Menschen hier nicht mehr wagten, ihre Kinder im Freien spielen zu lassen, aber dann fiel ihr ein, dass sie wahrscheinlich noch in der Schule waren oder im Kindergarten. Dann stand sie vor dem monströsen Wohnblock in der Önskevädersgatan, fand den richtigen Eingang und klingelte sich ins Haus. Die Wände des Treppenhauses waren in einem kranken Gelb gestrichen, das förmlich nach Schmierereien und Graffitis schrie, und die Bewohner waren dem Ruf eifrig gefolgt. Neben den üblichen anatomischen Zeichnungen fanden sich viele arabische und russische Schriftzüge. Am Aufzug hing ein Schild *außer Betrieb*, aber Selma hätte ohnehin die Treppe genommen. Der Aufstieg bis zum fünften Stock hinauf erwies sich als abwechslungsreich. Unten und im ersten Stock stank es nach Zigarettenrauch, in der zweiten Etage nach vollen Windeln, im dritten Stock hatte man Bier verschüttet, der Boden klebte, und im vierten wurde etwas zu scharf angebraten. Der Geruch der Armut, dachte Selma und verscheuchte ein paar Bilder aus ihrer Jugend.

Die Klingel schien nicht zu funktionieren, also klopfte Selma an die Tür, erst sachte, dann etwas heftiger, woraufhin Oxana Bobrow öffnete und sie aus mascaraverschmierten Waschbärenaugen anstarrte. Ein Morgenmantel aus einer rosaroten Kunstfaser umhüllte ihre ausgemergelte Gestalt, und sie roch nach altem Schweiß und einem billigen Parfum.

Sie hatten sich bereits auf der Dienststelle gesehen, aber die Frau schien etwas Zeit zu brauchen, ehe sie Selma einordnen konnte. Dann, mit dem Erkennen, huschte ein gehetzter Ausdruck über ihr Gesicht.

»Valeria …?«

»Nein«, sagte Selma.

»Dann hau ab!«

Selma roch eine schwache Alkoholfahne im Atem ihres Gegenübers. Sie fragte, ob sie reinkommen dürfe, dabei stand sie praktisch schon im Flur der Wohnung und folgte jetzt der Frau, die in der Küche verschwand und Wasser aufsetzte. Offenbar war sie allein.

»Wo ist Ihr Baby?« Selma erinnerte sich, dass Forsberg einen zehn Monate alten Sohn erwähnt hatte.

»Freundin. Ich putzen, ich schlafen. Kann nicht kommen Polizei.«

»Verstehe«, sagte Selma. »Name und Adresse dieser Freundin?«

Sie schüttelte den Kopf.

»Kannte Valeria diese Freundin?«

»Weiß nicht.«

Selma sah ihr an, dass sie log. Sie sah es den meisten Leuten an. Die Farbe ihrer Stimme veränderte sich dann. Oxana Bobrows Stimme war eigentlich lehmigbraun, aber nun gerade fahlgelb wie Kamillentee. Selmas Veranlagung, die Farben der Töne zu sehen und Bilder zu hören oder manchmal auch zu schmecken, war oft verwirrend, half aber bei Befragungen und beim Kartenspielen. Pokerface – geschenkt! Die Stimme war es, die die allermeisten Leute verriet. Es sei denn, sie glaubten ihre Lügen selbst.

»Hören Sie, es interessiert mich nicht, ob Ihre Freundin

vielleicht illegal im Land ist oder schwarzarbeitet oder sonst was Krummes macht. Hier geht es um Ihre Tochter. Also: Name, Adresse.« Selmas Tonfall signalisierte, dass sie auf einer Auskunft bestehen würde.

»Janne Siska, zweiter Stock«, quetschte Frau Bobrow hinter zusammengepressten Lippen hervor. Sie nahm ein Glas Instantkaffeepulver aus dem Schrank. Oxana Bobrow war zweiunddreißig, aber ihre Bewegungen wirkten steif und langsam, als müsse sie sich durch eine zähe Masse bewegen, und ihr Gesicht sah eher wie das einer verlebten Vierzigjährigen aus.

»Kaffee?«, fragte sie.

Selma nickte und Oxana Bobrow füllte Pulver in zwei Henkelbecher und goss heißes Wasser darauf. Dann sank sie auf einen Stuhl und starrte dumpf auf den rissigen Belag des Küchentischs.

»Was hat Valeria gesagt, wo wollte sie an dem Nachmittag, als sie verschwand, hingehen?«

»Bahar. Ich sagen Polizei!«, antwortete sie müde.

»War Bahar auch mal hier?«

Sie nickte. »Aber Valeria will immer nach Bahar.«

»Warum?«

Sie hob die Tasse an den Mund, zuckte aber zurück, weil der Kaffee noch zu heiß war.

»Hier Baby. Kein Platz. Bahar viele Sachen für Spielen. Kommen …« Sie ging über den Flur ins Kinderzimmer. Ein schmales Bett, ein Schrank aus Holzimitat, ein Puppenhaus aus Plastik, an dem eine Seite eingerissen war. Der Rollladen hing schief vor dem Fenster. Neben dem Bett türmte sich ein kleiner Stapel Schulsachen. Einen Schreibtisch gab es nicht, auch kein Nachtschränkchen. Wo hatte Valeria ihre Schularbeiten gemacht? In der Küche? Die Wand neben dem Bett zierten zwei Bilder, wie Sechsjährige sie malen. Sie hingen schief, als hätte Valeria sie selbst dort mit Reißzwecken angebracht. Auf allen schien die Sonne. Ein Wald, ein Haus mit Dach und einem Schornstein und keinerlei Ähnlichkeit mit dem Block, in dem sie wirklich lebte. Nicht identifizierbare Tiere standen zwischen grünen Strichen und Pilzen und etwas, das wie kleine Bäume mit blauen Kugeln aussah. Beerensträucher, erkannte Selma. Blaubeeren. Vielleicht war Oxana Bobrow mit ihrer Tochter beim Beerensammeln gewesen, natürlich nicht zum Spaß, sondern für Geld. Ein See mit Fischen. Swartemossen? Kühe auf der Weide. Wo bekam das Kind Kühe zu sehen? Das andere Bild zeigte ein Flugzeug. In einem der runden Fenster sah man den Kopf eines Mädchens mit schwarzen Haaren und einem lachenden Mund.

Das Kopfkissen belagerten Plüschtiere und zwei Puppen mit verfilztem Kunsthaar und Plastikgesichtern, bei einer platzte die Farbe von den aufgemalten Augen ab.

Das Zimmer eines armen Mädchens. Nichts wies darauf hin, dass die Mutter auch nur versucht hätte, es irgendwie kindgerecht aufzuhübschen.

Gegenüber von Valerias Bett stand ein Kinderbett mit Holzgitter und daneben lehnte ein Brett an der Wand, das man über das Gitter legte, um das Baby zu wickeln. Frau Bobrow nahm einen Bären von Valerias Bett.

»Bahar. Geschenk.«

»Zum Geburtstag?«, fragte Selma.

Frau Bobrow verneinte und zuckte die Achseln.

Der Bär wies keine Gebrauchsspuren auf und unterschied sich deutlich von den restlichen *Made-in-China*-Plüschtieren auf dem Kissen. Er war hübsch, irgendwie altmodisch, mit filzigbraunem Fell und Gelenken an Armen und Beinen. Das Bärengesicht mit den bernsteinfarbenen Glasaugen und der aufgestickten schwarzen Nase strahlte Melancholie aus und erinnerte Selma ein wenig an Forsberg. Es war ein Bär, wie ihn sich infantil veranlagte Erwachsene kaufen würden. Auf einem Etikett stand: *Bukowski Design AB, 14 250 Skogås/Sweden*.

»Wann hat Valeria diesen Bären bekommen?«

»Zwei Wochen …« Die Mutter suchte nach Worten.

»Zwei Wochen vor ihrem Verschwinden?«

Sie nickte, auch als Selma fragte, ob sie sich den Bären ausleihen könne.

»Frau Bobrow, war Valeria in der letzten Zeit anders als sonst?«

»Anders?«

»Hat sie sich seltsam benommen? War sie traurig, aggressiv …?«

Die Mutter schüttelte den Kopf. Selma suchte in ihrem Gesicht nach Zeichen von Trauer, sah aber nur Müdigkeit.

Selma wusste, dass es eine Welt gab, in der Eltern ihre Kinder nicht liebten, weil sie gar nicht wussten, wie das ging. Eine Welt, in der nur das Geld zählte, das man nicht hatte, eine Welt, in der es Väter gab, die einfach verschwanden und nichts mehr von ihren Kindern wissen wollten. Die sich ihrem Weltschmerz hingaben, sich betranken und in einer Waldhütte erschossen.

Suizid durch Kopfschuss mit einer Schrotflinte.

Schon wieder dieser faulige Geschmack auf der Zunge. Selma fragte, ob sie mal aufs Klo dürfe.

Das Bad lag neben dem Kinderzimmer, und sie staunte, dass man Dusche, Waschbecken und Toilette auf so wenig Fläche unterbringen konnte. Zwei Zahnbürsten steckten in einem rosa Becher. Die von Valeria hatte die Spurensicherung konfisziert, zusammen mit ihrer Haarbürste, für den Fall, dass man eine DNA-Probe brauchte. Selma trank Wasser aus dem Hahn, dann öffnete sie den Spiegelschrank über dem Waschbecken. Fieberzäpfchen, Aspirin und eine recht stattliche Sammlung an Beruhigungs- und Aufputschpillen. Im unteren Fach lagerten Ersatzschnuller, Babypuder, eine größere Packung Kondome. Die andere Schrankseite beherbergte ein Arsenal von Schminksachen, eine Tube Gleitgel und ein Mittel, um Haare zu blondieren. Wo sie schon mal hier war, ging Selma wirklich aufs Klo und bemerkte aus dieser Perspektive den Wäscheeimer aus Plastik unter dem Waschbecken. Der Fuß eines Seidenstrumpfs hing heraus wie eine schwarze Zunge. Sie öffnete den Deckel. Eine pinkfarbene Mischung aus Schweiß und Parfum entströmte dem Eimer, und kurz darauf tauchte die Frage auf, ob Valerias Mutter zur nächtlichen Büroreinigung Netzstrümpfe, Stringtangas, transparente BHs und äußerst knappe Glitzertops trug.

Was nun? Selma wollte keinen Fehler machen, jetzt, wo Forsberg ihr langsam zu vertrauen schien. Frau Bobrow würde garantiert alles leugnen. Zwar wurden Prostituierte nicht bestraft, nur die Freier mussten sich vor Gericht verantworten, aber die Sache hatte natürlich einen Haken: Kam die Frau aus einem Land, das nicht zur EU gehörte, wurde sie ausgewiesen. Oxana Bobrow würde also einen Teufel tun und ihre Tätigkeit zugeben, und erst recht würde sie Selma die Information verweigern, die sie am meisten interessierte: wer ihr Zuhälter war. Höchstwahrscheinlich Ivan Krull, ihr »Freund«. Selma hatte sein Frettchengesicht mit dem aufsässigen Grinsen noch deutlich vor Augen. Krull hatte nicht zum ersten Mal auf einer Polizeiwache gesessen. Der kannte sich aus, der würde alles abstreiten. Bei Typen wie Krull halfen nur Beweise. Eine Hausdurchsuchung, eine Überwachung. Aber das musste Forsberg entscheiden, wahrscheinlich sogar Anders Gulldén. Sollte es dazu kommen, war es besser, wenn Krull sich vorerst sicher fühlte. Also nahm Selma den Bären unter den Arm und verabschiedete sich von Frau Bobrow, die am Küchenschrank lehnte, eine Zigarette rauchte und Kaffee trank. Selma fiel ein, dass sie ihren noch gar nicht angerührt hatte, aber so wie die Frau aussah, vertrug sie bestimmt noch eine zweite Tasse.

Forsberg erkannte Eva Röög, die Reporterin vom *Göteborg Dagbladet*, sofort, obwohl er sie eine ganze Weile nicht gesehen hatte. Ihr Haar war lang, lockig und kastanienbraun, ein zu großer Mund und ein ausgeprägter Indianerzinken standen im Kontrast zu leicht basedowschen, blaugrünen Augen unter weichen Lidern. Ein Gesicht wie ein Gemälde von Picasso, musste Forsberg beim Anblick der unregelmäßigen Proportionen jedes Mal denken. Sie war hochgewachsen, mit breiten Schultern, kleinen Brüsten und einem ausladenden Becken. Und sie trug mindestens Schuhgröße 42. Alles in allem eine faszinierende Erscheinung, die geeignet war, Forsbergs erotische Phantasien zu befeuern, denn er liebte Frauen, die nicht dem Durchschnittsgeschmack entsprachen.

Noch heute beneidete er Leander Hansson glühend um die Affäre mit diesem Prachtweib, von der ihm Tinka Hansson am zweiten Tag nach Lucies Verschwinden berichtet hatte.

Laut Tinka Hansson war das Verhältnis ihres Mannes mit

der Journalistin im April 2007 aufgeflogen, vier Monate vor Lucies Verschwinden. Als ehemalige Geliebte des Vaters von Lucie gehörte Eva Röög damit automatisch zum Kreis der Verdächtigen. Noch dazu war sie an dem Vormittag in unmittelbarer Nähe des Tatorts gewesen, nämlich in der Lounge des Hotels Avalon am Kungsportsplatsen, allerdings eine Stunde bevor Lucie verschwand. Sie hatte dort zusammen mit ihrem Kollegen Leif Hakeröd auf eine finnische Tangotruppe gewartet, die im Avalon residierte, denn während des Sommerfestes musste die Nachrichtenredaktion den Kollegen aus dem Kulturressort Termine abnehmen, um die Fülle der Ereignisse einigermaßen bewältigen zu können. Doch die Finnen hatten offenbar am Vorabend zu viel gebechert oder die Verabredung vergessen, sie waren jedenfalls nicht erschienen. Zur Tatzeit war Eva unterwegs gewesen zu ihrem nächsten Termin in der Kunsthalle. Dort war die Journalistin kurz vor dreizehn Uhr eingetroffen, das hatte Forsberg dezent überprüft. Für die halbe Stunde davor gab es keine Zeugen. Eva gab mürrisch an, sie wäre über die Avenyn gebummelt und hätte dabei in einige Läden geschaut.

Obwohl Forsberg nicht ernsthaft daran glaubte, dass die Frau mal eben zwischen zwei Terminen in der Mittagspause das Kind ihres Exgeliebten entführte, hatte er sie dennoch dazu vernehmen müssen. Es war eine unangenehme Situation gewesen, für beide. In der Vergangenheit war Eva fast jede Woche in ihr Dezernat hereingeschneit und hatte versucht, den Beamten Neuigkeiten über die gerade anliegenden Kriminalfälle zu entlocken. Forsberg erinnerte sich noch gut an die Flirts mit ihr, aber sie hatte nie angebissen, obwohl es ihm manchmal so vorgekommen war, als sei sie ganz knapp davor. Jetzt wurde ihm einiges klar.

Während des Verhörs – Forsberg hatte versucht, es wie eine vertrauliche Unterhaltung anzugehen, aber das war gründlich misslungen – hatte der Kommissar herauszuhören geglaubt, dass Eva Leander Hansson tatsächlich geliebt hatte. Rache einer enttäuschten Geliebten? Alles in ihm sträubte sich gegen diese plumpe Theorie, aber er konnte sie auch nicht einfach unter den Tisch fallen lassen. Was ihm Eva Röög offenbar bis heute sehr übel nahm. Jedenfalls hatte sie seitdem nie mehr einen ihrer wunderbar großen Füße in sein Büro gesetzt. Vielleicht auch, weil ihr die Sache peinlich war. Dabei hatte Forsberg nicht nur alles getan, um ihren Ruf zu schützen, nein, er hatte darüber hinaus sogar gegen die Vorschriften verstoßen. In keiner Akte, in keinem Protokoll tauchte Evas Name auf, nicht einmal in dem bewussten Vernehmungsprotokoll mit Tinka Hansson, die es zum Glück unterschrieben hatte, ohne es zu lesen.

Aber auch heute, vier Jahre danach, gönnte sie ihm lediglich ein knappes Nicken. Das hat man nun davon, dachte Forsberg, während er der Witwe förmlich sein Beileid aussprach. Marta Cederlund schien verwundert über seine Anwesenheit, aber sie bedankte sich höflich-distanziert, wie es ihre Art war, für sein Kommen.

Zeitverschwendung, dachte Forsberg, und dass er besser mit dem Vogel nach Biskopsgården gefahren wäre. Er wandte sich zum Gehen. Eva Röög stand bei ihren Kollegen. Er grüßte sie erneut und bemerkte dann zu seiner Verblüffung, dass sie auf ihn zusteuerte. »Man darf doch auf Friedhöfen rauchen, oder?«, fragte sie, als sie vor ihm stand.

»Ich weiß es nicht«, sagte Forsberg.

Sie zündete sich eine Zigarette an, stieß eine Rauchwolke aus und sagte: »Langsam weiß man das ja nicht mehr. Bald wird man nur noch in großen Käfigen rauchen dürfen, die in miesen Gegenden aufgebaut werden, mit vielen Warnschildern drum herum.«

Forsberg war hingerissen. Das sah ihr ähnlich, diese Begrüßung nach vier Jahren beleidigten Schweigens. Blieb noch die Frage, was sie von ihm wollte. Er musste nicht lange rätseln.

»Stimmt irgendwas nicht mit Cederlunds Selbstmord?«

»Wieso?«, fragte Forsberg.

»Weil du hier bist«, sagte Eva.

»Ach, das bin ich nur so«, sagte Forsberg.

Sie waren weitergegangen, ihre langen Schritte knirschten über den Kies. Forsberg amüsierte sich im Stillen, bis sie fragte:

»Geschieht eigentlich noch etwas im Fall Lucie Hansson?«

»Wir bekommen immer noch Hinweise aus ganz Europa.«

»Glaubst du, dass sie noch lebt?«

Sein Blick wanderte über die Gräber. Drei Mädchen, dachte er. Lucie, Valeria, Annika. Und ihre Angehörigen, die sich diese Frage hundertmal am Tag stellten. Nicht umsonst war das Verschwindenlassen von Personen ein erprobtes Druckmittel von Diktatoren. Um Tote konnte man trauern, man konnte sie beerdigen und irgendwann mit ihnen abschließen. Mit Verschwundenen wurde man nie fertig.

»Im Vertrauen?«, fragte Forsberg.

Sie warf ihm einen kurzen Seitenblick zu und blies den Rauch aus, auf eine laszive Art, wie man es nur noch in alten französischen Filmen sah.

»Ich glaube nicht«, sagte Forsberg.

Im zweiten Stock funktionierte die Klingel einwandfrei. Es näherten sich eilige Schritte und eine Frauenstimme sagte erleichtert: »Da ist ja deine Mama.«

Ein zu enges und eindeutig zu laut geblümtes Kleid und eine altmodische Schürze umhüllten die dralle Figur von Janne Siska, einer Frau in den späten Dreißigern mit rötlich gefärbten Haaren, die auf ihrem Hinterkopf einen strengen Dutt bildeten. In die Kurve ihrer ausladenden Hüfte klammerte sich ein Baby mit verschmiertem Mund. Selma fühlte sich angesichts dieser vollbusigen Üppigkeit für eine Sekunde selbst wie ein Kind. Dann stellte sie sich vor, wies sich aus und Janne Siska musterte sie mit einer Mischung aus Überraschung und Misstrauen. Ein blondlockiges Mädchen, drei oder vier, lugte um die Ecke und gleich darauf erschien hinter ihr ein zweites Kind, das aussah wie ihr Negativ: dunkle Haut, schwarzes Strubbelhaar, braune Samtaugen. Beide huschten nach einem kurzen Blick auf Selma davon wie scheue Tiere, den Geräuschen eines Fernsehers hinterher. »Lena, mach das leiser, der Papa schläft«, brüllte Janne Siska. Sie bat Selma herein. Die Wohnung der Siskas schien größer zu sein als die der Bobrows. Über einen orientalisch gemusterten Läufer gelangte man in die Küche. Topfpflanzen drängten sich auf dem Fensterbrett, und auf dem Herd köchelte etwas, das verführerisch duftete, besonders jetzt, als Frau Siska den Deckel hob und umrührte. Gulasch, vermutete Selma, oder Borschtsch. Ihr fiel ein, dass sie heute erst einen Apfel gegessen hatte.

Selma durfte auf der gepolsterten Eckbank Platz nehmen. Hinter ihr schmückten Keramikteller die Wand, und eine Flagge: Querstreifen in Gelb, Grün, Rot. Litauen. Offenbar war man bemüht, sich in feindlicher Umgebung einen Anstrich von Bürgerlichkeit zu bewahren, denn alles wirkte sauber und ordentlich, nur vor dem Heizkörper harrten schmutzverkrustete Männerstiefel auf Zeitungspapier der Reinigung.

»Mein Mann hat die ganze Nacht gearbeitet«, erklärte Janne Siska ungefragt. Sie setzte sich Selma gegenüber, während der kleine Alexander wie ein Käfer über den Fußboden krabbelte.

»Wo und was arbeitet Ihr Mann?«, fragte Selma.

Janne Siska zögerte einen Augenblick und sagte dann: »Er fährt Taxi.«

»Für welches Unternehmen?«

»Selbständig.«

Ihre blaue Stimme bekam einen Grünschimmer. Das Thema schien ihr nicht zu behagen. Bestimmt fuhr er eines der zahlreichen Schwarztaxis. Sie waren den regulären Taxiunternehmen ein Dorn im Auge, denn besonders nachts hielten sie sich nicht an die vorgegebenen Halteplätze für Taxen, sondern griffen die Kundschaft direkt vor den Nachtklubs auf.

Janne Siska bestätigte, dass sie ab und zu auf den Sohn von Oxana Bobrow aufpasste, wenn diese arbeiten musste. Selma fragte, ob sie wisse, worin diese Arbeit bestand.

»Putzen«, antwortete Frau Siska in Grün und fuhrwerkte dabei wild in ihrem Kochtopf herum.

»Hatte sie ab und zu Männerbesuche?«

Frau Siska hörte auf zu rühren und stemmte die Fäuste in die Hüften.

»Woher soll ich das wissen? Sie bringt und holt das Kind, das ist alles!«

Ein untersetzter Mann in ausgebeulten Trainingshosen und einem weißen Feinripphemd schlurfte an der Küchentür vorbei. Das Bad musste sich gleich nebenan befinden, denn durch die dünne Wand war deutlich zu hören, dass Herr Siska auf dem Klo saß. Vergeblich klapperte seine Frau mit dem Kochlöffel gegen die Geräusche an. Selma verkniff sich ein Grinsen.

»Bin ich froh, dass wir bald hier wegziehen«, stöhnte die Hausfrau.

»Wohin?«, fragte Selma.

»Wir haben ein Baugrundstück in Askim. Der Rohbau ist schon fast fertig. Vielleicht klappt es noch vor Weihnachten. Ist besser für die Kleine.«

Daher also die Dreckstiefel. Nebenan surrte ein Rasierapparat. Selma brachte die Rede auf die kleine Valeria.

Die Frau seufzte. An dem bewussten Himmelfahrtstag hatte sie das Kind nicht gesehen. »Da war ich mit Lena in Liseberg. Es war ihr vierter Geburtstag.«

»War Ihr Mann auch dabei, in Liseberg?«

Sie schüttelte den Kopf.

»Nein. An so einem langen Wochenende muss Michael arbeiten. Er muss den ganzen Sommer viel arbeiten, oft zwei Schichten hintereinander. Bald kann er sich ausruhen, im Herbst, wenn die Touristen weg sind. Aber dann ist erst mal der Bau an der Reihe, nicht wahr, Michael?«

Sie blickte zur Tür, deren Rahmen der Gatte komplett ausfüllte. Selma stellte sich vor, er nickte und brummte einen Gruß. Er hatte ein breites Gesicht mit einer Narbe über dem rechten Auge und wirkte immer noch verschlafen. Das kurze, dunkle Haar klebte feucht an seinem Kopf. Das blonde Mädchen, Lena, kam aus dem Wohnzimmer geschossen und hängte sich wie ein Äffchen an seinen Unterarm, während er gutmütig protestierte, sie solle nicht so wild sein. Das andere Kind zeigte sich nicht. Vater und Tochter verschwanden im

Wohnzimmer, aber die Duftspur seines Rasierwassers blieb zurück und vermischte sich mit dem Gulaschgeruch.

Selma wollte wissen, ob Janne Siska in letzter Zeit an Valeria etwas aufgefallen wäre.

»Nein. Sie hat ab und zu den kleinen Alexander geholt oder gebracht, das war alles.«

Bringt und holt das Kind, das ist alles. Fast dieselbe Wortwahl. *Das ist alles.* Eine Floskel, die eher auf das Gegenteil schließen ließ, ähnlich wie der Ausdruck »ehrlich gesagt« meistens darauf hindeutete, dass das Gesagte gelogen war.

»Manchmal, beim Abholen, hat sie sich in die Küche gesetzt und ein Glas Milch getrunken, während ich den Kleinen fertig gemacht habe. Aber sie hat nie viel geredet. Sie war ein bisschen schüchtern. Ein nettes, ruhiges Kind, nicht so frech wie die Gören, die sonst hier wohnen. Es ist so schrecklich, so ein liebes Mädchen.« Janne Siska tupfte sich mit der Ecke ihrer Schürze unter den Augen herum, und Selma fragte sich, warum man Mädchen immer dann als besonders nett empfand, wenn sie ruhig waren.

»Haben Sie diesen Bären schon einmal bei Valeria gesehen?«

Frau Siska betrachtete das braune Plüschtier, das Selma neben sich auf die Eckbank gesetzt hatte.

»Nein.«

»Kennen Sie Valerias Freundin Bahar Haaleh?«

Kopfschütteln.

»Wie gesagt, ich war so gut wie nie da oben.«

»Wann haben Sie Valeria zuletzt gesehen?«

Janne Siskas Blick verfing sich zwischen den Blumentöpfen, als suchte sie dort nach einer Antwort. »Ich weiß es nicht mehr. An dem Montag jedenfalls nicht und die Tage davor ...

Ich glaube, am Freitag hat Valeria den Kleinen hier abgeholt, weil ihre Mutter mal wieder keine Zeit dazu hatte. Genau weiß ich es aber nicht mehr.«

»Kennen Sie Frau Bobrows Freund, Ivan Krull?«

Janne Siksa runzelte die Stirn und winkte ab.

»Sie scheinen nicht viel von ihm zu halten.«

»Nein, das kann man so nicht sagen. Ich kenne ihn kaum.«

Eine grasgrüne Lüge. Als Selma nachhakte, erzählte sie.

»Ich stand mal vor der Wohnung. Der Kleine war überfällig, und ich musste weg. Also hab ich ihn selbst raufgebracht. Da hörte ich Geschrei, einen Streit, und dann kam der Krull raus. Er roch nach Schnaps und hätte mich fast umgerannt.«

»Worum ging es?«

»Was weiß denn ich? Ich mische mich da nicht ein.«

»Wie kam er denn mit Valeria aus?«

»Das kann ich nicht sagen. Glauben Sie, dass er was mit ihrem Tod zu tun hat?« Sie strich sich eine Haarsträhne, die dem straffen Knoten entkommen war, aus ihrem rundlichen Gesicht.

»Woher wissen Sie denn, dass sie tot ist?«, fragte Selma.

Sie legte den Kopf schief, an ihrem Hals entstanden zwei Wülste. »Ich bitte Sie! Das ist jetzt über zwei Wochen her. Wo soll sie denn sein?«

»Haben Sie etwas beobachtet, was Ihren Verdacht gegen Herrn Krull erhärtet?«

»Verdacht? Ich verdächtige doch niemanden«, wehrte Janne Siska erschrocken ab. »Ich mag ihn nur nicht, und … na ja, in solchen Fällen steckt ja oft der Freund der Mutter dahinter, oder?«

»Würden Sie ihm das zutrauen?«

»Nein!« Sie schüttelte energisch den Kopf und rief: »Das

habe ich nicht gesagt!« Etwas leiser fuhr sie fort: »Ich könnte mir vorstellen, dass dem mal die Hand ausrutscht. Kinder
können einen ja ganz schön nerven …« Sie erhob sich und
klaubte den Jungen vom Fußboden auf, der sich anschickte,
den Mülleimer zu untersuchen. Sie setzte ihn auf ihr Knie,
sodass er Selma anschaute. Ein langer Spuckefaden lief aus
seinem Mund. Selma hatte noch nie verstanden, was Frauen
an Babys fanden.

»Hat Valeria mal so etwas angedeutet?«

Kopfschütteln.

»Hatten Sie den Eindruck, dass es ihr nicht gut ging? Dass
sie geschlagen wurde oder vernachlässigt …?«

»Unsinn«, rief Janne Siska erbost. »Frau Bobrow tut ihr
Bestes. Sie ist eben manchmal überfordert, aber sie ist ganz
bestimmt keine schlechte Mutter.«

Bestimmt keine schlechte Mutter. Der Satz hallte in Selma nach,
als sie, den Bären unter dem Arm, über den großen Parkplatz
ging, der sich hinter Valerias Wohnhaus befand. Sie überquerte die mehrspurige Sommarvädersgatan, die durch Biskopsgården führte. Am Frisväderstorget, einem dieser künstlich
geschaffenen Plätze, an dem sich kein Mensch wohlfühlte,
klebten noch die Plakate mit Valerias Foto, die meisten zerrissen oder beschmiert. Vor der Straßenbahnhaltestelle hingen
ein paar Typen auf ihren Mopeds rum.

»Hey, Schlampe, komm doch mal her!«

»Die hat 'nen Teddy, wie süß!«

Selma ballte die Fäuste. Sie ging schneller, aufrecht, den
Blick stur nach vorn gerichtet, und es gelang ihr, die alten

Gespenster zu verscheuchen. Nie wieder würde sie ein Opfer sein, das hatte sie sich geschworen. Außerdem trug sie jetzt ihre Dienstwaffe bei sich, darauf hatte Forsberg bestanden. Was ihn wohl dazu trieb, zur Beerdigung dieses reichen Typen zu gehen? Der Mann war ihr ein Rätsel. Sie hatte sich in den letzten zwei Wochen an seine rüde Art gewöhnt, mochte sie sogar, und musste oft der Versuchung widerstehen, ihn zu provozieren. Immer gelang es nicht.

Die Mopedgang hatte offenbar Besseres zu tun, als sie zu belästigen, also konnte Selma ihren Weg entlang der Flygvädersgatan ungehindert fortsetzen. Es war wenig los auf den Straßen. Die Kinder waren vermutlich noch in der Schule. Valeria wäre jetzt in die zweite Klasse gekommen. Selma wurde langsamer und bog in die Godvädersgatan ein. Knapp zehn Minuten hatte sie nur gebraucht. Nicht einmal ein Kilometer, schätzte sie.

Die Godvädersgatan verzweigte sich in mehrere Anliegerstraßen. Der Wohnblock, in dem Valerias Freundin Bahar Haaleh wohnte, war eines von mehreren Rechtecken aus rotem Klinker, aus denen die Siedlung bestand. Alles nüchtern und zweckmäßig durchgeplant, aber es wirkte dennoch freundlicher als der Koloss in der Önskevädersgatan. Vielleicht, weil die Gebäude hier nicht so hoch waren, die meisten hatten nur drei Stockwerke, oder weil vor den Häusern eine zwar phantasielose, aber doch immerhin grüne Fläche zwischen Gebäude und Parkplatz lag. Nachdenklich blieb Selma am Zaun eines Bolzplatzes stehen. Von hier aus waren es nur wenige hundert Meter bis Swartemossen. See, Wald, Sumpf. Bestimmt waren die Mädchen auch manchmal dort gewesen.

Die Familie Haaleh war vom 4. Juli bis zum 14. August in Teheran gewesen. Erst einen Tag vor Valerias Verschwinden waren sie zurückgekommen. Wie also hätte Bahar Valeria den Bären schenken können, wenn es stimmte, was Frau Bobrow sagte, dass das Plüschtier zwei Wochen vor Valerias Verschwinden aufgetaucht war? Wusste Valeria, wann ihre Freundin Bahar aus dem Iran zurückkommen würde? Konnten Kinder mit sechs, sieben Jahren mit einem Datum etwas anfangen? Frau Bobrow besaß keinen Festnetzanschluss, und Valeria hatte kein Handy. Sie konnte nicht einfach bei Bahar anrufen, um herauszufinden, ob sie schon wieder zurück war. Was also tun? Valeria war wohl nichts anderes übrig geblieben, als zu Bahars Haus zu gehen, um nachzusehen. Vielleicht war sie jeden Tag dorthin gegangen. Voller Hoffnung und Erwartung hin und enttäuscht zurück. Vielleicht hatte sie auf dem Rückweg ein wenig getrödelt, ihr war ja langweilig, und sie hatte sonst niemanden. *Keine anderen Freunde* hatte im Protokoll gestanden. Wer hatte das gesagt, ihre Mutter? Die Lehrerin, fiel Selma ein. Ja, es gab solche Kinder, das wusste Selma nur zu gut. Ewige Außenseiter. Weil sie ein bisschen anders aussahen, weil sie anders redeten, ein Gebrechen hatten oder komische Eltern. Und sehr oft gab es überhaupt keinen ersichtlichen Grund dafür.

»Nett, lieb und ruhig«, war Valeria laut Janne Siska gewesen. Die Lehrerin hatte sich ähnlich geäußert.

Kein Mädchen, das einem größeren Jungen das Nasenbein brach, weil er sie fortwährend Spinne oder Giraffe nannte.

Sie sah Valeria durch die Straßen dieser tristen Vorstadt gehen. Jeden Tag derselbe Weg, an unzähligen Blocks vorbei, an Hunderten von Fenstern. Hinter einem davon hatte vielleicht einer gestanden, dem das einsame Mädchen aufgefallen war. Einer, der sie beachtet hatte. Der sie beobachtet hatte, Woche für Woche, Tag für Tag. Gab es eine leichtere Beute?

Marta Cederlund ruhte auf ihrer Couchlandschaft. Die Möpse zu ihren Füßen bildeten ein wärmendes Fellkissen. Endlich! Sie schämte sich ein wenig, dass sie so fühlte, aber als heute Mittag ihr Sohn Dag und seine Frau in ihren BMW gestiegen und weggefahren waren, hatte sie genau das gedacht: Endlich! Zwei Wochen waren die beiden geblieben. Sie und ihr Sohn hatten viel über Geld gesprochen, über Firmenanteile, Fonds, Aktien, sie hatten mit Bankdirektoren verhandelt und Notartermine wahrgenommen. Marta war die Alleinerbin, hatte aber angekündigt, ihrem Sohn ab sofort den größten Batzen des Ererbten zukommen zu lassen. Was sollte sie auch damit anfangen?

Dag hatte darauf bestanden, dass sie an den Verhandlungen teilnahm. Sie hatte seine Bitte erfüllt, das Reden allerdings ihm überlassen, und so hatten sie am Ende ein paar recht befriedigende Abschlüsse erlangt. Nur die Zeitung waren sie nicht losgeworden, jedenfalls nicht zu dem Preis, den Dag sich vorgestellt hatte. Aber warum sollte er sie nicht erst einmal behalten?

Seit über zwanzig Jahren hatte Marta nicht mehr so viel Zeit mit ihrem Sohn verbracht. Am Ende war er nicht mehr ganz der Fremde gewesen, der zur Beerdigung seines Vaters erschienen war, aber es blieb noch immer eine unüberbrückbare Distanz. Hier, im Haus, war ihre Schwiegertochter Mette, ein farbloses, blutleeres Wesen, ständig um Dag oder Marta herumgeschwänzelt, offenbar unfähig, sich selbst zu beschäftigen. Aber Marta war sicher, dass sie ihrem Sohn auch ohne Mette nicht viel näher gekommen wäre. Vieles, was geschehen war, war nicht wiedergutzumachen, durch kein Geld der Welt.

Aber jetzt war die Zeit zu handeln. Kaum war Dag abgefahren, hatte sie Eva Röög in der Redaktion angerufen. Die vorlaute Nachbarsgöre von einst hatte sich mit den Jahren zu einer recht passablen Journalistin gemausert. Der Nachruf auf Magnus war einfühlsam, positiv, aber nicht anbiedernd verfasst worden. Und noch wichtiger: Sie schien Marta eine vertrauenswürdige Person zu sein, deren Rat und Fähigkeiten sie jetzt gebrauchen konnte.

Beim *Dagbladet* hatte Marta zunächst nur eine Kollegin von Eva erreicht. Die sagte, sie würde Eva eine Nachricht hinterlassen, und tatsächlich rief Eva eine Stunde später zurück. Sie verabredeten sich für den nächsten Abend, denn jetzt fühlte sich Marta zu erschöpft, um über diese fürchterlichen Dinge zu sprechen. Die Wirren um den skandalösen Tod ihres Mannes, die Verhandlungen, die Beerdigung, Dag und Mette im Haus … das alles hatte sie doch ziemlich mitgenommen.

Und jetzt war sie also allein. Ganz allein. Kein Magnus. Nie mehr. Der Gedanke war noch ungewohnt, aber es fühlte sich gar nicht einmal schlecht an, und nun stellte sie auch noch zu ihrer Überraschung fest, dass sie die angebrochene Flasche Wein, die vom gestrigen Abendessen übrig geblieben war, schon fast ausgetrunken hatte. Sie würde doch nicht zur Säuferin werden? Noch immer über sich selbst staunend, ließ sie sich auf dem Sofa nieder und schloss die Augen. Sie war müde, so schrecklich müde …

Sie fuhr in die Höhe, als die Hunde aufsprangen und zur Tür rasten. Hatte es geklingelt? Sie hatte nichts gehört. War sie schon so betrunken? Die Möpse bellten oder gaben vielmehr jene heiseren Laute von sich, die mit viel Phantasie als Gebell durchgingen. Draußen war es bereits dunkel. Marta musste längere Zeit geschlafen haben.

Mit schweren Gliedern stand sie auf. Jetzt, wo Dag abgereist war, stand zu befürchten, dass die Nachbarschaft sich verpflichtet fühlte, nach ihr zu sehen, ihr womöglich Gesellschaft zu leisten. Zu reden. Bloß das nicht! Sie scheuchte die Hunde beiseite und öffnete die Tür. Es war niemand da. Was hatten die Viecher nur? Wenn jemand hier wäre, wäre ja auch die Außenbeleuchtung angesprungen. Sie machte einen Schritt nach draußen, um den Bewegungsmelder in Gang zu setzen. Etwas knirschte unter den Sohlen ihrer Hauspantoffeln. Glas. Die Lampe muss kaputt sein. Das war ihr Gedanke, als sie schräg hinter sich eine Bewegung wahrnahm und etwas auf ihrem Kopf zerbarst.

»Gibt es etwas Neues von Lucie?«

Leander Hansson zuckte zusammen und antwortete im selben beiläufigen Tonfall, in dem Greta ihrerseits die Frage gestellt hatte: »Ach ja, Lucie … sie sitzt drüben, in ihrem neuen Kinderzimmer – das hätten wir doch beinahe vergessen euch zu sagen.«

Das darauf folgende Vakuum nutzte Leander, um aufzustehen und in die Küche zu gehen. Mit übertriebener Sorgfalt räumte er das Kaffeegeschirr in die Maschine und spülte die Sektgläser, mit denen sie auf Tinkas vierunddreißigsten Geburtstag angestoßen hatten.

Du benimmst dich kindisch, erkannte er. Aber er fühlte sich im Recht. Den ganzen Nachmittag lang hatten es seine Schwiegereltern so krampfhaft vermieden, von Lucie zu sprechen, dass es schon aberwitzig gewesen war. Stattdessen hatte Greta pausenlos von ihrem noch verbliebenen Enkel

William, dem dreijährigen Sohn von Tinkas Bruder Gunnar, geschwärmt. Allerdings, zugegeben, erst nachdem Tinka anstandshalber nach ihrem Neffen gefragt und damit die Schleuse geöffnet hatte.

Dabei hatte Tinka das wahrscheinlich nur getan, um von dem leidigen Thema abzulenken, das bis dahin Gegenstand der Unterhaltung gewesen war: die *Pleite des Nordin Konzerns*, wie die Presse es nannte. Gunnar könne nichts dafür, die Wirtschaftskrise innerhalb der EU trage die Hauptschuld an der Misere, auf diese Lesart hatten sich die Nordins eingeschossen. Und dass es beileibe nicht ganz so schlimm wäre, wie die Zeitungen es darstellten. Trotzdem wollte Leander jetzt lieber nicht in der Haut seines Schwagers stecken. Sechs Uhr. Sie müssten eigentlich bald aufbrechen. Tinkas Vater wollte doch meistens lieber bei Helligkeit den Heimweg antreten. Obwohl er nachts schlecht sehen konnte, weigerte sich Holger Nordin hartnäckig, mit dem Taxi zu fahren, geschweige denn die Straßenbahn zu nehmen oder gar seine Frau ans Steuer des Mercedes zu lassen.

Leander mochte seinen Schwiegervater. Holger war achtzig, seit fünf Jahren im Ruhestand und begann nun, Versäumtes nachzuholen: Er ging Angeln, nahm gelegentlich an einem Altherren-Segeltörn teil, und seit kurzem schien er sich sogar für Literatur zu begeistern. »Wenn ich schon einen Intellektuellen zum Schwiegersohn habe, muss ich das ausnutzen«, pflegte er zu sagen, wobei Leander bei dem Wort Intellektuelle immer eine Spur Ironie herauszuhören glaubte. Dennoch hatten Leander und er über den Umweg der Literatur ganz allmählich eine gemeinsame Basis gefunden. Leander versorgte seinen Schwiegervater mit Nachschub aus seiner Bibliothek und dem Stapel von Neuerscheinungen der

Verlage, der sich in seinem Büro bei *Sverigesradio* auftürmte. Aus den Gesprächen über das Gelesene entspannen sich Diskussionen über Philosophie, Politik und Weltgeschehen, wobei sie zu ihrer beider Überraschung merkten, dass ihre Weltsicht gar nicht so konträr war, wie man vermuten könnte, wenn ein ehemaliger Wirtschaftsboss und ein Kulturredakteur aufeinandertrafen.

Mit Tinkas Mutter dagegen wurde Leander nicht warm. Greta war mit über fünfzig noch immer eine schöne, elegante Frau, die sich jedoch mit zunehmendem Alter divenhafter benahm. Sie schien immer dünner zu werden und färbte sich das Haar neuerdings schimmelweiß. Sie war Holger Nordins zweite Frau. Sie hatten kurz nach der Geburt von Tinkas Bruder Gunnar geheiratet und zwei Jahre später noch eine Tochter bekommen: Tinka, die angeblich »ein Missgeschick« war. Greta sprach es hin und wieder mit genau diesen Worten aus, so als wäre es ein guter Partywitz. Dass sie Tinka damit verletzen könnte, war ihr offenbar noch nie in den Sinn gekommen. Neulich hatte Leander sie gefragt: »Und was war dann Gunnar? Die Honigfalle?«

Seither machten Leander und seine Schwiegermutter keinen Hehl mehr aus ihrer gegenseitigen Abneigung, was Tinka bedrückte, Leander aber deutlich entspannender fand als das Heucheln von Sympathie. Und wenn er sich nicht sehr täuschte, ging es Greta ähnlich.

Man konnte von Glück sagen, dachte Leander oft, dass Tinka Charakter und Intellekt offenbar von ihrem Vater geerbt hatte und nur das gute Aussehen von ihrer Mutter.

Auf dem Kuchenblech lagen noch drei Zimtschnecken, und der Anblick versetzte Leander einen Stich. Zimtschnecken hatte Lucie immer gern gemocht. Er packte sie in eine

Plastikdose und säuberte das Blech. Danach gab es hier drin beim besten Willen nichts mehr für ihn zu tun, aber zurück an den Esstisch – ein antikes Monstrum, das sie von den Nordins zur Hochzeit bekommen hatten – wollte er auf gar keinen Fall.

Die Post. Er könnte die Post raufholen, daran hatte heute noch keiner von ihnen gedacht. Leander trat vorsichtig auf den Flur. Holgers Budapester standen brav neben der Eingangstür, er hatte sie nach guter schwedischer Sitte ausgezogen und von Tinka ein Paar Filzpantoffeln erhalten. Greta hatte ihre Prada-Stelzen natürlich angelassen.

Leander ging die zwei Stockwerke hinunter zu den Briefkästen. Hinter den Türen der anderen Wohnungen war es ruhig, nur aus der Wohnung im ersten Stock links drang das Quäken eines Babys. Hoffentlich würde Tinka das aushalten. Er hatte keine Lust, schon wieder umzuziehen.

Noch vor dem Weihnachtsfest 2007 waren sie aus dem Reihenhaus in Mölndal ausgezogen. Den Anblick der leeren Schaukel im Garten und des Sandkastens, in dem Lucie wohl nie mehr sitzen würde, ertrugen sie nicht länger und außerdem wimmelte es in der Siedlung plötzlich nur noch so von Kindern. Mit Glück und Beziehungen war es ihnen gelungen, eine Mietwohnung in Haga zu ergattern, um die man sie beneidete. Die ehemalige Arbeitersiedlung war besonders begehrt. Vor gut zwanzig Jahren war sie aufwendig restauriert worden und galt inzwischen als Musterbeispiel des Denkmalschutzes, was sie allerdings auch zum Touristenmagneten gemacht hatte.

Beide waren froh gewesen, wieder in der Stadt zu wohnen, auch wenn sie nicht allzu oft ausgingen. Doch als der Sommer kam, fielen ihnen die zahlreichen Touristen mehr auf die Nerven, als sie gedacht hatten. Zumindest gaben sie das als Grund an, wenn sie gefragt wurden, warum sie eigentlich wieder aus Haga wegwollten.

Es waren nicht die Touristen. Sie hatten gerade ein halbes Jahr in der Västra Skansgatan gewohnt, da bekamen zwei Paare im Haus Nachwuchs und die Studenten-WG im Erdgeschoss wich einer Familie mit drei Kindern. Überhaupt schien es in Haga auf einmal noch mehr Kinder zu geben als in der Siedlung in Mölndal. Kein Zweifel: Haga war längst nicht mehr das Quartier Latin Göteborgs. Die Studenten und die Boheme wurden von jungen Besserverdienern verdrängt. Leuten wie Tinka und Leander. Nur dass sie nicht mehr dieselben waren.

»Ein Hort des Ökospießertums«, lästerte Leander, ohne zu merken, dass er sich anhörte wie sein Schwiegervater.

Jedes Mal, wenn in der Wohnung unter ihnen das Baby schrie, zuckten beide zusammen.

Noch vor ihrer Heirat hatte Leander es zur Bedingung gemacht, dass sie von ihrem eigenen Geld lebten. »Ich käme mir sonst vor wie ein Prinzgemahl oder ein Schmarotzer.« Tinka hatte ihn verstanden oder tat wenigstens so. Auch sie wolle nicht am Tropf ihrer Eltern hängen, hatte sie behauptet. Bis auf ein paar Geschenke waren sie mit dem zurechtgekommen, was Tinka und Leander verdienten, sogar dann, als es nach Lucies Geburt etwas knapp zugegangen war. Allerdings konnte man Greta nicht davon abhalten, sündteure Kinderklamotten und Spielzeug für ihr Enkelkind anzuschleppen. Einmal war Leander der Kragen geplatzt. »Es wäre hilfreicher, wenn du Lucie mal für ein paar Tage nehmen würdest«, hatte er zu seiner Schwiegermutter gesagt, aber wie üblich hatte Greta sowohl schlagfertig als auch dickfellig reagiert: »Sie kann gerne zu uns kommen, wenn sie durchschläft und gute Essmanieren hat. Warum zieht ihr nicht in ein größeres Haus und engagiert ein Kindermädchen, so wie ich es gemacht habe? Wir würden euch jederzeit gerne das Geld dafür geben.«

Aus heutiger Sicht musste er zugeben, dass Gretas Vorschlag möglicherweise gar nicht so schlecht gewesen war. Als man in den ersten Tagen nach Lucies Verschwinden noch gehofft hatte, dass sich Entführer mit einer Geldforderung melden würden, hätte Leander jeden Betrag von seinen Schwiegereltern angenommen, auch wenn er ihn nie hätte zurückzahlen können. Er hatte auch zugestimmt, als sein Schwiegervater öffentlich eine Belohnung von zwei Millionen Kronen aussetzte für einen Hinweis über Lucies Verbleib. Warum hatte er ihre Hilfe nicht früher akzeptiert, um Tinka das Leben zu erleichtern? Vielleicht wäre dann gar nicht geschehen, was geschehen war.

Lediglich Leanders Eltern hatten ihnen ab und zu unter die Arme gegriffen. Obwohl sie noch beide in der Apotheke seines Vaters arbeiteten und Erholung am Wochenende dringend nötig hatten, hatten sie Lucie hin und wieder zu sich nach Karlstad geholt. Angeblich war immer alles gut gelaufen, aber man hatte seiner Mutter jedes Mal angemerkt, wie anstrengend die Tage für sie gewesen waren.

Nachdem Tinka über die Zustände in Haga und den Mangel an bezahlbaren Mietwohnungen in Göteborg geklagt hatte, hatte ihr Vater kurzerhand einen Makler beauftragt, »passende Objekte« ausfindig zu machen. Einen Tag lang hatten sie zusammen Häuser und Wohnungen besichtigt. Sie waren allesamt weit jenseits dessen, was sich Tinka und Leander jemals aus eigener Kraft hätten leisten können. Aber es war Leander zwischenzeitlich egal geworden. Die große Katastrophe ihres Lebens hatte alles relativiert, es kratzte nicht mehr an seinem Ego, Geld von seinem Schwiegervater anzunehmen, wenn es seiner Frau dadurch besser ging.

Tinka hatte sich schließlich für eine großzügige Altbauwohnung mit Stuckdecken und Parkett in der Viktoriagatan entschieden, nachdem auch Leander versichert hatte, dass ihm die Wohnung gefalle. Wem hätten zweihundert Quadratmeter schick renovierter Altbau in einer der besten Lagen Göteborgs nicht gefallen? Wenn Leander eines inzwischen begriffen hatte, dann, dass es egal war, wie und wo man lebte: Das Unglück lauerte überall.

Holger Nordin war kein Kleingeist. Er hatte nicht viel Aufhebens darum gemacht und das Finanzielle diskret erledigt. Im Gegenteil, man merkte ihm die Freude an, ihnen helfen zu können. Es war eine aufrichtige Freude, ohne jede Häme, und zum ersten Mal kam Leander der Gedanke, dass er Tinkas Vater mit seinem Stolz und der jahrelangen Weigerung, am Reichtum der Familie Nordin teilzuhaben, gekränkt hatte. Als er ihnen die Schlüssel zu ihrer neuen Wohnung übergab, war der alte Herr für einen kurzen Moment sentimental geworden. Er hatte Leander an sich gedrückt und mit Tränen in den Augen gesagt, er habe zwar eine Enkeltochter verloren, aber einen Schwiegersohn gewonnen. Das war der Beginn ihrer Annäherung gewesen.

Die Post bestand aus drei Sendungen. Zwei waren an Tinka adressiert; bunte Umschläge, wie sie für Geburtstagskarten üblich waren. Der dritte Brief war ein fensterloses weißes Kuvert, adressiert an *Leander Hansson*. Kein Absender. Leander, den es nicht danach drängte, so rasch wieder hinauf zu kommen, riss den Brief an Ort und Stelle auf. Zum Vorschein kam ein zweimal gefaltetes A4-Blatt mit der gedruckten Botschaft:

Willst du deine Tochter wiederhaben?
Ich weiß, wo Lucie ist.

Die dritte Zeile bestand aus einer Handynummer. Leander schoss das Blut in den Kopf. Seine Beine drohten nachzugeben, und sein Magen krampfte sich zusammen, ähnlich wie an dem Tag, der sein Leben in zwei Hälften gespalten hatte. Seitdem war keine Stunde vergangen, in der Leander nicht an Lucie gedacht hatte; sich fragte, was geschehen war, ob sie noch lebte oder längst tot war, und wer sie ihnen weggenommen hatte.

Er lehnte sich gegen die Wand des Hausflurs und starrte die Briefkästen an. Lange. Schließlich steckte er den Brief zurück in den Umschlag und stieg die Treppen wieder hinauf, mühsam, als müsse er durch Wasser gehen.

»… finde nicht, dass *ich* mich entschuldigen muss. Wo ist er überhaupt?«, hörte er seine Schwiegermutter sagen, als er sich unbemerkt über den Flur in sein Arbeitszimmer schleppte.

Stühle rückten.

Er sollte zu ihnen gehen, sie verabschieden, sich entschuldigen, wenigstens bei Holger. Sonst würde Tinka noch ärgerlicher werden, als sie es bestimmt ohnehin schon war. Aber es ging nicht. Er konnte einfach nicht. Er glaubte, erst wieder klar denken zu können, wenn sie endlich fort waren. Nachdenken über den Brief: ob es ein böser Scherz war und wer dahinterstecken könnte. Oder ob tatsächlich ein Funken Hoffnung bestand.

Auf jeden Fall, beschloss Leander, sollte Tinka erst einmal nichts davon erfahren. Sie würde sich genauso aufregen wie er, und das wollte er ihr ersparen. Er öffnete die Schublade seines Schreibtischs und legte den Brief unter einen Packen Kontoauszüge.

Stimmen auf dem Flur, die Wohnungstür fiel zu. Stille breitete sich aus. Leander saß noch immer wie festgeklebt auf seinem Schreibtischsessel. Er schaute aus dem Fenster. Es dämmerte. Ein Windstoß riss gelbe Blätter von der Kastanie im Hinterhof. Bald schon jährte sich zum sechsten Mal Lucies Geburtstag.

»Ich geh ins Bad, vergiss nicht, dass wir für halb acht einen Tisch reserviert haben«, rief Tinka in Richtung Arbeitszimmer, wohin Leander sich verkrochen hatte. Wie ein kleiner Junge, der etwas angestellt hat, dachte sie.

»Ist gut!«, kam es rasch. Seine Erleichterung über den offenbar nicht stattfindenden Streit war sogar durch die geschlossene Tür deutlich spürbar.

Dabei hatte sich Tinka im Stillen amüsiert über Leanders Antwort auf die dämliche Frage ihrer Mutter. Sie mochte Leanders Zynismus, solange nicht sie selbst das Ziel seiner Giftpfeile war. Und schließlich hatten sie ja auch Gretas nicht enden wollende Hymnen auf Klein William, ihren Neffen, über sich ergehen lassen müssen. Auf einen groben Klotz gehört ein grober Keil, dachte Tinka.

Sie drehte die Dusche auf und genoss die Wärme des Wasserstrahls. Kleine Momente des Wohlbefindens schaffen, das war Tinkas Überlebensstrategie. Was sie in der ersten Zeit nach Lucies Verschwinden nicht für möglich gehalten hatte, gelang ihr allmählich immer besser: ihrem Leben kleine Zeitabschnitte abzutrotzen, in denen sie nicht an Lucie dachte. Minuten nur, manchmal sogar eine ganze Stunde. Momente, in denen sie sich an irgendetwas erfreute, und sei es noch so banal: ein Vogel auf dem Balkongeländer, ein Lied im Radio, ein Film, ein Erfolg bei der Arbeit.

Anfangs war Tinka überzeugt gewesen, dass ihre Ehe daran zerbrechen würde. Wie sollte Leander ihr jemals verzeihen können, dass sie an jenem Tag so völlig versagt hatte. Wie sollte sie mit einem Mann zusammenleben, dem sie das Schlimmste angetan hatte, was man einem Menschen antun konnte? Er musste sie doch hassen! Ihre Schuldgefühle waren so groß, dass sie sich anfangs sogar verbot, um Lucie zu trauern. Sie fand, dass sie es nicht verdient hatte, sich dem Trost der Traurigkeit hinzugeben, so als wäre Lucie an einer Krankheit oder bei einem Unfall gestorben. Jeden Morgen wachte sie mit der Frage auf, was sie diesem Leben eigentlich noch abgewinnen sollte. Etwa die lächerliche Hoffnung, dass Lucie eines Tages wieder auftauchen würde? Sie fühlte sich leer, eine tote Hülle, die aus irgendwelchen Gründen noch morgens aufstand, sich wusch, anzog, aß, trank, funktionierte.

Doch irgendwann hatte das Leben wieder nach ihr gegriffen. Plötzlich hatte sie gemerkt, dass es ihr wieder schmeckte, dass sie sogar wieder lachen konnte. Unbewusst hatte sie einen Schritt nach dem anderen getan. Der größte war gewesen, wieder arbeiten zu gehen. Leander hatte sie darin bestärkt. Dennoch hatte Tinka in den ersten Wochen das Gefühl gehabt, als würde sie damit einen Verrat an Lucie begehen. Aber auch das hatte sich gelegt, und der Umzug hierher war eine gute Entscheidung gewesen. Dieses Mal hatten sie sorgfältig auf ihre Umgebung geachtet. Die Mitbewohner des Hauses waren ältere Leute, aber noch nicht so alt, dass sie bald sterben und jungen Familien Platz machen würden. Bei einigen kamen allerdings schon die ersten Enkel zu Besuch, und dass die Frau aus dem ersten Stock mit vierzig noch ein Kind bekommen würde … Hoffentlich würden die bald wegziehen, raus, ins Grüne!

Hin und wieder ließ Leander anklingen, ob sie nicht über ein neues Kind nachdenken sollten. Aber Tinka erwiderte dann jedes Mal schroff, sie brauche kein Therapiekind.

Nein, Tinka wollte kein Kind mehr. Sie hatte das alles unterschätzt: die ständige Präsenz, die dauernde Müdigkeit, das immerwährende Fremdbestimmtsein, das Reduziertwerden auf ihren Körper. Eine Lucie-Versorgungseinheit hatte sie sich im Geheimen genannt. Sie hatte nicht gejammert, das war nicht ihre Art, schließlich ging das Millionen Frauen so, seit Tausenden von Jahren. Das würde vorbeigehen, irgendwann. Als Mutter hatte man selbstlos hinter der Aufgabe zu verschwinden. Dann würde man irgendwann den Lohn der Mühen einfahren. Die kleinen Glücksmomente, wenn Lucie endlich einmal zufrieden war und lächelte, hatten all die Anstrengungen jedoch nicht aufwiegen können.

Lucies Lächeln.

»Sie lächelt mich nie an. Dich ja, aber nie mich. Ich glaube, sie mag mich nicht«, hatte Tinka geklagt, als Lucie etwa ein Jahr alt war. »Das ist nicht wahr«, hatte Leander erwidert. »Wenn du den kleinen Affen nachmachst, lacht sie sich halb kaputt.« – »Sie lacht den Affen an, nicht mich«, hatte Tinka geantwortet und Leander hatte geschwiegen.

Tinka erkannte, dass ihre Erwartungen an die Mutterschaft offenbar zu hoch gewesen waren. Dieser verklärte Ausdruck auf den Gesichtern anderer Mütter hatte sich bei ihr nie eingestellt. Sie wusste nicht, warum. Aber dieses Experiment wiederholen? Nein.

Und da war noch etwas: Sie hatte es bis jetzt noch nie vor

Leander ausgesprochen, aber tief im Innern war Tinka überzeugt: Ohne Lucie hätte es in Leanders Leben keine andere
Frau gegeben. Und ein zweites Mal wollte sie so etwas nicht
riskieren.

Sie hoben die Gläser. Leander wünschte seiner Frau gerade noch einmal alles Gute zum Geburtstag, als zwei Dinge
gleichzeitig passierten: Aldo, der Besitzer des Lokals, trug die
Vorspeisen auf, und eine große Frau mit dunklen Locken in
einem weiten, weich fallenden schwarzen Mantel kam herein. Sie war in Begleitung eines gut aussehenden Mannes,
der ihr die Tür aufhielt.

Dass Eva geheiratet hatte, hatte sich herumgesprochen.
Was war der Typ noch gleich, Unternehmensberater? Finanzberater. Einer von diesen Schlawinern also, die die Leute um
ihr Erspartes brachten und dafür fette Provisionen einstri-
chen. An den Namen des Mannes konnte Leander sich nicht
erinnern, aber offenbar hatte Eva ihren Nachnamen Röög
behalten, denn so zeichnete sie noch immer ihre Artikel im
Göteborg Dagbladet, das er sich ins Büro schicken ließ.

Aldo wünschte Leander und Tinka einen guten Appe-
tit, dann wirbelte er herum und widmete sich seinen neu
angekommenen Gästen. Er begrüßte sie wie alte Freunde,
nahm ihnen die Garderobe ab und reichte sie an den Kellner
weiter.

Unter dem Mantel trug Eva ein enges schwarzes Kleid,
das ihre kurvenreiche Figur höchst vorteilhaft zur Geltung
brachte, und dazu eine Perlenkette. Eine *Perlenkette!* Eva!
Passt doch gar nicht zu ihr, dachte Leander. Dennoch musste

er erkennen, dass sie ihr gut stand und ihre meerfarbenen Augen zum Leuchten brachte. Und sosehr sich Leander auch bemühte, an ihrem Begleiter etwas Nachteiliges zu entdecken, fand er doch nichts. Volles dunkelblondes Haar, lässig, aber gut geschnitten, klassische Gesichtszüge, athletische Figur. Und groß. Jedenfalls größer als Leander. Man konnte ihm allenfalls den Vorwurf machen, zu gut auszusehen.

Auf dem Weg zu ihrem reservierten Tisch hielt Eva kurz inne, als sie Leander bemerkte. Dann, nach einem Seitenblick auf Tinka, nickte sie ihm kurz und mit einem knappen Lächeln ihrer ochsenblutrot geschminkten Lippen zu. Leander nickte ebenfalls, wagte aber nur ein Lächeln, das knapp über der Wahrnehmungsgrenze lag. Dann beeilte er sich, wieder Tinka anzusehen, deren Gesicht gerade über ihrem Meeresfrüchtesalat versteinerte.

Aus irgendeinem Grund, vermutlich weibliche Boshaftigkeit, musste Eva nun ihren Sitzplatz so wählen, dass sie in seine Richtung schaute, wenn sie den Kopf nur eine Winzigkeit nach rechts drehte. Dasselbe galt für Leander, der angefangen hatte, sein Carpaccio vom Seeteufel zu essen, wobei er krampfhaft seinen Teller fokussierte.

»Wollen wir die Plätze tauschen? Nicht, dass du hinterher behauptest, ich hätte dauernd rübergesehen«, sagte Leander.

Aber Tinka hatte sich wieder gefangen, und die Plätze zu tauschen wäre ja auch zu albern gewesen. Leander spießte zwei Scheiben rohes Fischfleisch auf die Gabel. Er und Tinka sahen sich an und brachten beide ein Lächeln zustande.

Für den Rest des Abends redete Tinka einen Tick zu viel, vermutlich, um dem anderen Paar nicht den Anblick eines sich anschweigenden Ehepaars zu bieten. So fiel nicht auf, dass Leander wortkarg blieb. Er dachte an den seltsamen Brief. Sollte er morgen tatsächlich diese Nummer anrufen?

Als Tinka endlich bereit war, zu gehen, waren Eva und ihr Mann beim Espresso, und Leander hatte Nackenschmerzen.

Camilla war ein hübsches Ding aus Öckerö, aber sie wollte weg von der Insel, wollte in die Stadt. Also absolvierte sie einen Kurs in Steno und Schreibmaschine und fuhr einen Tag nach ihrem einundzwanzigsten Geburtstag nach Göteborg, um sich bei einer Firma vorzustellen. In einem schäbigen braunen Koffer schleppte sie alles mit, was sie besaß, auch ihre gesamten Ersparnisse, die sich auf knapp 300 Kronen beliefen. Ihre Mutter missbilligte ihr Vorhaben aufs Schärfste und hatte ihr Geld für die Rückfahrt mitgegeben, aber als Camilla in Hönö das Fährschiff nach Lilla Varholmen betrat, schwor sie sich, nicht zurückzukehren, und wenn doch, dann nur mit einem dicken Wagen, schicken Klamotten und einem tollen Mann an ihrer Seite. Oder so ähnlich. Es waren zwar nur zwanzig Kilometer bis Göteborg, aber für Camilla bedeutete diese Fahrt den Aufbruch in eine neue Welt.

Sie bekam die Stelle und natürlich verliebte sie sich prompt in ihren Chef: in seine apart ergrauten Schläfen, seine große, schlanke Gestalt, seine galanten Manieren und den sanften und doch gebieterischen Ton in seiner Stimme.

Ihr erstes Gehalt investierte sie in einen Minirock, enge Hosen und einen Fön. Jeden Morgen stand sie nun eine halbe Stunde früher auf, glättete ihre blonden Haare und malte sich einen dicken schwarzen Lidstrich, so wie die Popstars im Fernsehen. Doch die Chefsekretärin, ein sauertöpfischer alter Drachen, erinnerte sie daran, dass das hier ein seriöses Wirtschaftsunternehmen wäre und keine Diskothek. Also erschien Camilla wieder in den knielangen Röcken, hochgeschlossenen Blusen und den selbst gestrickten Pullovern, die sie von der Insel mitgebracht hatte. Trotzdem hielt der Drachen sie ab jetzt vom Büro des Direktors fern, ging selbst zum Diktat oder schickte das andere, etwas pummelige Mädchen. Camilla hingegen durfte nur noch Briefe abtippen und die Ablage sortieren. Aber diese Maßnahmen griffen zu spät. Längst hatte der Chef ein Auge auf sie geworfen, und als er sie an einem kühlen Spätsommerabend nach Hause gehen sah, ließ er sie in seinen Wagen steigen und lud sie zum Essen ein. An diesem Abend beschloss Camilla, dass dies das Leben war, das sie künftig führen wollte: Kerzenlicht, das sich im Tafelsilber spiegelte, Kellner, die eilfertig herumhuschten, um einem jeden Wunsch von den Augen abzulesen, französische Weine und Speisen, deren Namen sie nie vorher gehört hatte. Vor allen Dingen aber wollte sie diesen Mann, nach dessen Pfeife alle tanzten.

Er stand vor einem alten Telefon mit Wählscheibe. Immer wieder versuchte er, die Nummer, die auf dem Brief abgedruckt war, zu wählen, aber jedes Mal glitt sein Finger bei einer der Zahlen ab und er musste von vorn anfangen. Es wurde immer schwieriger, mit jedem Versuch, er schwitzte, seine Hände waren feucht, sein Herz raste. Aber irgendwann ertönte doch ein Freizeichen, ein Klicken, und dann ein blechernes, schepperndes Lachen, höhnisch und hohl, wie aus einem dieser Lachsäcke, die es in seiner Kindheit als Scherzartikel gegeben hatte. Es hörte auch nicht auf, als er schon längst den Hörer auf die Gabel geschmettert hatte.

Keuchend fuhr Leander hoch. Das Bett neben ihm war leer, und es roch nach Kaffee. Es war Sonntag, und alles war in Ordnung. Nein, erkannte er im endgültigen Erwachen. Nichts war in Ordnung. Lucie war verschwunden und da war dieser Brief.

Das Aufwachen war immer der schlimmste Moment des Tages. Oft gab es zwei, drei Sekunden, in denen er sich wohlfühlte, so wie früher, als Kind, wenn er Ferien hatte und ein Tag voller Versprechungen und Verheißungen vor ihm lag. Doch im nächsten Moment sickerte die Erkenntnis in sein Hirn, traf ihn jedes Mal mit neuer Wucht, und dann wünschte er sich nur noch, irgendwann einmal in einem anderen Leben aufzuwachen.

Er würde anrufen, natürlich würde er anrufen. Er hatte Angst davor. Angst, dass wirklich dieses Lachen ertönen könnte, so wie in seinem Traum. Unsinn! Aber was, wenn es die Nummer gar nicht gab und er nie erfahren würde, wer hinter dem Brief steckte? Noch eine Ungewissheit in seinem Leben würde er nicht ertragen.

Tinka kam herein, sie hatte eine Tasse Kaffee in der Hand, die sie auf Leanders Nachttisch stellte. Sie kroch zurück ins Bett und kuschelte sich an ihn, während er die Tasse in die Hand nahm, den Duft des Kaffees einsog und ihn dann in langsamen Schlucken trank.

Tinka schmiegte den Kopf an seine Brust, ihre Hände strichen über seinen Bauch. Er stellte seinen Kaffee zur Seite und überließ sich Tinkas Händen. Ihm war jetzt gar nicht nach Sex zumute. Aber man musste kein Prophet sein, um sich auszumalen, welche Erklärung sich Tinka zurechtphantasieren würde, sollte er jetzt kneifen. Verdammt, warum hatten ihnen Eva und ihr Dandy von einem Ehemann ausgerechnet zu diesem völlig unpassenden Zeitpunkt über den Weg laufen müssen?

Vielleicht würde es helfen, an Eva zu denken? An den Kirschgeschmack ihrer Lippen. Ihre weichen, kleinen Brüste, die einen anziehenden Gegensatz zu ihren straffen Muskeln bildeten …

Selma Valkonen legte die Hände um die Porzellanschale mit dem Milchkaffee und genoss die Schweigsamkeit von Sir Henry, der ihr gegenüber am Küchentisch saß. Er protestierte auch nicht, als sie sich eine Zigarette ansteckte. Sie war noch nicht geduscht und trug einen viel zu großen Männerbademantel mit verwaschenen Streifen in Taubenblau und Rot. Er gehörte ihrer Mitbewohnerin Anna, die ihm aus irgendeinem Grund den Namen Amundsen gegeben hatte. Anna absolvierte gerade ein Auslandssemester in Singapur, und Amundsen hätte allein den halben Koffer ausgefüllt, also hatte er zurückbleiben müssen. Eigentlich hatte sich Selma aus Kostengründen während Annas Abwesenheit einen Ersatz-Mitbewohner suchen wollen. Bei der Wohnungsnot, die unter den Studenten herrschte, hätte es sicher eine große Auswahl an Bewerbern gegeben. Aber am Ende hatte sie sich nicht dazu durchringen können, sich an einen fremden Menschen zu gewöhnen, der nur für ein paar Monate blieb und dann wieder verschwand. Es erschien ihr zu aufwendig. Also hatte sie es sein gelassen und genoss die Alleinherrschaft über ihr Reich, das sie nur mit Sir Henry teilte. »Dass du mir ja nett zu ihm bist«, hatte ihr Anna eingeschärft und ihr außerdem das Versprechen abgerungen, nicht so viel zu pokern. Aber zweimal die Woche war ja nicht viel.

Zwischen einem Schluck Milchkaffe und einem Zug von der Zigarette sagte Selma zu Sir Henry: »Und es wundert mich nicht, dass kaum einer im Dezernat was mit ihm zu tun haben will. In der ersten Woche hat er kaum ein Wort mit mir geredet. Dachte wahrscheinlich, er kann mich so einfach wegekeln. Dabei kommt mir das sehr gelegen, du weißt ja, ich kann Leute, die zu viel quatschen, nicht ausstehen. Am Freitag habe ich ihn gefragt, ob er mit der blonden Tussi von nebenan was laufen hat – ich habe natürlich nicht Tussi gesagt, sondern Malin, sie heißt Malin. Und sie ist auch keine Tussi, trotz ihrer Silberstimme. ›Das geht dich einen Scheißdreck an‹, hat er zu mir gesagt. Wortwörtlich!« Selma zog erneut an ihrer Zigarette und blies den Rauch mitten in Sir Henrys stoisches, blasses Gesicht. »Ich kann verstehen, dass er 'ne Macke weghat. Immerhin ist ja auch sein Kind verschwunden, seit acht Jahren schon. Muss furchtbar sein, so was. Natürlich darf er das nicht an mir auslassen, völlig klar. Aber ich nehme das nicht persönlich, er lässt es nämlich an *jedem* aus. Vielleicht erinnere ich ihn an seine Tochter. Sie wäre jetzt vierundzwanzig, also nur ein bisschen jünger als ich. Deshalb nimmt er mich wohl auch nicht ernst. Sie hätten jemand Älteren zu ihm schicken sollen. Oder gar niemanden. Der kommt schon alleine klar. Zumindest denkt er das.« Sie lachte leise auf. »Du hättest sehen sollen, wie der mich angeschaut hat, in Gulldéns Büro: wie eine Marienerscheinung. Wie er aussieht? Och, eigentlich ganz gut, ja, doch, für sein Alter. Hat immerhin noch alle Haare und Zähne, ja, bisschen grau sind die Haare schon, aber sonst …« Sie grinste. »Mit der Mode hat er's ja nicht gerade, aber er hat Bernsteinaugen, wie ein Hund, und schöne Hände. Und seine Stimme ist grün. Ein gedämpftes Grün, wie Salbeiblätter. Er muss nur aufpassen, dass er nicht zu fett wird und aussieht wie ein Hinkelstein … Nein, ich bin nicht in ihn verknallt, und ich habe auch keinen Vaterkomplex, also wirklich, ich bitte dich!« Selma drückte ihre Zigarette aus. »Ich geh duschen.« Amundsen auf dem Stuhl zurücklassend, stand sie auf und ging ins Bad. Sir Henry blieb regungslos und schweigend sitzen. Alles andere hätte Selma auch sehr gewundert. Mit einer Schaufensterpuppe zu sprechen fand sie nicht allzu abgedreht, schließlich redeten die Leute ja auch mit ihren Pflanzen. Wirklich eigenartig wäre nur, sollte das Ding eines Tages antworten.

Leander sagte, er hätte mal wieder Lust auf frische Brötchen. Tinka fand die Idee gut.

Er nahm das Rad. In seiner Jacke steckten sein Handy und die Nummer, die er von dem Brief abgeschrieben hatte. Er erledigte den Einkauf, dann bog er in eine ruhige Seitenstraße, stieg ab und tippte die Ziffern ein. Es klingelte und klingelte. Niemand hob ab. Hatte er sich verwählt? Er versuchte es noch einmal. Wieder klingelte es ins Leere.

Leander starrte das Display an. Was jetzt? Nochmals anrufen? Oder später? Er zuckte zusammen, als das Handy zwei kurze Pieptöne von sich gab. Eine SMS: *Montag, siebzehn Uhr, Nähe Google-Maps 57643739, 11863021, keine Polizei!*

Leander hatte Mühe, das Telefon in seiner Jackentasche zu verstauen, ohne es fallen zu lassen. So rasch, wie die SMS gekommen war, musste sie vorbereitet gewesen sein. Warum hatte dann der Treffpunkt nicht schon in dem Brief gestanden? Dumme Frage: Man wollte testen, ob er angebissen hatte. Was war das für ein Spiel? Wenn jemand wusste, wo Lucie war, warum sagte er es dann nicht einfach? Das würde doch jeder normale Mensch tun. Ging es um Geld? Das würde heißen, dass Lucie noch am Leben war! Nicht unbedingt, bremste sich Leander. Zumal die Belohnung, die sein Schwiegervater damals ausgesetzt hatte, immer noch Gültigkeit hatte. Das hatte sogar neulich wieder in der Zeitung gestanden, als der Fall Lucie im Zusammenhang mit dem Verschwinden eines Mädchens aus Biskopsgården wieder durch die Presse gegangen war. Allerdings war auch allgemein bekannt, dass der Nordin-Konzern zurzeit in Schwierigkeiten steckte. Was, überlegte Leander, wenn das Geld nun tatsächlich gebraucht würde? Sie könnten die Wohnung beleihen. Und da war noch immer die Villa der Nordins in Utby. Zwei

Millionen Kronen waren, in Nordin-Maßstäben gerechnet, noch immer eine geringe Summe. Aber vielleicht wollte der Briefschreiber mehr.

Vor vier Jahren hatte der alte Nordin das Zehnfache als Belohnung aussetzen wollen, aber Kommissar Forsberg hatte ihn beschworen, es nicht zu tun. So viel Geld würde nur die Gier der Leute wecken und einen Wust an unbrauchbaren Hinweisen verursachen, der die Ermittlungen behindern würde. So hatte Forsberg argumentiert und wundersamerweise hatte sich sein Schwiegervater sogar einmal etwas sagen lassen und war dem Rat gefolgt.

Vielleicht war Lucie tot, vielleicht wollte der Unbekannte nur diese Information an ihn verkaufen. Die Formulierung *Ihre Tochter wiederhaben*, die in dem Brief stand, bedeutete nicht zwingend, dass sie lebte. Leander dachte darüber nach, wie viel ihm die Gewissheit über den Tod seines Kindes wert wäre.

Oft hatte er es sich vorgestellt. Eines Tages würde man irgendwo, vielleicht in einem See oder einem Waldstück, Lucies Leiche finden. Die Polizei hatte ihre Haar- und Zahnbürste behalten, für eine DNA-Analyse. Und dann? Würden er und Tinka dann die Phasen der Trauer durchlaufen, wie es die Psychologie propagierte, und schließlich Lucies Tod akzeptieren und ihren Frieden finden? Vielleicht. Aber nicht, solange man ihren Mörder nicht gefunden hätte!

Er radelte schnell zurück. Zum ersten Mal verfluchte er seine altmodische Attitüde, derentwegen er sich noch immer kein Smartphone zugelegt hatte, denn er brannte darauf, diese Koordinate einzugeben.

»Hat aber lange gedauert«, stellte Tinka fest, als er die Brötchen auf den gedeckten Tisch stellte. Sie hatte geduscht und roch gut, wie eine exotische Frucht.

»War auch ganz schön voll«, sagte Leander und wunderte sich, woher er den unbekümmerten Tonfall nahm.

Er zwang sich zum Essen. Dabei schnürte es ihm vor Aufregung fast die Kehle zu. Und wenn er Tinka einweihte? Hatte sie nicht ein Recht darauf, alles zu erfahren, was Lucie betraf? Ja, natürlich, sagte sich Leander. Doch zuerst wollte er sehen, wer oder was dahintersteckte. Er wollte keine Hoffnungen bei Tinka wecken, die dann wieder zerstört wurden. Das würde sie wohl kaum ertragen.

Die alte Dame saß allein an einem Tisch im Wintergarten und schaute hinaus in den Park. Späte Rosen blühten noch, doch das Laub fiel schon von den Bäumen. Sie trug eine geblümte Bluse unter einer rosafarbenen Strickjacke, und jede Locke ihres weißen Haars war mit Spray an ihrem Platz fixiert worden. Ihr zuliebe hatte Selma auf ihre gewohnte Kleidung verzichtet und eine graue Hose und einen blauen Pullover angezogen. Die Sachen schlotterten an ihr, weil sie Anna gehörten, aber es war ja auch Annas Großtante, die Selma jeden Sonntagnachmittag besuchte, außer, wenn sie Dienst hatte. Das hatte sie Anna vor deren Abreise versprochen.

Das Altenheim in Lundby war privat und beherbergte ausschließlich gut betuchte Alte. Auf den ersten Blick konnte man es beinahe für ein nobles Hotel halten, mit seinen opulenten Gemälden an den Wänden und der großen Bibliothek. Es roch auch nicht wie in gewöhnlichen Altenheimen, allenfalls ein wenig nach Küche, und am Sonntagnachmittag nach Kaffee.

Anfangs war Selma nur widerwillig in das Altenheim gegangen. Sie hatte sich sogar ein wenig davor gefürchtet, ähnlich wie vor einem Krankenbesuch und obwohl sie schon mit Anna hier gewesen war. Aber inzwischen freute sie sich sogar auf den Besuch. Annas Großtante, Elin Nielsen, war unkompliziert. Sie erzählte Selma fast jedes Mal die gleichen Familiengeschichten und nach dem Kaffee spielten sie Dame. Selma achtete darauf, dass Elin die meisten Partien gewann, man durfte es nur nicht zu offensichtlich machen, sonst merkte sie es und protestierte, sie sei kein kleines Kind, das man gewinnen lassen müsse. Das sah Selma sehr wohl ein, aber ihre Gegnerin konnte ja nicht wissen, dass sie es mit einem Profi zu tun hatte. Elin Nielsen war vierundachtzig und insgesamt geistig durchaus noch auf der Höhe. »Die Tassen im Schrank werden nur langsam weniger«, pflegte sie zu sagen. Sie las die Tageszeitungen von vorn bis hinten und wusste über den aktuellen Göteborg-Klatsch viel besser Bescheid als Selma. Seit Selma bei der Kriminalpolizei war, verfolgte Elin die Polizeiberichte mit besonderer Aufmerksamkeit.

»Habt ihr diese russische Bande, die die Rassehunde klaut, denn endlich dingfest machen können?«, hatte sie beim letzten Mal gefragt und fragte es heute wieder. Offenbar lagen ihr die Tiere sehr am Herzen. Selma musste Elin daran erinnern, dass sie seit einem Monat in der Vermisstenstelle arbeitete.

»Aber die Hunde werden doch vermisst«, beharrte Elin, und alle ihre Runzeln änderten die Form, als sie verschmitzt lächelte. Selma lächelte ebenfalls, denn sie hatte den leisen Verdacht, dass die alte Dame sie ein bisschen auf die Schippe nahm.

Der Wintergarten und der daran angrenzende Speisesaal waren gut besucht. Das Personal fuhr mit kleinen Teewägelchen herum und servierte Kaffee und Kuchen für Heimbewohner und Besucher. Zwei kleine Jungen tobten zwischen abgestellten Rollatoren herum und wurden ermahnt. Selma hatte Elin gefragt, ob sie es lieber hätte, an einem anderen Tag besucht zu werden, wochentags, wenn es ruhiger wäre. Aber Elin hatte gemeint, der Sonntag wäre ihr schon recht und da gäbe es auch die besten Kuchen. Das stimmte. Die Kuchen waren ausgezeichnet, Selma aß immer mindestens zwei Stücke und manchmal steckte sie noch eins ein, für den nächsten Tag. Womöglich war es auch ein Stigma, wenn man am Sonntag allein am Kaffeetisch saß, so wie die Frau mit dem fliederfarbenen Haar am Nebentisch, die mit verkniffenen Lippen nach draußen blickte und ab und zu an ihrem Teeglas nippte.

Selma beugte sich über den Tisch und flüsterte: »Elin, wie heißt noch mal die Dame neben uns, du hast sie mir neulich vorgestellt.«

»Das ist Pernilla Nordin«, sagte Elin. Sie hatte ein bisschen zu laut gesprochen, der Kopf von Frau Nordin, der auf einem Schildkrötenhals saß, wandte sich in ihre Richtung.

Nordin. Selma sah den Namen vor sich in der Akte Lucie Hansson stehen. Holger Nordin, Großvater von Lucie Hansson. Der Name Nordin kam in Göteborg nicht allzu häufig vor. War sie eine Verwandte?

Selma entschuldigte sich bei Elin. Sie müsse kurz etwas klären, was mit einem Fall zu tun habe. Elin schaute verdutzt, während Selma zum Nebentisch ging und fragte, ob sie sich setzen dürfe. Die Frau wies mit verwundertem Gesichtsausdruck auf die drei freien Stühle und nickte. Selma stellte sich als Inspektorin der Kripo Göteborg vor und fragte die alte Dame rundheraus, ob sie mit Holger Nordin verwandt wäre.

Die Frau blickte sie missmutig an. Selma versuchte, die Farbe ihrer Augen zu bestimmen, aber es gelang ihr nicht.

Auch Elin am Nebentisch schaute unzufrieden drein. Es gefiel ihr wohl nicht, dass ihr Besuch fremdging.

»Er war mein Mann«, sagte Pernilla Nordin widerstrebend.

»Wann war das?«, fragte Selma.

»Ach, Gott, das ist ewig her. Wir wurden 75 geschieden.« Sie presste die Lippen zusammen und rührte in ihrem Tee. Knotige Adern liefen über ihren Handrücken, der voller brauner Flecken war. Der knallrote Lack auf ihren Fingernägeln wirkte grotesk dazu.

»Ich war eine gute Partie für ihn.« Ihre Stimme erinnerte an eine eingerostete Schiffsschraube. »Aber er konnte ja die Finger nicht von diesen kleinen Flittchen lassen. Eins davon hat ihm dann prompt einen Balg angedreht. Die ganze Firma tuschelte darüber. Er dachte wohl, ich merke das nicht. Sie hat ihn sogar zum Vaterschaftstest zitiert, ich habe den Brief gesehen. Da hat es mir endgültig gereicht, da habe ich mich scheiden lassen.« Sie beugte sich in Selmas Richtung und sagte mit bösem Blick: »Aber nun hat er ja seine Strafe.«

Seine Strafe, dachte Selma. Was meint sie? Doch nicht etwa sein verschwundenes Enkelkind?

»Selma, was ist denn nun?«, kam es vorwurfsvoll vom Nebentisch.

»Ich komme schon«, sagte Selma und verabschiedete sich von Frau Nordin. Die nickte nur erneut. Dann betrachtete sie weiter die Rosen und Rhododendren hinter der Glasscheibe.

Zum Jahresende kündigte Camilla das möblierte Zimmer in Haga, einem heruntergekommenen Arbeiterviertel, und zog in ein Apartment im Rosenlund-Viertel. Zwei Zimmer mit Zentralheizung und Einbauküche. Es kam Camilla wahnsinnig mondän vor. Dort besuchte er sie ungefähr zweimal in der Woche und für die restlichen Abende kaufte er ihr einen Farbfernseher. Er blieb immer nur ein paar Stunden, bis elf oder zwölf, damit er seiner Frau noch vormachen konnte, er käme von einem Geschäftsessen. Er hatte große Angst, dass seine Frau etwas merken könnte, denn da war dieser Ehevertrag, der ihn im Fall einer Scheidung als armen Mann dastehen lassen würde. Zumindest stellte er das Camilla gegenüber so dar.

Camilla war der Überzeugung, dass er übertrieb. Schlau, wie er war, hatte er doch bestimmt irgendwo ein paar Schäfchen im Trockenen. Und sagte er nicht immer wieder, dass er sie liebte? Er sagte es jedenfalls an jenem Abend, an dem sie zu viel Rotwein tranken, um in Stimmung zu kommen, und er nach dem Koitus in ihren Armen einschlief, anstatt, wie sonst, zu duschen und nach Hause zu fahren, zu seiner Frau. Camilla machte in dieser Nacht kaum ein Auge zu. Jede gestohlene Sekunde wollte sie neben ihrem sanft schnarchenden Geliebten auskosten. Sie schmiedete Zukunftspläne. Denn nun würde endlich Bewegung in die Sache kommen. Seine Frau, die ihn ja ohnehin weder liebte noch verstand, würde erkennen müssen, dass er eine andere liebte, nämlich sie, Camilla.

Er hatte erwähnt, dass er gern Kinder gehabt hätte. Einen Sohn und Erben. Seine Frau war jedoch schon vierzig und noch immer kinderlos. Da tat sich wohl nichts mehr. Aber sie, Camilla, war jung und fruchtbar und hatte vor ein paar Wochen die Pille abgesetzt.

Am Morgen, nach dem Erwachen, stand ihm die Panik ins Gesicht geschrieben. Er brüllte sie an, wieso sie ihn nicht geweckt habe, dann zog er sich an und knallte die Tür zu.

Im Büro sah man ihn an diesem Tag nicht mehr.

Das Grinsen des Vorzimmerdrachen erinnerte an einen überspannten Bogen, als sie Camilla am übernächsten Tag die Kündigung auf den Schreibtisch legte. Sie erhielt zwei Monatsgehälter als Abfindung und hatte acht Tage Zeit, um das Apartment in Rosenlund zu verlassen.

Der Montagmorgen begann für Forsberg mit einem Anruf von Eva Röög höchstpersönlich. »Gnä' Frau, was verschafft mir die Ehre?«, zwitscherte Forsberg, während der Vogel das Gesicht verzog, als hätte er Zahnschmerzen.

»Der Überfall auf Marta Cederlund. Gibt es schon Neuigkeiten?«

Forsberg überlegte, ob er ihre Neugier ausnutzen und Eva zu einem Treffen überreden sollte. Aber dafür wusste er einfach nicht genug, und sie wäre sicherlich nicht begeistert, wenn er sie für ein paar dürftige Informationen irgendwohin bestellte. Also sagte er: »Soviel ich weiß, liegt sie immer noch im Sahlgrenska und ist nicht bei Bewusstsein. Mehr weiß ich nicht. Für Einbrüche bin ich nicht zuständig.«

»Hättest du trotzdem Zeit für ein kurzes Gespräch unter vier Augen?«

Forsberg war entzückt. »Tja, mal sehen ... Ist schwierig. Ich stecke nämlich mitten in diesem Fall ...«

»Forsberg, lass die Fisimatenten!«

Sie verabredeten sich zur Mittagszeit in einem Café auf der Avenyn. Als er aufgelegt hatte, warf er einen Blick hinüber zu Selma, die in ihre Akte hineingrinste. Immerhin schien sie nicht mehr beleidigt zu sein. Am Freitagnachmittag hatte Malin Kuchen von irgendeiner Feier – Geburtstag oder weiß der Geier was – vorbeigebracht. Forsberg blieb solchen Anlässen grundsätzlich fern, und der Vogel war entweder solchen Vergnügungen ähnlich abgeneigt wie er oder gar nicht eingeladen gewesen. Angesichts der Fürsorge von

Malin hatte Selma wissen wollen, ob Forsberg mit Malin was am Laufen hätte.

Er hatte dieses impertinente Frauenzimmer mit, wie er fand, klaren Worten in die Schranken gewiesen, woraufhin sie ihre Lederjacke über die Schulter geworfen hatte und grußlos gegangen war.

Malin. Lange her, paar Jahre schon. Als das Ganze immer mehr auf eine »Beziehung« zugesteuert war, hatte er einen Rückzieher gemacht. Er kannte sich inzwischen zu gut, und es hatte noch bei jeder Frau jenen Punkt gegeben, an dem er aufhörte, sie zu lieben, an dem er plötzlich die Gewissheit hatte: Sie ist es nicht. Bei Malin war das noch gar nicht der Fall gewesen, aber er wusste, auch mit ihr würde es so weit kommen. Außerdem kam ihm allmählich der Verdacht, dass er die dauernde Nähe eines anderen Menschen gar nicht ertragen würde. Schon als Kind hatte er sich gerne in sein Baumhaus verkrochen und war glücklich gewesen, dort allein zu sein. Da er Malin wirklich sehr gernhatte, fand er, dass sie wenigstens Ehrlichkeit verdient hatte. Natürlich war sie enttäuscht gewesen und auch gekränkt. Aber sie hatte ihn verstanden, und es war ihnen das seltene Kunststück gelungen, freundschaftlich verbunden zu bleiben.

Sie waren im Fall Valeria Bobrow noch immer nicht weitergekommen. Selmas Vermutung, dass Frau Bobrow gelegentlich anschaffen ging, hatte sich erhärtet. Sie hatten bei der Firma, für die sie putzte, die Dienstpläne überprüft und festgestellt, dass sie dieser Tätigkeit nur aushilfsweise nachging, zwei, drei Mal in der Woche. Auf Selmas Drängen hatte Greger Forsberg seinen Chef Anders Gulldén so lange genervt, bis er schließlich zähneknirschend der Überwachung von Frau Bobrows Freund Ivan Krull zugestimmt hatte. Die

Aktion war jedoch gerade angelaufen, da war Krull in seine Heimatstadt Tallinn gereist und bis jetzt nicht wieder zurückgekommen. Es blieb wohl nichts anderes übrig, als Frau Bobrow in dieser Sache zu vernehmen und aus ihr herauszuquetschen, wer ihr Zuhälter war. Es gab angenehmere Dinge, als die Mutter eines verschwundenen Mädchens wegen ihres illegalen Broterwerbs in die Zange zu nehmen, weshalb sich Forsberg bisher darum gedrückt hatte. Heute Nachmittag hatte er es eigentlich in Angriff nehmen wollen, aber nun …

»… Nordin gesprochen?« Die spröde Stimme des Vogels riss ihn aus seinen Grübeleien.

»Was?«

»Ich fragte, ob man damals mit Pernilla Nordin gesprochen hat.«

»Pernilla Nordin?«

»Die erste Frau von Holger Nordin, Lucie Hanssons Großvater«, sagte Selma.

Wie, zum Teufel, kam der Vogel jetzt darauf?

»Was steht denn in der Akte?«

»Da steht im Aussageprotokoll von Greta Nordin, Holger Nordins Ehefrau Nummer zwei, ich zitiere: ›Es würde mich nicht wundern, wenn die alte Hexe was damit zu tun hat.‹ Und da steht auch noch, dass Malin Birgersson Pernilla Nordin an ihrem damaligen Wohnsitz nicht angetroffen hatte, weil sie im Krankenhaus war.«

»Aber die Frau ist …«

»Achtundsiebzig. Ich habe sie getroffen. Im Altenheim.«

Wen besuchte der Vogel wohl im Altenheim? »Dann wird sie wohl kaum die Enkelin ihres Exgatten entführt haben.«

»Nein, vermutlich nicht«, antwortete Selma, schnappte

sich ihren Kaffeebecher und ging damit zur Tür hinaus. Bestimmt, um Malin wegen der damaligen Befragung von Pernilla Nordin zu löchern.

Ob wohl noch Zeit wäre, um vor dem Treffen mit Eva zum Friseur zu gehen? Es wäre ohnehin mal wieder nötig, fand Forsberg und strich sich über seine kratzigen Wangen und die Flusen im Nacken. Rasierten die einen nicht auch? Türkische Friseure taten das, er hatte es schon von außen beobachtet. Hineingewagt in so einen Laden hatte er sich noch nicht. Ob er Selma danach fragen sollte? Forsberg musste über sich selbst den Kopf schütteln. *Mach dich nicht lächerlich, alter Trottel!*

Eine junge Frau erhob sich von Evas Tisch, als Forsberg das Café betrat. Sie schien zu Evas Redaktion zu gehören, denn Eva ermahnte sie, sich nicht von Politikergeschwätz einseifen zu lassen, und gab ihr noch ein fröhliches »Du machst das schon, Sigrun« mit auf den Weg. Forsberg nickte ihr im Vorbeigehen zu, und sie lächelte freundlich zurück. Wurden die jungen Leute eigentlich immer jünger oder er immer älter?

»Wurde ja auch Zeit!«, begrüßte ihn Eva Röög.

»Ja, wir hätten schon vor Jahren miteinander ausgehen sollen!«

»Ich meinte den Friseur. Hast du sie abrasiert, weil du eine Glatze kriegst?«

»Also bitte!«

»Steht dir, dieser Bruce-Willis-Look.«

»Willst du mal anfassen?«, lockte Forsberg.

»Lieber nicht.«

Forsberg fuhr sich über das, was dieser tückische Osmane von seinem Haar noch übrig gelassen hatte. Es fühlte sich an wie ein Fußabtreter, und an die Rasur mit einem riesigen Säbel, mit dem vermutlich Süleyman I. schon vor Wien gestanden hatte, durfte er gar nicht zurückdenken, sonst bekam er sofort wieder Schweißausbrüche. Dafür waren seine Wangen jetzt glatt und weich wie ein Babypopo. Nach dem Friseurbesuch hatte er sich ein dunkelgraues Jackett und ein neues Hemd gekauft, dessen Farbe die Verkäuferin Kiesel genannt hatte. Er hatte beides gleich angelassen und das rot karierte Hemd in die Aktentasche gestopft. Nur zu einer neuen Hose hatte er sich noch nicht durchringen können. Man musste es ja auch nicht gleich übertreiben.

Die Bedienung kam, sie bestellten beide Cappuccino. Hier, im Inneren des Cafés, war es fast leer, während auf der Terrasse kaum ein Stuhl kalt wurde. Nachdem der Tag trüb und verhangen begonnen hatte, hatte es über Mittag aufgeklart, und sofort zeigte die Stadt noch einmal ihr Sommergesicht.

»War das eben eine Schülerpraktikantin?«, fragte Forsberg.

»Sigrun? Nein, meine Volontärin. Die werden auch immer jünger«, seufzte Eva. »Oder wir immer älter.«

»Du siehst toll aus«, sagte Forsberg mit ehrlicher Bewunderung. Sie war noch schöner als vor vier Jahren. Die paar Falten, die dazugekommen waren, machten ihr Gesicht nur attraktiver. Und was die Kleidung anging: Sie hatte immer schon Geschmack gehabt, aber jetzt schien sie ihn sich mehr kosten zu lassen. Sie trug einen hellgrauen Hosenanzug wie ihn Männer in den Zwanzigerjahren getragen hatten. Die dunklen Locken waren heute streng nach hinten gekämmt, wo sie einen voluminösen Zopf bildeten, und ihre Füße steck-

ten in flachen Budapestern. Vielleicht waren es sogar Herren-
schuhe. Forsberg war völlig hingerissen und hatte Mühe, sich
auf das Gespräch zu konzentrieren. Was hatte sie eben wissen
wollen? Ob er es nicht auch auffällig fände: erst der Selbstmord Cederlunds und dann der Überfall auf seine Frau.

»Ja«, sagte er.

Einer Nachbarin war am Abend beim Hundespaziergang
die zerbrochene Außenlampe aufgefallen. Sie hatte geklingelt, aber nur das Jaulen der Möpse gehört. Mit der Taschenlampe hatte sie die beschädigte Leuchte begutachtet und
schließlich zwischen den Scherben am Boden etwas entdeckt, das wie Blut aussah. Da hatte sie die Polizei gerufen.

Marta Cederlund lag bewusstlos und mit einer blutenden
Kopfwunde in der Eingangshalle. Die Möpse kauerten in der
Küche und knurrten die Polizisten an. Im Arbeitszimmer
von Magnus Cederlund lagen Ordner und Bücher auf dem
Boden verstreut, der Wandsafe stand offen. Die Safekom-
bination klebte auf der Unterseite des Sockels einer Nackten
in Bronze, die umgekippt auf dem Fensterbrett lag. »Wozu
dann überhaupt ein Safe? Er hätte das Ding auch gleich offen
stehen lassen können«, hatte einer der Spurensicherer gegenüber Forsberg bemerkt.

Auch die restlichen Zimmer der Villa waren durchsucht
worden. Martas Schmuck und einige Dokumente lagen nach
wie vor im Safe, weder Bilder noch andere Kunst- oder Wert-
gegenstände waren entwendet worden. Einzig das Hochzeitsfoto, das im Schlafzimmer gestanden hatte, lag mit zerbroche-
nem Glas im Mülleimer. Martas Handtasche war ausgekippt
worden, Papiere und Bankkarten steckten noch im Portemonnaie, nur das Bargeld war weg. Die Spurensicherung hatte im Haus keine fremden Fingerabdrücke gefunden, auch

keine brauchbaren Fußspuren vor der Tür, und der Nachbarschaft waren keine verdächtigen Personen aufgefallen.

»Das war kein gewöhnlicher Einbruch. Der Sohn gab an, dass als Einziges der Laptop seines Vaters fehlte. Aber nicht erst seit dem Einbruch, sondern schon seit dem Tod seines Vaters.« Forsberg seufzte. »Die Reichen haben ja immer ihre Geheimnisse …«

»Woher wusste der Täter, dass Dag nur Stunden zuvor weggefahren war?«, rätselte Eva. »Hat er seit der Beerdigung das Haus beobachtet, über zwei Wochen lang?«

»Es reicht ja, wenn man jeden Abend vorbeifährt und nachsieht, ob das Auto noch dasteht«, überlegte Forsberg.

»Die Polizei glaubt also, dass jemand im Haus nach etwas Bestimmtem gesucht hat und Marta eine Art Kollateralschaden war«, fasste Eva zusammen.

Kollateralschaden. Forsberg nickte.

»Und wenn es umgekehrt war? Wenn er in Wirklichkeit Marta umbringen wollte und es als Einbruch tarnte? Vielleicht hielt er sie für tot, als er wegging?«

Forsberg zuckte mit den Achseln. Das war nicht sein Fall, obwohl es ihn nicht kaltließ. Was wollte sie von ihm?

Eva rückte näher an den Tisch und beugte sich in seine Richtung. Ihr Parfum duftete nach englischen Rosen und frisch geschlagenem Holz. Forsberg nahm genüsslich Witterung auf.

»Marta hat mich nach der Trauerfeier angesprochen. Sie wollte etwas mit mir bereden, aber erst, nachdem Dag abgereist war.«

»Wieso mit dir?«

»Wir waren mal Nachbarn, bevor sie nach Långedrag umgezogen sind.«

»Ah«, sagte Forsberg. »Das wusste ich nicht.«

»Das muss auch nicht jeder wissen.«

»Bin ich vielleicht jeder?«

»Ich meine damit vor allem die lieben Kollegen in der Redaktion.«

»Ich dachte immer, ihr seid dort eine große, glückliche Familie.«

»Aber sicher«, sagte Eva.

»Und was wollte Marta von dir?«

»Keine Ahnung. Ich hatte gehofft, du könntest mir was darüber sagen.«

Forsberg schüttelte den Kopf. Sein Nacken, so kahl und leer! Und das jetzt, wo es auf den Winter zuging. »Nein. Sie hat nur ihren Mann bei mir vermisst gemeldet und ich habe ihr die Todesnachricht überbracht. Auf der Trauerfeier war ich nur der Höflichkeit halber.«

»Wirklich?«, fragte Eva.

»Ja!«

»Du bist ein anständiger Kerl.«

»Da gibt's andere Meinungen.«

»Jedenfalls war es etwas, das sie nicht mit Dag besprechen konnte oder wollte.«

»Hast du jemandem davon erzählt?«

»Keinem Menschen!«

»War Marta immer schon so …?«

»Ja«, antwortete Eva. »Schon damals.«

Die Bedienung brachte den Kaffee.

»Bist du wirklich ganz sicher, dass es ein Selbstmord war?«, fragte Eva nach einem Schluck von ihrem Cappuccino, dessen Milchschaum einen aparten Kranz auf ihrer Oberlippe hinterließ.

»Ich habe die Tatortfotos der Kollegen aus Jonköping gesehen, den Bericht der Spurensicherung und den Obduktionsbericht. Es gab keine Anzeichen für ein Fremdverschulden.«

Er rechnete damit, dass Eva etwas sagte wie, er sei gar nicht der Typ für einen Selbstmord, doch kein Wort davon kam über ihre Lippen.

»Du warst also nicht selbst in dem Sommerhaus?«

»Nein.«

»Hm«, machte Eva.

Forsberg ahnte, was nun kommen würde. Aber das ging natürlich nicht. Auf gar keinen Fall! Auch wenn es zu verlockend wäre, mit diesem Prachtweib für ein paar Stunden aufs Land zu fahren. Aber der Fall war abgeschlossen, er konnte nicht einfach ohne Gerichtsbeschluss in das Haus eindringen und dort herumschnüffeln. Noch dazu in Begleitung einer Journalistin. Wenn Dag Cederlund oder die Kollegen aus Jonköping davon Wind bekämen, wären sie schwer angepisst und würden sich bei Anders Gulldén beschweren, und er käme in Teufels Küche.

»Wir sollten es uns ansehen«, sagte Eva und leckte sich den Milchschaum von der Lippe.

Der Ort, den die Koordinaten beschrieben, war ein Parkplatz oberhalb des Hafens von Fiskebäck. Ein Wanderweg führte am Wasser entlang von dort nach Önnered durch ein Gebiet namens Dansholmen. Sumpfige Wiesen und flache Felsen. Die Inseln Lilla Rösö und Stora Rösö lagen hier dicht vor der Küste, hinter ihm erhob sich das Gelände zu einem bewaldeten Hügel, der laut Karte Schlossberg hieß. Ein Schloss entdeckte Leander allerdings nicht.

Zu Tinka hatte er gesagt, er brauche den Wagen für ein Interview mit einem Kinderbuchautor, der in Tynnered wohne. Zwei Autos standen auf dem Parkplatz, ein Opel mit deutschem Kennzeichen und ein Mazda mit schwedischem. Leander schickte eine SMS mit der Autonummer an die 71456, die Servicenummer der Straßenverkehrsbehörde. Vier Uhr. Er war extra früher hergekommen, denn er wollte das Gelände erkunden. Nun folgte er einem Weg querfeldein. Auf einer Koppel graste ein Pferd. Nach wenigen Minuten erreichte Leander die andere Seite der Halbinsel. Seebuden kletterten den Hang hinauf. Der Blick kam ihm bekannt vor, aber diese rot-weißen Holzhäuschen, in denen Fischer und Küstensegler ihre Gerätschaften und Segel lagerten, waren typisch für die Küste um Göteborg und den Bohuslän, und man fand sie in nahezu jeder Bucht. Gegenüber, nur etwa einen Steinwurf weit entfernt, lag die Insel Lilla Rösö. Heidekraut, Wacholderbüsche, Vogelbeersträucher und wilde Äpfel wucherten aus den Felsspalten, die das Ufer säumten, davor standen Bootshäuser auf Pfählen, verbunden durch hölzerne Stege. Boote dümpelten auf dem stahlblauen Wasserstreifen. Ein älteres Ehepaar in Funktionsjacken stand davor, der Mann machte Fotos, die Frau deutete auf dieses und jenes und schien hell entzückt zu sein. Der deutsche Opel. Bei den Bootshäusern war niemand zu sehen. Leander folgte dem Weg, der jetzt dicht am Wasser entlang führte. Die tief stehende Sonne ließ ein paar fedrige Wolken erglühen, der Himmel war vom reinsten Azur. Die blaue Stunde, dachte Leander. Er mochte diese Stimmung, kurz bevor die Dämmerung einsetzte. Es war ein lieblicher Ort, der ganze Charme Südschwedens entfaltete sich in dieser kleinen Bucht, und unter anderen Umständen hätte Leander den Spaziergang sicherlich genossen. Jetzt aber war er unruhig. Ein wenig ängstlich sogar. Was würde hier passieren? War es nicht sogar gefährlich, was er hier tat? Vielleicht war das alles ein besonders aufwendiger Trick, um ihn auszurauben und den Wagen zu stehlen. Der Saab war erst ein halbes Jahr alt, günstig geleast über einen Freund von Tinkas Bruder.

Und was, wenn gar nichts passierte?

Sein Handy piepste. Die Angaben zum Mazda. Der Wagen war acht Jahre alt und die Halterin war von Beginn an eine Elisabeth Lundell aus Fiskebäck, geboren 1949. Leander steckte das Telefon wieder weg. Der Briefschreiber würde wohl kaum so dumm sein, seinen eigenen Wagen hier zu parken.

Zehn vor fünf. Leander wich vom Weg ab und kletterte auf den Felsen herum. Sie reichten bis ans Wasser und manche waren mit Moos und Gräsern bewachsen. Kleine Blumen blühten in zarten Farben, dazwischen Reste von Lagerfeuern. Bestimmt war hier an Sommerabenden einiges los. Auf einem Felsen stehend beobachtete Leander das Touristenpaar, das den Weg entlangkam. Er dachte an den letzten Urlaub mit Tinka und Lucie auf Korfu. An Tinkas verletzte Schweigsamkeit, an sein Bemühen, die Dinge wieder ins Lot zu bringen. Nichts hatte sie ahnen lassen, dass all das bald völlig unwichtig sein würde.

Ein kühler Wind schnitt ihm plötzlich ins Gesicht und kündigte den Herbst an. Er schlug den Kragen hoch und vergrub die Hände in den Taschen seines Trenchcoats.

Das erste Weihnachtsfest ohne Lucie hatten sie in einem All-Inclusive-Club auf Kuba verbracht, zwischen betrunkenen Skandinaviern, Engländern und Deutschen. Nach einem verkrampften Essen zu Heiligabend waren sie auf ihr Zimmer gegangen, hatten sich mit Rum betrunken und geweint. Das Jahr darauf waren sie zu Leanders Eltern nach Karlstad gefahren und auch dieses Jahr wollte Tinka wieder dorthin. Sie hatte deren ruhige, bescheidene Art, dieses Fest zu begehen, inzwischen schätzen gelernt. Die Nordins feierten dagegen mit einem riesigen Baum und einer Dekoration im ganzen Haus, die dem Weihnachtsmarkt in Liseberg Konkurrenz machte. Und mit Gunnar, Sanna und William. »Was zu viel ist, ist zu viel«, sagte Tinka dazu, aber zuweilen hatte Leander seine Frau im Verdacht, dass sie ihre Trauer um Lucie auch ein bisschen vorschob. Denn Tinka konnte ihre Schwägerin Sanna nicht leiden, was bezeichnend war, denn Sanna war ein jüngeres Abziehbild von Greta Nordin. Ob Gunnar klar war, dass er quasi seine Mutter geheiratet hatte? Und was war mit ihm, Leander? Es gab durchaus Parallelen zwischen seiner Mutter und Tinka. Äußerlich waren sie sich nicht ähnlich, aber beide waren Naturwissenschaftlerinnen. Seine Mutter hatte Pharmazie studiert und Tinka Chemie. »Hast du dir also auch eine Giftmischerin an Land gezogen«, hatte sein Vater dazu bemerkt, und Tinka hatte Leander gestanden, dass sie seine Mutter lieber mochte als ihre eigene. War ihr deswegen eines Tages der Gedanke gekommen, Lucie könne sie nicht leiden?

Familie, dachte er. Man macht sich gar keinen Begriff davon, was das bedeutet, wenn man heiratet: Man glaubt, sich mit einem Menschen zu verbinden, was für sich genommen schon ziemlich ungeheuerlich und schwierig genug ist, aber an die Probleme mit der angeheirateten Verwandtschaft denkt man gar nicht – bis sie dann da sind.

Tinka und er hatten sich vor neun Jahren in einer Buchhandlung zum ersten Mal getroffen, sie hatte ihn angesprochen und um Rat gefragt, weil sie ihn für einen Verkäufer hielt. Ihm gefiel ihre feine, souveräne Art. Sie wirkte frisch und unkompliziert und trat zu einem Zeitpunkt in sein Leben, als er seiner chaotischen Beziehungen mit obskuren Frauen allmählich überdrüssig wurde und begonnen hatte, sich nach Normalität zu sehnen.

Natürlich fragte er sich auch ab und zu, warum Tinka gerade ihn geheiratet hatte und nicht einen von Gunnars Internatskumpels, die ihr in materieller Hinsicht ungleich mehr hätten bieten können als er. Hatte Tinka mit dieser Heirat die Liebe ihres Vaters auf eine Probe stellen wollen, war es ein Akt der Rebellion gegenüber ihren Eltern gewesen, ein Schlag ins Kontor ihrer dünkelhaften Mutter? Oder war bei ihr die Erkenntnis zu spät gekommen? Leander wusste, dass er eine gewisse Wirkung auf Frauen hatte, aber die hielt oft nicht allzu lange an. Eine hatte mal zu ihm gesagt, er wäre ganz brauchbar als Liebhaber, aber kein Mann zum Heiraten. Leander hatte das damals als Kompliment aufgefasst.

Die Touristen waren vorbeigegangen. Leander kletterte von seinem Felsen, folgte ihnen in einigem Abstand zum Parkplatz und beobachtete, wie sie wegfuhren. Auch der Mazda war nicht mehr da, nur Leanders silbergrauer Saab stand noch auf dem Platz. Er tastete in der Brusttasche nach seinem Handy und vergewisserte sich, dass es eingeschaltet war. Vier Minuten vor fünf. Er stellte sich neben seinen Wagen und wartete. Verscheuchte die irrwitzige Vorstellung, dass gleich ein Auto um die Ecke biegen würde, in dem Lucie säße.

Die Minuten vergingen unendlich langsam. Es wurde fünf. Fünf nach fünf. Zehn nach. Leander schwankte zwischen Wut und Verzweiflung. Da verarschte ihn jemand. Da trieb jemand ein ganz übles ... Sein Handy in der Brusttasche des Mantels piepste. Eine SMS. Nervös fingerte er es heraus und las den Text: *Papierkorb zwischen den zwei Bänken. Tüte mit rotem Band.* Ja, er erinnerte sich an zwei Bänke, die am Weg auf der Seeseite gestanden hatten. Leander rannte zurück. Der Papierkorb stand dort, wie beschrieben, und tatsächlich lag darin, zwischen Getränkedosen und Bananenschalen, eine weiße Plastiktüte, die mit einem roten Band verschnürt war. Leander spürte, wie sein Herzschlag beschleunigte. Er schaute sich um. Kein Mensch war unterwegs. Mit spitzen Fingern fasste er das rote Geschenkband an und fischte die Tüte aus dem Abfalleimer. Sie war nicht schwer. Leander trug sie hinüber zu der Bank, legte sie darauf und setzte sich. Erst jetzt realisierte er, wie sehr seine Knie zitterten. Vorsichtig zog er die Schleife auf, fasste die Tüte an den unteren Ecken und schüttelte den Inhalt auf die Bank. Er war auf alles Mögliche gefasst gewesen, aber nicht auf das: Zum Vorschein kam ein kleiner, roter Sportschuh von Nike.

Der Anblick raubte ihm den Atem. Er wusste nicht mehr, ob sie sie an dem bewussten Tag getragen hatte, aber er erinnerte sich, dass Lucie solche Schuhe besessen hatte. Greta hatte sie ihr gekauft, und Leander hatte sich darüber geärgert, weil er befürchtet hatte, dass Lucie durch solche Gaben frühzeitig an bestimmte Lifestyle-Marken herangeführt wurde. Was für eine läppische Sorge! Er hob den Schuh auf. War das wirklich Lucies Schuh oder war es nur dasselbe Modell? Der Schuh, es war der linke, sah recht neu aus, aber Lucie hatte die Schuhe kaum getragen, denn sie waren ihr noch ein wenig zu groß gewesen. An der Spitze war das Leder etwas abgerieben. Er steckte die Nase ins Innere des Turnschuhs, hoffend, etwas von Lucies ureigenem Duft zu erhaschen. Sie hatte immer so gut gerochen. Nach dem Apfelshampoo und der Babycreme und – nach Lucie eben. Aber er roch nur die Chemikalien des synthetischen Futters. Ein Windstoß erfasste die Tüte und wehte sie von der Bank. Leander hob sie auf. Erst jetzt bemerkte er, dass sich darin ein Zettel befand. Er war ein Mal gefaltet. Leander öffnete ihn und las: *Für die Information über den Aufenthalt Lucies möchte ich, dass du eine bestimmte Person, die ich rechtzeitig bekannt gebe, tötest. Bei Einverständnis sende eine SMS mit okay. Keine Polizei!*

Forsberg betrachtete Evas eleganten Hände auf dem Lenkrad. Es erstaunte ihn immer wieder, was für fragil wirkende Hände Frauen haben konnten, selbst solche, die Berufe ausübten, bei denen sie ordentlich zupacken mussten. Malin zum Beispiel konnte mit der Handkante einen Ziegelstein durchschlagen, das hatte sie ihm eindrucksvoll demonstriert. Dabei hatte sie Hände wie eine Elfe. Oder Selmas dünne Vogelkrallen … Sie hatte sich noch nicht aus Biskopsgården gemeldet.

»Was ist das für ein Ring?«, fragte Forsberg.

»Ein Ehering.«

Forsberg starrte sie an. Eva lächelte.

»Du verarschst mich!«

Ihre Miene verfinsterte sich. »Warum sagst du das? Hast du geglaubt, ich finde keinen mehr?«

»Nein … nein, natürlich nicht, ich … ich meine bloß …«

»Was meinst du bloß?«

»Das ist Verschwendung!«, platzte es aus ihm heraus. »Eine Frau wie du sollte Affären haben …«

Er unterbrach sich, denn ihm wurde klar, dass er Unsinn redete, dass das eine das andere ja nicht ausschloss, im Gegenteil. Forsberg bevorzugte Liebschaften mit verheirateten Frauen. Bei ihnen war nicht zu befürchten, dass sie einen mit Wünschen nach Zusammenziehen, Heiraten, Kindern und ähnlichem Ungemach behelligten, außerdem traf man sich nicht allzu oft, sodass noch ausreichend Zeit für einen selbst blieb. Und wenn sie da waren, dann verschwanden sie noch vor dem Frühstück. Um mit Frauen zu essen, kam für Forsberg ohnehin nur der Abend infrage. Mittags verschlang er immer nur irgendeine Kleinigkeit, und beim Frühstück wollte er prinzipiell noch keinen Menschen sehen.

»Die letzte Affäre hat mir nur Ärger eingebracht – vor allen Dingen mit dir«, erinnerte ihn Eva.

Darauf wusste Forsberg nichts zu antworten.

»Hast du mich damals wirklich verdächtigt?«, fragte sie.

»Nein! Aber ein Polizist darf sich schließlich nicht nur von seinen Gefühlen leiten lassen!« Er merkte selber, wie lächerlich er sich anhörte, ein Text wie aus einer abgeschmackten Krimiserie. Wovon, bitte schön, ließ er sich denn im Moment gerade leiten, warum saß er in diesem Angeberauto und fuhr auf dem Boråsleden in Richtung Jonköping, an einen Ort, an dem er absolut nichts verloren hatte?

Eva schien seine Gedanken zu lesen, ihr Gesicht nahm einen amüsierten Ausdruck an, nur so leicht, um den Mund herum.

»Wer ist der Kerl, ich bring ihn um!«

»Er heißt Stieg und ist Finanzberater. Du sitzt in seinem Wagen.«

Finanzberater! Forsberg sandte einen Blick zum Verdeck des Z4. War es das Geld?

»Musste das sein?«, fragte er.

»Ja«, sagte Eva.

»Und er ist jetzt die große Liebe, oder was?« Sein Ton fiel gereizter aus, als er beabsichtigt hatte.

»Vielleicht«, sagte Eva, und nach einer kleinen Pause: »Er bringt mich zum Lachen.«

Zum Lachen. Forsberg lehnte sich wieder entspannt zurück. Das klang nicht nach brodelnder Leidenschaft, eher nach Torschlusspanik und Kompromiss. Er war im Moment zu träge dazu, die Ehemänner zu zählen, die ihre Frauen zum Lachen gebracht hatten und von ihnen betrogen worden waren – mit ihm, Greger Forsberg, dem Ernsten.

Die sanfte weibliche Stimme des Navigationssystems schickte sie nun auf dem Riksväg 195 nach Norden, und sie schwiegen, bis der Wagen in einen holprigen Feldweg einbog, an dessen Ende, auf einer kleinen Anhöhe, ein hellgrau gestrichenes Holzhaus mit steilem Schieferdach stand. Es besaß trotz seiner Größe angenehme Proportionen und gefiel Forsberg besser als der Klotz in Långedrag. Struppiges Buschwerk markierte die Einfahrt, eine späte Rose schlang sich am Geländer der Veranda hoch.

»Hübsch«, sagte Eva. Sie standen vor der Tür, und Forsberg erinnerte sich an Martas Beschreibung des Schlüsselverstecks. Er tastete die Kante der Holzverkleidung über dem steinernen Sockel ab, fand den Nagel, aber keinen Schlüssel. Sicher hatten die Kollegen ihn nicht wieder in diesem »Versteck« deponieren wollen.

»Abgeschlossen«, sagte Forsberg, nachdem er sich vergewissert hatte. Eine Alarmanlage sah er nicht.

»Dann sieh zu, dass du sie aufkriegst.« Eva stemmte abwartend die Hände in die Hüften.

»Das wäre dann Einbruch. Ich bin Beamter.« Er hatte keine Lust, sich dabei lächerlich zu machen. *Bringt mich zum Lachen.* »Komm, wir schauen mal durch das Fenster auf der anderen Seite«, sagte er.

»Ich bin nicht hergekommen, um durch Fenster zu schauen.«

Eva kramte in ihrer Handtasche. Gespannt sah der Kommissar zu, wie sie mit der Kundenkarte einer Buchhandlung am Schloss herumhantierte und dabei fluchte wie eine Hafendirne.

»Du ruinierst dir bloß die Fingernägel«, sagte Forsberg, aber da sprang das Schloss auf.

»Bitte sehr!«

Forsberg war tief beeindruckt. Was für Fähigkeiten schlummerten wohl noch in dieser Frau?

»Lernt man so was bei der Zeitung?«, knurrte er.

»Das, und wie man den Polizeifunk abhört«, grinste Eva und schickte sich an, das Haus zu betreten, aber Forsberg hielt sie zurück. »Taschenkontrolle.«

Keine Fotos, das war seine Bedingung gewesen. Keine Bilder, kein Bericht. Niemand durfte von diesem Besuch erfahren. Eva hatte es zwar versprochen, aber sicher ist sicher, dachte Forsberg.

»Traust du mir nicht?«

»Kein bisschen«, sagte Forsberg, während er einen Blick in die Tasche warf und dann ihr Handy einsteckte.

»Scheißbulle.«

Sie betraten den Flur und danach den Wohnraum mit dem Kamin. Das breite Fenster erlaubte einen weiten Blick über den Vättern. Aber beide hatten im Moment wenig übrig für die Aussicht.

»Waren das die lieben Kollegen?«, fragte Eva und schaute sich um.

Das Zimmer sah aus wie in einem dieser Erdbebenfilme. Der Inhalt des hohen Regals – Bücher, Nippes, CDs – verteilte sich über die Holzdielen, die Schubladen einer Kommode standen offen. Das Sofa war von der Wand gerückt worden, die Sitzpolster lagen davor. Nur ein Paar mächtiger Elchschaufeln hing noch unversehrt an seinem Platz.

»Ganz bestimmt nicht.«

Auf den Bildern vom Tatort hatte alles ordentlich ausgesehen, abgesehen von der Leiche, der der halbe Kopf gefehlt, und der Wand hinter dem Kamin, an der Teile davon geklebt hatten. Jetzt war da nur noch ein bräunlicher Fleck. Der Sessel, in dem man den Toten gefunden hatte, stand noch da, angetrocknetes Blut war am beigefarbenen Stoff der Lehne zu sehen. Ein Viereck war von der Spurensicherung herausgeschnitten worden. Gründlich, die Jungs. Gut einen Monat war Cederlunds Selbstmord nun her. Marta oder Dag schienen nicht hier gewesen zu sein, denn sie hätten doch sicher den vom Blut ruinierten Sessel verschwinden und die Wand neu streichen lassen. Aber wer hatte dann Cederlunds Wagen abgeholt? Evas Blick hing an den verbliebenen Blutspritzern.

Forsberg ging in die Küche. Geschirr lag teilweise zerbrochen auf dem Boden, eine Dose Kakaopulver war ausgekippt worden. Aus der Tasche seines neuen Jacketts drang ein fremdartiger Klingelton. Er nahm es heraus. Auf dem Display grinste ihm der Schnösel entgegen, der inzwischen Evas Chef war. *Leif calling* stand darunter. Forsberg grinste zurück und drückte ihn weg.

Im Flur befand sich der Waffenschrank, ein schmaler Spind aus Metall. Die Tür war offen und der Schrank leer bis auf ein paar vergilbte Schachteln mit Schrotpatronen unterschiedlicher Körnung. Neben dem Schloss war das Blech verbogen. Kein Schlüssel. Die Flinte hatten bestimmt die Kollegen aus Jonköping mitgenommen, als Beweismittel, aber wo waren die Büchse und die Pistole, von denen Kommissar Abrahamsson gesprochen hatte? War diese Kerbe am Schloss alt oder neu? Es würde von Forsberg einiges an Fingerspitzengefühl erfordern, Antworten auf diese Fragen zu finden ohne zu verraten, dass er heute hier gewesen war. Verflucht noch mal, wäre er doch bloß gleich selbst hier rausgefahren, anstatt den Vogel mit einer Leiche zu konfrontieren, die … Schon wieder drang Krach aus seinem Jackett. Dieses Mal war es ein süßliches Gedudel und auf dem Display blickte ihm ein blonder Wikinger entgegen. *Stieg calling.* Forsberg stieß ein unwilliges Knurren aus. Weg mit ihm! Er schaltete das Handy aus.

Die hölzernen Stufen ächzten unter seinem Gewicht, als er die Treppe erklomm, die ins erste Stockwerk führte. Es gab ein Elternschlafzimmer mit einem Doppelbett und zwei kleinere Zimmer. Eines war wie ein Mädchenzimmer eingerichtet, mit weiß lackierten Möbeln, rosa Streifen auf der Tapete und Vorhängen in einem verblassten Rosenmuster. Bettdecke und Kissen lagen ohne Überzug zwischen dem französischen Bett, dem Schrank mit den offen stehenden Türen und einem umgekippten Stuhl. Ein Luftzug wehte die Folie eines Schokoriegels über die Dielen. Forsberg hob sie mit spitzen Fingern auf und steckte sie in die Westentasche seines neuen Sakkos. Das andere Zimmer musste das Kinderzimmer von Dag Cederlund gewesen sein. Auch hier lag das Bettzeug zerknüllt auf einer nackten grünlichen Matratze. Vor einem leer gefegten Regal türmten sich die einschlägige Jugendliteratur und Comics zwischen Modellautos, Angelködern, abgegriffenen Stofftieren und einer Puppe auf einem Haufen. Eine Puppe? Vielleicht war das Haus auch noch von anderen Familienmitgliedern genutzt worden. Forsberg ging noch einmal ins Elternschlafzimmer. Auf den Fotos, die über der Kommode hingen, sah er einen Jungen mit einer Angel. Magnus Cederlund. Der Mann neben ihm musste sein Vater sein, beide hatten diese markanten Augenbrauen. Ein Foto zeigte Marta als junge Frau. Sie war zweifellos sehr schön gewesen, auf eine mädchenhafte Art. Auf ihrem Schoß saß ein blondes Kind in einem weißen Sommerkleid, zwei oder drei Jahre alt.

Eva war heraufgekommen und hinter ihn getreten. »Hab ich da eben mein Handy gehört?«

»Nein«, sagte Forsberg. »Hatten die Cederlunds eine Tochter?«

Eva dachte nach, dann sagte sie: »Ich muss noch mal meine Mutter fragen, aber ich meine, sie hatte mal erwähnt, dass Dag eine ältere Schwester hatte. Sie starb mit zwei oder drei Jahren, da war er noch ein Baby.«

Sie gingen wieder nach unten. Forsberg trat auf die Veranda. Es roch nach feuchtem Gras und Pilzen, und er sehnte sich schon jetzt nach den langen Winternächten. In der Dunkelheit und der Langsamkeit des Winters fühlte er sich geborgen, das Laute, Schnelle, Überschwängliche des Sommers war ihm im Grunde nicht geheuer.

Er dachte über Pistolen und Schrotflinten nach und dass er die Pistole wählen würde, wollte er sich umbringen, und die Flinte, wollte er einen Mord vertuschen. An einem Kopf, der von einer Schrotladung quasi gesprengt worden war, konnte man keine Verletzungen mehr feststellen, die ihm womöglich vorher beigebracht worden waren. Aber hätte der

Mörder das Haus dann nicht sofort durchsucht? Das ergab keinen Sinn. Alles sehr rätselhaft.

Welches Geheimnis hatte Cederlund mit ins Grab genommen und wer war darauf scharf? Was wusste Marta, was hatte sie Eva erzählen wollen? Sollte sie für dieses Wissen sterben?

Und was tat er, Greger Forsberg, eigentlich hier draußen, außer, sich in Schwierigkeiten zu bringen? Warum kümmerte er sich nicht lieber um seine eigenen ungelösten Fälle?

Eva stellte sich neben ihn, und Forsberg sagte: »Wenn es eine Sache gibt, die so heikel ist, dass Marta sie ihrem Sohn nicht sagen kann, warum dann ausgerechnet dir? Hat sie keine Freunde?«

»Gut möglich«, sagte Eva, und auch Forsberg fiel es schwer, sich Marta in geselliger Runde vorzustellen. Was das betraf, war sie ihm recht ähnlich.

»Ich könnte mir sogar vorstellen, dass sie auch mit Dag jahrelang nicht gesprochen hat«, sagte Eva.

Forsberg blickte sie verständnislos an.

»Dag ist mit vierzehn zu seiner Tante nach Malmö gezogen, Martas Schwester.«

Sie erzählte ihm von den Wäschestangen und dem Geschrei. Und von dem Streifenwagen, der ihn nach Hause gebracht hatte.

»Hat er Marta auch verprügelt?«, fragte Forsberg.

»Ich weiß es nicht.«

Beide schwiegen eine Weile, bis Eva etwas sagte.

»Das Komische ist: Als Chef war er eigentlich immer ganz nett. Abgesehen von der Tatsache, dass er keine Ahnung hatte, wie man eine Redaktion leitet, und den Karren fast gegen die Wand gefahren hätte.«

Immer ganz nett, dachte Forsberg.

»Was genau hat Marta auf dem Friedhof zu dir gesagt?«, fragte er.

»Herrgott, denkst du, ich erinnere mich jetzt noch an den genauen Wortlaut?«

»Ja.«

Eva legte die Stirn in Falten und wirkte angestrengt. Dann hob sie den Zeigefinger, wie eine Schülerin, der etwas eingefallen war.

»Zuerst hat sie nach meiner Mutter gefragt, wie es ihr geht. Ich hatte den Eindruck, dass sie das nicht nur aus Höflichkeit tat. Dann sagte sie, dass ihr mein Nachruf auf ihren Mann gefallen hätte und dass sie meine Arbeit schätzen würde. Angeblich würde sie alle meine Artikel lesen, auch die in den anderen Zeitungen. Das hat mich sehr gewundert.«

»Was für Artikel in anderen Zeitungen?«

»Im *Expressen* und im *Svenska Dagbladet*«, sagte Eva stolz. »Einer behandelte die Verschmutzung des Meeres rund um den westlichen Schärengarten. Viele Leute wissen ja gar nicht ...«

»Was noch?«, fuhr Forsberg dazwischen.

»Ein Artikel im *Expressen* handelte von der Liebe im Internet ...«

»Cybersex?«

»Mehr über Dating-Plattformen, Partnerbörsen und Chats.«

Forsbergs Miene verdüsterte sich.

»Hast du da deinen Wikinger aufgerissen, im Internet?«

»Nein! Und woher weißt du überhaupt ...?« Sie sah ihn empört an. »Ich *wusste*, ich hab mein Handy gehört! Her damit!«

Er gab es ihr und grinste.

»Sag schon! Ist doch nichts dabei!«

»Nein! Er war bei meiner Mutter, weil die … Herrgott, das geht dich doch überhaupt nichts an!«

Forsberg grinste noch mehr, und Eva fand zum Thema zurück.

»Es gab zwei Artikel über Kinderpornographie im Netz und über Pädophile. Ich habe Männer interviewt, die sich dazu bekannten und die deswegen in Therapie waren. Es gibt ein Hilfsprogramm, das an der Uni Stockholm läuft, und Internet-Selbsthilfegruppen. Zwei Männer habe ich sogar getroffen, natürlich haben die mir nicht ihre richtigen Namen genannt. Sie waren … nett.«

»Ach ja?« Forsberg sah sie mit gerunzelter Stirn an.

Eigentlich immer ganz nett.

»Ich meine, nicht schmierig, wie man sich die so vorstellt. Aber es waren ja auch sozusagen die Anständigen unter den Pädophilen. Nicht die, die sich ihre Perversion mit den alten Griechen schönreden und sich mit den Homosexuellen vergleichen und einen auf zu Unrecht Verfolgte machen.«

Forsberg ächzte vor Unbehagen. »Wieso denn gerade dieses Thema?«

»Wegen Lucie«, sagte Eva.

»Du glaubst …?«

»Ist doch egal, was ich glaube!«, sagte Eva schroff.

Forsberg war klar, dass das Thema Lucie nur zu Verstimmungen zwischen ihnen führen würde. Die galt es zu vermeiden, denn er hatte vor, sie zum Abendessen einzuladen. Er kannte da ein hübsches Lokal in Gränna.

»Was hast du noch geschrieben?«

»Im vergangenen Jahr erschien im *Svenska Dagbladet* ein Artikel über die Korruption in unserer schönen Stadt. Da werden öffentliche Aufträge beim Segeln und beim Golfen vergeben ...«

Wo nicht, dachte Forsberg und unterbrach sie.

»Hatte Cederlund was damit zu tun?«

»Nicht dass ich wüsste. Es ging hauptsächlich um Geldverschwendung der öffentlichen Hand. Zum Beispiel diese Straßenbahnen aus Italien, die im Winter nicht funktionieren, und das australische Fahrkartensystem für eine halbe Milliarde, das dauernd kaputt ist und kein Mensch kapiert. Und natürlich das Fußballstadion, das die umliegenden Häuser zum Beben bringt, wenn mal richtig Stimmung ist. Das alles betrifft ihn nicht wirklich, er ist ein Medienmann, kein Baulöwe.«

Forsberg dachte nach. Ein Medienmann. Inhaber einer Zeitung und eines Kinderbuchverlags.

»War das alles? Die Artikel, meine ich.«

Evas breiter Mund dehnte sich zu einem katzenhaften Lächeln.

»Zu Weihnachten erschien noch etwas über Rentiere in Lappland und wie sie heute gehalten und geschlachtet werden.«

»Zu Weihnachten?«

»Du weißt schon: Santa Claus, Rudi ...«

»Das ist ekelhaft«, sagte Forsberg.

»Dazu sind wir Journalisten ja da: um im Dreck zu wühlen.«

»Könnte Martas Anliegen was mit dieser Kinderporno- oder Pädophilengeschichte zu tun haben?«

Sie zuckte die Achseln unter ihrem Jackett. »Das würde immerhin erklären, warum Marta die Sache nicht mit Dag besprechen wollte.«

Geschrei, Schläge. Mit vierzehn zu seiner Tante.

Sexuellen Missbrauch hatte sich Forsberg immer irgendwie leise vorgestellt. Aber vielleicht stimmte das gar nicht.

»Hattest du je den Eindruck … ich meine, damals, als sie neben dir wohnten …«

»Du meinst, ob er mich je angegrapscht hat?«

»Äh, ja.«

Sie schüttelte den Kopf. »Ich war nie mit ihm allein.«

Forsberg dachte an die blonde Puppe, die im ersten Stock lag. Sie hatte neu ausgesehen, nicht wie eine vierzig Jahre alte Puppe.

Eva sah ihn zweifelnd an.

»Angenommen, da wäre was dran: So wie ich Marta kenne, würde sie doch alles daransetzen, dass kein Mensch etwas davon erfährt, und weiter schweigen, so wie all die Jahre.«

Martas Foto im Schlafzimmer. Eine Frau, die wie ein Mädchen aussah …

Eva zündete sich eine Zigarette an und schaute auf den See. »Willst du auch eine?«

»Nein. Ich werde sonst gleich wieder süchtig.«

»Sie hat mich immer weggeschickt«, sagte Eva. »Wenn wir bei Dag spielten und sein Vater nach Hause kam, dann musste ich gehen.«

Forsberg seufzte und betrachtete den metallisch schimmernden See, über dem noch immer ein schwerer, grauer Himmel hing. Das Haus stand auf einer Anhöhe, weiter unten sah man ein paar kleinere Ferienhäuser am Rand eines Wäldchens. Zwischen Wald und See erstreckte sich eine Wiese, auf der Rinder grasten. Das Gebiet um die großen Seen Vänern und Vättern besaß ein eigenes Klima, wärmer und feuchter als an der Küste und im Winter meistens neblig. Das nasse Herz Schwedens. Jetzt war die Luft lau und über der Landschaft lag ein Licht, das noch auf große Entfernung messerscharfe Konturen erkennen ließ. Alles lag vor ihm wie ein Scherenschnitt, nichts verlor sich im Dunst, so wie am Meer.

Valeria Bobrow war am 15. August verschwunden, und Cederlund hatte sich tags darauf erschossen. Zufall?

»Gib mir doch eine«, sagte er und inhalierte gierig.

Forsberg dachte an Martas kühle, gleichgültige Art, die ihm im Präsidium an ihr aufgefallen war. Andererseits schien sie sein Selbstmord und vor allen Dingen der Ort, den er dafür gewählt hatte, das Sommerhaus, überrascht zu haben. Vielleicht, überlegte Forsberg, hatte Cederlund seiner Frau einen erklärenden Abschiedsbrief mit der Post geschickt. Und der war erst später eingetroffen, nachdem er ihr die Todesnachricht überbracht hatte. Vielleicht hatte sie seinen Laptop verschwinden lassen. Vernichtet, versteckt. Hatte sie darüber mit Eva reden wollen? Sollte Eva ihr helfen, abzuwägen, was wichtiger war: der Ruf ihres verstorbenen Mannes, ihrer Familie, oder die Aufklärung des Todes eines kleinen Mädchens?

Es war windstill, der Rauch ihrer Zigaretten stand in der Luft wie ein dünner Vorhang. Forsberg dachte über die Geschwindigkeit von Postsendungen nach und über Postkarten ohne Text. Im Moment war es nur eine Hypothese, eine recht gewagte noch dazu. Aber Eva würde nicht lange brauchen, um zu denselben Überlegungen zu gelangen wie er. Allerdings würde sie sich hüten, ohne Beweise auch nur eine Silbe davon in der Zeitung zu schreiben. Dag Cederlunds Zeitung. Wenn sie mit einer solchen Nachricht vorpreschte und sich irren sollte, dann wäre ihre Karriere als Journalistin in diesem Land gelaufen.

Die Akte Valeria hatte während der letzten Wochen an Umfang zugenommen, aber kaum an brauchbarem Inhalt. Die Presse hatte den Fall auf kleiner Flamme am Köcheln gehalten, und viele Leute hatten sich gemeldet, die absolut sicher waren, das Kind erkannt zu haben. Achtzig Hinweise waren auf der Hotline eingegangen. Man hatte sie auf einem Spielplatz in Motala gesehen, in Norrköping und in Gävle. Sie hatte in einem parkenden Wagen in Södertälje gesessen und auf der Fähre nach Kiel. Etliche Bürger wussten genau, dass ihr Nachbar etwas damit zu tun haben musste. Der, der immer so komisch guckte und Flaschen in den Müll warf. Der mit dem großen Hund und der Thaifrau. Überall im Land schwärmten Beamte aus, um diese Hinweise zu überprüfen, sofern sie auch nur halbwegs vernünftig klangen.

Nur aus Biskopsgården hörte man wenig. Die Nachbarn der Familie Haaleh hatten Selmas Vermutung bestätigt: Valeria Bobrow war in den Ferien öfter vorbeigekommen. Man hatte sie vor dem Haus stehen sehen oder beobachtet, wie sie mit gesenktem Kopf wieder davongetrottet war. Genaue Zeitangaben konnten die Leute nicht machen, aber eine ältere Dame, die viel Zeit neben ihrer Katze am Fenster verbrachte, gab an, sie sei fast jeden Tag da gewesen.

Noch immer war nicht klar, ob das Kind wirklich am Montag verschwunden war, wie Oxana Bobrow behauptete. Niemand fand sich, der Valeria am Samstag oder Sonntag vor dem Feiertag gesehen hatte, auch Bahars Nachbarn nicht. Also konnte es sein, dass Oxana Bobrow log und Ivan Krulls Spielhöllen-Alibi nichts wert war.

Es sah ganz danach aus, als würde Forsberg heute nicht mehr im Präsidium erscheinen. So wie er am Telefon herumgesülzt hatte, machte er sich sicher einen angenehmen Nachmittag in weiblicher Begleitung. Selma rief ihn trotzdem auf seinem Handy an.

»Ja?«

»Selma hier.«

Sie hörte Fahrgeräusche und den Kultursender und vor ihrem inneren Auge erschien Leander Hansson, wie er ihr gegenüber saß und ihr Schokolade anbot. Gestern Abend hatte sie – nicht zum ersten Mal –, eingekuschelt in den weichgespülten Amundsen, auf dem Sofa gelegen und sich Podcasts seiner Literatursendung angehört, in der er mit Autoren über neue Bücher sprach. Hatte sich an seiner Burgunderstimme berauscht. Sie mochte seine Art zu reden, diesen unterschwelligen und doch immer spürbaren Zynismus.

»Was gibt's?«, bellte Forsberg. Offenbar störte sie sein Stelldichein, aber wo käme man hin, wenn man auf so etwas Rücksicht nahm?

»Die Sache mit Pernilla Nordin … da stimmen ein paar Daten nicht überein, ich wollte …«

»Schreib einen Aktenvermerk, wir reden dann morgen darüber.« Ehe sie etwas erwidern konnte, hatte er aufgelegt, und Selma dachte: Arschloch.

Es klopfte.

»Ja«, sagte sie.

Pontus Bergeröd streckte seinen rasierten Schädel zur Tür herein. Telepathie, dachte Selma.

»Wo ist Forsberg?«, fragte der Kollege.

»Unterwegs.«

Bergeröd schien einen Moment zu überlegen, dann sagte er ohne Umschweife: »Gestern Abend wurde von den Kollegen eine russische Nutte aufgegriffen.«

Die genüssliche und gleichzeitig verächtliche Art, wie

er das Wort Nutte aussprach, gefiel Selma nicht. Und überhaupt – was ging das sie an?

»Rate mal, wer das war!«, setzte Pontus nach.

»Spuck's aus«, sagte Selma.

»Oxana Bobrow. Die Mutter von …«

»Ich weiß, wer Oxana Bobrow ist.« Verdammt, dachte Selma, das können die doch nicht machen. »Wo ist sie jetzt?«

»Keine Ahnung. In Abschiebehaft wahrscheinlich. Hab's zufällig mitgekriegt, dachte, das interessiert euch.« Pontus Bergeröd blieb unter dem Türsturz stehen, als warte er auf Applaus.

Selma stand auf und steckte ihr Handy und den Tabak in ihre Lederjacke.

»Wo gehst du hin?«, fragte er verblüfft.

»Feierabend«, erklärte Selma und steuerte auf die Tür zu. Doch Bergeröd stand wie ein Baum davor und grinste breit. Ohne irgendwelche Sperenzchen würde er sie nicht vorbeilassen, das war klar. Ein Typ wie er *konnte* einfach nicht anders. Sie verspürte eine große Lust, ihm einen Fußfeger zu verpassen oder ihm in die Eier zu treten, vielleicht auch beides. Männer wie Bergeröd lösten bei ihr unweigerlich Aggressionen aus, und umgekehrt war es wohl ähnlich. Sie waren wie Hund und Katze, von Natur aus verfeindet, allenfalls dazu zu bringen, einander zu dulden und aus dem Weg zu gehen. Selma rief sich zur Ruhe. Noch hatte dieser Rottweiler nichts getan, was man ihm vorwerfen konnte, außer anzüglich zu grinsen. Sie könnte warten, bis er von selbst ging, oder ihn einfach darum bitten, sie vorbeizulassen. Aber Selma bat nicht gerne um etwas und warten wollte sie auch nicht. Sie musste sofort mit Anders Gulldén sprechen, hoffentlich war er noch da. Hundesprache, dachte sie. So tun, als sei man einer von ihnen. Ohne zu zögern ging sie auf Bergeröd zu und klopfte ihm dabei so jovial, wie es sonst nur Männer untereinander zu tun pflegten, auf die Schulter. Gleichzeitig schob sie ihn ein wenig zur Seite und quetschte sich an ihm vorbei und überwand sich sogar, noch ein »Danke, Kollege« hervorzupressen.

»Gern geschehen«, war alles, was der verblüffte Bergeröd hervorbrachte. Und weil er tief im Herzen ein wohlerzogener Junge war, schloss er sogar die Bürotür, die Selma offen gelassen hatte.

Drei Tage nachdem Camilla das Kündigungsschreiben erhalten hatte, bekam sie von einem Frauenarzt die Bestätigung, dass sie in der siebten Woche schwanger war. Der Vater ihres Ungeborenen ließ sich am Telefon verleugnen. Camilla war verzweifelt, wütend und kurz davor, sein Büro zu stürmen und ihm eine Szene zu machen. Aber sie fürchtete den Zorn des Vorzimmerdrachens und auch seinen. Wie kalt er sie angesehen hatte, als er das letzte Mal gegangen war. Also griff sie zu ihrem Schulfüller und schrieb ihm einen Brief mit blauer Tinte, der von ihrer Liebe handelte und von ihrem gemeinsamen Kind. Ein Sohn, ein Erbe! Das war doch sicher sein innigster Wunsch! Denn dass es ein Sohn werden würde, hatte Camilla in der Nacht davor geträumt. Voller Zuversicht schickte sie das Schreiben ins Büro mit dem Vermerk *persönlich*, doppelt unterstrichen.

Mehrere Tage gingen vorüber ohne ein Lebenszeichen. Hatte der Drachen den Brief abgefangen? Die acht Tage Frist, die er ihr gesetzt hatte, um die Wohnung zu verlassen, verstrich. Wenn er doch nur endlich vorbeikäme! Sie würde ihn schon zu umgarnen wissen, er hatte ihren Reizen doch noch nie widerstehen können. Mehrmals täglich packte sie sich Gurkenscheiben auf die verweinten Augen, denn die Nächte waren lang und einsam, und diese verfluchte Heulerei bekam sie einfach nicht in den Griff. Das mussten die Hormone sein. Jeden Morgen wusch sie sich die Haare und zog das durchsichtige Negligé an, das er ihr geschenkt hatte. In diesem türkisfarbenen Nichts flatterte sie vor dem Fenster herum, wartend und hoffend, dass sein Wagen unten vorfuhr. Draußen wurde es Frühling, der Kirschbaum auf der anderen Straßenseite schäumte weiß, aber sie hatte keinen Blick dafür.

Als eines Morgens tatsächlich eine Limousine vor dem Haus parkte, bekam Camilla es nicht mit, weil sie gerade dabei war, sich im Badezimmer die Seele aus dem Leib zu würgen. Aber das anhaltende Klingeln war schließlich nicht zu überhören. Ausgerechnet jetzt! Schnell Mundwasser, Parfum, das Negligé … Ganz strahlende Jugend und Schönheit öffnete sie die Tür, vor der ein übergewichtiger, glatzköpfiger Mann mit einer Aktentasche stand. Camilla glaubte im ersten Moment, einen Hausierer vor sich zu haben, aber da sagte der Mann, dass er Rechtsanwalt sei und etwas mit ihr zu besprechen habe.

Er bot ihr fünftausend Kronen für ihr Schweigen und eine Abtreibung. Camilla war enttäuscht und tief verletzt. Aber sie setzte alles daran, um sich im Beisein dieses Glatzkopfs, der sie mit Blicken verschlang, keine Blöße zu geben. Sie ging ins Schlafzimmer, zog sich vernünftig an und verlangte zehntausend. Der Anwalt ging. Er brachte das Geld schon am nächsten Tag, ließ Camilla eine Quittung unterschreiben und sie gab ihm einen Brief mit. Darin stand, dass sie ihren »gemeinsamen Sohn« zur Welt bringen wolle. Das Geld würde sie während der nächsten Monate zum Leben brauchen.

Es kam keine Antwort. Aber Camilla war überzeugt: Wenn er sein eigen Fleisch und Blut erst zu Gesicht bekäme, würde er seine Meinung ändern und alles würde gut werden.

Eine Woche nach der anderen verstrich. Ihr Körper rundete sich. Niemand kam, um sie aus dem Apartment in Rosenlund hinauszuwerfen. Camilla fasste Mut und schrieb ihm noch einen herzerweichenden Brief, der ebenfalls unbeantwortet blieb. Sie verbrachte viel Zeit vor dem Fernseher und strickte dabei einen Berg hellblauer Babyjäckchen und Strampelanzüge. Beim Stricken malte sie sich die Szene aus: Sie beide an der Wiege, eingehüllt in eine Wolke des Glücks angesichts des rosigen Knaben … Oder er würde in die Klinik kommen, mit einem riesigen Blumenstrauß und einem Brillantring … Sie war überzeugt: Wenn erst ihr Sohn auf der Welt wäre, würde er zur Einsicht gelangen, sie um Verzeihung bitten, sich scheiden lassen und um ihre Hand anhalten. Denn was nützte ihm die Firma und das ganze Geld, wenn er keinen Erben hatte?

Sie schrieb Briefe nach Hause, in denen sie ihre Arbeit schilderte und behauptete, es ginge ihr gut und sie bekäme bald eine Gehaltserhöhung. Wann immer ihre Mutter sie um einen Besuch bat, oder den ihren ankündigte, sagte sie kurz vorher ab: Geschäftsreise, Überstunden, eine Erkältung.

Sie war einsam in dieser Zeit. Mit ihrem immer dicker werdenden Bauch wollte sie am liebsten gar nicht mehr vor die Tür gehen. Nur ab und zu zog es sie an den Hafen. Beim Blick über den Göta älv auf die Kräne der Werften musste sie an die Bank mit der fehlenden Planke in der Lehne denken, auf der sie und ihr Vater oft gesessen hatten. An das leise Plätschern der Wellen zwischen den Steinen am Ufer und das Gekreisch der Möwen. Sie hatten den Schiffen nachgeschaut, bis die Sonne unterging und der Horizont verschwamm. Er hatte Zigaretten gedreht und sie hatte ihr Strickzeug auf dem Schoß gehabt. Ab und zu hatte er eine Geschichte erzählt, eine wahre oder eine erfundene. Als Dachdecker kam er viel herum und hörte so manches. Aber die Sache mit der eigenen Firma war schiefgegangen, was ihm Camillas Mutter bis heute nicht verziehen hatte. Danach hatte er Dächer im

Auftrag von Baufirmen gedeckt, Gelegenheitsarbeiten in der Nachbarschaft ausgeführt und war im Winter auf Märkte gefahren und hatte die Pullover verkauft, die Camilla und ihre Mutter übers Jahr gestrickt hatten.

An einem stürmischen Novemberabend setzten die Wehen ein, drei Wochen zu früh. Der Student aus dem Erdgeschoss fuhr Camilla mit seinem klapprigen Daffodil ins Sahlgrens-Universitätskrankenhaus. Die Geburt dauerte zwanzig Stunden und war ganz anders, als es in den Büchern und den Broschüren des Frauenarztes gestanden hatte. Wie um alles in der Welt sollte man solche Schmerzen »weghecheln«? Es gab Momente, da wollte Camilla lieber sterben, als noch eine Sekunde länger diesen Schmerzen ausgesetzt zu sein. Nur der Gedanke an ihre goldene Zukunft ließ sie das alles irgendwie durchstehen.

Mit der letzten Presswehe kam der Schock. Es war ein Mädchen. Kein Sohn, kein Erbe. Keine Zukunft als Unternehmergattin. Ein Mädchen. Es war klein geraten und sah aus wie ein nacktes rotes Huhn. Aber angeblich gesund.

Gefragt, wie die Kleine denn heißen sollte, wusste Camilla keine Antwort. Über Mädchennamen hatte sie nie nachgedacht. Ratlos blickte sie auf das Namensschild am Kittel der Schwester.

»Lillemor«, sagte sie.

Am Tag nach der Geburt fragte Camilla die Schwester, was sie tun müsse, um das Kind zur Adoption freizugeben. Aber damit war sie an die Falsche geraten. Schwester Lillemor Söderström machte Camilla klar, dass sie nur an einer Wochenbettdepression litt. Bald würde die Welt wieder ganz anders aussehen. Und was wäre denn überhaupt mit dem Vater? War der Unterhalt denn schon geregelt?

Camilla war sicher, keine Depression zu haben. Sie war nur enttäuscht und schrecklich wütend. Auf ihn und auf das Kind, das sich mit dem falschen Geschlecht ausgestattet in ihren Körper, in ihr Leben gemogelt hatte. Sie wollte kein Kind. Nicht so. Andererseits hatte die Schwester gerade ein wichtiges Thema angesprochen. Das Geld des Anwalts war aufgebraucht, es musste irgendwie weitergehen.

Schwester Söderström war eine schlaue und tatkräftige Person, die es nicht leiden konnte, wenn Männer sich vor ihrer Verantwortung drückten. Sie sagte Camilla, was zu tun war.

Pünktlich legte die *Germanica III* vom Deutschlandterminal ab. Ein paar Abschiedswinker und Schaulustige standen am Kai und hielten den Atem an, als der Koloss unter der Älvsborgsbronn hindurchfuhr. Von hier aus betrachtet, schien es eine haarige Sache von nur wenigen Zentimetern zu sein. Doch die derzeit längste Fähre der Welt passierte die Brücke ohne sie zu streifen und glitt majestätisch den Göta älv hinunter, während die Abendsonne unter der Wolkendecke hervorkroch und das Schauspiel in ein goldenes Licht tauchte.

Ivan Krull blickte dem Schiff hinterher. Fasziniert hatte er zugesehen, wie Wagen um Wagen und Laster um Laster im Bauch des 240 Meter langen Giganten verschwunden waren. Als Kind hatte er immer Kapitän werden wollen. Er hatte niemanden verabschiedet, er wartete auf einen neuen Geschäftspartner, der ihn hier treffen wollte. Vor zwei Wochen hatte Krull beschlossen, Göteborg für eine Weile den Rücken zu kehren. Auffällig viele Polizisten in Zivil hatten plötzlich seine Wege gekreuzt. Nein, das war keine Paranoia, Krull hatte ein Näschen für Bullen, schon immer. Seit gestern war er wieder in der Stadt. Bullen hin oder her, er konnte es sich einfach nicht leisten, seine Geschäfte noch länger zu vernachlässigen. Er musste eben vorsichtig sein und bestimmte Orte und vor allen Dingen bestimmte Leute meiden. Dazu gehörten leider seine Wohnung und vor allen Dingen Oxana. Die konnte er ohnehin abschreiben.

Aber jetzt hatte er eine neue Einnahmequelle in Aussicht: schwarzgebrannter Wodka in perfekt nachgemachten *Absolut*-Flaschen. Äußerlich durch nichts von den Originalen zu unterscheiden. Und der Geschmack war auch nicht übel. Eine Warenprobe hatte er in seiner Jackentasche, die erste Fuhre würde in drei Tagen per Schiff eintreffen. Aufgrund der unschönen Vorkommnisse der letzten Wochen hatte er beschlossen, sich in Zukunft wieder aufs Kerngeschäft zu konzentrieren, auf die Dinge, mit denen er sich auskannte: Schnaps, Zigaretten, gefälschter Kaviar – solche Güter. Nutten waren zwar einträglich, aber es gab auch ständig Ärger mit ihnen. Und diese andere Sache ... nein, das Geschäft war ihm zu dreckig. Unruhig tigerte er am Kai auf und ab. Ein scharfer Wind war aufgekommen und trieb eine Cola-Dose klappernd vor sich her. Jetzt, wo die Sonne weg war, wurde es sofort kühl. Krull stellte fest, dass er schon über eine Stunde hier herumstand. Längst hatten sich auch die allerletzten Abschiedswinker verkrümelt, nur ein Jogger hechelte vorbei. Krull zündete sich eine Zigarette an. Die noch, dann hau ich ab, dachte er. Er hörte ein Motorengeräusch. Das Rasseln eines Diesels. Ein dunkler Mercedes rollte auf ihn zu. Verdammt, das war nicht sein Kunde, das war der Mittelsmann. Was war nun wieder schiefgelaufen? In letzter Zeit schien ihm das Pech an den Hacken zu kleben wie Hundescheiße. Genauer gesagt, seit dieser üblen Geschichte mit der Kleinen.

Der Wagen hielt an, der Fahrer winkte ihn heran.

Krull stieg ein. »Was ist los?«

Sein Kompagnon wandte sich ihm zu, für einen Moment sah es aus, als wollte er Krull umarmen. Krulls Körper versteifte sich, alles in ihm sträubte sich gegen die ungewohnte Geste, aber da fuhr ihm schon der Schmerz wie ein glühendes Eisen zwischen die Rippen. Er schrie auf, tastete nach dem Türgriff, doch der andere hielt ihn am Kragen seiner Jacke fest, und Krull musste hilflos zusehen, wie sich die Messerklinge erneut in seine Brust bohrte. Er hörte sogar noch das knirschende Geräusch, das dabei entstand.

Leander wusste nicht mehr, wie er nach Hause gekommen war. Mit seinem Auto, natürlich, wie denn sonst, aber er hatte überhaupt keine Erinnerung an die Fahrt. Jetzt, da er langsam wieder zu sich kam, saß er in seinem Arbeitszimmer und starrte auf die Briefe, den ersten und den zweiten, und auf den Schuh. Tinka war nicht da, er wusste nicht, wo sie war. Sie hatte es ihm bestimmt gesagt. Er hatte den Computer hochgefahren und klickte sich durch die Dateien mit Lucies Fotos. Er tat das nicht oft, es war jedes Mal schmerzlich. Es war gut zu wissen, dass es diese Fotos gab, aber sie zu betrachten tröstete ihn nicht. Manchmal hoffte er, dass er mit der Zeit einiges vergessen könnte: die schmerzliche Erinnerung an Lucies Stimme, an ihr Lachen, an ihr Weinen. Gleichzeitig hatte er Angst, dass genau dies geschehen könnte. Es kam vor, dass irgendwo ein Kind weinte und er herumfuhr, weil er geschworen hätte, dass es wie Lucie klang. Und wie oft hatte er schon blonde kleine Mädchen angestarrt, weil ihn irgendein Detail an Lucie erinnerte. Und es könnte ja sein ... Neulich hatte ihm eine Frau in einem Café angedroht, die Polizei zu rufen, sollte er nicht aufhören, ihr Kind anzustarren. Seitdem versuchte er, sich zusammenzureißen. Meistens waren die Kinder, die seine Aufmerksamkeit erregten, auch viel zu jung. Es fiel Leander schwer, sich klarzumachen, dass Lucie inzwischen fünf Jahre alt wäre, fast schon sechs. Ein Schulkind.

Leander war nicht einmal sicher, ob er fünfjährige Mädchen von sechs- oder siebenjährigen unterscheiden konnte.

Hektisch klickte er sich durch die Fotos auf der Suche nach einem Bild, auf dem die roten Schuhe zu sehen sein würden. Er fand keines. Sie waren zu neu gewesen. Höchstens noch … Er ging ins Wohnzimmer, wo die Fotoalben im unteren Fach des Bücherregals standen. Die schönsten Fotos von Lucie hatten sie sich auf Papier abziehen lassen und ganz traditionell in ein Album geklebt. In diesen drei Alben befanden sich auch einige Bilder, die die Großeltern von Lucie gemacht hatten. Leanders Mutter fotografierte leidenschaftlich gerne mit einer Leica-Spiegelreflexkamera und Holger Nordin besaß eine wunderbare alte Hasselblad. Leander musste zugeben, dass ihre Bilder die gelungensten waren. Besonders die seiner Mutter waren kleine Kunstwerke. Vielleicht hatte einer von ihnen ein Foto von Lucie gemacht, das sie in diesen Schuhen zeigte. Natürlich war Leander klar, dass dieser Schuh im Grunde nicht allzu viel bedeutete. Dass diese fieberhafte Suche nach Bestätigung seiner Existenz auf Fotos lediglich dazu diente, sich abzureagieren und sich vor den eigentlichen Fragen zu drücken: War diese Sache ernst zu nehmen? Jemanden töten! Was für ein Irrsinn! Und wie sollte er es mit Tinka halten – sie einweihen oder nicht?

Er saß im Schneidersitz auf dem Fußboden, hinter dem Sessel, das Album auf den Knien. Das letzte war nur halb gefüllt. Bilder aus dem Urlaub, Lucie im Sand, Lucie am Strand. Da hatte sie diese Schuhe noch nicht besessen. Dann gab es ein paar Fotos aus Liseberg, man erkannte die hölzerne Achterbahn im Hintergrund. Sie waren von Holger aufgenommen worden. Greta war auch dabei, man sah sie auf einem Bild mit Lucie und Tinka. Lucie trug ein buntes

Kleid und blaue Sandalen. Das waren die letzten Bilder von ihr. Juli 2007 stand auf der Rückseite. Er war so vertieft in die Aufnahmen und fuhr zusammen, als ein Schrei durch die Wohnung gellte.

Tinka hatte ihn offenbar in seinem Arbeitszimmer vermutet. Jetzt stand sie mit fragendem Blick da und hielt ihm den roten Schuh entgegen. Die Briefe lagen noch auf seinem Schreibtisch, bestimmt hatte sie sie schon gelesen. Zumindest eine Entscheidung war ihm nun abgenommen worden.

Er erzählte ihr von der SMS mit den Koordinaten und woher er den Schuh hatte.

»Und wann wolltest du mir das sagen?«

»Ich wollte nicht, dass du dich unnötig aufregst. Vielleicht ist alles nur ein kranker Scherz. Es gibt viele Irre auf dieser Welt.«

Tinka hielt noch immer den Schuh in der Hand. »Das sind Lucies Schuhe«, sagte Tinka. Ihre Stimme klang, als wäre sie gerannt. »Sie hatte sie an, an dem Tag. Meine Mutter hat sie ihr geschenkt, weißt du nicht mehr?«

»Ich war mir nicht ganz sicher«, sagte Leander.

Tinka ging auf ihn zu und legte den Kopf an seinen Hals. Ihre Schultern zuckten. Leander umarmte sie linkisch wie ein Teenager. Er war erleichtert, dass sie nun Bescheid wusste. Sie besaß einen klaren, analytischen Verstand, war pragmatischer und in manchen Dingen klüger als er. Ihre äußerliche Sanftheit täuschte. Sie konnte knallhart sein, wenn es darauf ankam, genau wie ihre Mutter Greta. Sogar rücksichtslos und schlitzohrig. Sie hatte ihre Ehe gerettet, indem sie zum richtigen Zeitpunkt entschlossen und kompromisslos die Zügel herumgerissen hatte: Sie oder wir. Eva oder Lucie. Wenn sie sich erst einmal beruhigt hatte – Leander erinnerte sich, wie fassungslos und verstört er selbst am Samstag auf den ersten Brief reagiert hatte –, dann würde sie vielleicht eher als er in der Lage sein, zu entscheiden, wie es nun weitergehen sollte. Er folgte ihr in die Küche.

Sie setzte Tee auf. Das tat sie immer, wenn sie nervös war oder nachdenken musste. Leander merkte, wie er Kopfschmerzen bekam und massierte sich die Schläfen.

»Hat damals etwas von diesen Schuhen in den Zeitungen gestanden?«, fragte er.

»Ja, ihre Kleidung wurde ausführlich beschrieben.«

Tinka maß den losen Tee ab und gab ihn in die Kanne, konzentriert und sorgfältig, als gäbe es nichts Wichtigeres auf der Welt. Dann wandte sie sich zu ihm um.

»Warum sollst du jemanden töten? Was ist das für eine perverse Idee?«

Leander zuckte mit den Achseln.

»Und wen denn? Und wie?«

»Tinka, ich habe dir alles gesagt, was ich weiß. Und das ist nur das, was in den Briefen steht.« Leanders Stimme war unabsichtlich laut geworden. Ihm schwirrte der Kopf, er konnte nicht klar denken, und das machte ihn reizbar.

»Ich denke doch nur laut nach«, gab Tinka zurück und fuhr damit auch gleich fort: »Warum kassiert er nicht die Belohnung, die mein Vater ausgesetzt hat? Warum verlangt er nicht einfach Geld und besorgt sich einen Killer?«

»Killer stehen nicht im Telefonbuch. Und nach diesen Berichten über die Firmenpleite … Vielleicht ist der Typ aber gar nicht an Geld interessiert, vielleicht geht es ihm um was anderes.«

»Um was denn?«

»Rache, Sadismus, irgendein abartiges Spiel?«, schlug Leander vor. »Jemand, der mich hasst, mich an meine Grenzen bringen will.«

»Wer denn?«, fragte Tinka. »Wenn du ein Richter wärst, oder ein Polizist, ja, solche Leute haben immer Feinde … aber du?«

»Danke, dass du mich für zu bedeutungslos hältst, um Feinde zu haben!«

»Kennst du denn jemanden?«, fragte Tinka, die nicht auf sein Beleidigtsein einstieg.

»Nein. Aber in meinem Beruf hat man durchaus Feinde, von denen man gar nichts weiß.«

»Ein Autor, dessen Buch du schlecht besprochen hast?« Schon wieder dieser spöttische Unterton.

»Zum Beispiel«, sagte Leander. »Auch wenn dir das lächerlich erscheinen mag.«

»Aber woher sollte ausgerechnet derjenige wissen, wo Lucie ist?«, fragte Tinka.

»Er könnte ja nur so tun«, sagte Leander.

Das Wasser kochte. Sie goss es in die Kanne. »Was glaubst du?«, fragte sie, noch immer bemerkenswert ruhig.

»An einen schlechten Scherz. Alles andere wäre … zu verrückt!«

Tinka nickte. Seine Antwort enttäuschte sie wahrscheinlich, aber er hatte jetzt nicht die Kraft, ihr etwas vorzumachen.

»Ich dachte, ich fordere erst einmal ein Lebenszeichen von Lucie«, sagte er. »Ich meine … da steht ja nicht, dass sie …«

»Ja«, sagte Tinka. »Ja, wir brauchen ein Lebenszeichen.« Sie presste die Hände an die Lippen, nahm sie wieder weg und fragte: »Denkst du, es ist möglich, dass sie noch am Leben ist?«

Sie hatten sich nie auf eine gemeinsame Theorie geeinigt. Falls Tinka glaubte, dass Lucie tot war, hatte sie es vor Leander nie ausgesprochen. Doch aus Tinkas Verhalten hatte Leander geschlossen, dass sie Lucie für sich im Stillen für tot erklärt hatte. Irgendwie musste es ihr gelungen sein, sich selbst Gewissheit darüber zu verschaffen. In letzter Zeit schien sie wieder mit sich im Reinen zu sein und den Schmerz nach und nach zu verarbeiten. Ihm selbst war das nie gelungen, er brauchte Gewissheit. Einmal hatte ihn sein Schwager Gunnar in einem ungewohnt vertraulichen Moment gefragt, wofür er sich entscheiden würde, wenn er wählen könnte: Lucie, die irgendwo glücklich am Leben wäre, aber er wüsste es nicht. Oder Lucie, die tot wäre, und er wüsste es. Und Leander hatte spontan geantwortet: »Ich würde es wissen wollen.«

Aber vielleicht täuschte sich Leander auch. Vielleicht verstand Tinka es nur gut, ihre Gefühle zu verbergen. Eine typische Charaktereigenschaft der Nordins.

Eine Weile herrschte Stille. Tinka goss den Tee ein und sagte dann: »Ich schlage vor, wir schicken eine SMS an diese Nummer und verlangen einen Beweis, dass Lucie lebt.«

»Gut«, sagte Leander. »So machen wir es.«

Allmählich lernte Camilla, mit dem Säugling zurechtzukommen. Sie passte sich dem Schlafrhythmus des Kindes an, und zum Glück war die Kleine kein Schreihals. Dennoch war es ein langweiliges, stumpfes und gleichzeitig anstrengendes Leben, und Camilla hatte manchmal Angst, in einem animalischen Sumpf zu versinken.

In schwachen Momenten dachte sie darüber nach, wieder nach Öckerö zurückzukehren. Ihr Vater würde ihr bestimmt verzeihen, aber ihre Mutter ... Sie würde die Lippen zusammenpressen wie die Bügel ihres Portemonnaies und ihr vorhalten, sie hätte es doch gleich gesagt, dass Camilla in der Stadt untergehen würde. *Untergehen.*

Aber da war noch ein anderes Problem: Das Weihnachtsfest stand vor der Tür, und natürlich erwarteten ihre Eltern, dass Camilla sie besuchte. Sie erwog, Lillemor Söderström zu fragen, ob sie für einen oder zwei Tage auf das Kind aufpassen würde, verwarf den Gedanken aber wieder. Dann müsste Camilla ihr gestehen, dass ihre Eltern noch immer nicht Bescheid wussten. Die resolute Krankenschwester würde das sicher nicht gutheißen. Nein, der Weihnachtsbesuch musste verschoben werden. Im Januar hätte Lillemor bestimmt mehr Zeit zum Babysitten. Drei Tage vor Heiligabend rief Camilla bei den Nachbarn ihrer Eltern an, denn ihre Eltern hatten noch immer kein Telefon, und ließ ausrichten, sie habe eine Grippe und könne daher nicht kommen.

Camilla hatte aus einem Katalog ein Set heizbarer Lockenwickler bestellt und eilte in freudiger Erwartung, das

Baby auf dem Arm, an die Tür, als es tags darauf klingelte. Eine Stunde später saß Camilla mit ihrem Kind im klapprigen Lieferwagen ihres Vaters. Nie würde Camilla den eisigen, verächtlichen Blick vergessen, mit dem ihre Mutter sie ansah, als sie Lillemor aus dem Wagen hob.

»Und wie soll das jetzt weitergehen?«, fragte Ulrika Ahlborg am Weihnachtstag nach dem Essen. Mit dieser Frage hatte Camilla gerechnet und eine trotzige Antwort lag ihr schon auf der Zunge. Schließlich war sie bis jetzt auch ohne ihre Eltern zurechtgekommen. Demnächst könnte sie Lillemor in eine Krippe geben und sich wieder einen Job suchen. Was Lillemors Vater anging, schwieg sie sich ihren Eltern gegenüber aus.

Ulrika hatte an allem etwas zu mäkeln. Es missfiel ihr, dass Camilla Lillemor abgestillt hatte, Stillen sei doch viel billiger. Nein, sie dürfe nicht immer gleich beim ersten Quäker nach ihr sehen und sie herumtragen, damit würde sie sie nur verziehen. Der Schnuller – ein Kardinalfehler! Sie würde schon sehen, wenn das Kind später schiefe Zähne hätte. Und diese Wegwerfwindeln, viel zu teuer, die reine Verschwendung …

»Wenn du alles besser weißt, behalte du sie doch«, sagte Camilla.

Man merkte Ulrika an, dass sie nur auf eine Gelegenheit gewartet hatte, um loszuwerden, was sie nun hasserfüllt hervorstieß: »Das würde dir so passen! Mir deinen Bankert aufhalsen, damit du weiter in der Stadt herumhuren kannst.«

Camilla biss die Zähne zusammen und sagte dann leichthin: »Du würdest natürlich den Unterhalt bekommen, den mir ihr Vater überweist. Immerhin achthundert Kronen im Monat.«

»Achthundert, sagst du?«

»Ja.«

»Ist ja nicht die Welt.«

»Denk darüber nach. Morgen fahr ich zurück.«

Selma erinnerte sich nicht, jemals im Stadtteil Skår gewesen zu sein, erkannte aber, dass sie dabei nicht allzu viel versäumt hatte. Das Haus stand am Ende der Straße, machte selbst jetzt, im Dunkeln, einen heruntergekommenen Eindruck und passte nicht zum biederen, gepflegten Rest des Viertels. Das wiederum war typisch für Forsberg, dachte Selma, während sie auf die Klingel drückte. Die Namen an den Schildern ließen auf eine internationale Mieterschaft schließen. Drei Wohnungen standen leer oder die Mieter wollten nicht gefunden werden. Niemand öffnete. Sie hatte den ganzen Abend vergeblich versucht, ihn auf seinem Handy zu erreichen, und war dann kurz entschlossen hierhergefahren. Sie fand, dass er von Frau Bobrows Verhaftung erfahren sollte. Insgeheim aber war sie auch neugierig, wie er so lebte.

Die Tür ging auf, und eine junge Inderin schob einen Kinderwagen heraus. Sie trug einen verwirrend bunten Sari. Selma hielt ihr die Tür auf und nutzte die Gelegenheit, um ins Haus zu gelangen. Durchgetretene Holzstufen. Etwas wie Katzenstreu knirschte unter den Sohlen ihrer Turnschuhe. Im zweiten Stock stand sein Name neben der Tür, und durch die Scheibe darüber sah man Licht brennen. Selma fand keine Klingel und hämmerte gegen das Holz. Offenbar hatte sie es übertrieben, denn das Türschloss sprang auf, ohne dass sie von drinnen Schritte gehört hätte. Das sah ihm ähnlich, nicht mal abzuschließen.

»Greger? Hej, ich bin's, Selma. Bist du da?«

Ein Sakko, das sie noch nie an ihm gesehen hatte, hing im

Flur. Die Wand neben der Garderobe hatte einen breiten Riss, die Ziegel schauten heraus. War das Kunst?

»Hej? Ist jemand da?«

Sie drückte die Wohnungstür hinter sich zu und folgte dem Lichtschein, der aus der Küche kam. Hoffentlich platze ich nicht in eine romantische Szene, dachte sie, was sie jedoch nicht am Weitergehen hinderte.

Tatsächlich konnte die Situation kaum peinlicher sein. Ihr Chef saß am Tisch, umklammerte ein Wasserglas und starrte sie aus blutunterlaufenen Augen an. Er hatte sein Haar kurz abrasiert, sodass er nun fast wie eine ältere Ausgabe von Bergeröd aussah. Schnapsgeruch hing in der Luft. Falls die Flasche, die auf dem Tisch stand, vor kurzem noch voll gewesen war, dann traf das jetzt wohl auf Forsberg zu. Sie überlegte, ob sie sich umdrehen und wieder gehen sollte. Wenn sie Glück hatte, würde ihr Vorgesetzter sich morgen gar nicht mehr an ihren Besuch erinnern oder die Erinnerung daran seinem Delirium zuschreiben. Aber so betrunken schien er dann auch wieder nicht zu sein.

»Was, zum Teufel, willst du hier?«

Selma berichtete, was sie von Bergeröd gehört hatte, aber sie hatte nicht den Eindruck, dass Forsberg auch nur Teile davon mitbekam. Er starrte sie während ihrer gesamten Rede dumpf an und senkte dann wieder den Blick auf eine Sammlung von Ansichtskarten, wie Leute sie früher, und zuweilen noch heute, auf Urlaubsreisen schrieben.

Selma setzte sich ihm gegenüber, darauf gefasst, dass er sie zum Gehen aufforderte. Aber er fragte nur nach einer Zigarette und sie drehte ihm eine und dann noch eine für sich.

Während sie rauchten und die Asche in einen benutzten Teller schnippten, blickte sich Selma verstohlen um. Es war leidlich sauber und aufgeräumt, jedenfalls mehr als bei ihr zurzeit. Hinter der Spüle fehlten zwei Wandfliesen, in einer Kiste lagen drei leere Weinflaschen, eine Bierflasche und etliche Pizzakartons. Wie ein Säuferhaushalt wirkte das alles nicht, und auch im Dienst hatte sie an Forsberg noch nie eine Fahne gerochen. War er ein Quartalssäufer?

Ihr Vorgesetzter stand auf, schwankte bedenklich, bekam aber dann doch noch die Kurve zum Küchenschrank, wo er ein Glas herausnahm und es vor Selma hinstellte. Dann plumpste er wie Fallobst auf seinen Stuhl zurück.

»Hast du ein Bier?«, fragte Selma.

»Im Kühlschrank«, brummte Forsberg, der sich den Kraftakt des Aufstehens offenbar nicht noch einmal zumuten wollte. Auf dem Kühlschrank stand das Foto eines Mädchens mit dünnem blondem Haar, vollen Lippen und hohen Wangenknochen. Ein breites, nordisches Gesicht, die Ähnlichkeit mit dem Vater war durchaus vorhanden, nur hatte sie schräg stehende blaue Katzenaugen. Das Innere von Forsbergs Kühlschrank glich dem ihren, er kam wohl auch nicht zum Einkaufen. Aber immerhin fand Selma eine Flasche Heineken, setzte sich wieder hin, nahm einen großen Schluck und bemerkte dabei den Riss, der sich diagonal durch die Küchendecke zog und Verästelungen aufwies wie ein Gewitterblitz. Es war der Versuch unternommen worden, ihn zu kitten, aber an einigen Stellen war der frische Gips schon wieder herausgebrochen.

»Das Haus bröselt«, sagte Selma.

»Ich weiß«, sagte Forsberg.

»Was sind das für Karten?«

Statt einer Antwort stieß er einen tiefen, von Wodka und Tabak unterlegten Seufzer aus.

Es waren sieben Ansichtskarten: der Reichstag in Berlin, die Tower Bridge in London, irgendein großer Kuppelbau, die Ponte Vasco da Gama über den Tejo in Lissabon, eine Kirche, gotisch oder so ähnlich, ein Kanal, vielleicht eine Gracht in Holland, ein Garten mit Palmen.

»Darf ich sie lesen?«

Forsberg lächelte bitter, was Selma als Einverständnis interpretierte. Auf allen Karten stand die Adresse Forsbergs in klaren Druckbuchstaben, sonst nichts.

Forsberg schenkte sich noch einmal das Glas voll. »Vor fünf Jahren fing es an. Heute kam die aus Montpellier.« Er tippte auf die Karte mit dem Botanischen Garten. Gemessen an seinem Alkoholpegel kamen ihm die Worte ziemlich klar über die Lippen, fand Selma.

»Morgen … morgen hat Annika Geburtstag. Aber das ist sicher nur ein Zufall.«

Deshalb also die Sauferei. Er glaubte, dass die Karten von seiner Tochter sein könnten. Wie gemein, falls sie es war, nicht ein Wort darauf zu schreiben. Und wie hundsgemein erst, wenn jemand anderer sie schickte.

»Ich habe mir schon den Kopf zerbrochen, ob irgendeine verdammte Logik dahintersteckt, aber ich finde nichts.«

»Typische Sehnsuchts-Städte«, sagte Selma.

Forsberg stierte sie aus seinen alkoholfeuchten Augen an.

»Es sind Orte, bei denen die Leute sagen: ›Da wollte ich immer schon mal hin.‹«

»Nach Montpellier?«

»Südfrankreich«, meinte Selma. »Die Gegend. Über die Stadt weiß ich auch nichts.«

»Hm«, machte Forsberg. »Viele Studenten und ein uralter Botanischer Garten.«

»Studenten«, sagte Selma. »Es sind alles Universitätsstädte. Wie Göteborg.«

»Stimmt«, sagte Forsberg.

»Bist du denn mal in einer davon gewesen?«

»März 2006, fünf Tage Edinburgh. Stundenlang habe ich vor dieser verdammten Kathedrale rumgelungert. Ein schottischer Kollege sprach mich an, dachte, ich sei ein Taschendieb.«

Selma versuchte, dieses komische Gefühl in ihrer Brust mit einem großen Schluck Bier wegzuschwemmen.

»Amsterdam, ein Jahr später. Ich habe diese verdammte Gracht sogar gefunden. Es war Januar und es regnete Bindfäden. Ich stand wie ein Idiot herum, mit der Vorstellung, dass sie hinter einem der Fenster steht und mich beobachtet.« Er verzog den Mund zu einem schiefen Grinsen. »Na, wenigstens war ich mal in einem Coffeeshop.«

Selma fiel dabei ein, dass sie auch mal wieder Nachschub besorgen könnte.

»Die Karte aus Turin kam im August 2007, mitten im Fall Lucie Hansson. Aber ich wäre auch so nicht hingefahren.« Forsberg leerte sein Glas auf einen Zug und unterdrückte nachlässig einen Rülpser. »Auch 'n Schluck?«

Selma nickte, und Forsberg goss erst ihr Wasserglas zwei Fingerbreit voll mit Wodka, dann seines.

»Mochte sie so etwas?«

»Was?«

»Rätsel und verschlüsselte Botschaften.«

Er zuckte mit den Achseln.

»Was ist mit ihrer Mutter?«

»Benedikte. Wir sind zusammengezogen, sie hat studiert, ich war auf der Polizeischule. Sie war immer recht lässig.

Cool, wie man heute sagt. Aber kaum war das Kind da …« Er trank, fuhr sich über die Lippen, redete weiter: »Ich konnte ihr nichts mehr recht machen, egal, was ich mit dem Kind anstellte, sie hatte immer was daran auszusetzen. Also ließ ich sie machen. Daraufhin warf sie mir vor, ich würde mich drücken. Dann habe ich mich schließlich wirklich verdrückt. Am Anfang habe ich Annika noch regelmäßig gesehen, dann hieß es immer öfter: Sie ist krank, die Freundin feiert Geburtstag … Irgendwas war immer. Und mir war das manchmal ganz recht. Ich hatte meinen Job, damals hatte ich noch Ehrgeiz. Irgendwann wollte mich Annika angeblich gar nicht mehr sehen und ich schickte ihr nur noch jedes Jahr ein Geschenk zum Geburtstag.«

Er machte eine Pause, um sein Glas zu leeren. Auch Selma stürzte den Wodka hinunter. Er brannte wie Lava. »Verflucht, was ist das denn für ein mieses Zeug?«, keuchte sie.

»Schwarzgebrannter, nichts für kleine Mädchen!«

Selma hustete.

»Benedikte und ihr Mann starben 2000. Autounfall. Annika kam zu mir. Sie war zwölf. Sie kannte mich kaum noch und nahm es mir übel, dass ich mich nie um sie gekümmert habe. Sie hatte ja recht. Ich war einfach ein lausiger Vater.«

»Es gibt schlimmere Väter als solche, die nicht da sind«, sagte Selma.

Forsberg nickte in sein leeres Glas. »Sie war … na ja, die Pubertät. Und dann dieser Dickkopf … Es gab ständig Krach zwischen uns. Ich glaube, sie hat mich gehasst.«

»Wie ist sie verschwunden?«

Er machte eine Geste, als wollte er sich durchs Haar streichen, um dann verwundert festzustellen, dass kaum noch etwas davon übrig war. Er murmelte etwas von einem verfluchten Türken und schüttete den restlichen Inhalt der Flasche in sein Glas.

»Am 10. Oktober 2003 wollte sie auf eine Party und ich hab es ihr verboten. Sie hatte einen Freund, er war neunzehn, sie sechzehn geworden. Er war einige Male wegen Diebstahls und Drogendelikten auffällig geworden. Ich war so dumm, ihr das zu sagen …«

»Was?«, fragte Selma.

»Dass ich ihn überprüft hatte. Sie war natürlich stinksauer. Herrgott, ich wollte sie doch nur beschützen! Aber ich hatte an dem Abend Dienst und ich konnte sie ja schließlich nicht anbinden. Am nächsten Morgen war sie nicht da. Ich glaubte erst, sie wäre zu der Party gegangen und dort versumpft. Aber da war sie nicht.«

»Und ihr Freund? War der da?«

»Der schon. Zuerst nahm ich noch an, sie wäre bei Freunden untergeschlüpft, um mich zu bestrafen. Das war natürlich ein Fehler. Man macht so viele Fehler.« Er trank und wischte sich den Mund mit dem Handrücken ab. »Als sie nicht wiederkam, habe ich sie alle vernommen, immer wieder: Freunde, Freundinnen, Klassenkameraden … Keiner wusste, wo sie war, sie hat sich angeblich bei niemandem gemeldet. Dem Freund von ihr, Boris Lindström, dem habe ich die Hölle heißgemacht, der wurde wochenlang überwacht.« Forsberg verzog den Mund. »Der ist inzwischen ein Banker! Passt ja irgendwie …«

»Hat sie Sachen mitgenommen?«, fragte Selma.

»Ja. Ihre Lieblingsklamotten, ihr Adressbuch, ihren Pass und drei von ihren Stofftieren. Und die Fotos ihrer Mutter.«

»Um unterzutauchen, braucht man Hilfe.«

»Wie ich sie kenne, ist sie einfach losgefahren. Vielleicht per Anhalter. Vielleicht ist sie an irgend so ein Schwein geraten ...«

Selma betrachtete erneut die sieben Postkarten: Edinburgh, Amsterdam, Turin, Berlin, London, Lissabon, Montpellier. Die erste nach knapp drei Jahren.

»Willst du ihr Zimmer sehen?«, fragte Forsberg.

Selma sagte Ja, obwohl es ihr eigentlich gegen den Strich ging. Viel zu persönlich. Morgen würde Forsberg sie dafür hassen.

Er stand auf, schnaufte und wankte ein bisschen, ging dann aber voran und öffnete die Tür am Ende des Flurs, an der ein Aufkleber eine Faust mit einem ausgestreckten Mittelfinger zeigte.

Es war das typische Zimmer einer Sechzehnjährigen, in dem das äußere Durcheinander den inneren Aufruhr widerspiegelte. Poster von Goth-Rock- und Darkwave-Bands an den Wänden, von denen zwei schwarz und zwei blutrot angestrichen waren. Im Regal standen Schulbücher neben historischen Romanen, Sagen und Fantasy, darunter mindestens zehn Bände von Eyja de Lyn.

»Die hab ich auch alle gelesen«, rief Selma. »Die Elfenprinzessin Ámunda und ihr zahmer Adler Mýsingur, und die Nachtfee Druna ...«, zählte sie auf, als hätte sie gerade alte Bekannte getroffen.

Forsberg beäugte sie, als wäre sie ein fremdartiges Tier.

»Kennst du die Bücher nicht?«, fragte Selma.

»Nein«, sagte Forsberg.

»Ich glaube, es gibt kein Mädchen, das die nicht gelesen hat.«

»Ich war nie ein Mädchen«, sagte Forsberg.

Das Bett hatte er mit zusammengeklebten Müllsäcken abgedeckt, weiße Gipsbrocken lagen darauf.

»Sie hatte diesen Schwarzfimmel.« Er schüttelte den Kopf. »Ich Idiot dachte zuerst, es wäre wegen ihrer Mutter. Dass sie in Trauer wäre. Kannst du dir das vorstellen?«

»Ja«, sagte Selma.

»Sie hat sich die Augenbrauen gepierct und als Nächstes sollte die Zunge dran sein. Wegen dem und der ganzen Gothic-Scheiße hatten wir auch öfter …« Forsberg hielt mitten in seiner Erklärung inne, blickte Selma an und winkte resigniert ab. »Ah, verdammt!«

Selma war versucht, ihm zu sagen, dass sie nur deshalb Schwarz trug, weil Schwarz leise war. Aber er hätte es wohl nicht verstanden und selbst wenn … betrunken, wie er war, würde er es morgen wieder vergessen haben. Sie betrachtete stattdessen die CD-Sammlung: Goth-Rock-Bands wie Corpus Delicti, Ataraxia, Fading Colours, Grüxshadows, Specimen, Skeletal Family waren vertreten, aber auch Vikingrock und Viking-Metal: Ultima Thule, Nidhöggs Vrede, Månegarm, Mithotyn, Thyrfing und Borknagar.

»Hast du mal reingehört?«, fragte Selma.

»Ich? Das ganze Haus! Was glaubst du, warum es hier von der Decke bröselt?«

Selma nahm eine CD heraus. »Hier, Månegarm, das ist eine Black Metal Band aus Norrtälje. Der Riesenwolf Månegarm lebte im Järnskogen, dem Eisenwald, und ernährte sich hauptsächlich vom Blut Sterbender. Der Legende nach war es Månegarm, der die Sonnenfinsternis verursachte, indem er mit so viel Blut der Toten um sich spritzte, dass die Sonne davon schwarz wurde.«

»Sehr poetisch.«

»Wenigstens lernen die Kids so die nordische Mythologie kennen.«

»Hören so was nicht hauptsächlich Satanisten und Neonazis?«

»Quatsch! Ich hör so was auch ab und zu.«

Forsbergs Gesichtsausdruck ließ darauf schließen, dass Selma in seinen Augen nur bedingt als Beleg für die Harmlosigkeit dieser Musikrichtung taugte.

Andere Welten, dachte Selma. Vater und Tochter. Er und ich.

»Was hörst du denn für Musik?«, fragte Selma.

»Ich?«, fragte Forsberg.

»Ja.«

»Blues. Manchmal Soul. Nicht oft.«

Blues. Soul. Braun und Violett.

»Hatte sie was mit Satanismus oder mit der rechten Szene zu tun?«

»Nein. Es war mehr so eine Pose.«

»Vielleicht hat ihr die Musik einfach gefallen«, sagte Selma. »Was weißt du über Turin?«

Forsberg stützte sich mit einer Hand am Türrahmen ab, schwankte aber trotzdem, als befände er sich an Bord eines Schiffes auf bewegter See. »Fiat und Fußball.«

»Es heißt, in Turin wäre der Teufel zu Hause. Es ist die Stadt des Aberglaubens und der schwarzen Magie. Es gibt dort sogar schwarzmagische Stadtführungen. Turin ist *die* Stadt für Goth-Fans.«

Selma musste sich eingestehen, dass ihr Chef gerade nicht sehr intelligent dreinschaute.

»Du meinst …?«

»Ich geh jetzt«, sagte sie. »Hör auf zu saufen.«

Forsberg brummte, dass sowieso nichts mehr da wäre. Immerhin war er noch in der Lage, sie zur Tür zu bringen.

»Und du? Gehst du jetzt noch in so einen Goth-Schuppen, ja?«

War er tatsächlich so bescheuert oder tat er nur so? Selma kam zu dem Schluss, dass er in erster Linie betrunken und unglücklich war. Und morgen einen Mordskater haben würde.

»Nein«, sagte Selma. »Ich leg mich jetzt mit Amundsen aufs Sofa.«

Tinka war allein zu Bett gegangen. Leander hatte behauptet, er wolle noch lesen, was bedeutete, dass er in seinem Arbeitszimmer saß und vermutlich vor sich hin grübelte. Natürlich konnte auch sie nicht schlafen. Unzählige Fragen gingen ihr durch den Kopf. Was wäre, wenn Lucie noch lebte?

Die Sache mit dem Mann im Café vor der Markthalle, den sie für ihren Kollegen Axel gehalten hatte, hatte Tinka bis heute keinem Menschen erzählt. Oft fragte sie sich, ob das alles hätte verhindert werden können, hätte sie nicht dagestanden und diesen Fremden wer weiß wie lange angestarrt. Aber was nützte es, wenn der Kommissar und dadurch auch Leander davon erfahren hätten? Es hätte keinen Einfluss auf die Ermittlungen gehabt. Der Mann hatte Lucie jedenfalls nicht entführt, das hätte sie ja bemerkt. Tinka wusste, dass ihr Leander auch so schon eine große Portion Schuld am Geschehenen zumaß, auch wenn er es nicht aussprach. *Wenn Leander auch noch das erfährt, verlässt er mich,* hatte sie damals gedacht. Inzwischen war es zu spät, um die Wahrheit zu sagen, und es wäre auch vollkommen sinnlos.

In den ersten Tagen hatte sie sich an Forsbergs Worte geklammert, der an eine Frau mit fehlgeleiteten Mutterinstinkten glaubte, die einfach nur unverschämtes Glück gehabt hatte, als es ihr gelang, Lucie unbemerkt vor der Markthalle zu entführen. Aber je mehr Zeit verging, ohne dass eine Spur von Lucie auftauchte, desto mehr zweifelte sie an dieser Theorie. Und da sie die Wahrheit nicht kannte, erfand sie für sich eine Wahrheit, die sie gerade noch ertrug: dass Lucie tot war. Dieser Gedanke war immer noch tröstlicher als der, dass Lucie womöglich ein Leben führte, wie es das österreichische Mädchen Natascha Kampusch acht Jahre lang hatte ertragen müssen, ehe sie sich im Jahr 2006, ein Jahr bevor Lucie verschwand, hatte befreien können. Dennoch konnte Tinka nicht verhindern, dass genau diese Vorstellung in all ihren grausigen Facetten zuweilen durch ihre Träume geisterte. Sie erwachte daraus in den frühen Morgenstunden mit dem Gefühl der Scham.

»Würdest du mich noch lieben, wenn ich ein Mörder wäre?«, hatte Leander sie vorhin gefragt, und sie hatte gelogen und Nein gesagt, denn sie wollte nicht, dass Leander auch nur daran dachte, sich auf die Idee dieses Wahnsinnigen einzulassen.

Camilla fand eine Anstellung in der Parfümerieabteilung eines Kaufhauses. Die Arbeit gefiel ihr, obwohl ihr abends die Füße wehtaten. Der Lohn war auch nicht üppig, aber sie hatte ja noch die restlichen vierhundert Kronen von Lillemors Unterhalt, monatlich 1200, zur Verfügung und durfte noch über ein Jahr mietfrei in Rosenlund wohnen. Alles in allem eigentlich gar nicht so schlecht, dachte sie, und sah die Zukunft wieder etwas rosiger. Sie verkehrte jetzt viel in Studentenlokalen. Ein Medizinstudent interessierte sich für sie, und Camilla sah sich schon in der Rolle der Frau des Chefarztes einer großen Klinik.

Alle drei, vier Wochen fuhr sie nach Öckerö und sah nach ihrer Tochter, hauptsächlich, weil ihre Mutter das erwartete. Ulrika brauchte jemanden, bei dem sie sich über ihr Schicksal beklagen konnte: Der Laden lief schlecht, der Mann war krank und meistens arbeitslos, und sie hatte das Kind ihrer missratenen Tochter am Hals. Camilla hörte sich das Gejammer kommentarlos an, denn sie wollte sie nicht vergrätzen. Nicht dass sie ihr das Kind wieder zurückgab.

Manchmal, wenn sie wieder wegfuhr, musste Camilla über Ulrikas Erziehungsmethoden nachdenken. Um ihr das Nägelkauen abzugewöhnen, hatte Ulrika ihr die Finger mit Chilischoten eingerieben, und es gab kein Abendessen, wenn sie beim Stricken einen Fehler machte. Andererseits – hieß es nicht immer, Großmütter wären mit ihren Enkeln sanfter und geduldiger als mit den eigenen Kindern? Jedenfalls machte das Baby bis jetzt einen munteren Eindruck. Und ihr hatte ein bisschen Strenge schließlich auch nicht geschadet. Außerdem war ja auch noch ihr Vater da. Der jedenfalls hatte sie nie geschlagen.

Grau dämmerte der Morgen herauf. Dragan fuhr mit der Kehrmaschine am Rand der Kaimauer entlang. Es musste alles sauber sein, wenn das gewaltige Schiff aus Kiel um neun Uhr ankam. Die Touristen sollten nicht gleich einen schlechten Eindruck von der Stadt bekommen. Schon zum zweiten Mal fuhr er an einem Schwarm Möwen vorbei, die sich um irgendetwas stritten, was neben der Kaimauer im Wasser schwamm. Manche der Vögel hielten etwas im Schnabel, während sie ein Stück weit wegflogen, um sich dann niederzulassen und den Bissen zu verzehren. Ein Tierkadaver? Dragan seufzte. Die Menschen warfen ja alles Mögliche ins Wasser, ob vom Land aus oder von den Schiffen. Er hatte schon etliche tote Katzen im Hafenbecken dümpeln sehen und einmal auch einen Hund. Dragan brachte seine Maschine zum Stehen, ging nachsehen, und dann drehte sich ihm der Magen um. Er blickte auf einen menschlichen Körper oder vielmehr auf das, was davon noch übrig war.

»Gsch, gsch«, machte er und wedelte mit den Armen. Doch die gierigen Vögel ließen sich nicht so leicht verscheuchen, im Gegenteil: Ein paar flogen angriffslustig über seinen Kopf hinweg, sodass Dragan den Luftzug ihres Flügelschlags spüren konnte. Dabei stießen sie schrille, aggressive Rufe aus, bereit, ihre Beute zu verteidigen. Dragan hielt die Arme schützend über den Kopf, noch immer schockiert vom Anblick der Leiche. Hatten diese grässlichen Viecher dem Menschen, der da schwamm, den Kopf abgetrennt? Jetzt ließen sie sich auf dem Rumpf nieder. Mit ihren scharfen Schnäbeln hatten sie bereits die Bauchdecke durchstoßen und nun machten sie sich über die Eingeweide her. Dragan hatte Möwen noch nie leiden können und das, was er hier sah, war nicht geeignet, seine Abneigung zu kurieren. Er löste sich aus seiner Starre, wich ein paar Schritte zurück und übergab sich. Dann rief er seinen Chef an, denn das Ding da musste verschwinden. Was sollten denn sonst die Touristen denken?

Greger Forsberg blickte in den Spiegel und musste feststellen, dass er über Nacht nicht schöner geworden war. Graue Bartstoppeln bedeckten seine Wangen wie Raureif und grellrote Adern durchzogen das Weiß seiner Augen. Zum Glück gab es dafür diese genialen Tropfen. Unter großen Anstrengungen verrichtete er die notwendige Körperpflege, zog sich frische Sachen an und ging in die Küche. Die Postkarten lagen ausgebreitet auf dem Tisch, rund um die leere Wodkaflasche. Er räumte die Flasche weg, schob die Karten zu einem Stapel zusammen, kochte Kaffee und versuchte es mit einem trockenen Toastbrot. Erleichtert stellte er fest, dass er die Nahrung bei sich behielt und die Übelkeit langsam nachließ. Tief in Gedanken versunken radelte er zur Dienststelle. Was ihm der Vogel gestern über Turin gesagt hatte, war ihm trotz seines Rauschs noch gegenwärtig, aber warum war Selma eigentlich bei ihm gewesen? Was fiel dieser unmöglichen Person ein, einfach in seine Wohnung zu kommen, als wären sie uralte Freunde? Doch, da war es wieder: Die Bobrow war wegen Prostitution festgenommen worden. Das hatte den Vogel anscheinend sehr aufgebracht. Er seufzte gegen den Fahrtwind an. Frauen! Er hatte Eva gestern zum Essen eingeladen, aber sie hatte abgelehnt, mit der Begründung, der Wikinger habe gekocht. Ein kochender Finanzberater, der sie zum Lachen brachte. Die Welt steht am Abgrund, dachte Forsberg resigniert. Was den Kommissar aber viel mehr beschäftigte, war die Erinnerung an die Unterhaltung mit Eva, gestern, vor dem Sommerhaus der Cederlunds. Es war nur eine vage Spur, aber so vage nun auch wieder nicht, dass man sie nicht überprüfen sollte. Allerdings musste er es geschickt angehen, um seine eigene Rolle in dieser Sache zu verschleiern.

Als er schließlich das Polizeipräsidium betrat, hatte er sich eine Strategie zurechtgelegt, und so führte ihn sein erster Gang zum Kaffeeautomaten und der zweite zum Chef der Kripo Göteborg, Anders Gulldén.

Der schien in großer Eile zu sein, er raffte gerade seine Papiere auf dem Schreibtisch zusammen und steckte sie in eine lederne Kladde.

»Zwei Minuten! Ich hab dir Kaffee mitgebracht«, sagte Forsberg. Ein paar Spritzer schwappten aus der Tasse, als er den Becher zu schwungvoll auf Gulldéns Tisch abstellte.

Der Chef ließ sich mit einem Knurrlaut wieder in seinem Sessel nieder und tupfte den verschütteten Kaffee mit einem Papiertaschentuch auf. »Was gibt es denn? Ich muss gleich ins Morgenmeeting. Heute früh haben sie am Anleger der Deutschland-Fähre eine Leiche ohne Kopf aus dem Wasser gefischt.«

Forsberg starrte ihn an. *Eine Leiche. Annika ...*

»Greger, was ist denn jetzt?« Gulldén trommelte mit den Fingern auf den Schreibtisch.

Forsberg räusperte sich. »Ich möchte noch einmal die Spurensicherung in Cederlunds Sommerhaus haben, und zwar unsere. Ich habe nämlich den Verdacht, dass Magnus

Cederlund etwas mit dem Verschwinden von Valeria Bobrow zu tun hat!«

Gulldéns Miene verfinsterte sich. »Weißt du, was du da sagst?«

»Ja.«

»Was heißt hier Verdacht? Kannst du dir vorstellen, was los sein wird, wenn die Presse davon Wind kriegt?«

»Der Tipp kam von der Presse. Aber sie … meine Kontaktperson wird stillhalten, bis wir Beweise haben. DNA-Spuren, zum Beispiel.«

»Wie kommt deine *Kontaktperson* dazu, so etwas zu behaupten?«

»Nun, sie ist wohl in das Haus eingedrungen – diese Presseleute kennen ja keinerlei Skrupel – und hat in einem der Schlafzimmer eine Puppe gefunden.«

»Gehörte die Puppe dem verschwundenen Mädchen?«

»Das weiß ich nicht«, sagte Forsberg. »Aber vielleicht sind ihre Fingerabdrücke drauf.«

»Es war doch nie die Rede von einer Puppe, oder?«

»Nein.«

Ein Bär, keine Puppe. Ein Bär, der nicht von Valerias Freundin Bahar stammte.

»Wegen einer Puppe in einem Sommerhaus soll ich eine Untersuchung anordnen?«, fragte Gulldén und schaute Forsberg an, als sei bei dem eine Schraube locker.

Eine Leiche im Göta älv.

»Was? Nein. Es ist nicht nur die Puppe. Die Zeiten … Das ist doch auffällig. Valeria verschwand am 15. August und Cederlund erschießt sich einen Tag darauf.«

Gulldén trank von seinem Kaffee. Seine Bulldoggenmiene verriet, was er von Forsbergs Gedankengang hielt.

»Und dann ist da noch was«, sagte Forsberg. »In dem Sommerhaus wurde ebenfalls alles durchwühlt. Genau wie in der Villa in Långedrag.«

Gulldéns Gesicht hellte sich auf. »Warum sagst du das nicht gleich? Das ist ein Einbruch, das ist was Handfestes, damit kann ich zum Staatsanwalt. Und natürlich käme es mir schon sehr gelegen, wenn in diese Sache endlich einmal Bewegung käme. Ich weiß bald nicht mehr, was ich der Presse und der Staatsanwaltschaft noch erzählen soll.«

Forsberg nahm den Rüffel kommentarlos hin.

Eine Leiche. Ohne Kopf.

»Deine Kontaktperson – ist sie vertrauenswürdig?«

»Ja.«

Gulldén entfaltete sich zu seinen vollen zwei Metern Länge. »Gut, ich rede nachher mit dem Staatsanwalt. Aber das bleibt vorerst alles unter der Decke, Forsberg! Kein Wort zu niemandem. Offiziell durchsuchen wir das Haus wegen des Einbruchs, klar?«

»Klar«, sagte Forsberg. Im Windschatten von Anders Gulldéns breitem Rücken folgte er diesem zur Tür hinaus. »Sag mal, diese Leiche …« Er verstummte, als er Zeuge wurde, wie Anders Gulldén auf dem Flur mit dem Vogel zusammenstieß.

»Hoppla! Wohin so eilig?«, trompetete Gulldén.

Ohne sich mit Höflichkeitsfloskeln aufzuhalten, sprudelte Selma hervor, sie müsse Gulldén sofort und dringend sprechen. Erst dann schien sie Forsberg zu bemerken, der hinter Gulldéns massiger Gestalt hervortrat.

»Ich muss ins Meeting, kümmere dich um sie«, bellte Gulldén. Offenbar war er genervt vom Personal der Vermisstenstelle, das ihm ausgerechnet heute Morgen die Bude einrannte, während es für gewöhnlich durch Abwesenheit in den Meetings glänzte und auch sonst nicht für Gesprächigkeit und Korpsgeist bekannt war.

»Aber ich …«, protestierte Selma.

»Mitkommen, sofort!« Forsbergs Miene erinnerte an eine geballte Faust, und tatsächlich folgte ihm der Vogel brav in sein Büro. Dort ließ er sie aus purem Sadismus noch ein wenig schmoren, indem er schwieg und in seinem Schreibtisch nach Aspirin-Tabletten suchte, sie schließlich fand, eine aus der Verpackung pulte und mit einem Schluck abgestandener Cola hinunterspülte. Es schadete nichts, dachte er, wenn Selma gelegentlich daran erinnert wurde, dass er ihr Vorgesetzter war, besonders nach dem gestrigen Abend, der sicherlich nicht geeignet war, ihr Respekt abzunötigen. Beim Gedanken daran verspürte Forsberg erneut ein Pochen hinter der Stirn.

Der Vogel hatte sich hinter dem Bildschirm verschanzt, eine Mischung aus Trotz und Unsicherheit im Blick. Da Forsberg weiterhin schwieg, platzte Selma heraus.

»Ich wusste ja nicht, wann du kommst, und als du um neun noch nicht hier warst …« Sie hob den Kopf, nun schon wieder fordernd. »Man muss doch wegen Oxana Bobrow was unternehmen!«

»Warum? Solange die Frau in Haft ist, ist sie wenigstens für Verhöre verfügbar. Vielleicht rückt sie jetzt endlich damit heraus, wo sich ihr Freund Krull aufhält und ob er ihr Zuhälter war.«

In Selmas Blick, den sie ihm entgegenschleuderte, lag pure Verachtung.

»Ja, was denn?«, ereiferte sich Forsberg. »Sie hat nun mal gegen die schwedischen Gesetze verstoßen – die ich nicht gemacht habe. Ich habe rein gar nichts gegen Nutten aus aller Herren Länder, im Gegenteil, nur herein damit!« Forsberg, plötzlich aufgekratzt, breitete in einer theatralischen Willkommensgeste die Arme aus, während er fortfuhr: »Jetzt muss sie eben die Konsequenzen tragen, auch wenn gerade ihre Tochter verschwunden ist. Das eine hat mit dem anderen nichts zu tun. Und wenn doch, dann soll sie gefälligst den Mund aufmachen, und zwar zur Abwechslung mal, um zu reden.«

»Bist du jetzt fertig mit deiner Machoshow?«, fragte Selma.

»Ja«, sagte Forsberg. »War ich gut?«

»Ich hab was zu dem Bären rausgekriegt«, sagte Selma und deutete hinter sich, wo der braune Stoffbär neben einer vertrockneten Zimmerpflanze saß und ihn aus seinen Glasaugen vorwurfsvoll ansah. »Man kann ihn überall kaufen, und er ist sogar im letzten halben Jahr an Passagiere der Business Class der SAS verteilt worden, als Werbegeschenk.«

Business Class, dachte Forsberg. Sein Telefon klingelte. Malin war am Apparat.

»Du, Greger, wegen der Leiche vom Fähranleger …«

Forsberg schluckte. »Ja?«

»Da kam gerade der vorläufige Bericht des Rechtsmediziners. Also: Tod durch zwei Messerstiche in die linke Herzkammer und den Bauchraum, das Abtrennen des Kopfes erfolgte *post mortem*. Der Tote konnte anhand der Fingerabdrücke identifiziert werden, sein Name ist Ivan Krull, estnischer Staatsbürger.«

»Krull«, sagte Forsberg und schickte ein versöhnliches Grinsen in Richtung Vogel.

»Vom Kopf fehlt noch immer jede Spur.«

Im Frühjahr kaufte das pummelige Mädchen, das einst mit Camilla im selben Büro gearbeitet hatte, einen Lippenstift bei ihr. Sie hieß Ingegerd. Falls Ingegerd über die näheren Umstände von Camillas Kündigung Bescheid wusste, ließ sie es sich nicht anmerken, und weil gerade wenig los war, fing Camilla ein Gespräch an. Sie erfuhr, dass der Drachen sich das Handgelenk gebrochen hatte – *geschieht ihr recht!* – und dass Ingegerd zurzeit um ihren Arbeitsplatz bangte. Der Chef würde sich nämlich scheiden lassen und musste seiner Frau sehr viel Geld bezahlen. Die Papierfabrik in Sunne war schon verkauft worden, und ob er das Büro am Hafen behalten konnte, war fraglich. Oder wenn, dann nur mit weniger Angestellten.

Ingegerds Karriere war Camilla herzlich egal, aber das Wort »Scheidung« hatte sie elektrisiert. Sie überhäufte Ingegerd mit Parfum- und Schminkproben und sagte, sie würde sich freuen, wenn sie bald wiederkäme.

Plötzlich waren sie wieder da, die alten Träume, die verdrängten Sehnsüchte. Wider besseres Wissen gab sie sich in den folgenden Wochen der Vorstellung hin, er würde sich bei ihr melden, wenn er erst alles hinter sich hatte. Aber da war auch die bohrende Frage: Warum ließ er sich jetzt scheiden? Warum nicht schon vor einem Jahr? Eine dunkle Ahnung machte sich in ihr breit.

Die Kosmetikproben erfüllten ihren Zweck, Ingegerd schaute nun regelmäßig bei Camilla in der Parfümerieabteilung vorbei. Sie berichtete, dass die Scheidung durch war, dass sie ihre Stelle wohl doch behalten konnte und dass der Chef eine neue Freundin habe. Sie habe sie gesehen. »Ungefähr so alt wie wir!«

Und schwanger.

Das Kind kam im November zur Welt, ein Sohn.

Der Chef habe Sekt ausgegeben, plapperte Ingegerd drauflos, und Camilla war, als blitzte es hämisch in ihren kleinen Schweinsäuglein, und ihr Lächeln kam Camilla gemein und hinterhältig vor.

Sie sagte zu Ingegerd, sie habe heute leider keine Proben übrig.

Ein Sohn.

Vier Wochen später saß Camilla im Sozialraum des Kaufhauses. Sie hatte eine halbe Stunde Pause, um sich vom Weihnachtstrubel zu erholen, und knetete ihre angeschwollenen Füße. Nebenbei schlug sie die herumliegende Zeitung auf und sah die prahlerische Vermählungsanzeige. Von diesem Moment an hatte ihr Hass einen Namen.

Leander nahm sich den Tag frei. Er konnte nicht in den Sender gehen und tun, als wäre alles in Ordnung. Was, wenn der Unbekannte anrief, womöglich mitten in einer Besprechung? Tinka ging es genauso, auch sie blieb zu Hause. Sie vergrub sich in der Küche und buk Zimtschnecken. Das beruhige sie, sagte sie, und Leander, der ruhelos in der ganzen Wohnung herumtigerte, sah sie vor sich, wie sie die Zutaten grammgenau abwog, so wie seine Mutter früher in der Apotheke, wenn sie Salben anrührte.

Ich fordere einen Beweis, dass Lucie lebt, hatte er gestern Abend zurückgesimst. *Wir möchten …* hatte er zuerst schreiben wollen, aber Tinka hatte gemeint, es wäre besser, den Gegner im Ungewissen darüber zu lassen, ob sie eingeweiht war oder nicht. »Außerdem ist *möchte* viel zu höflich, um mit so einem Mistkerl zu korrespondieren«, hatte sie hinzugefügt.

Leander hatte ihr recht gegeben und sich in einem Anflug von Galgenhumor gedacht, dass sich der Erpresser den falschen Adressaten für seinen Mordauftrag ausgesucht hatte. Wenn einer von ihnen beiden überhaupt die Nerven dazu hatte, dann Tinka. Immerhin verfügte sie über eine gewisse Übung darin.

Am Beginn ihrer Beziehung hatte er manchmal, wenn sie sich am Morgen verabschiedeten, halb im Scherz, halb mit Bedauern gefragt, ob sie wieder Ratten quälen ginge. Irgendwann hatte Tinka das nicht mehr witzig gefunden und geantwortet: »Nur zu deiner Information: Wir forschen über Alzheimer, und ja, es müssen etliche Mäuse und Ratten dran glauben, und nicht nur die. Natürlich ist es unblutiger und sicher genauso wichtig für die Menschheit, dass jemand über Gedichte von Edith Södergran philosophiert und Werke wie *Das Loch in der Schwarte* mit *Per Anhalter durch die Galaxis* vergleicht!« Damit hatte sie die Tür zugeknallt und Leander hatte ihr nachgerufen: »Nichts gegen Mikael Niemi!«

Er musste lächeln und den Kopf schütteln, als er sich jetzt daran erinnerte. Überhaupt – wegen was für Nichtigkeiten sie sich früher gefetzt hatten!

Es hatte noch keiner von ihnen ausgesprochen und es würde wohl auch nie geschehen, aber ihre Ehe verlief in ruhigeren Bahnen, seit Lucie weg war. Als habe der Schmerz über den Verlust ihres Kindes die alten Empfindlichkeiten überdeckt und sie beide unangreifbar gemacht gegenüber den Zumutungen, die das Leben sonst noch bereithielt.

Während der vergangenen vier Jahre hatte Leander manchmal darüber nachgedacht, wie es wäre, wenn er und Tinka sich trennen würden und jeder einen neuen Partner hätte. Neue Partner, neue Kinder … Würde es ihnen dann gelingen, den Schmerz um Lucie zu überwinden? Sie hatten sogar schon darüber gesprochen – rein theoretisch nur. Tinka war der Meinung gewesen, dass man so etwas nicht einfach abschütteln konnte, und er hatte ihr recht gegeben, es war bei der Theorie geblieben.

Aus der Küche begann es köstlich zu duften. Immer wieder ging er hinüber ins Wohnzimmer, trat ans Fenster und hielt Ausschau nach dem Fahrrad des Postboten. Wenn er ein Foto schickt, dachte er, kann man damit zur Polizei gehen. Im Zeitalter der *social networks* hätte man mit einem aktuellen Foto von Lucie sicher gute Chancen, dass sie gefunden wurde. Er hypnotisierte sein Handy, aber es blieb stumm. Schließlich setzte er sich ins Arbeitszimmer und fuhr den Computer hoch. Er konnte ja wenigstens versuchen, etwas zu arbeiten. An seiner Besprechung von Torbjörn Flygts neuem Buch könnte er noch ein wenig feilen, und er brauchte noch einen Text für seine misanthropische Kolumne *Neues aus dem Funkloch*. Er hatte acht neue E-Mails auf seiner SR-Adresse. Eine kam von *luciegoeteborg@hotmail.com*.

»Tinka!«

Sie kam ins Zimmer geschossen und mit ihr ein Duft nach Zimt und Butter. Sie wischte die bemehlten Hände an ihrer Jeans ab und sah ihm über die Schulter, während er die Mail öffnete. Sie enthielt lediglich einen Link, der aus einem Mix von Zahlen und Buchstaben bestand. Leander klickte ihn an.

Es war ein Video ohne Ton. Es begann verschwommen, trotzdem erkannte man die Umrisse mehrerer Menschen. Dann wurde gezoomt auf ein Mädchen mit glattem braunem Haar. Man sah sie nur von hinten, die oberen Haarsträhnen waren mit einem roten Haargummi zusammengefasst. Es musste warm sein, sie trug eine olivgrüne Hose, die bis zu den Waden reichte, robuste Sandalen und ein hellblaues T-Shirt. Jetzt bewegte sie sich von der Kamera weg, und ihr Körper, schlank, aber nicht dünn, warf einen kurzen Schatten. Ihr Arm war ausgestreckt, als zöge jemand daran. Dann, plötzlich, blieb sie stehen und drehte sich um. Da waren der Mund mit der leicht aufgeworfenen Oberlippe und die runden Augen. Sie wirkten nicht mehr so groß wie früher, doch der Ausdruck darin und die Art, wie sie den Kopf hielt, waren typisch für Lucie, Leander erinnerte sich erst jetzt, in diesem Moment, wieder daran. Sie schaute interessiert auf etwas, das hinter der Kamera sein musste. Und dann blickte sie mitten ins Objektiv. Eine Welle schwappte durch seinen Körper, ihm war, als sähe ihm seine Tochter direkt in die Augen. Hinter sich hörte er Tinka scharf die Luft einziehen. Die Stirn des Mädchens kräuselte sich, so wie früher schon, wenn Lucie etwas missfiel. Dann drehte sie den Kopf weg, die Aufnahme verwackelte und der Bildschirm wurde schwarz.

Leander spürte, wie sein Herz raste, und sein Mund fühlte sich an, als wäre er voller Sand. Tinka hatte die Hände vor die Lippen gepresst, ein gurgelnder Laut drang aus ihrer Kehle.

Sie sahen sich an. Dann starrte Leander wieder auf den dunklen Bildschirm. Er ballte die Fäuste. Lucie war am Leben, und es gab ein Video! Man konnte Standbilder daraus kopieren und in die ganze Welt schicken, man konnte das Video in den Nachrichten zeigen, auf YouTube ... Bei der Polizei gab es sicher Spezialisten, die aufgrund der älteren Bilder und des Videos herausfinden konnten, ob das Mädchen tatsächlich Lucie war. Forensische Anthropologen. Das war doch der Fachausdruck für diese Leute. Von wegen, jemanden umbringen, von wegen »keine Polizei«!

»Noch mal!« Tinka, ihr heißer Atem streifte sein Ohr. Sie hatte sich den Klappstuhl aus der Ecke herangezogen und saß in gekrümmter Haltung darauf, als hätte sie Magenschmerzen.

Er öffnete die Mail erneut und klickte den Link an.

The content of this video is no longer available.

Er versuchte es wieder und wieder. *The content of this video is no longer available.*

»Was ... was ist denn los?«, rief Tinka.

Leander hämmerte auf die Tastatur ein. »Scheiße, Scheiße, Scheiße! Es geht nicht mehr! Oder warte mal ...«

»Was hast du vor?«

»Warte!« Er schickte die Mail an seine private Mailadresse und versuchte es über das Notebook, aber wieder erschien nur der englische Text.

»Es geht nicht mehr«, sagte Tinka. »Aber das war sie doch, oder? Das war sie doch?«

»Ich glaube schon.« Leander sprang auf, schlug sich gegen die Stirn. »Ich Idiot! Ich grottendämlicher Idiot!«

Tinka drehte sich zu ihm um. »Wieso sagst du das?«

»Hätte ich doch wenigstens ein Video des Videos gemacht!«

Leander sank in sich zusammen. Er spürte Tinkas Hand auf seiner Schulter. »Wer denkt denn an so was?«, sagte sie. Es roch nach Verbranntem. Die Zimtschnecken. Tinka stand auf und ging ohne Hast aus dem Zimmer.

Nach einer Weile hatte er sich wieder gefangen. Okay, diese Runde ging an den Kerl. Aber das Wichtigste war doch: Sie wussten jetzt, dass Lucie am Leben war. Oder?

Tinka kam zurück. Sie wirkte ruhig. Nein, nicht ruhig. Nur beherrscht.

»Lass uns alles aufschreiben, was wir auf dem Video gesehen haben, jetzt gleich, damit wir es nicht vergessen«, sagte sie.

»Warum?«

»Einfach so«, sagte Tinka und begann aufzuzählen: »Ihre Kleidung: blaues T-Shirt, dreiviertellange braune Cargo-Hose …«

»Olivgrün«, sagte Leander, der Tinkas Worte auf einem Block notiert hatte. »Offene Schuhe, braun.«

Was taten sie hier eigentlich? Wollte Tinka damit zur Polizei? Er fühlte sich zu kraftlos, um jetzt das Für und Wider mit ihr zu erörtern, außerdem hatte sie recht: Jetzt war die Erinnerung an das Video noch frisch, Pläne schmieden konnte man später.

»Sie war nicht mehr so dünn wie früher«, sagte Leander. »Das Gesicht war voller. Und ihr Haar war dunkler. Hellbraun.«

»Eher dunkelblond«, meinte Tinka. »Keine Locken mehr. Kinnlang, vielleicht etwas länger.«

Er spürte die Erregung hinter ihrem nüchternen Tonfall.

Haar glatt, dunkelblond, kinnlang, notierte Leander.

»Zähne …«, sagte Tinka.

»Was ist damit? Sie wird wohl Zähne haben, oder?«

»Hast du welche gesehen? In dem Alter haben sie oft Zahnlücken.«

Leander schüttelte den Kopf. »Es ging zu schnell. Ich glaube, ihr Mund war zu. Aber der Mund … das war Lucies Mund, eindeutig! Oder?«

Tinka nickte.

»Jedenfalls war sie in der Öffentlichkeit«, sagte er. »Da waren mehrere Menschen, ganz am Anfang. Sie wird also nicht versteckt gehalten. Ich meine …«

»Ich weiß, was du meinst«, sagte Tinka rasch.

»Die Aufnahme war vom Sommer. Wahrscheinlich diesen Sommer.«

»Ja«, sagte Tinka. »Ich finde …« Sie sprach nicht weiter.

»Was?«, fragte Leander.

»Ach, nichts.«

»Sag schon.«

»Sie hat *gesund* ausgesehen. Es …« Tinka schluckte, dann schluchzte sie auf und sagte: »Es scheint ihr gut zu gehen.«

»Ja«, sagte Leander und versuchte, seine frühesten Kindheitserinnerungen wachzurufen. Ein flauschiges rosa Badetuch mit weißen Punkten, eine gelbe Stoffente, ein grünes Sofa. Ein zugefrorener See. Mehr war da nicht. Wie alt war er da, drei? Der Nachbarsjunge, dem immer der Rotz aus der Nase hing, der rote Bagger, die Tiegel und Töpfe im Hinterzimmer der Apotheke, die er nicht anfassen durfte, der Kindergarten … Da war er schon vier. Ab da wurde es dichter. Die Gesichter seiner Eltern tauchten ebenfalls erst um diesen Zeitpunkt herum auf. Wenn Lucie am Leben war, dann existierten Tinka und er für sie nur noch als Schatten in ihrem Unterbewusstsein. Der Gedanke machte ihn traurig, er spürte einen Kloß in seiner Kehle und wollte gerade aufstehen, sich Bewegung verschaffen, vielleicht ins Bad gehen, pinkeln, oder ein Glas Wasser trinken, als es klingelte. Die untere Türklingel. Beide zuckten zusammen.

»Geh du, bitte«, sagte Leander.

Es war der Paketbote, das konnte Leander den stampfenden Schritten im Treppenhaus und dem kurzen Dialog zwischen dem Mann und Tinka an der Tür entnehmen.

Sie kam zurück ins Arbeitszimmer mit einem in Packpapier eingeschlagenen Paket. Es trug keinen Absender und hatte die Größe eines Schuhkartons. Leander nahm es wortlos entgegen und riss es auf. Zwischen ein paar Lagen Luftpolsterfolie lag eine Waffe. Eine Pistole. Der Griff war geriffelt, der Lauf glänzte matt und gefährlich. Auch eine kleine Schachtel mit Patronen war dabei und ein gefaltetes Blatt Papier:

Zur Übung. Weitere Anweisungen folgen.

Selma leistete sich ein Taxi, um nach Lundby zu fahren. Sie musste ihre Mittagspause opfern, denn sie hatte vorerst keine Lust, Forsberg einzuweihen. Zurzeit war er damit beschäftigt, Oxana Bobrow zu vernehmen. Die Russin war bis zu ihrer Verhandlung aus der Abschiebehaft entlassen worden, damit sie sich um ihr Kind kümmern konnte. Aber heute Morgen hatte ihr Chef telefoniert und sich nach irgendeiner DNA aus dem Sommerhaus erkundigt. »Was, heute erst?«, hatte er gebrüllt und den Hörer aufgeknallt. Als Selma gefragt hatte, worum es ginge, hatte er sie angeschnauzt, dass er ihr beizeiten Bescheid sagen würde. Arschloch, hatte Selma gedacht und beschlossen: Wenn er seine Geheimnisse hat, dann kann ich auch meine haben. Zudem war die Wahrscheinlichkeit groß, dass das alles ins Leere laufen würde, und Selma konnte in dem Fall auf Forsbergs Spott gut verzichten.

Aber es passte nicht. Die Daten passten nicht.

Pernilla Nordin hatte am Sonntag von einem »Balg« gesprochen, den ein »Flittchen« ihrem Mann »angehängt« hatte – woraufhin sie die Scheidung eingereicht hätte. Selma hatte zunächst angenommen, dass es sich dabei um Greta Nordin handeln müsse und bei dem angehängten Kind um Gunnar Nordin. Doch Gunnar Nordin war laut Einwohnermeldeamt am 11. November 1975 als Gunnar Darpö zur Welt gekommen und hatte nach der Eheschließung im Dezember 75 den Namen Nordin erhalten. Die Ehe von Pernilla und Holger war vier Monate zuvor, im Juli 1975 geschieden worden. Da war Greta etwa im fünften Monat gewesen. Pernilla hatte von einem Vaterschaftstest gesprochen, der der Auslöser für das Einreichen der Scheidung gewesen war. Aber für einen Vaterschaftstest musste das Kind schon geboren sein. Demnach konnte das »Balg« unmöglich Gunnar Nordin sein. Es musste vor Greta eine Frau gegeben haben, die von Holger Nordin schwanger gewesen war und ein Kind geboren hatte, etwa ein Jahr davor, schätzte Selma, denn eine so teure Scheidung ging nicht von heute auf morgen über die Bühne.

Sie zeigte ihren Dienstausweis an der Pforte des Altenheims und wartete, während die Pförtnerin Pernilla Nordin auf ihrem Zimmer anrief und sagte, die Polizei wolle sie sprechen. Das Mittagessen war wohl gerade vorbei, es roch nach Bolognese-Soße, und Selma knurrte prompt der Magen. Frau Nordin ließ ausrichten, sie käme herunter, es dauere einen Moment. Selma rauchte eine Zigarette, dann wartete sie. Nach einer Viertelstunde trat Pernilla aus dem Aufzug. Sie trug ihre Sonntagskleidung und ein süßliches Parfum, das den Geruch des Alters erst recht zum Vorschein brachte. Sie hatte Lippenstift aufgelegt und zu viel Pink auf den fahlen Wangen. Wen um alles in der Welt hatte sie erwartet?

»Sie schon wieder«, seufzte sie enttäuscht.

Sie setzten sich an denselben Tisch im Wintergarten, an dem Frau Nordin auch am Sonntag gesessen hatte.

»Eigentlich halte ich um diese Zeit meinen Mittagsschlaf.«

»Es dauert nicht lange. Ich habe nur noch eine Frage …«

»Macht nichts«, winkte sie ab. »Schlafen kann ich, wenn ich gestorben bin.«

Offenbar war Pernilla Nordin heute in Plauderlaune. Kaum war der Name ihres Exmannes gefallen, plätscherte ihre Stimme in lauwarmem Grün durch den Raum: »Ich war es, die ihm durch die Heirat sämtliche Türen geöffnet hat. Vielmehr das Erbe meines Vaters. Er war ja ein Nichts! Sohn einer Lehrerin und eines Postbeamten. Er hatte nichts, außer seinem Charme. Und gut ausgesehen hat er, ja, das stimmt.

Wissen Sie, für einen jungen Mann, der was erreichen will, gibt es nichts Reizvolleres, als ein Mädchen von oben. Ich bin prompt auf ihn reingefallen. Er hat sich ins gemachte Nest gesetzt, hat expandiert. Es waren gute Zeiten. Das Wachstum der schwedischen Industrie war in diesen Jahren das zweitgrößte der Welt, fast so groß wie das der Japaner. Er vergrößerte das Unternehmen, kaufte die Konkurrenz auf, gründete Tochterfirmen und bezog ein schickes Büro direkt am Hafen. Mein Vater war zu der Zeit schon todkrank und konnte sich um nichts mehr kümmern. Gut, ich muss zugeben, er hat sich nicht schlecht gemacht als Geschäftsmann.«

»Frau Nordin …«

»Bei der Scheidung musste er mich auszahlen, und zwar ordentlich! Den Wert des Sägewerks und der Papierfabrik, die habe ja ich in die Ehe mitgebracht. Und den Zugewinn!« Sie gab einen krächzenden Laut von sich, irgendetwas zwischen Lachen und Husten. »Das hat ihm fast das Genick gebrochen. Leider nur fast. Er hatte wohl Geld auf der Seite, von dem ich nichts wusste. Ich habe mich viel zu wenig um all das gekümmert. Den Fehler dürfen Sie nie begehen, Mädchen! Sind Sie verheiratet?«

»Nein.«

»Das ist gut. Fall Sie sich doch einmal zu dieser Dummheit hinreißen lassen, dann kümmern Sie sich immer darum, wo das Geld ist.«

»Mach ich«, versprach Selma. »Aber ich wollte fragen …«

»Ja, ja, wir sprachen von meinem Exmann, ich weiß schon, ich bin ja nicht senil. Er hat dann Kredit aufgenommen und angefangen, Wälder aufzukaufen. Oben im Norden und in Finnland und sogar in Sibirien. Das war um die Zeit, als IKEA überall groß rauskam. Mit denen kam er dicke ins Geschäft. Möbel zum Selbstbauen! Dazu brauchte man jede Menge billiges Fichten- und Kiefernholz. Aber er hat auch in anderen Bereichen investiert. Transport und Maschinenbau. Wollte sich wohl nicht von der Holzwirtschaft und nur einem Großkunden abhängig machen. Ja, das war schlau von ihm. Aber das war alles lange nach unserer Scheidung. Ich hab's nur in der Zeitung verfolgt. Und jetzt soll er ja pleite sein, oder vielmehr sein Sohn. Geschieht ihm recht – dem Alten. Besser spät als nie!«

Ein grellgrüner Hustenanfall unterbrach ihren Redeschwall. Sie zog ein Stofftaschentuch aus dem Ärmel ihrer Strickjacke und ließ irgendetwas aus ihrem Mund in das Taschentuch gleiten. Ihr Lippenstift war jetzt verschmiert. Selma sah ihre Chance gekommen: »Die Frau, von der Sie am Sonntag gesprochen haben, die Sie ein Flittchen nannten – meinten Sie damit Greta?«

»Greta? Ja, die ist auch ein Flittchen. Dieselbe Kategorie: jung, blond, blöd. Der Mensch ist ein Gewohnheitstier, und Männer ganz besonders.«

»Dieselbe Kategorie wie wer?«, fragte Selma.

»Wie diese Büroschlampe aus Öckerö. Camilla hieß sie, jetzt fällt es mir wieder ein. Er dachte wohl, ich wüsste das nicht. Aber nachdem ich hörte, dass die ihr Blag in die Welt gesetzt hatte, bin ich zum Anwalt.« Wieder ein trockenes Lachhusten. »Was ist eigentlich aus diesem Bastard geworden?«

Lillemor freute sich auf die Schule. Ihr Großvater hatte gesagt, dort würde sie Lesen lernen, Bücher, in denen Geschichten standen. Solche Geschichten wie die, die er erzählte, wenn sie beide aufs Meer hinausschauten. Das wollte Lillemor gern, Geschichten lesen. Sie konnte schon ein wenig stricken, aber das gefiel ihr nicht so gut. Aber sie musste es tun, sonst wurde Ulrika böse. Sie wurde auch böse, wenn sie entdeckte, dass Lillemors Bettlaken und der Schlafanzug über Nacht nass geworden waren. Das kam leider sehr oft vor. Manchmal wusste Lillemor aber auch gar nicht, warum ihre Großmutter böse wurde. Dann war es das Beste, den Kopf einzuziehen, sich mucksmäuschenstill zu verhalten und zu versuchen, alles richtig zu machen: den Tisch schön decken, alles aufessen, nicht kleckern, nicht laut sein und keinen Schmutz ins Haus tragen. Sonst setzte es was.

Allmählich begriff Lillemor, was eine Mutter war und dass auch sie eine hatte. Camilla. Wenn sie kam, kam sie mit dem Schiff, und ihr Großvater und Lillemor holten sie in Großvaters Lieferwagen ab. Sie war so schön. Sie hatte blaue Farbe auf den Lidern und rote auf den Lippen und sie brachte ihr immer Süßigkeiten mit und manchmal auch Spielzeug. Ein Tier aus Plastik oder Stoff und einmal eine Barbiepuppe. Am nächsten Tag, meistens nach dem Essen, stritten dann ihre Großmutter und ihre Mutter, und danach fuhr Camilla wieder weg. Lillemor verstand nicht, warum sie stritten, aber es fiel auch ihr Name, und Lillemor beschloss dann jedes Mal, in Zukunft noch artiger zu sein, damit es nicht so viel

Streit gab und Camilla vielleicht ein bisschen länger dableiben konnte.

Manchmal durfte sie mit, wenn ihr Großvater zu einer Arbeit fuhr. Sie stand draußen herum und sah zu, wie ihr Großvater hämmerte, sägte, hobelte und steifgliedrig auf Dächern herumkletterte. Oder sie saß in fremden Küchen bei fremden Menschen und deren Kindern. Die Kinder waren ihr unheimlich. Sie waren laut und schmutzig und gaben ihren Müttern freche Antworten. Sie lachten über sie und spielten Spiele, die Lillemor nicht kannte. Einmal verbrachte sie einen halben Tag gefesselt an einem Baumstamm, bis sie die fremde Frau befreite und ihre Kinder ausschimpfte. Lillemor hatte gedacht, das gehöre zum Spiel. In den fremden Häusern gab es jedoch interessante, leckere Dinge. Kakao, Waffeln, Schokoriegel, Eis und Limonade. Einmal sogar Cola. Sie wusste nicht, was Cola war, aber die anderen Kinder machten ein großes Aufhebens davon. Es schmeckt gut. Süß und dann wieder doch nicht süß. Immer waren Mütter in den Küchen oder im Garten, nie Großmütter, wie bei ihr. Und die Kinder konnten noch so frech sein, es gab trotzdem keine Ohrfeigen, und keines von ihnen musste in den Holzschuppen oder in die Besenkammer. Lillemor wünschte sich, dass ihre Mutter käme und hierbliebe. Mütter waren netter als Großmütter.

Dann kam der Abend, an dem Lillemor mit ihrem Großvater auf der Bank saß. Es war Sommer, die Sonne stand tief über dem Horizont und schien einem mitten in die Augen. Ihr Großvater war den ganzen Tag fort gewesen, weil er im Nachbardorf einen Schafstall repariert hatte. Sie hatte nicht mitkommen dürfen. »Nicht alle mögen es, wenn kleine Kinder auf der Baustelle herumrennen«, hatte er gesagt, dabei rannte Lillemor nie herum, denn wenn sie hinfiel und sich dabei die Strumpfhosen zerriss, dann gab's was mit dem Teppichklopfer.

Lillemor lauschte atemlos seiner Stimme.

»Zu der Zeit lebten die Götter in Angst vor einem Angriff der Riesen. Also beschlossen sie, einen Schutzwall um Asgard zu bauen. Ausgerechnet ein Riese erklärte sich bereit, das Bauwerk zu erstellen. Der Lohn dafür sollte Freyja sein. Die Götter willigten ein, ohne Thor zu fragen. Doch der Wall müsse innerhalb eines Winters fertig werden, sonst würde er gar keinen Lohn bekommen. Die Götter freuten sich bereits über den schlauen Handel, denn ein Winter war viel zu kurz, um mit einem so gewaltigen Bau …«

Er hielt inne, drückte eine Hand gegen seine Brust. Lillemor drängte, er solle weitererzählen.

»Doch der Riese arbeitete Tag und Nacht und bekam Hilfe von seinem starken Hengst Swadilfari …«

Sein Oberkörper kam immer näher und lag auf einmal ganz schwer an ihrer Schuler. Sie kicherte und versuchte, ihn wegzuschieben, aber er war zu schwer.

»Lass das. Erzähl weiter!«

Als keine Reaktion kam, schlüpfte sie unter der Last hervor. Er kippte langsam zur Seite, die Augen waren starr auf sie gerichtet, ein Spuckefaden lief aus seinem Mund auf die Planken der Bank. Lillemor bekam Angst und rannte ins Haus.

Danach war der Großvater eine ganze Weile weg, und als er zurückkehrte, saß er in einem Stuhl mit Griffen an der Lehne und Rädern. Er konnte nur noch eine Hand bewegen und nicht mehr reden. Nur noch komische, unheimliche Laute kamen aus seinem Mund, der merkwürdig schief hing. Die ganze Gestalt hing schief im Stuhl, und er roch nicht gut.

Zwei Tage später kam Camilla. Sie weinte, als sie den Großvater sah, dann stritt sie mit Ulrika, schlimmer als sonst. Dieses Mal fuhr sie mit dem Bus zum Hafen und nahm Lillemor mit.

»Du wirst niemanden töten«, sagte Tinka. »Wir bieten ihm Geld an, viel Geld!«

»Dem geht es nicht um Geld«, sagte Leander. »Sonst hätte er es verlangt.«

»Selbst, wenn wir dadurch Lucie zurückbekämen und du würdest im Gefängnis landen? Was hättest du denn dann davon?«

»Wie kannst du so was fragen?«

»Spiel hier nicht den edlen Ritter, Leander!«

»Ich spiele nicht und dieser Kerl spielt auch nicht, dem ist es verdammt ernst!« Leander war laut geworden, und nun brüllte auch Tinka.

»Aber ich will das nicht! Nicht um diesen Preis!«

Leander saß noch immer in seinem Chefsessel, Tinka mit halbem Hintern auf der Schreibtischplatte, zwischen ihnen lag die Schachtel mit der Pistole und der Munition. Keiner hatte gewagt, sie anzufassen.

»Vielleicht willst du Lucie ja gar nicht zurück!«, sagte Leander.

Tinka beugte sich vor, ihre Augen wurden schmal, als sie ihn anfuhr.

»Natürlich. Ich bin eine miserable Mutter! Ja, sag es ruhig, sag es, sprich es endlich aus, das wird dir guttun. Ich bin ja schließlich auch schuld daran, dass Lucie entführt wurde. Aber zu behaupten, ich wolle sie nicht zurückhaben, das ist … das ist …« Ihre Stimme war übergeschnappt, und Leander griff nach ihrer Hand, mit der sie sich auf der Tischplatte abstützte, aber sie zog sie weg und verschränkte die Arme vor der Brust.

Ja, er hatte sie kränken wollen, weil er nicht wusste, wohin mit seiner Verwirrung. Was war nur los mit ihnen? Eben hatten sie erfahren, dass ihr Kind womöglich noch am Leben war, und was taten sie? Brüllten sich an. Warfen sich Gemeinheiten an den Kopf. Seltsamerweise tat es irgendwie gut.

Er sagte, es tue ihm leid, und Tinka sagte, sie wolle Lucie natürlich zurück, aber nicht so. Nicht, wenn sie dadurch ihn, Leander, verlöre. Und sie würde ihn verlieren, wenn er einen Menschen tötete, so oder so. »Selbst wenn sie dich nie kriegen sollten – du bist nicht der Typ, der so was wegsteckt. Du würdest daran verzweifeln.«

Leander wusste, dass sie recht hatte. Das machte ihn wütend. Das und die Tatsache, dass sie ihn durchschaute. »Ich weiß, du hältst mich für einen Schöngeist mit einem nutzlosen Beruf, mit dem man angeregt plaudern kann, der aber nichts taugt, wenn's ernst wird. Das ist es doch, was ihr denkt, du und dein Vater.«

»Nicht schon wieder diese Leier!«, zischte Tinka. Ihre Wangen waren feuerrot. »Ist es mal wieder dein Minderwertigkeitskomplex, willst du deshalb nicht, dass wir diesem Scheißkerl Geld anbieten?«

»Ach, stimmt ja, dein Weltbild: Jeder ist käuflich, sorry, ich vergaß. Aber man kann nicht alle Probleme mit Geld lösen, Tinka. Tut mir leid, wenn du das bisher im Leben noch nicht gelernt hast.«

»Danke für die Belehrung! Es geht hier aber nicht um *alle* Probleme, sondern um ein bestimmtes. Und das lässt sich vielleicht schon mit Geld lösen. Es muss nur genug sein.«

»Zufällig ist deine Familie aber gerade nicht flüssig, was man so hört!«

»Das tut dir gut, was? Aber du solltest nicht alles glauben, was in den Zeitungen steht.«

»Ach so, klar! Euresgleichen ist ja nie ganz pleite. Nur die, die für euch gearbeitet haben und ihren Job verlieren …«

Aber Tinka ließ sich jetzt nicht mehr provozieren, sondern sagte ernst: »Wir müssen es versuchen.«

Leander überlegte.

»Und wenn wir doch zur Polizei gehen? Dieser Kommissar Forsberg macht doch einen ganz vernünftigen Eindruck, finde ich.«

Den hatte er allerdings schon über ein Jahr nicht gesehen. Nur dieses Mädchen in Schwarz. Selma Valkonen. Leander erinnerte sich an den Namen und an diese kohlschwarzen Augen und das schwarzglänzende Haar. Eine ungewöhnliche Polizistin. Interessante Stimme.

»Und was hat Forsberg bis jetzt erreicht?«, sagte Tinka. »Außer, dass er uns beide verdächtigt hat?«

Während Leander inzwischen einsah, dass es zu den Pflichten eines Polizisten gehörte, die Eltern eines verschwundenen Kindes als potenzielle Verdächtige zu betrachten, schien Tinka deswegen immer noch beleidigt zu sein. Der Nordin-Dünkel …

»Wenn man wenigstens wüsste, um wen es geht«, sagte er.

»Um wen es geht?«, wiederholte Tinka.

»Wen ich töten soll.«

»Das macht doch keinen Unterschied«, entgegnete Tinka. »Wir haben nicht das Recht, jemanden zu töten, nur um unser eigenes kleines Glück zu retten!«

Kleines Glück.

Am Vorabend von Lucies erstem Geburtstag, kurz nachdem sie in das Reihenhäuschen in Mölndal gezogen waren, hatte Holger Nordin am Fenster zur Terrasse gestanden und angesichts der wohlgeformten Blumenbeete, der Natursteinmäuerchen und der Lichterketten in den Büschen die Beherrschung verloren und zu Leander gesagt: »Es ist mir egal, ob du bis an dein Lebensende in deiner kleinen, verklemmten Mittelstandswelt leben willst, aber meine Tochter und meine Enkelin haben etwas anderes verdient, als das hier.«

Später dann, als sie allein waren, hatten sie sich gestritten. Zum ersten Mal stellte sich Tinka auf die Seite ihres Vaters. Sie warf Leander vor, dass sein Stolz auf ihre Kosten ginge, und er nannte sie illoyal und ein verwöhntes höheres Töchterchen. Türen knallend verließ er das Haus und fuhr, einem ersten Impuls gehorchend, in die Stadt, mit der Absicht, ganz nach Männerart, in eine Kneipe zu gehen und sich ordentlich zu betrinken. Dieser Plan verlor jedoch an Reiz, je mehr sich die Straßenbahn der Innenstadt näherte. Er erinnerte sich, dass er an diesem Abend eigentlich zur Eröffnung einer Kunstgalerie eingeladen war. Er hatte nicht vorgehabt, dorthin zu gehen, wegen des Besuchs seiner Schwiegereltern und weil er zwar Kunst mochte, aber nicht unbedingt die Künstler, deren Eitelkeit und Selbstsucht ihn von Jahr zu Jahr mehr anwiderte. Maler und Bildhauer gingen ihm erfahrungsgemäß ganz besonders auf die Nerven, vielleicht, weil er von deren Metier zu wenig verstand, um sie mit wenigen Sätzen auf Normalmaß zurechtzustutzen, wie er es bisweilen bei Schriftstellern praktizierte. Aber die Ausstellung erschien ihm immer noch verlockender, als sich allein in einer Kneipe herumzudrücken.

Natürlich war es furchtbar: In einem alten Fabrikgebäude

im Linnéviertel klumpte die aufstrebende Kulturschickeria Göteborgs zusammen wie frisch geborene Katzen und dazu ein paar Journalisten und sogenannte Celebrities, kurz, ein Haufen Wichtigtuer und Selbstdarsteller. Launige Reden erzeugten künstliche Lacher, Fingerfood balancierte auf lackierten Krallen, es war ein Hochamt der Eitelkeiten und der Angeberei, kaum auszuhalten, und dazu gab es lauwarmen Chardonnay. Er war offenbar nicht der Einzige, der das so empfand. Sie hatten ein paar Mal Blickkontakt, und schließlich schlenderte sie zu ihm hin. Sie kannten sich vom Sehen. Flüsternd und kichernd lästerten sie wie zwei Teenager über die Anwesenden und das »Event«, und dann sagte Eva den magischen Satz: »Bring mich hier weg!«

Wer weiß, wie der Abend geendet hätte, hätte sie gesagt: »Lass uns noch woanders was trinken.« *Bring mich hier weg.* Die kalkulierte Unterwerfung, die in diesen Worten lag, berauschte ihn.

»Ja«, sagte er. *Ja.*

Vor ihrer Wohnung angekommen, warteten sie genau so lange, bis die Lichter des Taxis in der kalten Dezembernacht verglommen, ehe sie sich küssten wie zwei Wahnsinnige.

Kleines Glück.

»Was hat denn das mit Recht zu tun?«, ereiferte sich Leander. »Es hatte auch niemand das Recht, uns Lucie wegzunehmen. Es hat auch keiner das Recht, uns jetzt damit zu erpressen!«

»Wir müssen es versuchen.« Eine steile Falte der Entschlossenheit stand zwischen Tinkas Augen wie ein Ausrufezeichen.

Leander streckte ihr sein Mobiltelefon hin, als wäre es eine Handgranate. »Hier! Frag deinen Vater, wie viel er in der

Schweiz gebunkert hat, und mach dem Kerl ein Angebot.« Er klemmte sich die Schachtel mit der Pistole unter den Arm, im Flur griff er sich seine Jacke und die Autoschlüssel. Tinka stand in der Tür des Arbeitszimmers und sah zu, wie er in seine Schuhe schlüpfte.

Sie fragte nicht, wohin er ging, und machte keinen Versuch, ihn zurückzuhalten.

Eine Männerstimme rief »herein«, und Eva, die eigentlich gar keine Antwort auf ihr Klopfen erwartet hatte, zuckte kurz zusammen. Ein Arzt? Es war jedoch Dag Cederlund, der da am Bett seiner Mutter saß. Sie hatte ein großes Zimmer für sich allein. Es war in einem beruhigenden Hellgrün gestrichen und an der Wand hingen Aquarelle: verschneite Landschaften, eine Blumenwiese, ein Wald, das Meer.

»Dag. Entschuldige, ich …«

»Komm rein«, sagte er.

»Ich will nicht stören.«

»Wobei denn?«

Sie hatten sich zuletzt in der Redaktion gesehen, einige Tage vor dem Überfall auf Marta. Dag hatte sich mit Petter Hinnfors und den Chefs der verschiedenen Redaktionen getroffen, ein Kennenlern-Meeting sozusagen, und danach war er von Hinnfors durch die Redaktionsräume geführt worden. Dag und Eva hatten sich bei der Gelegenheit aber nur kurz zugenickt.

Eva sah hinunter auf Marta, deren Körper sich in einem multifunktionalen Krankenbett verlor. Das Haar verschwand unter einem Kopfverband, ihr Mund stand leicht offen, die

Augen wurden verdeckt von hauchdünnen Lidern. Ein Schlauch mit Nährlösung endete an ihrem Handgelenk, andere führten unter die Bettdecke. Ein Apparat mit einem Monitor zeichnete ihre Lebensfunktionen auf. Eva dachte daran, wie vor einem halben Jahr ihre Mutter dagelegen hatte, fast genauso, nur ohne den Kopfverband. Bevor man sie zum Sterben nach Hause geschickt hatte.

»Wie geht es ihr?«

Dag zuckte die Achseln. »Hirntrauma. Die Ärzte können oder wollen keine Prognose abgeben.«

Eva nickte und schwieg. Was wollte man auch dazu sagen? Sie fragte sich, warum sie überhaupt hergekommen war. Vordergründig, weil man ihr per Telefon keine Auskunft über Martas Zustand hatte erteilen wollen, und, ja, in der geheimen Hoffnung, Marta wäre gerade heute wieder aufgewacht und würde munter in ihrem Bett sitzen und ihr alles sagen, was sie ihr hatte sagen wollen, ehe man sie niedergeschlagen hatte.

»Nett von dir, dass du sie besuchst«, sagte Dag. »Hattet ihr Kontakt?«

»Nein«, sagte sie, und ehe Dag sich darüber wundern konnte: »Und du?«

»Wenig. Wir hatten uns einander gerade wieder ein bisschen angenähert, und jetzt …« Er machte eine hilflose Bewegung mit den Armen. Er besaß den schmalen Mund seines Vaters und Martas graue Augen, nur fehlte seinem Blick die Härte. Eine Weile schwieg er und starrte auf den Monitor. Alles im grünen Bereich. Eva hatte sich einen Stuhl herangezogen und sich neben ihn gesetzt.

»Wie war eigentlich mein Vater so als Chef?«, fragte Dag.

»Er hatte nicht besonders viel Ahnung vom Tagesgeschäft und die alten Hasen unter den Redakteuren sind ihm auf der

Nase rumgetanzt. Es war gut, dass er den Posten abgegeben hat. Aber er war immer … korrekt.«

»Korrekt«, sagte Dag.

Martas Finger zuckten auf der Bettdecke.

»Reflexe«, sagte Dag.

Eva nickte.

»Weißt du eigentlich, warum ich damals von zu Hause abgehauen bin?«

Eva zögerte kurz.

»Ich glaube schon. Natürlich habe ich mitgekriegt, dass es manchmal laut war bei euch drüben.«

»Laut, ja«, sagte er und strich sich über den Nacken.

Eva fühlte sich unwohl. Diese alten Geschichten.

»Weißt du, manchmal war auch monatelang Ruhe, und wir dachten schon, es hätte sich gebessert. Aber dann wieder genügte ein geringer Anlass … Ich lebte ständig in einer Art Lauerstellung, hatte Angst vor einem Missgeschick, Angst vor einer schlechten Note oder dass etwas passierte, für das ich gar nichts konnte. Deshalb war ich so gern bei euch drüben.«

»Ich fürchte, ich war als Kind nicht immer nett zu dir«, sagte Eva.

»Das war mir egal. Bei euch fühlte ich mich sicher.«

Blau gerahmte Birken im Schnee und ein Schwarm Krähen an der Wand gegenüber. Evas Beklommenheit wuchs. Das schlechte Gewissen. Sie hatte Forsberg gegenüber behauptet, sie wäre nie mit Magnus Cederlund allein gewesen. Aber das stimmte nicht ganz. Einmal war sie doch mit Dags Vater allein gewesen. Damals, als er sie an der Bushaltestelle stehen gesehen und in seinen Wagen gebeten hatte. Nach einer kurzen Strecke, die sie wortlos zurückgelegt hatten, war er in eine Seitenstraße eingebogen, eine Zufahrt zu einem

Sportgelände. Dort hatte er angehalten und den Motor abgestellt. Sich zu ihr umgedreht, sie mit Blicken durchbohrt und sie noch einmal gebeten, zu überlegen, wo Dag sein könnte. Eva fand das unheimlich, aber dennoch hatte sie erneut behauptet, sie wisse es nicht. Daraufhin hatte er sich von ihr abgewandt, die Arme über dem Lenkrad gekreuzt, den Kopf darauf gelegt und geweint. Richtig geweint, Rotz und Wasser. Eva hatte noch nie einen erwachsenen Mann derart weinen sehen. Peinlich berührt von seiner Verzweiflung und um der Situation zu entkommen, hatte sie gesagt, er solle seinen Sohn im Schlosswald suchen, dort, wo immer die Punks herumhingen.

»Hat er ... Marta auch geschlagen?«, fragte sie.

Dag sah sie an, und dann fing er an zu lachen. Ein unbeholfenes, trauriges Lachen, als habe er richtiges Lachen nie gelernt.

»Du hast es auch nicht kapiert«, sagte er dann. »Nicht *er* hat uns geschlagen. *Sie* war es. Meine Mutter hat mich wegen der geringsten Kleinigkeit verhauen. Sie benutzte alles Mögliche – Teppichklopfer, Gürtel, was ihr gerade in die Quere kam. Und manchmal ist sie auch auf meinen Vater losgegangen, wenn sie eine ihrer ... Launen hatte. Sie war dann wie ausgewechselt, wie eine Furie. Angeblich hat es angefangen, nachdem meine kleine Schwester gestorben war. Ich erinnere mich nicht an sie, ich war noch sehr klein, als das geschah. Danach muss bei ihr da oben irgendwas durchgebrannt sein.«

Eva vergaß, den Mund zu schließen.

Dag lächelte traurig. »Das versteht niemand. Sieh sie dir an, sie wirkt so zerbrechlich. Fast wie ein Kind.«

Ein Kind, dachte Eva.

Martas Lider flatterten. Ob sie wohl hören konnte, was sie sagten? Angeblich gab es Komapatienten, die noch so einiges mitbekamen. Wenn schon, dachte Eva, sie erfährt ja keine Geheimnisse.

»Er hat nie zurückgeschlagen. Vielleicht hätte er das tun sollen. Aber so war er nicht, das konnte er nicht. »Man schlägt keine Frauen«, das sagte er mir immer wieder. Aber ich hab's eines Tages doch getan. Ich wollte sie wenigstens ein einziges Mal in die Schranken weisen. Als mein Vater davon erfuhr – sie konnte es nicht verheimlichen, ich hatte sie mit der Faust über dem Auge erwischt –, hat er mich angeschrien und verprügelt. Danach bin ich abgehauen. Aber die Polizei hat mich gefunden und zurückgebracht.«

Eva schluckte. Sie überlegte, ob sie es Dag sagen sollte. Ob er es verstehen würde, ihren damaligen Verrat. Sie zögerte, kam dann aber zu dem Schluss, dass man die Vergangenheit besser ruhen ließ.

»Danach sagte meine Mutter, ich müsse ausziehen, und auch mein Vater meinte, das wäre das Beste für mich. Sie fanden ein Internat für mich, und in den Ferien war ich bei Tante Helga in Malmö. Ich habe meinen Vater bis zu seinem Tod vielleicht noch drei, vier Mal gesehen.«

Das Beste für ihn.

»Er hatte bestimmt ein schlechtes Gewissen, weil er dich im Stich gelassen hat«, sagte Eva und realisierte dabei, dass sie sich anhörte wie die Ratgeberkolumne einer Frauenzeitschrift.

Dag saß gebeugt auf der Stuhlkante, knetete seine Hände und blickte dabei auf Martas Körper, der sich unter der Decke abzeichnete. Eva fragte sich, ob Dags Frau Mette wohl über ihre Schwiegermutter Bescheid wusste.

»Ich verstehe nicht, warum er sie nicht verlassen hat, ich verstehe es einfach nicht!«, stieß Dag hervor.

Den Schein aufrechterhalten, dachte Eva.

»Hast du mit ihr darüber gesprochen – ich meine, neulich?«

»Nein. Ich wollte mir damit Zeit lassen. Hätte ich gewusst …«

Eva schwirrte der Kopf. Sie legte ihm die Hand auf den Arm.

»Dag, ich muss dir was sagen. – Deine Mutter wollte etwas Wichtiges mit mir besprechen. Sie hat mich, kurz bevor sie überfallen wurde, angerufen, um sich mit mir zu treffen.«

»Wieso gerade mit dir?«

»Ich weiß es nicht. Ich weiß nur, dass es was mit deinem Vater zu tun hatte. Das sagte sie noch, mehr nicht.«

Dags Kiefer waren angespannt, er biss die Zähne zusammen.

»Hast du eine Ahnung, warum er sich erschossen hat?«, fragte Eva vorsichtig.

Er schüttelte den Kopf.

»Nein. Meine Mutter auch nicht. Oder wenn, dann hat sie es mir nicht gesagt.«

Eva war drauf und dran ihn nach dem verschwundenen Laptop seines Vaters zu fragen, aber sie bremste sich gerade noch. Besser, wenn Dag nicht wusste, dass sie mit der Polizei Informationen austauschte.

Er sah sie an, schien zu überlegen, ob er ihr vertrauen konnte.

»Die Polizei sagt, das Sommerhaus wäre angeblich auch durchwühlt worden.«

»Hast du eine Idee, was der Täter gesucht haben könnte?«, fragte Eva.

»Ich weiß es noch nicht«, sagte Dag.

»Wie meinst du das – *noch* nicht?«

»So, wie ich es sage. Ich kann dir im Moment nicht mehr sagen«, wehrte er ab. Eva seufzte. Diese Familie machte sie noch verrückt. Was jetzt? Einen Schuss ins Blaue abgeben, ihn mit der Pädophilen-Theorie konfrontieren, die seit dem Besuch des Sommerhauses in ihrem Kopf herumgeisterte? Lieber nicht. Immerhin war Dag jetzt der Mann, dem die Zeitung gehörte, für die sie arbeitete. Sollte doch Forsberg diesen Part übernehmen, das war schließlich sein Job. Vielleicht fand er ja noch Beweise dafür. Sie, Eva, hatte offenbar Dags Vertrauen, sonst hätte er ihr nicht das Familiengeheimnis erzählt. Dieses Vertrauen durfte sie nicht durch zu viel Neugierde aufs Spiel setzen. Sie stand auf, sagte, sie müsse wieder in die Redaktion, was auch stimmte. Leif hatte schon etwas pikiert dreingeschaut, als sie sagte, sie mache heute etwas länger Mittagspause, und Sigrun hatte schwärmerisch die Augen verdreht und gefragt: »Triffst du dich mit deinem Süßen?« Der Einfachheit halber hatte Eva genickt.

»Es hat gutgetan, mal wieder mit dir zu reden«, sagte Dag.

»Ja«, sagte Eva und lächelte. Als sie schon an der Tür war, konnte sie nicht widerstehen und fragte: »Wirst du die Zeitung behalten?«

Dag nickte.

»Vorerst schon. Sie scheint sich ja gerade wieder einigermaßen berappelt zu haben. Aber ich werde mich nicht groß einmischen. Ich bin ein Controller, von Journalismus verstehe ich nichts. Zahlen sind ehrlich und berechenbar, Menschen nicht.«

»Darf ich dir auch etwas anvertrauen?«

»Sicher.«

»Die Frauenquote in den Führungsebenen der Zeitung ist extrem niedrig.«

»Tatsächlich?«, lächelte Dag. »Ich werde mich darum kümmern.«

»Wo warst du denn, es ist halb drei!«

»Ich musste mir ein Kleid für ein Beschneidungsfest besorgen, und das hat länger gedauert. Entschuldige bitte. Ich bleibe dafür heute Abend länger.«

Forsberg klappte der Kiefer weg.

»Es ist am Samstag. Willst du mitkommen?«

»Zum … zum …«

»Beschneidungsfest«, sagte Selma.

»Nein! Nein, danke. Ich … ich kann kein Blut sehen.«

»Ich dacht nur, wo du jetzt schon zum türkischen Friseur gehst.«

»Woher weißt du das? Steckt ihr alle unter einer Decke?«

»Ich hab's gerochen. Die Rasierseife auf deinen zarten Wangen, gestern Abend …«

»Schon gut! Nur, sag nächstes Mal Bescheid, ja?«

»Okay, Boss.« Selma grinste und malträtierte ihr Kaugummi, während Forsberg noch um Fassung rang. Beschneidungsfest. War der Vogel denn jetzt vollkommen übergeschnappt?

»Wie lief es mit Oxana Bobrow?«, fragte Selma nach einer Weile.

Forsberg grunzte.

»Erst hat sie alles abgestritten, die Prostitution und dass sie einen Zuhälter hat. Nachdem sie erfuhr, dass ihr Macker tot ist, hat sie erst einmal eine halbe Stunde rumgeheult und dann gesagt, er wäre doch ihr Zuhälter gewesen. Folglich wissen wir nicht, ob es stimmt oder ob sie den wahren Zuhälter schützt, indem sie ihren toten Kerl belastet.«

»Saublöd«, meinte Selma.

Ja, dachte Forsberg. Saublöd. Er hatte Oxana Bobrow ein Foto von Cederlund gezeigt, aber sie hatte behauptet, den Mann noch nie gesehen zu haben. Es war ihm nichts anderes übrig geblieben, als sie wieder nach Hause zu schicken. »Und natürlich hat sie keine Ahnung, wer Krull umgebracht haben könnte«, schimpfte er weiter. »Das glaube ich ihr sogar. Bei einem so schrägen Vo... ich meine, so einem Kerl wie dem. Aber das ist zum Glück nicht unser Problem.«

»Und wenn es zusammenhängt?«, fragte Selma.

»Dann schon.«

Die Pistole war leichter, als er angenommen hatte. Dennoch ging schon von ihrem Anblick etwas Gewalttätiges aus. Leander dachte darüber nach, wie es sein konnte, dass ein so kleiner Gegenstand einen Menschen töten konnte, einzig, indem man den Zeigefinger krümmte.

Er hatte so gut wie gar keine Erfahrung mit Waffen. Ein Luftgewehr und selbst geschnitzte Holzpfeile waren alles, was er je abgefeuert hatte. Er war zwar gemustert, aber nie zum Wehrdienst eingezogen worden, und wenn, dann hätte er sich für einen waffenfreien Dienst entschieden. Und jetzt hielt er eine Pistole in der Hand. Das alles hatte binnen weniger Stunden beängstigende Dimensionen angenommen. Die Briefe und die SMS waren noch abstrakt gewesen, sogar das Video und der Schuh konnten Täuschungen sein. Aber die Pistole war real. Kalter grauschwarzer Stahl. Und er würde bald vor der Wahl stehen, für seine Tochter zum Mörder zu werden oder für den Rest seines Lebens über der verpassten Chance zu verzweifeln. So oder so würde sich sein Leben grundlegend ändern. Irgendein perverser Zocker war gerade dabei, es zu verpfuschen.

Was für ein Drama, dachte Leander. *Ganz großes Kino*, wie seine Volontärin zu sagen pflegte. Und das ihm, ausgerechnet, der sich immer für einen Pazifisten gehalten hatte. Vielleicht wollte jemand nur testen, wie weit er gehen würde? So wie die Geschichte in der Bibel, in der Gott Abraham befahl, seinen Sohn zu opfern, um ihn dann im letzten Moment zurückzuhalten. Wollte jemand Gott spielen? Ausprobieren, ob es stimmte, dass Eltern alles, wirklich *alles*, für ihr Kind taten? War dies das Experiment eines zynischen Psychopathen und er dessen Marionette? Oder steckte etwas Persönliches dahinter? Wer konnte ihn dermaßen hassen, um so ein Spiel mit ihm zu treiben?

Leander wünschte, er könnte mit jemandem darüber reden. Einem Freund, einer Freundin. Das Problem war nur, dass sie keine Freunde mehr hatten. »Wir bleiben in Kontakt. Meldet euch, wenn wir irgendetwas für euch tun können«, hatten alle gesagt, aber natürlich hatten sich Tinka und Leander nie gemeldet, und umgekehrt waren die Einladungen zu Geburtstagsfeiern und House-warming-Partys nach Lucies Verschwinden so abrupt ausgeblieben, als wäre ihr Unglück eine ansteckende Krankheit. Tinkas Freundinnen waren inzwischen fast alle Mütter oder planten, welche zu werden, und es war klar, dass Tinka sie mied. Sie ertrug ja nicht einmal den Anblick ihres Neffen William und litt darunter, wenn Greta in ihrer unermesslichen Tollpatschigkeit von ihm schwärmte. Und er selbst? Hatte er überhaupt je richtige Freunde gehabt, Menschen, denen man intime Dinge erzählte, so wie Frauen das offenbar untereinander taten? Nein. Leander wusste, dass er tief im Herzen ein eher scheuer Grübler und Individualist war, der sich in Gesellschaft von Büchern wohler fühlte als mit Menschen. Es gab zwei, drei Kumpels aus seiner Studienzeit, mit denen er ab und zu Tennis spielte oder Joggen ging. Aber keinen von ihnen würde er in so ein Geheimnis einweihen wollen. Die Einzige, der er vertrauen würde in dieser Sache, war Eva Röög. Es war zwischen ihnen nicht nur um Sex gegangen, sie hatten sich *verstanden*. Seelenverwandtschaft. Allerdings hätte Eva so ein Wort vermieden. Aber Eva ins Vertrauen ziehen, das ging nicht, dafür würde ihm Tinka den Kopf abreißen, und er konnte jetzt nicht noch mehr Probleme gebrauchen. Zudem waren über vier Jahre vergangen. Menschen veränderten sich. Und sie war ja jetzt verheiratet, mit diesem dickhosigen Finanzmakler, und der Umgang färbte ja bekanntlich ab.

Geld. Vielleicht würde sich doch alles ganz simpel lösen lassen. Ohne großes Drama, mit schnödem Geld. Vielleicht sollte er überhaupt Tinka die Regie überlassen, vielleicht würde sie eher mit diesem Kerl fertigwerden als er. Auf jeden Fall würde es ihre Schuldgefühle vermindern. Während er auf dem Boråsleden Richtung Osten gefahren war, hatte er darüber nachgedacht, ob Tinka einen Menschen töten könnte.

Ein paar Kilometer hinter Borås war er von der Autobahn abgebogen und dann einem Sträßchen gefolgt, das in ein Waldgebiet führte. Irgendwo, wo es ihm einsam genug erschien, hielt er an und ging ein Stück durch den Wald, einem Trampelpfad folgend. Hoffentlich verirrte er sich nicht. Er hatte ja nicht einmal das Handy dabei, fiel ihm ein.

Der Herbst zeigte sich launisch, vorhin hatte es geregnet, jetzt kam plötzlich die Sonne heraus und es wurde unangenehm warm. Oder war nur ihm so warm? Leander mochte Wälder nicht besonders, er hatte Angst vor ihnen, schon immer, den Grund dafür kannte er nicht. Vielleicht diese blutrünstigen Märchen und die Geschichten von all den Fabelwesen, die sich angeblich bevorzugt in Wäldern aufzuhalten pflegten. Aber jetzt bin ich ja bewaffnet, dachte er und verzog den Mund zu jenem zynischen Lächeln, das typisch für ihn war.

Es roch nach Laub und Pilzen. Hier. Hier war ein guter Platz. Die Bäume standen nicht sehr dicht und ein paar niedrige Felsen erhoben sich am Ende einer Lichtung. *Glock 17, Austria, 9 x 19* war in den Lauf eingebrannt. Leander bezog sein Wissen, was Waffen anging, einzig aus Fernsehkrimis, aber er war ziemlich sicher, dass 9mm der Geschossdurchmesser und dies ein größeres Kaliber war. Allerdings stand auf der Schachtel mit der Munition: *115grs Remington JHP OG.355.* Die Schachtel sah neu aus. Hoffentlich passten die Dinger.

Er fand heraus, wie man das Magazin öffnete und dass man den Schlitten von Hand nach hinten ziehen konnte. Es schien keine extra Sicherung zu geben, aber der Abzug hatte einen Druckpunkt, den man mit einigem Kraftaufwand überwinden musste. Danach machte es Klick. Leander spielte eine Weile mit der leeren Waffe herum, dann fütterte er das Magazin mit den messingfarbenen Patronen und wunderte sich, wie viele hineingingen. Wenn er richtig gezählt hatte, waren es siebzehn. Natürlich, du Trottel! *Glock 17*. Er hatte immer noch genug übrig. Das Magazin rastete ein. Er wusste, dass man eine Pistole am besten mit beiden Händen abfeuerte, wegen des Rückstoßes. So lässig mit einer Hand aus der Hüfte, wie es die Cowboys in den alten Filmen machten, würde es bestimmt nicht funktionieren. Cowboys. Männer und Waffen. Warum hatte sich der Erpresser an ihn gewandt und nicht an Tinka oder an sie beide? Weil Töten Männersache war? Wie grausam muss ein Mann sein können, um ein Mann zu sein?

Ungefähr in der Mitte des Felsens wuchs ein Farn aus einer Spalte. Er könnte versuchen, den Farn zu treffen. Aus welcher Entfernung? Wie nah würde er dem Menschen kommen, den er töten sollte?

Menschen töten, dachte Leander. Tinka hat vollkommen recht, das ist Wahnsinn, das geht einfach nicht.

Er hatte gelesen, dass Soldaten im Krieg sehr oft absichtlich daneben schießen würden. Die meisten sogar. Auch bei Erschießungen zielte angeblich die Mehrheit knapp vorbei. Diese Information hatte ihn beruhigt. Aber einige musste es doch geben, die solche Skrupel nicht kannten, oder trafen die nur aus Versehen? Er dachte an die erschreckenden Ergebnisse des berühmten Milgram-Experiments, bei dem ganz normale Probanden auf Befehl einem »Opfer« tödliche Stromstöße erteilt hatten, als Strafe für falsche Antworten – auf Befehl! Im Irak hatten amerikanische Soldaten auf Zivilisten geschossen, ohne Not, ohne Befehl. Aus Spaß. Wie konnte ein Mensch so verrohen? Würde er noch Selbstachtung empfinden können, wenn er jemanden getötet hätte? Wie ging es Soldaten oder Scharfschützen, die einem Befehl gehorcht und getötet hatten, hinterher damit?

Leander versuchte, all diese Gedankengänge beiseitezuschieben. Jetzt war die Praxis dran, und zuallererst galt es, sich überhaupt technisch in die Lage zu versetzen, schießen zu können. Zu lernen, mit der Pistole umzugehen, und herauszufinden, auf welche Entfernung er einigermaßen treffsicher schießen konnte. Nur zur Übung, wie der Kerl geschrieben hatte. Das war noch kein Verbrechen, damit war noch gar nichts entschieden, und dafür war er doch jetzt hierher, in die Wildnis, gefahren.

Er wählte einen Abstand von geschätzten zwanzig Metern, stellte sich breitbeinig hin, das linke Bein weiter vorn als das rechte, und hielt die Pistole auf Augenhöhe. Das wirkte doch schon ganz professionell. Jetzt, mit dem gefüllten Magazin im Griff, war die Waffe deutlich schwerer. Leander schämte sich für den Gedanken, aber eine geladene Pistole in den Händen zu halten fühlte sich irgendwie ... *geil* an. Leander fiel kein treffenderes Wort dafür ein. War das das Geheimnis? Machten Waffen also aus friedlichen Menschen Monster?

Er nahm den Farn ins Visier und betätigte den Abzug. Die Intensität des Knalls überraschte ihn. Im Fernsehen kam das nie so laut rüber. Getroffen hatte er auch nicht, nicht einmal den zwei Meter breiten Felsbrocken, und der Rückstoß war so heftig gewesen, dass er die Waffe beinahe fallen gelassen hätte. Ein Glück, dass ihn keiner sah. Er versuchte es noch einmal und stellte sich dieses Mal besser auf die aggressive Kraft ein, die von dieser kleinen Tötungsmaschine ausging. Der Schuss krachte, Dreck spritzte aus der Felsspalte, er hatte fast einen Meter über den Farn geschossen. Aber die Richtung stimmte schon mal. Zwanzig Meter Entfernung waren zu viel. Er müsste seinem Opfer also näher kommen. Er ging ein paar Schritte auf den Felsen zu und verschoss das ganze

Magazin, darunter eine Serie von sieben Schuss am Stück. Am Ende hing der Farn in Fetzen. Leanders Handgelenke brannten, schienen zu vibrieren, und in seinen Ohren summte es. Er ertappte sich bei einem Grinsen.

Auf der Fahrt zurück beschäftigte ihn die Frage, ob eine Krise den Charakter eines Menschen veränderte oder, im Gegenteil, nur dessen wahren Kern offenbarte.

Greger Forsberg nahm einen Zettel und schrieb darauf:

Montag, 15. August – Valeria verschwindet
Dienstag, 16. August – Selbstmord Magnus Cederlund
Mittwoch, 17. August – Marta meldet C. vermisst
Mittwoch, 31. August – Beerdigung C., Marta redet mit Eva R.
Donnerstag, 15. September – Abreise Dag C.,
Verabredung M. und Eva für Freitag, den 16.9.,
Überfall auf Marta
Sonntag, 18. September – Verhaftung Oxana Bobrow
Montag, 19. September / Dienstag 20. September – Mord an Krull /
Leichenfund Krull, Kopf?

Ein verschwundenes Kind, ein Selbstmord, eine Leiche ohne Kopf und eine Frau im Koma, zählte Forsberg in Gedanken auf. War Ivan Krull der Vermittler zwischen Valeria und Cederlund gewesen? Denn irgendwie müssten die beiden ja zusammengekommen sein, das Migrantenkind aus Biskopsgården und der Unternehmer aus Långedrag. Cederlund war sicher nicht der Typ, der auf vermüllten Vorstadtspielplätzen herumlungerte. Abgesehen davon, dass er dort auffallen würde wie ein bunter Hund, hätte er wahrscheinlich auch viel zu viel Angst gehabt, überhaupt einen Fuß in eine solche Gegend zu setzen. Und wer hatte Krull erstochen und ihm den Kopf abgeschnitten? Warum nicht auch die Finger?, das hätte die Identifizierung erschwert. Also ging es nicht darum. Worum dann? Um Brutalität? Es gab diesen Unbekannten in seiner Gleichung. War es derselbe, der Marta verletzt und in den Häusern herumgestöbert hatte? War Marta in Gefahr, jetzt oder spätestens dann, wenn sie aus dem Koma erwachte? Oder vermischte sein Polizistenhirn Dinge, die nichts miteinander zu tun hatten?

Das Telefon klingelte.

»Greger Forsberg.«

»Erik Abrahamsson, Kripo Jonköping. Du wolltest mich sprechen?«

»Ja«, sagte Forsberg. »Diese anderen Waffen im Haus … Habt ihr die mitgenommen oder im Schrank gelassen?«

»Dagelassen«, sagte Abrahamsson. »Wir haben nur die Schrotflinte mitgenommen. Im Schrank sind noch ein Sauer S 90 Repetierer und eine Glock 17.« Jetzt nicht mehr, dachte Forsberg, während sein Kollege erklärte: »Der Schlüssel steckte. Wir haben natürlich abgeschlossen.«

»Was habt ihr mit dem Schlüssel gemacht?«

»Den hat der Fahrer bekommen, der auch das Auto abgeholt hat«, hörte er Abrahamsson sagen. »Den Hausschlüssel haben wir ihm auch gleich mitgegeben. Der war in einem ganz genialen Versteck: hinter der Holzverkleidung neben der Haustür. Typisch! Und dann kommen die Leute an und jammern, wenn ihnen die Bude ausgeräumt wird.«

»Wann war dieser Fahrer da?«, fragte Forsberg.

»Warte mal …«, der Kollege aus Jonköping schien in Unterlagen zu blättern, »… am Montag, dem 22. August. War ja alles klar. Wir haben die Witwe angerufen und gesagt, dass sie den Wagen holen kann und dass das Haus wieder freigegeben ist.«

Wahrscheinlich war das Sommerhaus kurz danach durchsucht worden, überlegte Forsberg. Das Haustürschloss hatte selbst Eva im Handumdrehen geknackt, und das Schloss des Waffenschranks war sicher auch kein Riesenproblem gewesen, der Täter hatte sich ja Zeit lassen können. Für den Einbruch in Långedrag hatte er allerdings abwarten müssen, bis Dag und Mette Cederlund abgereist waren. Es mit drei Personen aufzunehmen, war ihm offenbar zu riskant gewesen.

»Was ich mich andauernd frage …«, begann Forsberg, »… warum erschießt sich einer mit einer Schrotflinte, wenn er auch eine Pistole benutzen könnte? Wäre doch handlicher und nicht so eine Schweinerei.«

»Ganz einfach«, sagte Abrahamsson. »Für die Glock war keine Munition im Schrank. Da lagen nur ein paar alte Schrotpatronen drin.«

Ganz einfach, dachte Forsberg.

»Ich habe gehört, eure Spurensicherung ist heute noch mal in das Haus rein. Ihr traut uns Provinzlern nicht über den Weg, was?«, fragte Abrahamsson. Der Ton war scherzhaft, aber Forsberg wusste um die Empfindlichkeiten der Kollegen in den kleineren Orten. Er selbst ließ sich ja auch nicht gerne von den Superhirnen aus Stockholm für dumm verkaufen.

»Nein, das hat andere Gründe. Es hat sich was ergeben, betrifft einen meiner Fälle.«

»So, so«, kam es gedehnt.

»Ich kann noch nicht darüber reden, sonst bekommt jemand großen Ärger.«

»Und dieser Jemand bist du, was?« Abrahamsson lachte dröhnend.

»Auch«, sagte Forsberg.

»War's das?«, fragte Abrahamsson.

»Ja. Danke!« Forsberg legte auf, zerknüllte den Zettel und warf ihn in den Papierkorb, den er zwecks Zielübungen drei Meter vom Schreibtisch entfernt vor das Fenster gestellt hatte. Treffer. Dann stand er auf und griff nach seiner Jacke. Besser, er fuhr selbst da raus und sagte den Kriminaltechnikern, wonach sie suchen sollten. Dann könnte er ihnen auch gleich ganz dezent das Schokoriegelpapier unterjubeln.

»Ich bin mal für ein paar Stunden weg«, sagte er zu Selma. Sie nickte und kaute dabei Kaugummi, aber die dunklen Vogelaugen musterten ihn sehr genau.

Kaum war die Tür hinter Forsberg zugefallen, stand sie auf, fischte den Zettel aus dem Papierkorb und strich ihn wieder glatt.

Wo sie jetzt wohnten, war der Schnee weißer und der Sommer heißer und heller, aber der Winter war eine einzige lange Nacht, wie ein Vorgeschmack auf das Grab. In sternklaren Nächten flossen grün schimmernde Lichtbögen über den Himmel, formten kunstvoll geschwungene Muster, als würde jemand mit einem riesigen Pinsel Bilder auf die Himmelsleinwand malen. Was Lillemor zunächst eine Höllenangst machte, veranlasste die anderen Bewohner jedoch höchstens zu der Bemerkung, dass dies ein Anzeichen für bevorstehende Kälte wäre. Und die Kälte kam. Sie biss zu, sobald man den Kopf vor die Tür streckte, biss sich sogar durch die doppelt gestrickten Mützen und Handschuhe. Das Schlimmste aber war der Wind, der mit unablässiger Schärfe vom Nordpol her über das Land fegte, nachts um das Haus herum heulte wie ein Rudel Wölfe und dabei an den Fensterläden rüttelte.

Anfangs dachte Lillemor, dass Ingvar, bei dem sie wohnten, ihr Vater sei, denn Camilla hatte ihr erklärt, dass Ingvars Sohn jetzt ihr Bruder war. Lillemor freute sich über diesen unverhofften kleinen Bruder. Wenn es nicht gar so kalt war, fuhr sie den Dreijährigen auf dem Schlitten spazieren. Im Haus war es manchmal ziemlich anstrengend, wenn sie auf ihn aufpassen musste, aber sie machte ihre Sache gut, denn wenn er etwas kaputt machte oder sich verletzte, dann war sie es, die dafür bestraft wurde.

Ingvar war freundlich zu ihr, wenn er da war, aber er erzählte keine Geschichten wie ihr Großvater. Und wenn er doch mal eine erzählte, dann handelte sie von Gott und Jesus, und das fand Lillemor nicht so aufregend. Manchmal redete er in einer anderen Sprache als sie und Camilla. Aber zu Hause sprach er normal. Nur wenn er mit bestimmten Menschen redete. Jeden Sonntag stand er in seinem schwarzen Umhang mit dem weißen Kragen in der Kirche, und die Leute saßen still da und hörten ihm zu. Das gefiel Lillemor, das und das Singen.

Ein »böses Los«, das waren Camillas Worte, habe Ingvar in diese Gegend verschlagen. »Gottverlassene Gegend«, sagte sie, wenn Ingvar es nicht hörte, und klagte, dass man diese ganze Misere nur Lillemors Vater zu verdanken habe. Diesem Mistkerl, diesem Betrüger, der jetzt eine andere geheiratet habe, eine, die ihren, Camillas, Platz einnahm in der großen Villa in der Stadt am Meer. Lillemor wusste nicht, was eine Misere war, und auf die Frage, wer denn dieser Vater sei, antwortete Camilla stets mit »erklär ich dir, wenn du größer bist«.

Lillemor lernte rasch lesen, nur im Rechnen war sie nicht so gut. Und dann geschah das Wunderbare: Ihre Mutter fand eine Teilzeitstelle in der Leihbibliothek, die an drei Nachmittagen in der Woche geöffnet war, und meistens nahm sie Lillemor dorthin mit, während man ihren Bruder bei einer Nachbarin ablieferte. Vom ersten Tag an liebte Lillemor die Bücherei. Stundenlang konnte sie auf der Besucherbank sitzen und lesen, lesen, lesen … Sie hatte einen Traum: Sie wollte ihr Leben den Büchern widmen. Irgendwann wollte sie hinter dem Tresen stehen, so wie Camilla, und den Menschen, die nach Büchern fragten, helfen, das richtige Buch zu finden. Sie wollte Herrin über die hohen Regale einer Bücherei sein, irgendwo in einer großen Stadt. Die Leute würden kommen und nach Lillemor fragen, wenn sie nicht weiterwussten, denn sie würde diejenige sein, die sich am besten auskannte im Dschungel der Bücher. Diese Person, ihr zukünftiges Ich, sah sie vor sich, wenn sie abends die Augen schloss.

Ab und zu verschwand Ingvar für einen oder zwei Tage, und ihre Mutter sagte, er müsse noch andere Gemeinden betreuen, in noch öderen Dörfern, und das alles wäre ohnehin nur vorübergehend. Irgendwann kämen sie wieder in die Stadt.

»Nach Kiruna?«, fragte Lillemor, denn davon hatte sie in der Schule gehört, die Lehrerin kam von dort.

»Um Himmels willen, nein«, lachte Camilla bitter.

Camilla verbrachte viel Zeit vor dem Fernseher oder blätterte in Zeitschriften und wollte dabei in Ruhe gelassen werden. Genau wie Ulrika konnte auch Camilla ziemlich böse werden, wenn ihr etwas auf die Nerven ging. Sie verteilte zwar nur höchst selten Ohrfeigen, aber sie hatte andere Methoden. Wenn Lillemor eine schlechte Note nach Hause brachte oder sich eine andere Verfehlung hatte zuschulden kommen lassen, wurde eine ihrer Puppen oder eines ihrer Stofftiere im Ofen verbrannt. Lillemor musste aussuchen, welches. Und Camilla bestand darauf, dass Lillemor jeden Morgen vor der Schule ihre heiße Milch austrank, obwohl sie sich vor der Haut, die darauf schwamm, schrecklich ekelte.

Irgendwann nahm Lillemor auch Bücher mit nach Hause und las in jeder freien Minute. Allerdings hatte sie dafür immer weniger Zeit, als sie gerne gehabt hätte, denn sie wurde mehr und mehr zu einer Art Ersatzmutter für ihren Stiefbruder. Mit Camilla war immer weniger zu rechnen. Häufig klagte sie über Migräne und zog sich tagelang ins Schattenreich ihres verdunkelten Schlafzimmers zurück. Wenn sie herauskam, roch ihr Atem schlecht und ihre Laune war unberechenbar. Mal war sie heiter, witzig geradezu, dann wieder streitsüchtig und voller Selbstmitleid. Abends, wenn die Kinder im Bett waren, zankte sie sich mit Ingvar. Lillemor konnte ihre lauten Stimmen sogar durch die Decke hören, die sie sich über den Kopf zog. Ingvar schien es in der »gottverlassenen Gegend« zu gefallen, er machte keinerlei Anstrengungen, versetzt zu werden. Deswegen stritten sich er und Camilla, aber auch wegen aller möglichen anderen Dinge. Es war nicht schwer, mit Camilla in Streit zu geraten.

Aber Lillemor liebte und bewunderte sie dennoch und tat alles, um ihr zu gefallen, dieser Mutter, die irgendwie da gewesen war und doch nicht richtig da war, und die Lillemor vermisste, obwohl sie mit ihr unter einem Dach lebte.

Tinka kniete neben einem Stapel Kleidung am Boden und drehte eine kleine Mütze in den Händen. Sie stammte aus einem sündteuren Kindermodengeschäft, war weiß und hellblau und rosa und auf der Borte jagten sich Hasen und Elche. Sie waren sich darüber einig gewesen, dass sie keinen Lucie-Altar schaffen wollten. Das Kinderbett lagerte im Keller. Es wäre jetzt sowieso viel zu klein, dachte Tinka, auch die Kleidung. Aber all das wegzugeben hatten sie dennoch nicht fertiggebracht. Sie hatten Lucies Kleidung und Spielzeug in Umzugskisten gepackt, die jetzt in dem Zimmer standen, das sie Gästezimmer nannten, obwohl noch nie jemand über Nacht geblieben war. Doch, vor ein paar Wochen ihr Bruder Gunnar, sturzbetrunken. Zuvor hatte er auf ihrem Sofa gesessen und sein Herz aus- und zwei Flaschen Wein in sich hineingeschüttet. Hatte sich bitter darüber beklagt, dass ihn sein Vater für Dinge verantwortlich mache, für die er nichts könne, dass Greta ihm auch kein Trost sei und er Angst habe, dass ihn seine Frau Sanna mit William verlassen würde, wenn es mit dem Luxusleben eines Tages vorbei sein sollte. Und so weiter. Tinka und Leander hatten ihn einfach reden lassen, was sollte man auch dazu sagen? Ich müsste die beiden mal wieder einladen, dachte Tinka. Sie sind meine Familie, auch wenn Sanna eine dumme Kuh ist.

Der winzige Norwegerpullover! Lucie hatte ihn nur ein Mal getragen, der Halsausschnitt war zu eng gewesen, es hatte Tränen beim An- und Ausziehen gegeben.

Vielleicht willst du Lucie ja gar nicht zurück …

Leanders Worte hatten sie verletzt. Kannte er sie so wenig? Wusste er denn nicht, dass Tinka stets zu Ende bringen wollte, was sie begonnen hatte?

Lucie war ein Wunschkind gewesen, und zwar in erster Linie von Tinka. Sie hatte sich vorgestellt, dass ein Kind die Beziehung zwischen ihr und Leander für immer besiegeln würde, mehr noch als eine Heirat. Mit einem gemeinsamen Kind wären ihre Gene für immer vereint, erst dann wären sie eine Familie. Als Lucie dann auf der Welt war, war für Tinka das Glück anfangs perfekt gewesen. Das Gefühl war in seiner Intensität und Ausschließlichkeit vergleichbar mit dem Verliebtsein, denn es zählte nur noch eines: Lucie. Doch ebenso wie das Verliebtsein hielt dieser Zustand nur ein paar Wochen an. Dann kamen die Hormone wieder ins Gleichgewicht und es begann das tägliche Ringen um Freiräume, Lebensfreude und Zeit. Es kam ihr manchmal vor, als wäre der Kreißsaal eine Art Zeitmaschine, die sie in die Fünfzigerjahre katapultiert hatte: zurück an Heim und Herd.

Was bleibt von Romantik und Leidenschaft, wenn der Alltag Einzug ins Leben zweier moderner, auf Selbstverwirklichung bedachter Menschen mit einem nicht gerade einfachen Kleinkind hält?, hatte sich Tinka immer häufiger gefragt. Was wurde aus der Liebe, wenn die eigene Identität verteidigt und die Liebe immer wieder neu gesucht werden musste?

Manchmal beschlich Tinka der Verdacht, der sich in einigen Momenten zur Gewissheit verdichtete, dass sie Leander mehr liebte als ihr Kind. Sie fand das erschreckend, fand, dass das nicht sein durfte. Mutterliebe, und zwar bedingungslose, hatte doch gefälligst über allem zu stehen. Das las man in Büchern, das sah man in Filmen. Das war die Norm. Und

239

so wollte auch Tinka sein: eine normale, liebevolle Mutter. Keine Helikopter-Mutter, die ständig nur um ihr Kind kreiste, aber auch auf gar keinen Fall so wie Greta, die die Erziehung ihrer Kinder weitgehend in die Hände einer langen Reihe wechselnder Kindermädchen gelegt hatte. »Was wollt ihr denn, ihr seid doch beide bestens geraten«, hatte sie Tinka geantwortet, als die ihrer Mutter eines Tages vorgeworfen hatte, sie habe es sich verdammt leicht gemacht. Dem war schwer zu widersprechen gewesen.

Während das Verhältnis zwischen Greta und Tinka eine immerwährende Gratwanderung war, vergötterte Tinka ihren Vater mit all seinen Schrullen und Verschrobenheiten, und umgekehrt war auch Holger Nordin in seine Tochter völlig vernarrt. Natürlich liebte er auch seinen Sohn, seinen Erstgeborenen, Gunnar. Aber diese Liebe war an Bedingungen geknüpft: Es war ihm wichtig gewesen, einen Sohn zu haben, der die Geschäfte übernahm, und nun, da Gunnar darin zu versagen schien, konnte sich dieser der Liebe seines Vaters nicht mehr ganz sicher sein. Gunnar stand seit jeher für die Pflicht, aber Tinka war die Kür, seine Tochter liebte Holger Nordin bedingungslos. Tinka mit der Aufgabe zu belasten, eine tragende Rolle im Konzern zu spielen, wäre ihm nie in den Sinn gekommen. Er war noch einer vom alten Schlag, der fand, dass die Businesswelt nicht zu Frauen passte. »Ihr seid Opfer einer Gesellschaft, die euch einredet, ihr bräuchtet zu eurem Kampf mit Kind und Küche noch einen anstrengenden Job, um euch selbst zu verwirklichen«, pflegte er zu sagen. Davon abgesehen, hatte Tinka nie Ambitionen in dieser Richtung gezeigt. Sie war immer schon an Naturwissenschaften interessiert gewesen, und ihr Vater hatte sie darin bestärkt. Er selbst hatte sich als Junge für Biologie begeistert.

In Tinkas altem Zimmer bei ihren Eltern hingen noch die Glaskästen mit der Schmetterlingssammlung, die er ihr vererbt hatte.

Nein, Tinka wollte nicht so sein wie ihre Mutter.

Andererseits hatte sie sich nach Lucies Geburt nicht mehr wie eine eigenständige Person gefühlt. Sie schien nur noch im Zusammenspiel mit Lucie zu existieren, als wären sie ein einziger Organismus, verteilt auf zwei Körper. Lucie bestimmte ihren Tagesablauf, Lucie bestimmte, wann Tinka aß, wann sie schlief, und vor allen Dingen, wann nicht.

Wie hatte sie damals dem Tag, an dem Lucie in den Kindergarten kommen sollte, entgegengefiebert. Es war höchste Zeit geworden für etwas Abstand, ein wenig Freiraum. Denn wenn Lucie ihr Trotzgesicht aufsetzte – gesenkter Kopf, vorgeschobene Unterlippe, zusammengezogene Augenbrauen und ein böser Blick von unten herauf –, dann spürte Tinka manchmal Hass in sich aufsteigen. Ebenso während der Wutanfälle Lucies, die diesem Ausdruck häufig folgten, sobald Lucie nicht bekam, was sie wollte. Wie ein bösartiger Troll, der es sich zur Aufgabe gemacht hatte, sie zu triezen und ihr das Leben zu verderben, war Lucie ihr in solchen Momenten vorgekommen, und manchmal hatte Tinka aus dem Zimmer gehen und warten müssen, bis sie sicher sein konnte, sich wieder im Griff zu haben. Sie durchpflügte die einschlägige Ratgeberliteratur, in der von Phasen die Rede war und von der Entdeckung des eigenen Ichs. *Es geht vorbei!*, war Tinkas heimliche Durchhalteparole gewesen. Nein, sie hatte sich nichts vorzuwerfen, sie hatte sich immer unter Kontrolle gehabt. Doch sie hatte sich zusehends gefürchtet vor dem, was geschehen könnte, sollte sie doch einmal die Beherrschung verlieren.

Wenn sie und Leander heute von Lucie sprachen, dann von ihrem Lachen, ihren großen Augen, ihrem seidigen Haar, ihren ersten tapsigen Schritten. Auch auf den Fotos sah man Lucie lachend oder mit einem aufmerksamen, neugierigen oder nachdenklichen Ausdruck. Aber Tinka wusste um die Unzuverlässigkeit der Erinnerung, und mittlerweile hatte sie das Gefühl, dass sie sich an eine Lucie erinnerten, die so gar nicht existiert hatte. Lucies Lachen verblasste in Tinkas Gedächtnis immer mehr, dafür blieben andere Szenen in aller Schärfe gegenwärtig: Jener Sonntag im April, einer der ersten warmen Frühlingstage, die Welt war voller Glanz, sie waren ein junges Paar mit einer reizenden Tochter, das am Strand spazieren ging. Aber Lucie hatte alles ruiniert mit ihrer fortwährenden Quengelei. Sie hatte rumgeplärrt, war trotzig gewesen und durch nichts zufriedenzustellen. Damals hatte Tinka, entsetzt über sich selbst, den Gedanken verdrängt, dass ihr Leben, ihre Ehe, ohne Lucie schöner gewesen war.

Das Video hatte etwa zehn, zwölf Sekunden gedauert und während der kurzen Zeit, in der man ihr Gesicht gesehen hatte, war Tinka nicht sicher gewesen, ob das Kind tatsächlich Lucie war. Ja, es könnte Lucie sein, hatte sie gedacht. Aber beschworen hätte sie es nicht. Man sieht viel, wenn man etwas sehen will. Das Gesicht war ihr zu voll vorgekommen, hatte nichts mehr von einem untergewichtigen Mausmaki gehabt, und diese geschürzte Oberlippe war bei Kindern keine Seltenheit. Erst in den letzten Sekunden der Aufnahme hatte sie ihre Meinung geändert. Als das Mädchen etwas sah oder hörte, was ihr missfiel. Dieses verärgerte Kräuseln der Stirn, der Ausdruck in den Augen – den erkannte sie noch immer.

Tief im Herzen wusste Tinka genau, weshalb sie den Buggy neben dem Marktstand hatte stehen lassen, auch wenn sie in dem Moment gedankenlos und keinesfalls vorsätzlich gehandelt hatte: Sie hatte sich, für eine kurze Weile nur, Lucies böser Macht entziehen wollen, die sie auf ihr Leben hatte.

Selma saß in der Straßenbahn nach Biskopsgården und fluchte in Gedanken über ihre eigene Dummheit und über Forsberg und seine Geheimniskrämerei.

Wieder erklomm sie die fünf Treppen, die sie durch die Welt bizarrer Gerüche führten. Zwei Jungs, dreizehn, vierzehn, kamen ihr entgegen.

»Ey, mein Freund will deine Telefonnummer!«, rief der ältere, und sein Kumpel, wohl gerade im Stimmbruch, krächzte: »Und der da will dich ficken!«

»In Ordnung«, sagte Selma, öffnete kurz ihre Jacke und gönnte den beiden einen Blick auf ihre umgeschnallte Dienstpistole.

»Scheiße, Mann, die ist von den Bullen!« Erdbebenartig polterten die beiden die Treppen hinunter.

Selma klopfte wieder und wieder, aber niemand öffnete. War Frau Bobrow bei der Arbeit? Bei welcher? Egal. Vergeudete Zeit! Verärgert schlug Selma mit der Faust gegen die Tür und war überrascht, als diese nachgab und aufsprang. Selma trat in den Flur, die Hand am Holster mit der Waffe.

»Frau Bobrow?«

Es kam keine Antwort. Bei einem so lausigen Schloss kann man nicht einmal von einem Einbruch reden, sagte sich Selma und rief erneut »hej« und den vollen Namen der Russin, aber alles blieb still. Nur ein paar Fliegen schwirrten an ihr vorbei.

Selma huschte in die Wohnung und machte die Tür hinter sich zu. Wenn Forsberg ohne Durchsuchungsbeschluss in fremde Sommerhäuser eindringt, dann kann ich ja wohl auch ein paar Kinderzeichnungen fotografieren! Frau Bobrow wird nicht mal merken, dass ich hier war.

Im Kinderzimmer war es warm, und es roch muffig. Schon im Flur war ihr das aufgefallen. Als würde irgendwo ein zu lange nicht geleerter Mülleimer vor sich hin gammeln.

Die zwei Zeichnungen hingen noch über dem Bett, auch die Puppen und die Stofftiere waren noch da, aber der Bettbezug fehlte. Die Schranktüren standen offen, die Fächer waren vollkommen leer. Auch keine Sachen von Klein Alexander. In dessen Bett lag nur noch die fleckige Matratze, auf der ein paar Fliegen herumkrochen. Selma schüttelte sich, sie hasste Fliegen. Sie untersuchte den Stapel Schulbücher neben Valerias Bett. Unter den Büchern waren ein paar lose Blätter. Kinderzeichnungen. Selma sah sie durch. Die Zeichnungen schienen älter zu sein als die an der Wand, der Strich wirkte grober und unbeholfener. Selma bemerkte ein Blatt, das unter das Bett gerutscht war, hob es auf und pustete die Wollmäuse weg. Ein schwarzes Auto. Es hatte wohl auch an der Wand gehangen, in den Ecken waren Löcher von Reißzwecken. Sie rollte das Bild zusammen und steckte es in die Innentasche ihrer Jacke, ebenso die zwei von der Wand.

Von einer Ahnung getrieben, warf Selma einen Blick ins Bad. Kein Becher mit Zahnbürsten mehr. Der Schrank über dem Waschbecken war ausgeräumt und auch der Wäscheeimer war leer.

»Verdammte Scheiße!«

Eine nackte Schaumstoffmatratze, ein abgewetztes Sofa

und eine leere Kleiderstange waren alles, was es noch in Frau Bobrows ehemaligem Wohn- und Schlafzimmer zu sehen gab. Blieb noch die Küche. Selma öffnete die Tür. Der Gestank traf sie wie eine Faust.

Hier war nichts weggekommen, im Gegenteil: Auf dem, was auf dem Küchentisch lag, krabbelten unzählige, grün schillernde Fliegen. Sie fühlten sich gestört und stoben auf, als Selma näher kam, und inmitten des Fliegenschwarms blickte Selma in die toten Augen von Ivan Krull.

Als Leander nach Hause kam, fand er Tinka im Gästezimmer zwischen einem Haufen Kinderkleidung und Stofftieren am Boden sitzend. Ihr Kopf lag auf den Knien, das blonde Haar verdeckte ihr Gesicht wie ein Vorhang. Er näherte sich, vorsichtig, als wäre sie ein fremdes Tier, von dem man nicht wusste, wie es reagieren würde, wenn man ihm zu nahe kam.

»Die werden ihr nicht mehr passen«, sagte er.

Sie blickte auf. Ihre Augenpartie war ein wenig angeschwollen, aber jetzt versuchte sie ein Lächeln. »Manche Sachen hatte ich schon völlig vergessen«, sagte sie. »Das T-Shirt mit dem kleinen Schaf zum Beispiel. Das haben wir ihr in Griechenland gekauft.«

»Sie wollte es gar nicht wieder ausziehen.«

Kein Wort über die Pistole.

Er reichte ihr die Hand, und sie ließ sich von ihm in die Höhe und in seine Arme ziehen. So standen sie eine ganze Weile da, Tinka hatte den Kopf an seine Schulter gelegt, und Leander rieb ihr sanft über den Rücken. Eine Welle der

Zärtlichkeit überflutete ihn, und er bereute alles, was er ihr jemals zugemutet hatte. Sie verdiente es, glücklich zu sein, und es war seine Aufgabe, dafür zu sorgen.

»Mein Vater hat angerufen«, sagte Tinka.

»Du hast ihm doch nichts gesagt?«

»Natürlich nicht.«

»Gut.« Das hätte noch gefehlt, dass der alte Herr da auch noch mitmischte.

»Er wollte nur wissen, wie es uns geht und ob du dich wieder beruhigt hast.«

»Beruhigt?«

»Wegen Samstag. Er hat sich für Greta entschuldigt.«

»*Ich* muss mich entschuldigen. Zumindest bei ihm. Ich ruf ihn an«, versprach Leander.

Samstag. War das wirklich erst ein paar Tage her, Tinkas Geburtstag und der erste Brief des Erpressers?

Sie hatten darüber spekuliert, ob ein Mann oder eine Frau dahintersteckte. Intuitiv hatten beide immer von »ihm« gesprochen, obwohl es durchaus auch eine Frau sein könnte, wie sie sich gegenseitig versicherten. Tinka war mit dem konservativen Frauenbild ihres Vaters groß geworden, hatte später aus Opposition ein wenig mit dem Feminismus sympathisiert, aber nachdem sie fünf Jahre lang unter einer Abteilungsleiterin gearbeitet hatte, hatte sie sich endgültig von dem Gedanken verabschiedet, dass Frauen die sanftmütigeren oder gar besseren Menschen wären. Leander hatte das ohnehin noch nie geglaubt. »Aber ich möchte ihm oder ihr jetzt nicht auch noch einen Spitznamen geben müssen«, hatte Tinka gemeint, also blieben sie bei »Kerl« oder »Scheißkerl« oder »Erpresser«.

Später saßen sie zusammen auf dem Sofa und Tinka hatte einen Becher Tee in der Hand und eine Decke über den Füßen.

»Ist es dir lieber, wenn wir zur Polizei gehen?«, fragte Leander.

Tinka ließ fast eine Minute verstreichen, bevor sie sagte: »Womit?«

Leander schwieg. Ja, womit? Spätestens seit der Sache mit dem Video war klar, dass ihr Gegner kein Dummkopf war. So einer hinterließ keine Fingerabdrücke auf den Briefen oder schickte SMS von einem registrierten Vertragshandy.

Während Leander Schießübungen absolviert hatte, war Tinka nicht nur an die alten Kleiderkisten gegangen, sondern hatte auch eine SMS geschickt, in der sie dem Mann zwanzig Millionen Kronen angeboten hatte. Das Zehnfache der ursprünglichen Belohnung. Leander hatte darauf verzichtet, Tinka zu fragen, woher sie das Geld nehmen wollte. Es wäre auch müßig gewesen, denn er hatte geantwortet: *Keine Planänderung.* Was also konnte die Polizei schon ausrichten?

»Wir müssen rausfinden, wen du töten sollst«, sagte Tinka in die Stille. »Damit können wir zur Polizei. Dann hätten wir wenigstens eine Spur. Der Erpresser muss mit dem Opfer in einer engeren Beziehung stehen, sonst bräuchte er nicht diesen Aufwand zu treiben.«

Leander dachte an die Waffe im Handschuhfach des Wagens.

»Versprich mir, dass du niemanden töten wirst«, sagte Tinka.

»Ja«, sagte Leander.

Forsberg fuhr Selma nach Hause. Malin und Bergeröd und die Spurensicherung waren in Frau Bobrows Wohnung geblieben und kümmerten sich um den makabren Fund. Beide hatten während der Fahrt geschwiegen. Der Vogel war noch immer wachsbleich im Gesicht, als Forsberg vor dem Haus hielt, das in einer Seitenstraße der Linnégatan lag. Es war ein Bau aus gelblichen Backsteinen, mit Ornamenten verziert, vermutlich um die vorige Jahrhundertwende herum errichtet. Forsberg schlug vor, einen Schnaps in der Bar an der Ecke zu trinken, aber Selma schüttelte den Kopf. »Ich muss duschen, jetzt sofort! Diese Fliegen überall … ich habe das Gefühl …«

»Ja, klar«, sagte Forsberg.

Im Aussteigen begriffen, sagte Selma: »Komm mit rauf, ich muss dir was Wichtiges zeigen.«

Forsberg ließ sich nicht lange bitten. Er war gespannt, wie der Vogel wohnte.

Nicht schlecht, stellte er wenig später fest, als Selma tatsächlich sofort ins Bad stürmte und wenige Sekunden später die Dusche rauschte. »Nimm dir ein Bier aus dem Kühlschrank!«, drang ihre Stimme durch die geschlossene Tür. »Wodka ist auch da.«

Forsberg schaute sich um. Stuck zierte die hohen Decken, und das Parkett knarzte vornehm unter seinen Schritten. Die einstige Pracht zeigte Spuren der Abnutzung, aber man sah keine Risse an den weiß gestrichenen Wänden, und nirgends bröselte es von der Decke. Die Wohnung musste groß sein, vom Flur gingen fünf Türen ab, eine stand offen. Karge Einrichtung: Metallregale, ein großes Bett, schwarz bezogen, ein Schreibtisch mit einem Laptop oder Notebook, wie die Dinger ja neuerdings hießen. Schwarze Klamotten überall im

248

Raum verteilt, dazwischen Bücher, Kabel, Elektronikkrimskrams, Tassen mit Kaffeepfützen, leere und fast leere Wasser- und Cola-Flaschen. Eine Ordnungsfanatikerin schien Selma nicht gerade zu sein, dabei sah ihr Schreibtisch im Präsidium immer aufgeräumt aus, verglichen mit seiner Zettelwirtschaft. Aber er hatte schließlich auch viel mehr am Hals, als Chef der Abteilung. Forsberg wandte sich ab und betrat einen Tanzsaal von einem Wohnzimmer, in der Mitte stand ein Sofa mit rotem Samtbezug und geschwungener Lehne, auf dem eine Kleinfamilie mühelos Platz gefunden hätte, davor ein kleiner Tisch, und an der Wand eine Musikanlage mit fast mannshohen Boxen. Nebenan in der Küche saß ein Mann an einem langen Holztisch, und Forsberg hatte schon eine Entschuldigung auf den Lippen, als er bemerkte, dass der Kerl nicht echt war. Eine Schaufensterpuppe! Im Kühlschrank lagerten Möhren und Paprikaschoten, eine Sammlung Senfgläser, Spirituosen und ein Sixpack Bier! Er machte eine der Dosen auf und setzte sich an den Tisch zu dem Kerl, dessen Schweigsamkeit ihm sehr gelegen kam. Auch Forsberg musste den Anblick von Krulls Kopf erst einmal verdauen.

Schöne Wohnung. Mit einem Inspektorengehalt konnte man sich so etwas normalerweise nicht leisten, aber vielleicht war dieser Amundsen, von dem der Vogel neulich geredet hatte, ja finanziell an der Sache beteiligt. Obwohl es nicht so aussah, als ob hier ein Mann lebte, das glaubte Forsberg mit sicherem Polizistenauge erkannt zu haben. Allerdings hatte er ja noch gar nicht alle Zimmer gesehen. Ausgesprochen abgedreht fand er diesen Schaufenstertypen, der am Kopfende des Tisches saß und nun von Selma mit »Na, Sir Henry, wie war dein Tag?« begrüßt wurde. Sie roch gut, nach Wald und Gräsern. Auch sie ging schnurstracks zum Kühlschrank

249

und nahm eine Dose Bier und eine Flasche Aquavit heraus. Ihr nasses Haar glänzte wie in Öl getaucht, sie trug einen riesigen, blau und rot gestreiften Männerbademantel, und Forsberg ertappte sich bei der Überlegung, ob sie darunter wohl nackt war.

»Auch einen?«, fragte sie.

»Ich bleib heute lieber beim Bier.«

Amüsiert sah er zu, wie der Vogel den Aquavit in ein Schnapsglas mit Werbeaufdruck der Stena-Fähren goss und in einem Zug hinunterkippte. Ihre Wangen hatten wieder etwas Farbe bekommen.

»Verdammt, warum muss immer ich die ekligen Leichen finden?« Selma goss sich noch einen ein und drehte sich eine Zigarette.

»Es tut mir leid«, sagte Forsberg. »Auch das mit dem Sommerhaus. Ich wusste ja nicht, dass Cederlund dort ... ich meine, wo doch dein Vater ...«

Selma riss ein Streichholz an, die Zigarette glühte auf. Sie fragte nicht, woher er es wusste, sie sagte nur: »Ich habe meinen Vater ja nicht so gesehen. Ich habe es mir nur immer vorgestellt. Allerdings nicht so schlimm.«

»Und deine Mutter?«

»Ist wieder in die Türkei gezogen, nachdem ich mit der Schule fertig war. Es hat ihr nicht gefallen, dass ich zur Polizei gegangen bin.«

Armer Vogel, dachte Forsberg, aber gleichzeitig fiel ihm ein, dass er sich genauso gut selbst bedauern konnte: Sein Vater war seit Jahren tot, seine Exfrau ebenfalls, seine Tochter verschwunden, und seine Mutter lebte in einem Heim und erkannte ihn nicht mehr.

»Und warum bist du zur Polizei gegangen?«, fragte er.

Sie zuckte die Achseln unter diesem Zirkuszelt von einem Bademantel.

»Irgendwie fand ich es cool. Und du?«

Forsberg grinste.

»Als Junge wollte ich Koch werden.«

»Koch?«

»Mein Vater war jahrelang Schiffskoch und später Koch in einem Restaurant. Leider habe ich nichts von seinem Talent geerbt. Warum es dann die Polizei wurde, weiß ich auch nicht.«

Selma nickte.

»Und jetzt? Findest du es immer noch cool?«, fragte Forsberg.

»Ja. Nur dachte ich, dass man bei der Vermisstenstelle weniger Leichen findet.«

Forsberg setzte die Bierdose an die Lippen. Dann fragte er: »Was wolltest du eigentlich da draußen?«

Statt zu antworten, sah sie ihn mit stierem Blick an, legte die qualmende Zigarette auf den Aschenbecherrand und stand auf.

Musste sie jetzt doch noch kotzen? Zugegeben, einen abgetrennten Menschenkopf auf einem Küchentisch zu finden hätte wohl die meisten seiner Kollegen ein wenig aus der Bahn geworfen. Einen abgeschnittenen Kopf, dessen Mund man mit dickem schwarzem Zwirnsfaden zugenäht hatte.

Selma kam zurück.

»Wir müssen über Kühe sprechen«, sagte sie und legte, umhüllt von Grasduft, ein paar Kinderzeichnungen auf den Tisch.

»Kühe«, sagte Forsberg. »Ah.«

Das oberste Bild zeigte ein Haus, etwas Blaues mit Fischen,

eine hellgrüne Fläche, darauf braune Tiere mit vier Strichen als Beine. Kühe? Hinter dem Hellgrün sah man so etwas wie Bäume: ein brauner Stamm und oben grüne Kreise.

»Das sind Valerias Zeichnungen. Sie hingen über ihrem Bett«, erinnerte sich Forsberg an seinen ersten Besuch bei Frau Bobrow.

»Ja. Und? Erkennst du es denn nicht wieder?«, fragte Selma.

»Sollte ich?«

Sie nahm die Zigarette und inhalierte tief, während sie ihm den Tabak rüberschob. Forsberg öffnete die Packung und machte sich mit ungelenken Fingern ans Werk.

»Du warst doch erst gestern in Cederlunds Sommerhaus. Das ist das Haus, das da ist der See, hier der Wald mit den Blaubeeren …«, Selma beugte sich weit über den Tisch und deutete auf die kleinen blauen Punkte im Grün, »… und das sind Kühe. Das ist der Blick vom Sommerhaus, nur hat sie das Haus gleich noch mit draufgemalt.«

Forsberg hatte die Gelegenheit genutzt und versucht, in den Ausschnitt des Bademantels zu schielen. *Forsberg!* Aber ebenso gut hätte man versuchen können, einem Hund das Schwanzwedeln abzugewöhnen. Hatte sie nun darunter etwas an oder nicht?

»Woher weißt du das?«, fragte Forsberg.

»Es liegt doch vor dir! Wo sonst soll das Mädchen denn Kühe gesehen haben, in Biskopsgården laufen ja nicht allzu viele herum.«

»Das meine ich nicht, sondern …«

»Dass du im Sommerhaus warst?« Sie legte den Kopf nach Vogelart schief und sah ihn an. »Tja«, sagte sie.

Forsberg betrachtete skeptisch seine Selbstgedrehte, die aussah, als hätte eine Schlange ein Schwein verschluckt.

»Es war … nicht ganz in Ordnung, dorthin zu gehen. Ich meine, ohne Durchsuchungsbeschluss, und wo der Fall Cederlund ja gar nicht mein … unserer ist.«

»Denkst du etwa, ich hätte dich verraten?«, fragte Selma, ihre Augen funkelten gefährlich.

»Nein«, sagte Forsberg rasch. »Nein, niemals!«

Selma blätterte das nächste Bild auf.

»Ihre Freundin Bahar.«

Ein lachendes Mädchengesicht im Fenster eines Flugzeugs. Forsberg zündete die Zigarette an und sog den Rauch tief in seine Lungen.

»Aber Autos gibt es schon in Biskopsgården«, sagte er beim letzten Bild.

»Sie hat sich selbst gemalt, wie sie im Auto sitzt.«

Im hinteren Fenster des ziemlich eckig gemalten schwarzen Wagens war ein Kopf mit braunen Haaren zu sehen, die bis zum Kinn reichten. So lang war Valerias Haar zuletzt gewesen. Anders als das Mädchen im Flugzeug lächelte das Mädchen im Auto nicht. Die Augen waren groß und rund und der Mund ein kurzer, gerader Strich. Valeria hatte auch den Fahrer gemalt. Eine Schildkappe thronte auf seinem Kopf und es sah aus, als hätte sie ihm erst braunes Haar gemalt und dann, darüber, die blaue Kappe.

»Cederlunds Auto ist schwarz«, sagte Selma. »Allerdings kann ich mir nicht vorstellen, dass er ein Basecap trug. Und sein Haar war auch nicht braun, sondern grau. Außerdem hätte er ja wohl kaum seinen Chauffeur in so ein Hobby eingeweiht.«

»Vielleicht hatte sie kein Grau«, sagte Forsberg.

»Kleine Kinder malen gegenständlich, und Valeria war sehr genau in Details. Schau: Ihr Haar ist braun, Bahars ist schwarz. Die Blaubeeren sind blau. Das Dach des Hauses ist mit Bleistift grau ausgemalt – warum?«

Forsberg schaute sie abwartend an.

»Weil das Sommerhaus ein Schieferdach hat«, sagte Selma.

Er rauchte und studierte die Zeichnungen.

»Sie kann die Kühe natürlich auch im Fernsehen gesehen haben«, sagte er.

»Glaubst du das?«

»Nein. Aber die Bilder sind höchstens ein Indiz, kein Beweis. Den müssen die verdammten Forensiker beibringen, aber das dauert ja immer …« Er winkte ab, seufzte, dann sah er Selma an und sagte: »Sehr gute Arbeit, Selma.«

Der Vogel strahlte, und Forsberg spürte ein warmes Gefühl in sich aufwallen. Er spülte es mit einem großen Schluck Bier weg.

»Hatte Ivan Krull einen schwarzen Wagen?«, fragte Selma.

»Moment, das haben wir gleich.« Forsberg telefonierte mit der Zentrale, wartete, dann, eine Minute später, sagte er: »Alter Toyota, rot.«

»Mist.« Selma drückte ihre Zigarette aus und fragte dann: »Wie gefällt dir die Wohnung?«

»Die hier?«, fragte Forsberg irritiert.

»Ja, die hier.«

»Schön. Groß. Tolle Lage. Könnte ich mir nicht leisten.«

»Ich pokere«, sagte Selma.

»Wie?«

»Na, mit Karten. In Kneipen. Manchmal auch im Internet.«

Forsberg stellte sich den Vogel inmitten Zigarre rauchender Männer vor. Aber wahrscheinlich war das nur so ein Klischee. »Bist du … ich meine …«

»Nein, ich bin nicht spielsüchtig. Ich pokere für Geld und unterm Strich gewinne ich was dabei. Mal mehr, mal weniger.«

Forsberg fragte sich, warum ihm der Vogel das erzählte.

»Du könntest Annas Zimmer haben, bis du eine Wohnung gefunden hast.«

»Was?« Er sah sie mit aufgerissenen Augen an.

Sie griff sich in ihr feuchtes Haar.

»Du musst umziehen. Heute Morgen dachte ich, du hättest Schuppen, aber es war Gips.«

»Das … das ist nett von dir, dass du dir Sorgen machst«, stammelte er.

»Dein Haus bricht zusammen«, sagte Selma.

Forsberg drückte die halb gerauchte Zigarette aus und sandte ein verrutschtes Lächeln über den Tisch.

»Und was würde dein Freund Amundsen sagen, wenn ich hier einziehe?«

Selma lachte ihr gurrendes Vogellachen.

»Ach, das krieg ich schon geregelt. Er gehört eigentlich sowieso Anna.«

Forsberg verspürte einen übermächtigen Fluchtreflex.

»Es ist nur der Putz«, sagte er und stand auf. »Aber danke für das Angebot. Ich … geh dann mal. War ein langer Tag. Wenn du morgen freinehmen möchtest …«

»Nein«, sagte Selma. Sie zog den Gürtel des Bademantels enger und brachte ihn zur Tür. »Oder doch. Vielleicht einen halben Tag.«

»Ja, klar«, sagte er. »Gute Nacht.«

»Gute Nacht, Greger«, sagte Selma und grinste. Diabolisch, wie er fand.

»Ich glaube, ich habe ihn ganz schön erschreckt«, sagte Selma zu Sir Henry. »Aber man kann doch nicht in einem Haus wohnen, das zerbröselt wie ein alter Keks!«

Sie kuschelte sich in die Ecke des roten Sofas, öffnete das Notebook und loggte sich bei Facebook ein. Sie hatte sich vor zwei Jahren einen Account unter dem Namen Njála Kjeld zugelegt, die Sache danach aber ziemlich schleifen lassen. Das Profilfoto zeigte irgendeine unbekannte Schauspielerin, deren Bild Selma mithilfe entsprechender Tools etwas verfremdet hatte. Ganze zehn »Freunde« hatte sie bis jetzt, und von ihnen wusste nur die Hälfte, wer sich hinter Njála Kjeld verbarg. Sie benutzte den Account manchmal, um mit Anna zu chatten, die Facebook-süchtig war, aber Anna war nicht online. In Singapur war es jetzt fast drei Uhr in der Nacht.

Gestern Abend hatte Selma den Interessen von Njála Kjeld ein paar Darkwave-Bands hinzugefügt, war der Fanseite von Eyja de Lyn beigetreten und hatte eine Freundschaftsanfrage an Boris Lindström verschickt, den ehemaligen Freund von Annika Carlberg. Forsbergs Tochter hatte den Nachnamen ihrer Mutter Benedikte getragen.

Hej, willkommen im Club, hatte Boris Lindström geschrieben und ihre Freundschaftsanfrage akzeptiert. Nun konnte sie seine 245 »Freunde« sehen, es waren in der Mehrzahl Frauen, erfuhr, wo er während der letzten drei Jahre seinen Urlaub verbracht hatte – Thailand, Ägypten, Italien – und dass er immer noch auf Goth-Rock stand. Selma gab ein paar wohlwollend-nichtssagende Kommentare zu Boris' Fotos ab, auf denen Strand, Meer und besoffene Idioten zu sehen waren, und kommentierte auch ein paar von seinen älteren Postings. Nicht zu viel. Erst mal abwarten, wie sich die Sache entwickelte. Soziale Netzwerke waren schließlich da, um alte Freunde wiederzufinden. Vielleicht hatte Annika ja noch nicht alle Verbindungen gekappt.

Hinter dem Scheibenwischer des Dienstwagens klemmte ein Strafzettel.

»Saubande!« Diese Parkwächter waren wirklich eine Pest – und eine satte Einnahmequelle für die Stadt Göteborg. Forsberg stellte fest, dass es erst halb neun war, also klemmte er den Zettel wieder an die Scheibe und setzte sich in die nächste Kneipe. Es war noch nicht viel los, eine Handvoll zauseliger Gäste, die aussahen wie die Überreste der Piratenpartei. Er bestellte ein Bier und rief Eva Röögs Handynummer an.

»Ist es schon zu spät für die Ausgabe von morgen?«

»Na ja … kommt drauf an.«

Geräusche eines Fernsehers. Sie war wohl schon zu Hause. Bei ihrem Stieg. Stieg, der einen Z4 fuhr, für sie kochte und sie zum Lachen brachte.

»Warst du auf der Pressekonferenz wegen der kopflosen Leiche im Göta älv?«, fragte er.

»Nein, Fredrika war dort. Ich war heute bei Marta im Krankenhaus.«

»Ah.«

»Sie liegt immer noch im Koma.«

Forsberg nahm einen Schluck Bier.

»Weshalb rufst du an?«, fragte Eva.

»Ich wollte deine Stimme hören.«

»Sehr witzig!«

»Wir haben den Kopf zu der Leiche von heute früh gefunden. In der Küche von Valeria Bobrows Mutter. Mitten auf dem Küchentisch.«

Es war vereinbart worden, dass die Presse zunächst nichts von dem zugenähten Mund erfahren sollte, damit man die Spinner, die sich nach solchen Taten gerne zu Geständnissen veranlasst fühlten, aussortieren konnte.

»Wow«, sagte Eva. »Wie kam der dahin, per Post?«

»Nein. Jemand hat die Tür aufgebrochen und ihn auf den Küchentisch gestellt.«

»Gestellt?«

»Ja. Mit dem Hals … also, auf die Schnittfläche am Hals.«

»Großartig! Ein Foto hast du nicht zufällig?«

»Bitte?«

»Schon gut. Würden wir eh nicht bringen. Und die Frau?«

»Die hat ihre Siebensachen gepackt und ist abgehauen. Fahndung läuft.«

»Danke, Forsberg, ich schulde dir was.«

»Das finde ich auch! Ich sitze hier zufällig allein in einer Kneipe in der Linnégatan zwischen lauter ungewaschenen Nerds …« Sie lachte.

»Das klingt sehr verlockend, aber lieber ein andermal. Ich bin schon zu Hause.«

»Wie wär's mit morgen Abend?«, sagte Forsberg.

»Da bin ich bei meiner Mutter.«

»Und danach?«

»Joggen«, sagte Eva.

»Du kannst bei mir duschen«, sagte Forsberg. »Ich hab eine tolle Zitronenseife!«

»Mal sehn«, lachte sie. »Du, ich muss jetzt in die Redaktion anrufen, sonst klappt das nicht mehr. Ich danke dir!« Schon war sie weg, und Forsberg seufzte in sein Bier.

»Mama, was schreibst du da?«

Lillemor klappte den Laptop zu und wandte sich um. Das Zimmer war dunkel bis auf die Lampe, die auf dem großen Esstisch stand. Marie kam barfüßig, im Nachthemd und blinzelnd auf sie zu.

»Nur eine Geschichte«, sagte Lillemor.

»Von der Elfenprinzessin Ámunda?«

»Nein, diesmal nicht. Was ist, kannst du nicht schlafen?«

Marie schüttelte den Kopf.

»Magst du noch einen Kakao?«

»Au ja!«

Es waren keine Vorräte mehr da, nur noch ein fertiges Kakaogetränk, das eigentlich für morgen gedacht war. Lillemor schüttete es in ein Glas und erwärmte es in der Mikrowelle. Marie blätterte in den Heften, die neben dem Laptop lagen.

»Da sind ja gar keine Bilder drin.«

»Nein, keine Bilder«, sagte Lillemor. »Das hat deine Oma geschrieben. Lange bevor sie gestorben ist. Man nennt es ein Tagebuch, wenn man aufschreibt, was einem so passiert.«

»Was ist ihr denn passiert?«

»Och, vieles. Man schreibt jeden Tag oder jede Woche auf, was los war und was einen beschäftigt hat.«

»Das will ich auch«, sagte Marie.

»Wenn du erst in der Schule bist und schreiben gelernt hast, dann kannst du auch ein Tagebuch führen.« Sie stellte den Kakao vor Marie hin. »Hast du schon entschieden, welche von deinen Tieren du mitnehmen möchtest?«

Marie trank, dann schüttelte sie den Kopf.

»Alle!«

»Man darf im Flugzeug aber nicht so viel Gepäck mitnehmen. Sonst wird es zu schwer und fliegt nicht mehr.«

»Alle!«, kam es heftig, und der nackte Fuß patschte zornig auf den Boden.

»Gut. Aber dann musst du sie in deinen Rucksack packen und ihn selbst tragen.«

Marie nickte. Sie hatte ausgetrunken, und Lillemor nahm sie auf den Arm und trug sie nach nebenan, wo sie ohne Widerrede unter die Bettdecke schlüpfte.

»Und jetzt schlaf. Morgen musst du fit sein, es ist eine lange Reise.«

»Wie lange?«

»Sehr lange«, sagte Lillemor.

Sie ging zurück in die Küche und klappte den Laptop auf. Bis hierher war es nicht schwer gewesen. Zwar waren die Tagebücher ihrer Mutter recht lückenhaft, doch vieles hatte sie durch das, was Camilla ihr im Lauf der Jahre erzählt hatte, ergänzt. Aber nun, da es mehr und mehr um sie selbst ging, wurde es schwieriger. Im Gegensatz zu Camilla hatte Lillemor nie Tagebuch geführt. Sobald ihr Wortschatz groß genug gewesen war, um ihre Gedanken auszudrücken, hatte sie nur Geschichten geschrieben, die ihrer Phantasie entsprungen waren, allenfalls beeinflusst von dem, was sie zu lesen bekam. Angefangen hatte es schon in der dritten, vierten Klasse. Doch auf die Idee, ihr reales Leben aufzuschreiben, wäre sie damals nie gekommen. Was hätte es da auch zu erzählen gegeben?

Das war jetzt anders. Sie schrieb weiter.

… Lillemor war fünfzehn und in ihrem letzten Schuljahr,

als sie eines Tages nach Hause kam und Camilla vor dem Tor stand. Obwohl der Himmel wolkenverhangen war, trug sie eine große Sonnenbrille und zuerst dachte Lillemor, dass etwas Schlimmes passiert wäre, das Haus abgebrannt, jemand gestorben oder schwer krank, denn ihre Mutter hatte sie noch nie von der Schule abgeholt, nur am allerersten Tag. Sie setzte Lillemor in ein Taxi und sie fuhren zum Bahnhof, wo der Fahrer zwei große, schäbige Koffer auslud, die Lillemor noch nie zuvor gesehen hatte. Lillemor fragte nach ihrem Bruder, aber Camilla sagte, der ginge sie ab sofort nichts mehr an. Sie fuhren eine Ewigkeit mit dem Zug, aber vielleicht kam die Reise Lillemor auch nur so ewig vor, weil sie schrecklich hungrig war und Camilla nicht an Reiseproviant gedacht hatte. Aber Lillemor hatte andere Sorgen. Sie fragte sich, ob ihre Mutter auch die Hefte mit ihren Geschichten eingepackt hatte. Angeblich ja, aber bei Camilla wusste man nie.

Dann wohnten sie wieder im Haus von Lillemors Großmutter Ulrika auf Öckerö. Der Großvater, an den sich Lillemor noch gut erinnerte, war nicht mehr da. Gestorben. Nur die Bank gab es noch, und das Meer und die Steine und den Himmel.

Selma stand rauchend vor dem Valand-Club in der Vasagatan und beobachtete den Verkehr. Dies war nicht die Art Nachtklub, die sie bevorzugte, aber sie hatte auch nicht vor, dort hineinzugehen, obwohl ihr ein wenig kalt war. Um nicht zu frieren, lief sie die Straße auf und ab, bog um die Ecke, kehrte wieder um, machte dann dieselbe Runde noch einmal. Für einen gewöhnlichen Mittwochmorgen um halb vier war einiges los in der Innenstadt. Hängt vielleicht mit der Buchmesse zusammen, die morgen anfängt, überlegte Selma und musste über sich selbst den Kopf schütteln. Buchmesse. Seit wann interessierte sie das? Aber sie hörte sich ja auch neuerdings Podcasts von Literatursendungen an.

In einer Stunde, um fünf Uhr, würden die Klubs der Innenstadt schließen. Dann fuhren auch wieder die Straßenbahnen, aber jetzt war Hochbetrieb für Taxis und vor allen Dingen für die Schwarztaxis, die die Leute fast direkt vor den Klubs abgriffen. In regelmäßigen Abständen gab es Kampagnen, die die Gäste der Nachtklubs über die Gefahren der Benutzung eines Schwarztaxis aufklären und ihnen den rechten Weg zu einem der offiziellen Taxihalteplätze weisen sollten. Angestachelt von den legalen Taxiunternehmen, die sich durch die Schwarztaxis um ihr Geschäft gebracht sahen, machte auch die Polizei regelmäßig Jagd auf illegal parkende Schwarztaxis und wurde dabei unterstützt von den allseits unbeliebten Parkwächtern, die Göteborgs Falschparker auch tagsüber gnadenlos verfolgten. Aber trotz alledem verkehrten rund um den Hauptbahnhof und im Amüsierviertel zwischen Avenyn und Vasastaden noch immer eine Menge Schwarztaxis, besonders nachts. Die angetrunkenen Klubbesucher scheuten den Fußmarsch zu den offiziellen Taxiständen in Heden oder vor dem Storan. Und mit solchen Dingern an den Füßen war das auch verständlich, dachte Selma angesichts dreier schwankender und kichernder Mädchen in wurstpellenengen Minikleidchen in quietschenden Farben, die in ihren High Heels wie aufgebockt am Straßenrand standen. Nie im Leben würde Selma solche Schuhe tragen: Schuhe, in denen man nicht weglaufen konnte. Manche Frauen, dachte sie beim Anblick der Mädchen, die sich gerade in einen anhaltenden Wagen quetschten, forderten die Scheißtypen dieser Welt geradezu heraus. Als hätten sie ihr Stichwort empfangen, bogen vier Kerle um die Ecke, bei denen nicht nur der Gang und die Schultern breit waren. Selma wechselte die Straßenseite, um der geballten Testosteronladung nicht in die Quere zu kommen. Sie verschmolz mit den Schatten der Häuser. In ihrer schwarzen Lederjacke passte sie garantiert nicht ins Beuteschema der vier, möglicherweise aber in ihr Feindbild. Doch die jungen Männer amüsierten sich nur über einen der ihren, der gerade in den Rinnstein kotzte. Unter Rülpsen und Gelächter zogen sie weiter, und Selma konzentrierte sich wieder auf das Verkehrsgeschehen.

Ein Indiz, kein Beweis. Forsberg hatte natürlich recht, was Valerias Zeichnungen betraf. Aber Indizien waren manchmal die Vorstufe zum gerichtsfesten Beweis, und je mehr man davon hatte, desto besser.

Eine Dreiviertelstunde und vier Selbstgedrehte später hielt ein dunkler Mercedes nur wenige Meter von ihr entfernt auf der gegenüberliegenden Straßenseite. Selma schlenderte über die Fahrbahn und ballte freudig die Faust. Treffer. Die Autonummer stimmte, sie hatte sie schon beim Fahrzeugregister abgefragt und in ihrem Gedächtnis gespeichert. Sie wusste auch, dass der Mercedes im Jahr 1998 erstmals zugelassen worden war und drei Vorbesitzer hatte. Und obendrein trug der Fahrer des alten Vehikels eine Schildkappe. Die Farbe konnte man in der Dunkelheit zwar nicht erkennen, aber Selma hätte geschworen, dass sie bei Tageslicht besehen dunkelblau war.

Obwohl Selma den halben Tag freibekommen hatte, war sie gleich am nächsten Morgen wieder im Präsidium. Forsberg war nicht da, so konnte sie ihm nicht von ihrem nächtlichen Ausflug berichten. Also ging Selma nach nebenan, zu den Kollegen von der Fahndung. Malin war allein und ihr Schreibtisch bedeckt von Fotos in Schwarz-Weiß. Deutlich stachen die groben Stiche des schwarzen Zwirnfadens hervor, mit dem man Krulls Mund zugenäht hatte, und auf einer anderen Aufnahme konnte man die Schnittfläche des Halses bis ins letzte anatomische Detail studieren. Malin schob die Bilder rasch zusammen.

»Hast du den Schrecken von gestern schon verdaut?«, fragte sie und schaute Selma dabei mütterlich-besorgt an.

»Ja«, sagte Selma. Sie hatte sich noch für ein paar Stunden hingelegt und geträumt, Forsberg und sie stünden in einer Autowaschanlage vor einem schwarzen Mercedes und Forsberg wolle ihr den Mund mit einem Tacker zuklammern.

»Ich noch nicht«, gestand Malin schaudernd. »Das ist das Ekligste, was ich je gesehen habe, abgesehen von … na ja, lassen wir das. So was kommt jedenfalls nicht alle Tage vor.«

»Hoffentlich«, sagte Selma. »Ich würde gerne mal jemanden lebendig finden.«

»Das ist wieder einer dieser Fälle«, seufzte Malin. »Er hatte kein Festnetztelefon, und sein Handy liegt wahrscheinlich im Göta älv. In der Wohnung waren Pillen, Wodka und Kaviar. Alles Fakes. Und das mit der Zuhälterei könnte stimmen. Da war so ein Heft …« Sie zog ein Schulheft aus einem Stapel Akten und schlug es auf. Die Namen von drei Frauen: Olga, Oxana, Ludmilla. Daten und Beträge zwischen zwei- und dreitausend Kronen. »Eine geradezu rührende Buchführung«, meinte Malin. »Aber wegen so was schneidet man doch keinem den Kopf ab.«

»Er wurde erstochen«, erinnerte Selma. »Der Kopf war nur eine Botschaft für Oxana Bobrow.«

»Ja«, sagte Malin. »Und sie ist bestimmt längst wieder in Russland, die finden wir nie mehr. Ich frage mich, ob diese Sache etwas mit dem Verschwinden ihrer Tochter zu tun hat oder ob es um etwas anderes geht.«

»Und die anderen zwei Frauen? Die aus dem Heft?«, fragte Selma.

»Bergeröd hört sich gerade bei den Kollegen vom Milieu um.«

»Bergeröd.«

»Wenn man ihn besser kennt, ist er gar nicht so übel«, sagte Malin.

Selma hatte seine flapsig-dummen Sprüche beim Anblick des Kopfes noch gut im Ohr. Sie stand da und studierte die Landkarte von Västra Götaland.

»Ist noch was?«, fragte Malin.

»Pernilla Nordin«, sagte Selma.

»Was?«

»Exfrau von Holger Nordin, dem Großvater von Lucie Hansson …«

»Ich erinnere mich. Ein grässlicher alter Besen. Was ist mit ihr?«

»Sie erwähnte eine Frau namens Camilla, die aus Öckerö stammt und angeblich ein uneheliches Kind von Nordin haben soll. Sie hat bei ihm im Büro gearbeitet, das muss vor seiner zweiten Ehe gewesen sein. So um das Jahr 74 herum.«

74. Eine rote Sieben und eine gelbe Vier. Nicht nur Töne hatten Farben, auch Ziffern.

»Wann hat sie das erwähnt?«

»Gestern.«

Malin begnügte sich mit einem fragenden Blick.

»Ich finde nichts in den Akten«, sagte Selma. »Der alte Nordin hat wohl nichts über diese Sache gesagt?«

»Kann ich mir denken«, schnaubte Malin. »Ich höre das auch zum ersten Mal. Aber es muss ja Unterlagen geben über die Angestellten der Firma in den Siebzigern. Oder du fragst mal bei der Sozialversicherung …«

»Den Nachnamen krieg ich schon raus«, unterbrach Selma. »So viele Camillas wurden in den Fünfzigern in Öckerö sicherlich nicht geboren. Meinst du, dass man sich diese Frau und ihr Kind mal ansehen sollte?«

»Auf jeden Fall«, sagte Malin. »Warum fragst du? Sagt Greger was anderes?«

»Nein«, sagte Selma und ging zur Tür. »Danke.«

»Selma?«

»Was ist?«

»Kommst du mit ihm klar?«

»Ja«, sagte sie. »Er ist doch ganz knuffig.«

Die Tür fiel zu, Malin musste lachen. In diesem Präsidium war ja schon manches über Kommissar Greger Forsberg gesagt worden, aber knuffig hatte ihn noch niemand genannt.

»Was gibt es Neues im Fall Valeria Bobrow?«

»Wir stehen kurz vor einem Durchbruch.« Forsberg saß vor Anders Gulldéns Schreibtisch und betrachtete die Schale mit Lakritz, die auf einem Stapel Akten stand. Gulldén runzelte die Stirn und knurrte: »Das wird auch langsam Zeit.« Dann glätteten sich seine Züge wieder. »Und wie läuft es mit deiner neuen Inspektorin?«

»Bestens«, sagte Forsberg.

Sein Chef blickte ihn an, als warte er auf eine Ausschmückung dieser Erklärung. Forsberg tat ihm den Gefallen.

»Sie macht sich.«

»Macht sich?«, wiederholte Gulldén.

»Ja«, sagte Forsberg. »Sie muss natürlich noch viel lernen, es mangelt ihr noch an Erfahrung, aber ja, doch, sie stellt sich ganz ordentlich an.«

»Und wie ist das Klima zwischen euch?«, Gulldén schien an diesem Morgen wohl tatsächlich nichts Besseres zu tun zu haben, als ihn mit dämlichen Fragen zu löchern.

»Das Klima?«, sagte Forsberg. »Gut.«

Forsberg kam sich vor wie in einem Verhör. Was hatte das zu bedeuten? Hatte sich der Vogel über ihn beschwert? Er schwieg und wartete ab.

»Ja, wirklich? Gut?«, hakte Gulldén nach.

»Ja. Was willst du denn hören? Es läuft gut! Sie ist klug und lernt schnell. Oder behauptet irgendwer was anderes?«

»Nein, nein«, beschwichtigte ihn sein Chef. »Ich frage ja nur … ich hatte nämlich den Eindruck, dass du nicht besonders erbaut darüber warst, als ich sie dir als Verstärkung zugeteilt habe.«

Erbaut.

»Unsinn«, sagte Forsberg.

Gulldéns Augenbrauen schnellten in die Höhe.

»Das täuscht«, sagte Forsberg.

»Es gibt jetzt nämlich doch noch eine Inspektorenstelle beim Organisierten Verbrechen, und ich dachte, ich frage dich lieber mal, ehe ich die Stelle ausschreiben lasse.«

Wieder das Büro für sich allein haben. Die Füße auf den Schreibtisch legen …

»Du solltest sie selbst fragen«, sagte Forsberg. »Ich will ihrer Karriere auf keinen Fall im Weg stehen.«

Nils war ein gewissenhafter Schüler und in fast allen Fächern gut, aber sein Lieblingsfach war Biologie. Er hatte sich für ein Referat das Thema Flechten und Moose gewählt. Der Formenreichtum ihrer Blätter war geradezu unendlich, ähnlich wie bei Schneekristallen, es gab gezackte und röhrenartige, es gab Sorten, die aussahen wie wuchernde Geweihe, andere erinnerten an verrückt gewordene Salatköpfe oder warzenübersäte Kröten, und auch ihre Farben variierten in vielfältigen, gedämpften Nuancen; es gab sie in sämtlichen Grüntönen, einige waren gelb- oder braunstichig, andere tendierten ins Violette oder zeigten alle Abstufungen von Grau bis hin zu Weiß.

Nun musste Anschauungsmaterial gesammelt werden. Nils' Mutter hatte ihm streng verboten, alleine in den Wald zu gehen, hatte aber seinen Onkel bekniet, ihren Sohn dorthin zu begleiten, wo es die schönsten Flechten gab, denn Erik Ryman war Jäger und musste sich folglich in der Natur auskennen. Zumindest in seinem Revier. Wie immer hatte er seine Flinte und den Hund dabei, aber er sah ein, dass er die Waffe umsonst mitschleppte, denn der Junge plapperte in einer Tour, keine Chance, etwas vor die Flinte zu kriegen.

»Onkel Erik, hast du gewusst, dass manche Flechten Jahre brauchen, um nur einen einzigen Zentimeter zu wachsen?«

»Nein. Tatsächlich?«

»Und manche von ihnen werden tausend Jahre alt. Es gibt 25 000 Arten von ihnen, und eigentlich sind es gar keine richtigen Pflanzen, sondern so ein Mittelding, irgendwas zwischen Alge und Pilz.«

»Interessant.«

Bisweilen bückte sich sein Neffe, zog eine Lupe aus der Tasche und fixierte irgendeine Pflanze, die sein Onkel vorher noch nie beachtet hatte, und murmelte seltsame Namen wie »Lungenmoos« oder »Blutaugenflechte«. Aus dem wird sicher mal ein Forscher, dachte Ryman, wusste allerdings nicht, was er davon halten sollte.

»Wo ist denn jetzt der Baum, von dem ganz viele Flechten runterhängen, Onkel Erik?«

Ja, wo nur? »Ich weiß es nicht mehr … aber schau doch mal, die Steine da zwischen den Bäumen, die sind doch voll mit so Zeugs.«

»Ach das! Das ist nur eine Gelbflechte, davon hab ich schon jede Menge.«

»Tja, ich weiß auch nicht …« Erik Ryman fühlte sich mit

der Aufgabe überfordert, schließlich war er Jäger und keine Kräuterhexe. »Lass es uns mal da drüben versuchen.«

Er pfiff den Hund heran, und sie verließen den Weg und schlugen sich durch mageres Gestrüpp. Ryman machte den Jungen auf die Losung eines Fuchses aufmerksam und der sammelte die Hinterlassenschaft prompt auf und gab sie in eine Tüte. Vielleicht hält er sein übernächstes Referat über Scheißhaufen, dachte Ryman. Er hielt auf eine Schonung zu, die hinter einer Gruppe hoher Buchen lag, und hoffte, dass der Junge auf den Baumstümpfen ein bisschen Moos finden würde. Die Flechten, die er suchte, gab es wahrscheinlich nur in Island oder Lappland. Da blieb der Hund stehen, witterte mit hoher Nase und brach durch das Dickicht. Sein Herr pfiff nach ihm. Aber der Hund kam nicht zurück, stattdessen ließ er aufgeregtes Gebell hören.

»Verdammte Töle«, murmelte Ryman, und jetzt war auch noch der Junge hinterhergesprintet.

»Onkel Erik, schau mal, hier haben Wildschweine gebuddelt.«

Tatsächlich war zwischen den Buchen die Erde umgewühlt. Aber Wildschweine? Die hatte er in diesem Teil des Reviers noch nie gehabt. Der Hund begann zu scharren. Ein Stück graue Plastikfolie kam zum Vorschein. Ryman herrschte das Tier an, aufzuhören, band ihm die Leine um, zog es weg und drückte seinem Neffen die Leine in die Hand.

»Ihr wartet hier!«

Er trat näher heran. In der feuchten Erde bemerkte er Abdrücke von Pfoten. Sie stammten nicht von seinem Hund. Füchse hatten hier gegraben. Er schob Laub und Erde mit dem Schuh beiseite. Die Plastikfolie war an einem Ende ausgefranst, die Füchse hatten sich also schon daran versucht.

Es stank nach Verwesung. Hatte hier jemand sein Haustier vergraben? Voll böser Vorahnungen zückte er sein Jagdmesser, ging in die Knie und schlitzte kurzerhand die Folie auf. Nein, das war kein Haustier. Aufgedunsene Haut mit schwarzen und bläulichen Flecken. Maden. Käfer. Aber definitiv menschliche Haut. Er erkannte einen Kopf und braunes Haar. Der Schreck fuhr ihm in die Glieder. Mit einem keuchenden Laut richtete er sich auf, stolperte rückwärts, besann sich und wandte sich um. Der Junge! Aber es war schon zu spät. Nils stand einen Meter hinter ihm, den Mund aufgerissen wie zu einem stummen Schrei.

Der Granitstein glänzte wie mit Lack übergossen und die goldene Inschrift verschwieg mehr, als sie erzählte.

Camilla Ahlborg
18. 8. 1952–12. 7. 2011

Das zentrale Personenregister hatte Selma nicht nur verraten, dass Camilla Ahlborg vor kurzem verstorben war, sondern auch, dass sie am 2. November 1974 in Göteborg ein Mädchen namens Lillemor Ahlborg zur Welt gebracht hatte.

Camilla Ahlborgs Adresse, unter der sie während der letzten zwölf Jahre ihres Lebens gemeldet gewesen war, lag ganz in der Nähe des Västra Kyrkogården, und da ihre Tochter Lillemor Ahlborg ebenfalls unter dieser Adresse aufgeführt war, hatte Selma beschlossen, als Nächstes dort vorbeizuschauen.

Es gibt schlechtere Wohngegenden, fand Selma, als sie

schließlich vor dem prächtigen Altbau in der Slottskogs-
gatan stand, der direkt an den Schlosswald grenzte, den Central Park von Göteborg. Sie las die Namensschilder an der
Haustür. Niemand hieß Ahlborg. Eine dünne ältere Dame
mit Windhundgesicht näherte sich und sah Selma kritisch
an. Sie beeilte sich, ihren Dienstausweis zu zücken und ihn
der Dame zu zeigen. Die Frau stellte ihren Einkaufskorb ab,
setzte sich ihre Lesebrille, die an einer goldenen Kette um
ihren Hals hing, auf und studierte den Ausweis gründlich.
»Valkonen. Sie stammen aus Finnland?«

»Mein Vater.«

Sie hieß Åsa Svensson, kam ursprünglich aus Uddevalla
und war eine pensionierte Lehrerin, wie sie Selma ohne aus
der Puste zu kommen erzählte, als beide die Treppe hinauf-
gingen bis in den vierten Stock. Selma hatte sich erboten,
den Einkaufskorb hinaufzutragen, was Frau Svensson gerne
akzeptiert hatte. »Es wird nicht leichter, wenn man mal auf
die siebzig zugeht.«

Sie wohnte unterm Dach in einer Dreizimmerwohnung,
deren Gauben auf einen gepflegten Hinterhof hinausgingen.
Åsa Svensson lebte allein mit einem rot getigerten Kater,
und wenn sie einmal jemanden zum Reden gefunden hatte,
dann nutzte sie diese Gelegenheit auch weidlich aus. Selma
seufzte leise. Das würde dauern. Immerhin gab es nun erst
einmal einen guten Kaffee und Muffins. Nachdem sie sich
Frau Svenssons Lebensgeschichte angehört hatte, versuchte
Selma, das Gespräch auf Camilla Ahlborg zu lenken, die, das
hatte sie zumindest schon herausgefiltert, eine Wohnung im
ersten Stock nach vorne raus, zum Park, bewohnt hatte. Jetzt
lebte dort eine junge Familie.

»Sie ist im Juli gestorben. Irgendwas mit dem Herzen.

Nicht mal neunundfünfzig ist sie geworden. Das ist doch kein Alter zum Sterben, nicht wahr?«

Selma nickte und dachte darüber nach, welches Alter wohl ideal zum Sterben wäre. Sechsundvierzig, wie ihr Vater? So alt war Forsberg jetzt. Forsberg mit seinen melancholischen Cordhosen. Forsberg, der in einem Haus wohnt, das zusammenfällt, und auf eine Tochter wartet, die ihm leere Postkarten schreibt. Selma konzentrierte sich wieder auf Frau Svensson, die jetzt wissen wollte, warum sich denn die Polizei für Camilla Ahlborg interessiere. Selma antwortete, dass es eigentlich um Camillas Tochter Lillemor ginge. Steuerhinterziehung. Sie dürfe keine näheren Auskünfte geben.

Das sah Frau Svensson ein und erzählte weiter.

»Nach Camillas Tod ist die Wohnung dann ganz schnell leer geräumt und verkauft worden, innerhalb weniger Wochen, ich habe den Makler nur ein, zwei Mal gesehen. Andererseits – die Lage ist gut, die Beletage mit Blick auf den Park ist gefragt und die vorderen Wohnungen sind fast doppelt so groß wie meine. Aber sie hat bestimmt Einbußen beim Preis hinnehmen müssen …«

Den Exkurs über die Entwicklung der Immobilienpreise in Göteborg in den vergangenen dreißig Jahren ließ Selma an sich vorüberziehen, während sie einen Heidelbeermuffin verschlang. Sie nickte nur mit vollem Mund.

»Wovon hat Camilla denn gelebt?«, brachte sie die Unterhaltung wieder auf Kurs, als das Gebäck verspeist war.

»Zuletzt hatte sie einen Laden in Haga. Verkaufte Norwegerpullover und so Touristenkram. Aber dann ist sie krank geworden, hat den Laden aufgegeben und war fast nur noch zu Hause. Sie muss wohl eine kleine Rente bekommen haben, war ja auch mal verheiratet, mit einem Pfarrer.« Frau

Svensson zupfte mit nachdenklicher Miene an den Fransen des Tischtuchs. »Das habe ich mir bei Camilla nie so recht vorstellen können, mit einem Pfarrer. Das passte doch gar nicht zu ihr! Sie wirkte jedenfalls nicht sehr fromm und sie hatte wirklich nichts Gütiges an sich. Das muss man doch haben, als Frau eines Pfarrers, oder?«

»Ja«, sagte Selma. »Wie hieß denn dieser Pfarrer?«

»Liebes Kind, das weiß ich nicht. Ich glaube, sie hat den Namen nie erwähnt, und selbst wenn – mein Gedächtnis ist in letzter Zeit auch nicht mehr das Beste. Nur, dass sie einige Jahre mit ihm in Lappland gewohnt hat, nah an der finnischen Grenze, das hat sie mir mal erzählt. Das muss für sie fürchterlich gewesen sein, zumindest hat sie es so geschildert. Na, es ist ja dann auch schiefgegangen. Angeblich hat der gesoffen und ist kurz nach der Scheidung gestorben. Was will man da oben auch sonst machen, wo es im Winter stockdunkel ist bis auf ein paar Nordlichter?«

Saufen und sterben. Suizid durch Kopfschuss mit einer Schrotflinte.

»Noch einen Kaffee?« Sie hob einladend die Kanne in die Höhe.

»Ja, danke.«

»Sie müssen noch einen Muffin essen, Sie sind ja dünn wie ein Vogel.«

Selma atmete tief durch.

»Die Tochter, Lillemor, hat die auch hier gewohnt?«

»Nein. Die kam nur manchmal zu Besuch.«

»Und wo wohnt sie dann?«

»In Stockholm, glaube ich. Oder war es Kopenhagen?« Frau Svensson blinzelte und rührte heftig in ihrem Kaffee. »Wenn ich's mir so recht überlege … Die letzten Jahre war sie immer seltener da. Obwohl die Mutter da schon krank war. Da hätte sie doch eher öfter kommen können, möchte man meinen. Aber ich hatte den Eindruck, dass sich die beiden nicht besonders gut verstanden.«

»Was macht die Tochter denn beruflich?«

»Das weiß ich nicht. Kann sein, dass Camilla es mal erwähnt hat, ich erinnere mich nicht. Aber sie muss Geld haben, die Wohnung hat ja ihr gehört. Wer weiß, vielleicht ist es was Unanständiges. Obwohl … nein, so ein Typ ist sie nicht.«

»Was ist sie denn für ein Typ?«

»Ruhig, ein bisschen scheu. Ich denke, es fällt ihr schwer, auf fremde Menschen zuzugehen. Ähnlich wie ihre Mutter, nur netter. Sie hat ein Kind, ein Mädchen. Verheiratet ist sie aber nicht.«

Ruhig und scheu.

»Wie alt ist das Kind von Lillemor?«

»Die müsste jetzt wohl bald in die Schule kommen. Ein hübsches Mädchen. Der Mutter wie aus dem Gesicht geschnitten.«

»Wann haben Sie das Kind denn zuletzt gesehen?«

Zwei steile Falten erschienen auf ihrer Nasenwurzel. »Ich weiß nicht genau. Etwa ein halbes Jahr bevor Camilla starb, im Winter, da war sie mal mit der Kleinen hier. Bei der Beerdigung hatte sie sie nicht dabei, darüber habe ich mich noch gewundert. Aber ich habe sie natürlich nicht fragen wollen. Manche Mütter möchten ja alles Traurige von ihren Kindern fernhalten.«

»Und davor sind Sie dem Kind auch schon begegnet?«, fragte Selma.

»Ja, sicher«, sagte Frau Svensson. »Schon als kleines Würmchen, in der Tragetasche. Früher kam Lillemor meistens zu Camillas Geburtstag im August, da habe ich die Kleine ab und zu gesehen, aber nur immer im Vorbeigehen. Camilla und ich waren nicht so vertraut.«

»Gibt es jemanden im Haus, der Camilla besser kannte?«

»Das kann ich mir nicht vorstellen. Sie war nicht besonders umgänglich, man ging ihr eher aus dem Weg.«

Selma stand auf, bedankte sich und legte ihre Visitenkarte auf den Tisch.

»Wenn Ihnen noch etwas zu Lillemor Ahlborg einfällt, rufen Sie mich bitte an.«

»Es geht gar nicht um Steuern, nicht wahr?«

Selma zuckte mit den Schultern.

Frau Svensson lächelte wissend.

»Dachte ich mir doch. Ich war fast vierzig Jahre Lehrerin, mich schwindelt man nicht so leicht an.«

»Kann es sein, dass uns da im Fall Lucie Hansson etwas durch die Lappen gegangen ist?« Malin saß mit halbem Hintern auf Forsbergs Schreibtisch, während sein Blick auf ihrem wohlgeformten Schenkel ruhte.

»Was meinst du?«

»Die Sache mit dem unehelichen Kind vom alten Nordin, die Selma da ausgegraben hat.« Forsbergs Versuch, seine Verwirrung zu verbergen, misslang.

»Sag mal, redet ihr nicht miteinander?«, fragte Malin.

»Doch, doch«, sagte er. »Weißt du, ich habe ihr in dieser Sache freie Hand gelassen. Etwas mehr Eigenverantwortung, das motiviert die Mitarbeiter.«

»Red keinen Stuss!« Malin kannte Forsberg zu gut, als dass er ihr etwas hätte vormachen können.

An Forsbergs Schläfe schwoll eine Ader an. Verdammt, was fiel dem Vogel ein, ihn so dumm dastehen zu lassen? War das die Retourkutsche für seine Verschwiegenheit in Sachen Cederlund? Aber das konnte ja wohl nicht angehen! Zähneknirschend musste Forsberg nun Malin bitten, ihn auf den neuesten Stand zu bringen, was seine Kollegin und ehemalige Geliebte auch sichtlich genoss. »… und jetzt ist sie losgesaust, um diese Camilla und ihre Tochter zu finden, die inzwischen fast siebenunddreißig Jahre alt sein müsste«, schloss sie ihre Erklärung und grinste ihn über die ganze Breite ihrer nordisch geformten Wangen an.

»Schön, dass ihr euch so gut versteht«, knurrte Forsberg. »Noch ein paar Tage, und ihr werdet anfangen, euch gegenseitig die Haare zu flechten.«

Es klopfte.

»Herein!«, rief Forsberg, dem die Unterbrechung nicht ganz ungelegen kam.

Es war Laura Engelbrektsson, die hübschere der beiden Sekretärinnen der Fahndungsabteilung.

»Eben kam ein Anruf rein: In einem Waldstück bei Jonköping wurde eine Leiche gefunden.«

Als Selma wieder an ihren Arbeitsplatz zurückkehrte, fand sie das Büro noch immer verwaist vor. Ob Forsberg wieder auf Extratour mit dieser Journalistin war? Auch Malin war nicht da, nur Pontus Bergeröd, der dieses Mal ohne Mätzchen Auskunft gab.

»Leichenfund bei Jonköping, möglicherweise das kleine Russenmädchen.«

Selma schloss für einen Moment die Augen. Irgendwie hatte sie es ja geahnt, aber die Gewissheit war dennoch niederschmetternd.

»Gibt es sonst was Neues?«, fragte Selma.

Ihre Frage schien ihn zu überraschen.

»Was meinst du?«

»Die zwei russischen Damen, die in Krulls Buchführung auftauchen …?«

»Ach, das. Die sind seit gestern unauffindbar. Haben wohl den Arbeitsplatz gewechselt. Ist ja nicht unüblich in der Branche, Freier lieben nun mal die Abwechslung.« Bergeröd grinste.

»Du musst es ja wissen«, sagte Selma und machte sich aus dem Staub.

»Hej!«, kläffte er ihr nach.

Selma blieb in der Tür stehen.

»Was ist?«

»Hast du ein Problem mit mir?« Bergeröd verschränkte die Arme vor der überbreiten Brust.

Selma sah ihn an, ihre Blicke bohrten sich ineinander.

»Ich weiß es nicht«, sagte Selma schließlich. »Hab ich eins?«

»Hör zu: Malin hat mich gebeten, nett zu dir zu sein, aber du machst es einem nicht gerade einfach.«

»Ja«, sagte Selma. »Kann sein.«

Sie schloss die Tür hinter sich und holte sich einen Kaffee. Wieder an ihrem Schreibtisch, dachte sie über das erhöhte Leichenaufkommen nach, das sich abzeichnete, seit sie hier ihren Dienst angetreten hatte. Sie wäre gerne zur Fundstelle mitgekommen, schon um nichts zu verpassen, andererseits reichte es ihr noch von gestern. Der Anblick dieses Kopfes mit dem zugenähten Mund hatte sich ihr für alle Zeiten ins Hirn geätzt. Wenigstens hatte sie dieses Mal nicht gekotzt.

Ihre Gedanken wanderten erneut zu Lillemor Ahlborg und deren Tochter. Camillas Geburtstag war am 18. August, schwarze Eins, blaue Acht. Der Besuch ihrer Tochter Lillemor passte zu Lucie Hanssons Verschwinden am 17. Aber die Windhundfrau hatte Lillemors Kind auch schon als Baby gesehen. Also konnte es nicht Lucie sein.

Kaugummi kauend schaute Selma aus dem Fenster und beobachtete die Wolkenfetzen, die über den Himmel jagten. Warum war Lillemor Ahlborg in einer Wohnung gemeldet, in der sie nie gelebt hatte? Gut, viele Menschen versäumten es, sich umzumelden, aus den unterschiedlichsten Gründen, und die meisten davon waren harmlos. Vielleicht wollte sie einfach vermeiden, mit Werbung bombardiert zu werden, wie es nach Umzügen üblich war – ein Nachteil des Öffentlichkeitsprinzips, und in Selmas Augen nicht der einzige.

Die Sache ließ ihr trotzdem keine Ruhe, sie fühlte sich herausgefordert.

Lillemor Ahlborg war in keinem Telefonbuch zu finden und auch eine Google-Suche ergab keinen Treffer. Das zentrale Personenregister verriet, dass Lillemor Ahlborg eine Tochter namens Marie geboren hatte, und zwar am 10. Mai 2005 in Kopenhagen. Marie war also sieben Monate älter als Lucie Hansson, und sie war offenbar noch am Leben, denn es war kein Todesfall vermerkt. Aber wo lebten die beiden? Eine telefonische Anfrage beim Finanzamt führte ins Nichts. Entweder Frau Ahlborg zahlte keine Steuern, was unwahrscheinlich war, denn immerhin hatte sie genug Geld für die teure Wohnung am Schlosswald gehabt, oder sie versteuerte ihr Geld woanders. Es schien, als hätte diese Frau sich bemüht, ihre Spuren zu verwischen, was nicht leicht war in einem Land, das praktisch keine Informationsgeheimnisse kannte, das ein Albtraum war für Datenschützer und ein Paradies für Stalker. Warum? Was hatte sie zu verbergen? Wovor hatte sie Angst?

Oder bildete sich Selma nur etwas ein, verrannte sie sich in eine fixe Idee?

Vielleicht war es ganz simpel: Lillemor Ahlborg lebte im Ausland und hatte es versäumt, sich in Schweden abzumelden. Dennoch wurmte es Selma, dass diese Frau nicht greifbar war. Sie wollte wissen, was mit ihr los war, wo sie lebte und wovon. Das musste sie als Polizistin doch hinbekommen, verdammt noch mal! Darüber hinaus fand sie es unmöglich von Holger Nordin, die Existenz seiner unehelichen Tochter einfach zu verschweigen, nachdem seine Enkelin entführt worden war. Die halbe Stadt hatte die Sonderkommission »Lucie« seinerzeit befragt und überprüft: Arbeitskollegen beider Eltern, Freunde, Nachbarn, Mütter, die mit Tinka Hansson im selben Kurs beim Babyschwimmen gewesen waren, Frauen, die zum Zeitpunkt von Tinkas Entbindung auf derselben Station gewesen waren … Und Tinka Hanssons Vater hatte es nicht für notwendig gehalten, die Existenz einer Halbschwester seiner Tochter zu erwähnen! Die vermutlich nichts von deren Existenz wusste, denn Tinka Hansson hätte das der Polizei sicherlich nicht verschwiegen.

Hier herumzusitzen und nichts tun zu können machte Selma ganz kribbelig. Wäre es nicht sinnvoller, überlegte sie, sich in die Höhle des Löwen zu begeben und dem alten Herrn mal auf den Zahn zu fühlen?

Malin saß am Steuer, und Forsberg schaute abwechselnd auf die graue Straße und in den grauen Himmel und dachte darüber nach, ob er vielleicht nur mitfuhr, um sich zu vergewissern, dass es nicht Annika war. Immer wieder dasselbe, sobald irgendwo eine unbekannte Leiche gefunden wurde: der Schrecken, das Warten und schließlich die Gewissheit, dass er doch weiter in Ungewissheit leben würde. Manchmal versuchte er, sich auszumalen, wie es wäre, wenn es eines Tages Annika sein sollte. Würde er dann ihr Zimmer ausräumen? Umziehen?

Der Fundort der Leiche lag in einem Waldstück nordöstlich von Huskvarna, in der Nähe eines Sees mit dem Namen Pukasjön. Forsberg war noch nie dort gewesen. Kurz nachdem sie die Ortschaft Kaxholmen am Landsjön-See passiert hatten, schien die Welt nur noch aus Wald zu bestehen. Aber die wenigen Straßen, die es gab, reichten, um sich zu verfahren, und schließlich musste er mit dem Kollegen Abrahamsson, der bereits am Fundort eingetroffen war, telefonieren und Malin hielt an und gab die Koordinaten in das Navigationssystem des Dienstwagens ein, weil Forsberg es nicht hinbekam. Normalerweise hätte sie in einer solchen Situation mit Spott nicht gespart, aber sie verzichtete darauf. Das, was sie an ihrem Ziel erwartete, warf seinen Schatten voraus.

Dann waren sie wieder unterwegs und Malin schaute kurz zu Forsberg herüber.

»Irgendwie mag ich Selma. Obwohl sie manchmal schon unmöglich ist. Ich meine, ihr Umgangston und so. Als ob es ihr scheißegal wäre, was andere von ihr denken.«

»*You can't be everybody's darling*«, sagte Forsberg.

Malin lachte. »Weißt du, dass ihr euch verdammt ähnlich seid?«

»Blödsinn! Ich und der Vogel …«

»Nenn sie nicht immer Vogel!«

Forsberg dachte über Vögel nach. Emsige Tiere, aber dem Menschen immer ein wenig fremd. Eine andere Spezies. Keine Kuscheltiere. Ja, Vogel passte schon ganz gut zum Vogel.

Das Navigationssystem schickte sie auf einen Feldweg mit waschbeckengroßen Schlaglöchern.

»Hat sie dir mal was Privates erzählt?«, fragte Forsberg.

»Was meinst du?«

»Was sich Frauen eben so erzählen.«

»Du willst wissen, ob sie eine Lesbe ist«, sagte Malin.

»Ja«, sagte Forsberg.

»Warum?«

Er hob stumm die Schultern. Pontus Bergeröd hatte kürzlich bemerkt, er erkenne eine Lesbe, wenn er eine vor sich hätte, und Selma wäre hundertprozentig eine. Woraufhin Forsberg geantwortet hatte, und er erkenne ein Arschloch, wenn er eines vor sich hätte. Wahrscheinlich behauptete Bergeröd das von jeder Frau, die nichts von ihm wissen wollte.

»Sie hat mir nichts erzählt«, sagte Malin.

»Und was denkst du?«

»Dass uns das nichts angeht.«

»Mir gegenüber hat sie mal einen Amundsen erwähnt. Aber in ihrer Wohnung ist keine Spur von ihm zu sehen, und es gibt auch keinen Kater, der so heißt.«

»Du warst in ihrer Wohnung?«

»Ja, gestern«, sagte Forsberg. »Schau gefälligst auf die Straße!«

»Und du?«, fragte Malin.

»Ich bin keine Lesbe«, sagte Forsberg.

»Hast du eine neue Freundin?«

»Wie kommst du denn darauf?«

»Neue Frisur, neue Klamotten …«

»Klamotten waren mal wieder nötig, und den Friseur werde ich verklagen.«

»Komm schon, mir kannst du es doch erzählen!«

»Da gibt's nichts zu erzählen.«

Also schwiegen sie beide.

Mitten im Wald stand eine Armada von Fahrzeugen. Malin parkte am Ende der Schlange, und ein untersetzter rothaariger Mann kam auf sie zu.

»Erik Abrahamsson«, nuschelte er unter einem rötlichen Schnauzbart.

Forsberg wedelte ein paar Mücken weg und stellte Malin Birgersson vor.

»Wie sieht es aus?«

»Die gottverdammten Füchse … am besten, ihr redet mit dem Rechtsmediziner.«

Ein junger Mann in Schutzkleidung machte sich an dem zu schaffen, was einmal ein kleiner Mensch gewesen war. Forsberg und Malin bekamen ebenfalls weiße Overalls gereicht, was Forsberg ausnahmsweise recht war, denn seit er ausgestiegen war, kam es ihm vor, als hätten die Mücken dieses Landstrichs einzig auf ihn gewartet, die Delikatesse aus der Stadt. Forsberg hatte schon öfter Leichen gesehen, die mehrere Wochen im Waldboden vergraben gewesen waren, er wusste, was ihn erwartete. Dennoch erschütterte ihn der Anblick. Vielleicht, weil es ein Kind war. Denn das sah man noch, auch wenn die Verwesung und die Füchse dem Leichnam arg zugesetzt hatten. Der Körper war in graue Müllsäcke eingewickelt gewesen, die jetzt zerrissen waren, und dazwischen sah man ein rosafarbenes Stück Stoff.

Der Mediziner richtete sich auf und wandte sich um. Er war fast einen Kopf kleiner als Forsberg und seine Gesichtszüge ließen auf asiatische Herkunft schließen.

»Cedric Tong«, stellte er sich vor und erklärte: »Die Plastiksäcke haben die Verwesung verzögert, weshalb ich nicht genau sagen kann, wie lange der Leichnam schon dort liegt. Die Fäulnis setzte erst richtig ein, nachdem er ausgebuddelt wurde, ich nehme an, das waren Füchse. Das Gesicht und die Weichteile weisen starke Spuren von Tierfraß auf.«

Vom Gesicht war so gut wie nichts mehr übrig.

Tong fuhr fort: »Es handelt sich um ein Kind weiblichen Geschlechts, Körpergröße eins zwanzig bis eins fünfundzwanzig, braunes Haar. Über die Todesursache kann ich noch nichts sagen.«

»Wir haben die DNA eines vermissten Mädchens asserviert, es sollte ein Abgleich gemacht werden«, sagte Malin.

Der Arzt nickte, dann rief er Abrahamsson zu, dass die Leiche seinetwegen weggebracht werden könne. Abrahamsson gab den zwei Männern ein Zeichen, die bereits einen metallenen Sarg aus dem Leichentransporter der Rechtsmedizin geladen hatten.

Forsberg wich zurück, um sie vorbeizulassen.

Sie legten das, was von der Leiche noch übrig war, in den viel zu großen Transportsarg, und Forsberg dachte darüber nach, wer wohl an Valerias Grab stehen würde. Würde ihre Mutter überhaupt erfahren, dass man ihr Kind gefunden hatte? Hatte sie, wo immer sie jetzt war, Zugang zu schwedischen Zeitungen, zum Internet? Aber vielleicht wusste sie ja längst Bescheid. Der zugenähte Mund … Worüber sollte sie schweigen?

Es ärgerte Forsberg, dass er es nicht aus ihr herausbekommen hatte. Bei den Befragungen hatte sie ängstlich gewirkt, manchmal teilnahmslos, dann wieder resigniert oder auch mürrisch. Aber traurig? Er dachte an Tinka und Leander Hansson, an ihre Verzweiflung, ihre Wut, ihre Schuldgefühle und ihre Traurigkeit.

Nein, sagte sich Forsberg, es ist unfair, die beiden Fälle zu vergleichen. Oxana Bobrow hatte nicht in einem Häuschen in einer schmucken Siedlung gelebt, sondern am schorfigen Rand dieser Stadt, am Rand der Gesellschaft dieses Landes.

Aber die Verantwortung für ein Kind ist dennoch dieselbe, hielt eine andere Stimme dagegen.

Im Lauf seiner über zwanzig Dienstjahre hatte Forsberg Menschen getroffen, denen ihre Kinder vollkommen egal waren. Die in ihnen nur eine Last sahen, eine geplatzte Illusion oder etwas, aus dem man Nutzen ziehen konnte. Er hatte es jedes Mal nicht wahrhaben wollen, hatte nach einem Funken Menschlichkeit gesucht, aber nur Gleichgültigkeit und Gier gefunden. Und schließlich war er zu der Erkenntnis gelangt, dass es Armut war, die sie hatte verrohen lassen. Als wären Gefühle ein Luxus, den sie sich nicht leisten konnten. Valeria war ein armes Kind gewesen, geboren in einem Land mit einem Heer von armen Menschen und ein paar Oligarchen, die sich auf obszöne Weise in dem Geld suhlten, das sie ihrem Volk weggenommen hatten, und einer Regierung, die nichts dagegen unternahm. Oxana Bobrow war vermutlich nach Schweden gekommen, weil sie sich hier ein besseres Leben erhofft hatte. Aber auch hier hatte sie jeden Tag ums Überleben kämpfen müssen. Sie hatte ihren Körper verkauft, ihre Seele mit Drogen betäubt und möglicherweise auch Körper und Seele ihres Kindes verkauft. Oder hatte weggesehen, als andere es taten. Was war los mit dieser Gesellschaft, dass sie es nicht einmal schaffte, ihre Kinder zu beschützen? Je älter er wurde, desto mehr näherte sich der Kommissar den politischen Ansichten seines Vaters Lasse Forsberg an, der ein Linker gewesen war und außerdem stets behauptet hatte, dass an jedem großen Vermögen Blut klebe.

Er spürte, wie ihn Wut ergriff, Wut auf Männer wie Cederlund. Er versuchte, sich mit dem Gedanken zu beschwichtigen, dass es noch gar nicht erwiesen wäre, ob Cederlund etwas damit zu tun hatte. Aber sein Instinkt sagte ihm, dass es so war. Diese Grube lag zu nah an Cederlunds Sommerhaus. Fünfundzwanzig, höchstens dreißig Kilometer. Als wäre er einfach losgefahren und dort abgebogen, wo das Navi ein größeres Waldgebiet anzeigte.

Wie war das Mädchen gestorben und warum? War es ein »Unfall« gewesen? Oder hatte sich das perverse Schwein einen besonderen Kick verschaffen wollen?

Die Türen des Leichentransporters schlugen zu. Forsberg verließ die abgesperrte Zone, zog den Schutzanzug wieder aus und überlegte dabei, ob er schon einmal gegen einen Toten ermittelt hatte.

Selma hatte dieser Tage in der Online-Ausgabe der Lokalzeitung gelesen, dass momentan ein Investor für den notleidenden Nordin-Konzern gesucht würde. »Notleidend« war jedoch das letzte Wort, das Selma in den Sinn gekommen wäre, als sie nun vor dem Anwesen der Nordins in Utby stand. Alter Baumbestand, gekieste Wege und ein Teich, der zur Hälfte mit Seerosen bedeckt war. Das Gebäude selbst war gar nicht besonders groß, eine harmonische Komposition aus vanilleweiß gestrichenem Holz und grauem Granit, umgeben von Rosenrabatten, in denen es noch blühte. Selma, die in Plattenbauten groß geworden war, fragte sich, wie dieser Anblick auf eine junge Frau wirkte, die dazu verdammt war, im Schatten dieser Familie zu leben. Weil sie zwar den richtigen Vater hatte, aber die falsche Mutter.

Ein Eisenzaun mit scharfen Spitzen trennte das Grundstück von der Außenwelt. Selma drückte auf die Klingel an der Pforte neben der Einfahrt. Es meldete sich eine Frauenstimme mit: »Ja, bitte?« Selma sagte ihren Namen und hielt ihren Dienstausweis in die Kamera über ihrem Kopf. Ein Summton ertönte, und die Pforte sprang auf.

Barbie ist ganz schön alt geworden, durchfuhr es Selma beim Anblick der giftblonden Frau, die ihr die Tür öffnete. Sie trug Make-up, als stünde sie auf einer Opernbühne, und eine Bluse mit Millefleur-Muster in den Farben eines Trompetenstoßes. Darunter zeichneten sich die Brüste ab wie angeklebte Bälle.

»Ich bin Greta Nordin. Sie sind doch nicht etwa von der Presse?«

Selma zeigte ihr noch einmal den Dienstausweis.

»Worum geht es denn?«, wollte die Dame des Hauses wissen.

»Das würde ich gerne mit Ihrem Mann persönlich besprechen«, sagte Selma.

Sie wolle nachsehen, ob das möglich sei, antwortete sie spitzmäulig und erklomm in ihren rosafarbenen Ballerinas eine breite, geschwungene Treppe, wie man sie sonst nur in amerikanischen Filmen sah.

Innen wirkte das Haus größer als von außen. Ein heller Dielenboden, schlichte nussbaumbraune Möbel und Vorhänge aus sandbeigem Leinenstoff, die die großen Sprossenfenster umrahmten, verbreiteten die ruhevolle Atmosphäre eines Yogazentrums. Wer immer das eingerichtet hatte, hatte Geschmack bewiesen, dachte Selma. Wahrscheinlich ein Innenarchitekt.

Wenig später federte Greta Nordin die Treppe herab und verkündete mit Grandezza, dass der Hausherr sie oben empfangen werde. Selmas Turnschuhe versanken in einem flauschigen Läufer, als sie Gretas knochigem Gesäß in Designerjeans die Treppe hinauf folgte. Fesseln so dünn wie Fahrradspeichen.

Die Hausherrin wies auf die angelehnte Tür.

Selma klopfte. Das »Herein« ertönte wie ein Paukenschlag, und Selma betrat ein Herrenzimmer in Sepia, in dem die Vorhänge zugezogen waren und eine Bankerlampe einen monströsen Schreibtisch erhellte. Dahinter wurde nun der Umriss eines schlanken Mannes sichtbar, der sich bei ihrem Eintreten erhob und ihr die Hand entgegenstreckte. Dichtes weißes Haar und aristokratische Gesichtszüge über einem geschlossenen Hemdkragen, darüber trug er einen Pullunder in Schottenkaro, und es hätte Selma nicht gewundert, wenn unter dem Schreibtisch ein scharf gebügelter Schottenrock zum Vorschein gekommen wäre.

Sohn einer Lehrerin und eines Postbeamten …

»Holger Nordin. Was kann ich für Sie tun, Frau …?«

»Selma Valkonen, Kripo Göteborg. Ich arbeite für Kommissar Forsberg.«

Seinem Händedruck merkte man sein Alter nicht an. Er war außerdem ein Sitzriese, das erkannte Selma nun, als er sich wieder niederließ. Oder sein Schreibtischsessel war bewusst höher eingestellt als der Stuhl, auf dem sie nun Platz nahm, nachdem er Selma mit einer zackigen Handbewegung dazu aufgefordert hatte. Inzwischen hatten sich ihre Pupillen den Lichtverhältnissen angepasst, und aus der Dunkelheit schälten sich massive Möbel, schwere Gardinen und eine antike Standuhr vor einer eichenfarbenen Holzvertäfelung. Die Wand neben der Tür wurde von Bücherregalen bedeckt, gegenüber hingen Stiche aus Göteborgs Glanzzeit im 18. Jahrhundert, als die Ostindienkompanie in ihrer Blüte gestanden hatte und der Kaufmannsstand der Stadt zu großem Reichtum und Einfluss gekommen war. Es roch ein wenig nach Zigarrenrauch, aber vielleicht bildete Selma sich das auch nur ein, weil sie jetzt liebend gern eine geraucht hätte. Irgendwo in ihrem Kopf hörte sie einen gregorianischen Choral, aber das war sicher nicht real, das war nur eine Folge der Zimmereinrichtung.

»Verzeihen Sie, wenn meine Frau etwas misstrauisch war. Im Moment gibt es einige Turbulenzen in der Firma, und die Presseleute sind manchmal impertinent.« Er gönnte Selma ein wohldosiertes Lächeln.

… hatte nichts, außer seinem Charme.

»Was führt Sie zu mir, junge Frau? Gibt es Neuigkeiten über Lucie?« Er hatte einen väterlichen Tonfall angeschlagen, und Selma dachte daran, dass er vom Alter her eher ihr Großvater sein könnte. Aber der Blick seiner blaugrauen Augen war hellwach und forschend. Er ist zwar ein alter Löwe, aber immer noch ein Löwe, sagte sie sich, und es verließ sie der Mut. Wollte sie, Selma Nilay Valkonen, tatsächlich diesem Patriarchen »auf den Zahn fühlen«, wie sie das vorhin in Gedanken noch so vollmundig formuliert hatte? Und wie sollte sie am besten anfangen, um ihn nicht gleich so zu vergrätzen, dass er sie hochkant hinauswarf und sich bei Forsberg oder

Gulldén über sie beschwerte? Es ist wie beim Pokern, redete sich Selma gut zu, sieh dir den Gegner genau an und überlege dann, welches Blatt du zuerst ausspielst. Sie kam zu dem Schluss, dass sie auf keinen Fall respektlos wirken durfte. Er war ein Alphatier und das musste man ihn spüren lassen.

»Wir sind da auf etwas gestoßen, das all die Jahre nicht berücksichtigt wurde …«, begann Selma. Sie sagte »wir« und hoffte, dass dies bei ihrem Gegenüber die Vorstellung erweckte, der gesamte Polizeiapparat des Königreiches stünde geschlossen hinter ihr. »Es geht um eine Frau, die Camilla Ahlborg hieß. Sie ist im Juli dieses Jahres gestorben.« Alles in seinem Gesicht wanderte nach unten: die Mundwinkel, die Wangen, die Augenbrauen, sogar die Augenlider, und Selma sagte mitten in seine verdrossene Miene hinein: »Camilla Ahlborg hatte eine Tochter, Lillemor Ahlborg. Daraus könnte sich ein Motiv für Lucies Entführung ergeben.« Sie hielt seinem Blick stand, der ihr verriet, dass er wusste, wovon sie redete. Ein paar ungemütliche Sekunden verstrichen, in denen man nur das Ticken der Standuhr hörte und das leise Knarzen des Eichenparketts, als er sein Gewicht nach vorn verlagerte und sie fixierte. Schweigend.

»Es geht darum, diese Frau zu finden, Lillemor Ahlborg. Unter der angegebenen Adresse in Göteborg wohnt sie nicht und hat wohl auch nie dort gelebt. Ich hatte gehofft, Sie könnten uns dabei helfen.«

»Und wieso, glauben Sie, sollte ich dazu in der Lage sein?«, brummte der Löwe lauernd.

Du willst es also nicht anders, dachte Selma.

»Weil Lillemor Ahlborg Ihre Tochter ist.«

Auf die Ellbogen gestützt, beugte er sich nun so weit vor, dass es aussah, als wolle er sie anspringen. Der Schein der Lampe erfasste sein Gesicht. Ein Tier, das man aus einer dunklen Ecke getrieben hatte.

»Wer behauptet das?«, fragte er leise.

Selma fühlte sich unwohl. Vorsichtshalber blieb sie bei der Wahrheit.

»Ihre Exfrau Pernilla. Sie sagte mir, es gab eine Vaterschaftsklage …«

Nordin hob gebieterisch die Hand, und Selma verstummte und beobachtete, wie er mit einem missmutigen Seufzer aufstand und zu einem Aktenschrank mit einer Glastür ging, deren Angeln dezent quietschten, als er sie öffnete. Seine Augen glitten über die vergilbten Ordnerrücken. Selma betrachtete derweil die Fotogalerie an der Wand hinter dem Schreibtisch. Lucie in einem Sandkasten sitzend. Tinka und Lucie im Garten, vor dem Teich. Tinka allein, an einen Baumstamm gelehnt, die Sonnenbrille im langen blonden Haar, den Blick verträumt nach unten gerichtet. Zweifellos eine aparte Frau, erkannte Selma. Noch ein Foto von Tinka als Teenager im weißen Gewand mit Lichterkrone. *Lucia mit dem Licht im Haar.* Selma musste lächeln. Ja, Tinka war ganz gewiss das Vorzeigeexemplar einer nordischen Lichterkönigin. Selma war nie die Lucia gewesen, weder im Kindergarten noch in der Schule. Es hatte stets nur zur Sternenträgerin gereicht, meistens recht weit hinten im Zug.

Und silbergerahmt der Sohn, Gunnar Nordin: einmal brav gescheitelt neben einer adäquaten Blondine und einem kleinen Jungen und ein zweites Mal in einem Anzug vor dem Säulenportal der Stockholm School of Economics. Gunnar sah seinem Vater sehr ähnlich, besonders, wenn man das erste Bild mit dem Hochzeitsfoto von Holger und Greta verglich. Sogar die Frauen sahen aus wie Mutter und Tochter.

Dieselbe Kategorie. Gewohnheitstiere.

Noch einmal der kleine Junge, vor einem prunkvollen Weihnachtsbaum, und ein weiteres Mal auf dem Arm von Greta Nordin.

Nirgends ein Foto von Leander Hansson.

Das schwarze Schaf?

Holger Nordin hatte einen Ordner aus der obersten Reihe herausgenommen und legte ihn auf den Schreibtisch. Er setzte sich wieder hin, schob sich eine Lesebrille auf die Cäsarennase und schlug den Deckel auf. Seine Bewegungen waren ruhig und souverän, als hätte er alle Zeit der Welt.

Anscheinend hatte er auf Anhieb die richtige Stelle erwischt, denn er nahm zwei Dokumente heraus und reichte sie Selma rüber.

»Ich hoffe, Sie wissen über Blutgruppen Bescheid«, waren seine Worte.

Irgendetwas läuft da gerade gründlich schief, dachte Selma. Und so war es auch: Das erste Dokument trug den Briefkopf der Universitätsklinik Sahlgrenskas. Ein Laborbericht. Camilla Ahlborg hatte die Blutgruppe Ao und Holger Nordin oo. Ihre Nachkommen hätten demnach die Blutgruppen Ao oder oo aufweisen können. Das Kind jedoch hatte die Blutgruppe oB. Das zweite Schreiben stammte vom Gericht. Darin wurde Holger Nordin mitgeteilt, dass die Vaterschaftsklage gegen ihn eingestellt worden war. Selma spürte, wie sie rot anlief. Holger Nordin blickte sie über seine Brille hinweg halb amüsiert, halb tadelnd an.

»Ich weiß nicht, wer der Vater des Kindes ist. Sie ging ab und zu mit einer Studentenclique aus Haga aus, vermutlich ist es einer von denen. Und nur zu Ihrer Information, Frau Valkonen: Ich habe dennoch bis zum Schuleintritt für das

Mädchen Unterhalt bezahlt, auch wenn ich erwiesenerma-
ßen nicht ihr Vater bin.«

»Warum denn das?«, entschlüpfte es Selma.

Nordin zuckte die Achseln und nahm die Brille ab.

»Weil ich Camilla mochte, obwohl sie ein berechnendes
kleines Biest war. Ich fühlte mich irgendwie für ihr Schicksal
verantwortlich. Ja, ich hätte wohl durchaus der Vater dieses
Kindes sein können. Nennen Sie mich konservativ, aber ich
bin der Auffassung, dass Kinder bis zum Schulalter zu ihren
Müttern gehören, und nicht in eine Krippe oder einen Ganz-
tagskindergarten. Um Camilla und ihrem Kind dies zu er-
möglichen, habe ich ihr das Geld gegeben. Zwölfhundert
Kronen im Monat, das war damals gar nicht wenig. Allerdings musste ich dann erfahren, dass Camilla das Kind bei
ihrer Mutter gelassen hatte und in einem Kaufhaus arbeitete.
Ich habe mich trotzdem an mein Versprechen gehalten, obwohl ich nie ein Wort des Dankes von Camilla gehört habe.
Später dann habe ich sowohl Camilla als auch ihre Tochter
aus den Augen verloren. Dass Camilla gestorben ist, ist das
Erste, was ich seit über dreißig Jahren von ihr höre.«

Selmas Blick hatte sich während seiner Rede an einem der
alten Stiche festgesaugt. Das Thamska Huset, das noch heute
an der Norra Hamngatan stand. Niclas Sahlgren, Direktor der
Ostindienkompanie, war einer der späteren Eigentümer des
Hauses gewesen, und sein Nachlass hatte die Gründung des
Sahlgrenska-Universitätskrankenhauses ermöglicht, dessen
Labor die Blutproben untersucht hatte. Kleine Welt, dachte
Selma.

»Es tut mir leid, dass ich …«, sagte sie.

Er winkte ab.

»Es beruhigt mich immerhin, zu hören, dass der Fall meiner Enkelin noch nicht in Vergessenheit geraten ist. Ist das die einzige neue Spur, die Sie haben?«

»Ja«, sagte Selma und stand auf. Geordneter Rückzug!

Nordin erhob sich ebenfalls und ließ es sich auch nicht nehmen, sie bis nach unten zu begleiten. Draußen im Garten atmete Selma erst einmal tief durch, während sie den Tabak aus ihrer Jackentasche hervorholte. Ein silberweißes Knattern zerhackte die vornehme Stille. Greta Nordin saß höchstpersönlich auf einem Rasentraktor und kurvte zwischen den Bäumen ihres Parks herum. Selma hätte zu gern gewusst, ob ihr das Freude machte oder ob das bereits die ersten Anzeichen des sozialen Niedergangs waren.

Sie blieben nur ein paar Wochen auf Öckerö, dann packte Camilla wieder ihre Koffer, und dieses Mal ging es nach Göteborg, genauer gesagt, in einen Plattenbau in Backa.

Die Großstadt wirkte auf Lillemor zunächst beängstigend, in der neuen Schule wollte niemand etwas mit ihr zu tun haben. Aber das machte ihr wenig aus, das war sie gewohnt. Solange man sie nur in Ruhe ließ, und das war die meiste Zeit der Fall. Anscheinend bot sie zu wenig Angriffspunkte. Unbemerkt von ihrer Umgebung blühte Lillemor allmählich auf, während Camilla tagaus, tagein jammerte, wie mies es ihnen ginge, ohne dass Lillemor so recht begriffen hätte, was genau denn so schlimm war. Lillemor fand, dass das Leben besser geworden war: Camilla trank nicht mehr so viel und hielt sie beide mit verschiedenen Jobs über Wasser. Sie hatten eine Wohnung, genug zu essen, und der Winter war vergleichsweise hell und mild. Es gab zwar keine Polarlichter am Himmel, dafür glitzerte die Stadt am Abend wie ein riesiger Teppich aus Licht. Manchmal fuhr Lillemor mit der Bahn in die Stadt, setzte sich auf eine Bank und betrachtete die elegant gekleideten Menschen und die schäbig gekleideten und dachte sich Lebensläufe und Schicksale für sie aus. Sie ließ sich durch die Kaufhäuser treiben und verbrachte viele Stunden in den großen Buchläden. Und als sie schließlich die gewaltige Stadtbibliothek entdeckte, kam ihr Göteborg vor wie das Paradies.

Camilla hatte ihre Geschichten natürlich nicht mitgenommen, aber Lillemor schrieb sie einfach neu und besser. Es war Anfang der Neunziger, die Leute fingen an, sich

Computer anzuschaffen, und so konnte sich Lillemor von ihrem wenigen Ersparten günstig eine gebrauchte elektrische Schreibmaschine kaufen. In der Schule gab es einen Kursus, mit dessen Hilfe sie den Umgang mit der Maschine und das Zehnfingersystem lernte. Camillas regelmäßige Beschwerde über das Geklapper ignorierte Lillemor einfach.

Etwa um diese Zeit herum teilte Camilla ihrer Tochter endlich mit, wer ihr leiblicher Vater war. Lillemor musste ihr hoch und heilig versprechen, sich von ihm fernzuhalten, aber irgendwann stand sie doch vor dem hohen Eisenzaun und betrachtete den riesigen Garten mit den akkurat gestutzten Bäumchen und das hübsche Haus. Von da an ging sie alle paar Wochen einmal dorthin, ohne genau zu wissen, warum. Die Besuche verursachten ihr einen Nervenkitzel und gleichzeitig einen interessanten Schmerz, den sie nicht einordnen konnte. Ab und zu waren Kinder zu sehen. Das blonde Mädchen war vielleicht zwei Jahre jünger als sie, der Junge etwas älter. Das Mädchen sah ihr ein bisschen ähnlich, fand Lillemor, nur war sie hübscher und besser angezogen. Einmal war auch die Frau im Garten, die ihre Mutter immer nur »das Miststück« und weit Schlimmeres nannte. Wie elegant sie war, wie aus einem Magazin. Von dem Mann aber, ihrem Vater, erhaschte sie stets nur einen flüchtigen Blick durch die getönte Scheibe seines Wagens, wenn er durch das Eisentor fuhr. Er war alt! Die Haut seines Halses war schrumpelig, und die herabgezogenen Mundwinkel erinnerten an die Lefzen eines alten Hundes. Lillemor starrte ihm nach und horchte auf ihre innere Stimme, aber die schwieg, und nach ein, zwei Jahren des heimlichen Durch-den-Zaun-Guckens verlor sie schließlich das Interesse an der Sache.

Es gab wirklich Wichtigeres.

Tinka kam nach Hause, stellte die Sporttasche in ihren Schrank und setzte Tee auf. Sie hatten gestern Abend beschlossen, bis auf Weiteres wieder ihr normales Leben aufzunehmen. »Schließlich können wir nicht die ganze Zeit herumsitzen und warten. Morgen fängt die Buchmesse an, ich kann nicht alle Termine absagen. Wenn er anruft, dann lass ich mir schon was einfallen, um wegzukommen«, hatte Leander gesagt.

Doch Tinka ahnte, was seine wahren Beweggründe waren. Wenn er von der Arbeit weggerufen wurde, musste er sich nicht mit ihr auseinandersetzen. Denn Tinka hatte den Vorschlag gemacht, mitzukommen, wenn es so weit wäre, aber Leander hatte es ihr ausgeredet oder vielmehr: Er hatte es vehement abgelehnt. Obwohl diese Frage noch nicht ausdiskutiert war, waren sie beide heute Morgen zur Arbeit gegangen. Leander hatte hoch und heilig versprochen, Tinka zu informieren, falls sich der Unbekannte melden sollte.

Sie wusste immer, wann Leander log. Er war nicht gut darin. Deshalb war sie damals auch hinter seine Affäre gekommen. Irgendeinen falschen Ton hatte sie herausgehört, als er sagte, er müsse zu einer Autorenlesung, obwohl dies eigentlich nichts Außergewöhnliches war. Sie war dann selbst zu der Lesung gegangen, hatte sich auf dem Weg dorthin verachtet und inständig gehofft, dass sie sich täuschte. Aber er war nicht dort und am nächsten Morgen hatte sie Lucie gefüttert und ihn gefragt, wie denn die Lesung gewesen sei. Doch auch er hatte ein feines Gespür. Er hatte sofort gemerkt, dass sie

Bescheid wusste, und hatte ihr unumwunden die Wahrheit gesagt. Tinka hatte dabei den Eindruck gehabt, dass ihn das Geständnis erleichterte, und das hatte sie, neben dem Gefühl, dass sich gerade der Boden unter ihren Füßen auflöste und ihre Welt zusammenbrach, unglaublich wütend gemacht.

Und jetzt wusste Tinka erneut, dass er log, wenn er versicherte, er würde niemanden töten. Denn er hatte es vor, das spürte sie. Aber sie kannte ihn auch gut genug, um zu wissen, dass er es nicht fertigbringen würde.

Während das Wasser heiß wurde, schaltete Tinka das Radio an und hörte in den Siebzehn-Uhr-Nachrichten von dem Fund einer Kinderleiche in einem Wald irgendwo hinter Huskvarna. Sie riss den zischenden Wasserkocher von der Platte und drehte den Ton lauter.

… dass es sich bei der Leiche um die seit dem 15. August dieses Jahres vermisste sechsjährige Valeria Bobrow aus Biskopsgården handelt, wurde noch nicht offiziell bestätigt. Die Kripo Göteborg ließ verlauten, man müsse die rechtsmedizinische Untersuchung abwarten.

Und nun zu den Nachrichten aus der Wirtschaft: Für den angeschlagenen Nordin-Konzern gibt es möglicherweise einen Investor. Zurzeit laufen Verhandlungen mit einem chinesischen Interessenten. Genauere Angaben wollte die Geschäftsleitung zum jetzigen Zeitpunkt nicht machen. Ob damit die landesweit zwölfhundert Arbeitsplätze gesichert sind, ist ebenfalls noch …

Tinka schaltete das Radio aus und den Wasserkocher wieder an. Chinesen. Armer Gunnar. Das würde ihm ihr Vater nie verzeihen. Ihr Bruder habe die Globalisierung total verschlafen, hatte er neulich gewettert.

Mit klammen Händen goss sie den Tee auf. Dann holte sie ihr iPad. Die Online-Ausgaben der Tageszeitungen brachten auch nicht viel Aufschlussreiches über den Leichenfund. Es gab ein Foto von der Fundstelle, aber eigentlich sah man nur Bäume, Polizeifahrzeuge, herumstehende Menschen in Schutzanzügen und im Vordergrund ein Absperrband. Die *sechsjährige Valeria Bobrow aus Biskopsgården …* Lucie würde am 13. Dezember sechs Jahre alt werden. Am Tag des Luciafestes, deswegen hatten sie sie Lucie genannt. Schon ein makabrer Zufall, dass das russische Mädchen etwa um denselben Zeitpunkt herum verschwunden war wie Lucie. Und dass sie ausgerechnet jetzt gefunden wurde. Wenn sie es denn war.

Irgendwo in den Tiefen ihrer Geldbörse bewahrte Tinka noch immer die Visitenkarte von Kommissar Greger Forsberg. Sie hatte sie seit jenen Tagen nach Lucies Verschwinden nie mehr benutzt und hatte Leander auch nie aufs Präsidium begleitet. Jedes Jahr dort vorzusprechen war sein Ritual, nicht ihres. Symbolische Handlungen lagen nicht in Tinkas Naturell. Die Vernunft sagte ihr, dass sie es als Erste erfahren würden, falls sich irgendetwas von Belang ergeben sollte.

Forsberg hatte Eva Röög am Telefon und erklärte ihr gerade zum dritten Mal, dass er ihr wirklich nicht mehr sagen konnte als das, was der Pressesprecher bekannt gegeben hatte.

»Wie weit, sagst du, ist die Stelle von dem Sommerhaus entfernt?«

»Knapp dreißig Kilometer. Warte doch einfach ab, was die Obduktion ergibt!«, schnauzte Forsberg. »Ich muss jetzt wieder an die Arbeit.«

»Wenn ich dir etwas anvertraue, gibst du mir dann einen kleinen Hinweis?«

Diese Schlange!

»Lass hören!«

Evas Stimme senkte sich zu einem Flüstern, offenbar wollte sie nicht, dass ihre Redaktionskollegen mitbekamen, was sie zu sagen hatte. »Ich habe Dag getroffen, in der Klinik. Er sagte, er könne mir *noch* nicht sagen, wonach derjenige, der die Häuser durchwühlt hat, gesucht hat.«

»Hm.«

»Und da ist noch was«, sagte sie. »Nicht Magnus Cederlund hat seinen Sohn verprügelt, sondern Marta.«

»Was?«, rief Forsberg, sodass der Kopf des Vogels, der gerade mit zwei Bechern Kaffee in der Hand zur Tür hereinkam, aufgeschreckt zur Seite ruckte.

»Und jetzt lass was hören, Greger Forsberg.«

»Das Kind hatte braunes Haar.«

»Schön, und?«

»Nichts und.«

»Das ist alles, was du zu bieten hast?«

»Valeria hatte braunes Haar. Kinnlang.«

»Das weiß ich.«

»Du hättest sie sehen sollen. Ich hätte nicht einmal darauf gewettet, dass das ein Mensch ist, so haben diese Drecksviecher die Leiche zugerichtet!«

»Herrgott«, schimpfte Eva im Flüsterton. »Versteh doch: Wenn Du-weißt-schon-wer damit zu tun hat, dann muss unsere Zeitung es zumindest als Erste erfahren und als Erste darüber berichten. Sonst zerreißen uns die anderen in der Luft!«

»Sobald es wasserdichte forensische Beweise gibt, melde ich mich. Ach ja, und sie trug etwas Rosarotes. Ein Kleid oder so.«

»Okay«, seufzte Eva. »Besser als nichts.«

Forsberg legte auf, Selma stellte den Kaffee vor ihn hin. Täuschte er sich oder hatte sie eben gegrinst? Es war wirklich höchste Zeit, sich mehr Respekt bei ihr zu verschaffen. Er setzte eine, wie er hoffte, furchterregende Miene auf: »Und nun zu dir …«

Ihre dunklen Pupillen waren abwartend auf ihn gerichtet.

»Kennst du das Sprichwort *quod licet Iovi, non licet bovi*?«

»Nein«, sagte Selma. »Aber ich wollte dir noch was …«

Forsbergs Telefon klingelte.

»Forsberg.«

»Hier spricht Tinka Hansson.«

»Es ist nicht Lucie«, sagte er.

»Sind Sie sicher?«

»Ziemlich. Wir haben im Fall Valeria Bobrow einen Verdächtigen, und die Fundstelle liegt ganz in der Nähe von dessen … Haus.«

»Aber gibt es vielleicht einen Zusammenhang zwischen den beiden Fällen?«

»Nein, absolut nicht«, sagte Forsberg.

»Sagen Sie mir Bescheid, wenn Sie ganz sicher sind, dass es nicht Lucie ist?«

»Ja«, versprach Forsberg.

Sie bedankte sich und legte auf.

Er schaute wieder zu Selma hinüber, die zwischenzeitlich auf der Tastatur herumgetippt hatte und nun mit verschränkten Armen dasaß und auf das angekündigte Donnerwetter zu warten schien.

»Wo waren wir stehen geblieben?«

»Wir sprachen Latein«, sagte Selma und schaute auf ihren Bildschirm. »*Quod licet Iovi, non licet bovi. – Was dem Jupiter er-*

laubt ist, ist dem Ochsen noch lange nicht erlaubt. Ich hab's gerade gegoogelt.«

Forsberg starrte sie an. *Gegoogelt.* Dieses Geschöpf ist noch mein Sargnagel, die Ursache meines nächsten Magengeschwürs! Aber die Strafpredigt, die er ihr halten wollte, erschien ihm plötzlich albern und allenfalls geeignet, ihn lächerlich zu machen.

»Was ist denn jetzt mit diesem unehelichen Kind vom alten Nordin?«, fragte er stattdessen.

»Sie ist nicht seine Tochter«, sagte Selma.

»Woher weißt du das?«

»Weil er's mir gesagt hat.« Selma berichtete von ihrem Besuch und dem Bluttest.

»Wie? Du bist da rotzfrech reinspaziert, hast ihn nach seiner unehelichen Tochter gefragt und dir den Vaterschaftstest zeigen lassen?«

»Ja«, sagte Selma.

Forsberg rang die Hände.

»Herr im Himmel! Das wird eine satte Beschwerde …«
Sein Telefon klingelte. Verflucht noch mal, konnte man denn hier nicht mal in Ruhe mit seinem Personal ein Hühnchen rupfen?

»Forsberg!«

Schon wieder eine weibliche Stimme, eine unbekannte, die sich als Lena Staaf von der Spurensicherung vorstellte.

»Wir haben vielleicht etwas für euch.«

»Den DNA-Abgleich?«

»Nein, Hundehaare.«

»Hundehaare«, sagte Forsberg.

»Ja. Sie hafteten am Rest der Kleidung der Leiche«, sagte die glockenhelle Stimme.

»Was für ein Hund?«

»Das wissen wir nicht.«

»Ein Mann mit einem Hund hat die Leiche gefunden«, sagte Forsberg. »Genau genommen, war's der Hund.«

»Das war ein Deutsch Drahthaar«, sagte Lena Staaf. »Die Haare an der Leiche sind sehr fein und kurz und mehr beige.«

Beige, dachte Forsberg. »Kann man die Haare zuordnen, wenn man den passenden Hund dazu hat?«

»Eine DNA-Analyse funktioniert nur, wenn Follikel an den Haaren sind, und da sind keine. Aber man kann sie auf jeden Fall einer Rasse zuordnen.«

Forsberg bedankte sich bei Lena Staaf und wandte sich an seine Mitarbeiterin.

»Selma, ich habe eine wichtige Aufgabe für dich: Finde raus, was mit Marta Cederlunds Möpsen geschehen ist.«

Der Vogel schaute ihn an mit Augen so groß wie Untertassen. Forsberg konnte sich das Grinsen kaum verkneifen.

»Sie hatte drei Möpse. Ich will wissen, wo die jetzt sind.«

Auf dem Weg nach Önneröd hielt Eva an einem Supermarkt und kaufte Milch, Joghurt, Obst, Gemüse und Säfte ein. Ihre Mutter bekam jeden Mittag eine Mahlzeit geliefert und die Portion reichte oft sogar noch für den Abend, aber Eva fand, sie müsse mehr gesunde Sachen essen. Allerdings hatte sie den Verdacht, dass ihre Mutter die Hälfte davon wegwarf oder verschenkte.

Gudrun Röög war heute in guter Verfassung. Sie hatte sich einen langen schwarzen Strickrock, eine blaue Bluse und eine helle Strickjacke angezogen und saß aufrecht in ihrem Ohrensessel. Der Tisch war mit dem guten Teegeschirr gedeckt, und sie hatte Zimtschnecken besorgt.

»Du musst dich doch für mich nicht so schön anziehen«, sagte Eva.

»Für wen denn sonst? Schonen muss ich die Sachen ja nicht mehr. Außerdem sollst du mich in guter Erinnerung behalten und nicht als eine, die sich gehen lässt.«

Sie hatte noch immer ihren Humor.

»Gestern habe ich Dag Cederlund getroffen«, sagte Eva später, beim Tee.

»Ach, der arme Junge«, seufzte Gudrun, und Eva war nicht sicher, ob sich ihre Mutter, die allerdings geistig völlig auf der Höhe war, vergegenwärtigte, dass Dag inzwischen neununddreißig war.

»Weißt du eigentlich, warum er damals von zu Hause weggegangen ist?«, fragte Eva.

Die Antwort war die Erwartete. Wegen seines Vaters. Wegen der Schläge.

»Ich habe mir hinterher oft Vorwürfe gemacht, dass wir nichts unternommen haben, dein Vater und ich. Aber man kann doch seine Nachbarn nicht so einfach bei der Polizei anzeigen, oder?«

Eva erzählte ihr, was sie gestern von Dag erfahren hatte.

Ihre Mutter schnappte nach Luft.

»*Marta* war das? Also, darauf wär ich nie gekommen. Man denkt ja immer automatisch, dass es die Männer sind. Dein Vater und ich, wir haben manchmal gesagt: ›Diese Frau geht zum Lachen bestimmt in den Keller.‹ Aber sie tat uns auch leid.« Sie schüttelte den Kopf unter der Wollmütze. Nach der letzten Chemotherapie war das Haar nur noch dünn wie Kükenflaum nachgewachsen. »Es hat mir nie so recht gefallen, wenn du da drüben warst«, sagte sie.

»Warum nicht?«, fragte Eva.

Gudrun nippte an ihrem Hagebuttentee.

»Ich weiß nicht, es war die ganze Atmosphäre. Ich wollte einfach nicht, dass du in ein Haus gehst, in dem geprügelt wird. Hätte ich gewusst, dass Marta …«

»Keine Sorge, mir hat sie nie was getan.«

»Das hätte sie auch nicht überlebt«, sagte Gudrun aus tiefster Überzeugung, und alle beide mussten lächeln. Dann fragte Eva: »Woran ist eigentlich ihre kleine Tochter damals gestorben?«

»O Gott, das weiß ich gar nicht mehr. Es ist so lange her. Ich bin auch gar nicht sicher, ob man es überhaupt je genau in Erfahrung gebracht hat.« Sie stutzte. »Du glaubst doch nicht, dass Marta …?«

»Nein, nein«, sagte Eva. »Ich musste nur gerade daran denken.«

»Diese Familie kommt irgendwie nie zur Ruhe«, sagte Gudrun.

Zur Ruhe. Eva dachte an Marta, die wie leblos in ihrem Krankenhausbett lag.

»Sag mal, Mama …«, begann sie, »… hat es je irgendwelche Anzeichen gegeben, dass Magnus Cederlund pädophile Neigungen hatte?«

Gudrun Röög sah ihre Tochter erschrocken an.

»Also wirklich, was du heute für Fragen stellst.« Eine Pause entstand. »Mit solchen Gerüchten muss man sehr vorsichtig sein«, sagte sie dann.

»Ja, sicher«, sagte Eva und wartete, bis ihre Mutter Tee getrunken und eine Hustenattacke überwunden hatte und schließlich weiterredete: »Damals, als das Seebeben war und der Tsunami über Thailand und Indonesien hereinbrach …«

»Weihnachten 2004«, ergänzte Eva und fragte sich, worauf ihre Mutter hinauswollte.

»Ja, genau. Da gab es doch viele Hilfsaktionen im ganzen Land. Cederlund hat danach mit großem Tamtam ein Kinderheim für die Tsunami-Waisen eingerichtet. Stand in allen Zeitungen. Sogar die Königin war zur Eröffnung da.«

»Ja, stimmt. Er hat ein altes Schullandheim in der Nähe von Linköping gekauft und saniert und eine Stiftung gegründet, ein Teil der Gewinne seines Kinderbuchverlags sollte dorthin fließen«, sagte Eva, die damals selbst darüber geschrieben hatte. Auch in Cederlunds Nachruf hatte sie dieses Engagement erwähnt, nachdem Sigrun Jenssen ihr ihren eigenen Artikel dazu ausgedruckt hatte. Sie selbst hatte schon gar nicht mehr daran gedacht.

»Damals hat dein Vater eine seltsame Bemerkung gemacht«, fuhr Gudrun fort. »Den genauen Wortlaut weiß ich nicht mehr, aber sinngemäß sagte er, dass Magnus wohl etwas gutzumachen hätte. Ich fragte ihn, was er damit meinte, und er nannte ihn … also …«

»Einen Kinderficker?« Eva wusste, dass ihre Mutter solche Wörter nur schwer über die Lippen brachte.

Sie nickte.

»Ja. Ich fragte ihn, wie er bloß dazu käme, so etwas Gemeines zu sagen, und er meinte, es wäre ›nur so ein Gefühl‹. Er konnte es aber nicht begründen. Ich glaube, er traute Cederlund einfach grundsätzlich alles Schlechte zu, weil er ihn für einen Schläger hielt.«

Das kann gut sein, dachte Eva. Ihr Vater hatte selten ein Blatt vor den Mund genommen. Allerdings hatte er auch einige Vorurteile gepflegt, und ihn von einer Meinung, die er einmal verinnerlicht hatte, abzubringen war ein schier unmögliches Unterfangen. Eva erinnerte sich noch gut an die Diskussionen mit ihm, die sie als renitenter Teenager angezettelt hatte, um ihn zu provozieren. Im Jahr nach dem Tsunami war ihr Vater gestorben, an Silvester 2005. Er hatte ein Skirennen im Fernsehen verfolgt und dabei einen Herzinfarkt erlitten. Ob vor Aufregung über das Rennen, konnte hinterher niemand sagen.

Ihre Mutter zeigte erste Anzeichen von Müdigkeit. Zeit, zu gehen.

Leif Hakeröd und Fredrika Lindblom hatten Eva vorhin überreden wollen, den Besuch bei ihrer Mutter zu verschieben und stattdessen mit zur Eröffnungsparty der Buchmesse zu kommen, doch Eva hatte erklärt: »Die Party gibt es jedes Jahr, aber ich weiß nicht, ob es meine Mutter nächstes Jahr noch gibt.«

Mittwochabend und Sonntagnachmittag. Eva wusste, dass ihre Mutter ihr Leben um diese Termine herum organisierte: dass sie sich dann mithilfe ihrer Pflegerin duschte und sich hübsch anzog oder überhaupt ankleidete. Evas Besuche waren wichtig für die Kranke, um ein Ziel zu haben, auf das man hinleben konnte während der anderen Tage. Wahrscheinlich konnte das nur jemand verstehen, der selbst einen Angehörigen hatte, der im Sterben begriffen war.

»Dann komm doch später nach«, hatte Fredrika vorgeschlagen.

Ja, im Grunde könnte sie das tun.

Letztes Jahr war sie zu der Eröffnungsparty gegangen und hatte prompt Leander Hansson getroffen. Sie hatten nur wenige Worte gewechselt, denn er war in Begleitung von Tinka da gewesen und hatte offenbar nicht gewollt, dass seine Frau etwas von der Unterhaltung mitbekam. Doch das Wiedersehen hatte Eva tagelang aus dem Gleichgewicht gebracht. Sogar geträumt hatte sie danach von ihm. Nein, auf diese pubertär anmutenden Gefühlsverwirrungen konnte sie gut verzichten. Besser, man ging solchen Gelegenheiten konsequent aus dem Weg. Vielleicht würde sie später doch noch Forsberg anrufen und mit ihm ein Bier trinken gehen. Das war ungefährlicher.

»Die Hunde sind bei der Nachbarin, die Marta Cederlund gefunden hat«, sagte Selma. Sie hatte nur ein paar Minuten gebraucht, um den Aufenthaltsort der Tiere herauszufinden. »Soll ich hinfahren und ihnen ein paar Haare ausreißen?«

»Nein«, sagte Forsberg. »Das sollen die Kollegen von der Fahndung veranlassen. Wenn das tote Mädchen wirklich Valeria Bobrow ist, dann ist unser Job hier fürs Erste erledigt.«

Das schien Selma gegen den Strich zu gehen. Sie saß mit gerunzelter Stirn da und starrte auf die drei Zeichnungen von Valeria Bobrow, die auf ihrem Schreibtisch lagen.

»Wir beide sind die Vermisstenstelle. Unsere Aufgabe ist es, vermisste Personen zu finden – tot oder lebendig. Um den Rest kümmert sich die Fahndung«, klärte Forsberg sie auf und fand noch während er redete, dass er sich anhörte wie ein Märchenonkel.

Selma sagte nichts.

»Manchmal gibt es natürlich Überschneidungen. Oder wir helfen einander aus. Wir sind ja ein Team.«

Selma sagte immer noch nichts.

»Solche Eigenmächtigkeiten wie von dir heute, das ist gar nicht gut. Jeder von uns sollte immer wissen, wo der andere gerade ist. Schon aus Gründen der Sicherheit. Das gehört zur Teamarbeit.«

»Ja«, sagte Selma. »Aber ich hatte doch heute Vormittag frei, weißt du noch?«

»Ja, ja, natürlich«, log Forsberg.

»Und als du am Montag in Cederlunds Sommerhaus warst …«, begann Selma.

Forsberg bedachte sie mit einem langen, tiefen Blick.

»Ach so«, begriff Selma. »Der Jupiter und die Ochsen.«

Forsbergs Gesichtshaut rötete sich ein wenig.

»Kann es sein, dass du mich verarschst?«

»Nein«, sagte Selma. »Wenn ich nun also etwas zur Aufklärung des Mordes an Valeria beitragen möchte, muss ich dann rüber zur Fahndung?«

Das Telefon klingelte. Forsberg unterdrückte einen saftigen Fluch. »Forsberg!«

Es war die Rothaarige aus der Telefonzentrale. »Ich glaube, da möchte dich jemand sprechen«, sagte sie und stellte die Verbindung her.

»You Police?«

»Ja, Forsberg, Police.«

Eine aufgeregte Frauenstimme, kaum zu verstehen, schlechtes Englisch, mit einem sehr starken ausländischen Akzent. *House*, war alles, was Forsberg immer wieder heraushörte. Erst nach einer Weile wurde ihm klar, dass die Anruferin Frau Biriat war, die Inderin, die mit ihren zwei lebhaften Kindern über ihm wohnte.

»Du kommen«, sagte sie eindringlich. »Kommen zu Haus. Schnell!«

»Ich lass dich schlafen und geh noch ein bisschen auf die Müllhalde«, sagte Eva zu ihrer Mutter, die vergeblich versuchte, ein Gähnen zu unterdrücken. In ihrem ehemaligen Kinderzimmer zog sie sich ihre Jogging-Montur an und schaute dabei hinüber zum Nachbarhaus. Ein Basketballkorb hing an der Garage. Seit Jahren wohnte eine Lehrerfamilie auf dem Grundstück, die beiden Kinder waren inzwischen Teenager.

»Ich ruf dich morgen an. Und iss die Mangos bitte selbst«, sagte Eva, als sie sich von ihrer Mutter, die in ihrem Ohrensessel eingedöst war, verabschiedete.

»Versprochen«, sagte Gudrun Röög, und Eva, schon an der Tür, drehte sich, einem Impuls gehorchend, noch einmal um und drückte ihr einen Kuss auf die kühlen Pergamentwangen. »Bis Sonntag.«

Dann ging sie zum Auto, warf die Sporttasche mit ihrer Kleidung auf den Rücksitz und fuhr los. Ganz in der Nähe lag die »Müllhalde«, wie Dansholmen von den älteren Bewohnern genannt wurde. Es war entstanden, nachdem man ein Moorgebiet mit Bauschutt und Müll aufgefüllt hatte, allerdings konnte man heute nichts mehr davon erkennen, im Gegenteil. Die Gegend dort war überaus idyllisch: Wiesen, Felsen, Meer. Zu dieser Jahreszeit war wenig los, und ihr roter Peugeot parkte als einziger Wagen auf dem Wanderparkplatz. Sie stieg aus und holte tief Atem. Herrlich, diese frische, salzige Seeluft! Nie wollte sie irgendwo leben, wo man das Meer nicht spürte.

Eva besuchte ihre Mutter gern, doch die Besuche deprimierten sie auch; ihr Leiden zu sehen, ihr unaufhaltsames Sterben. Danach hatte sie immer das dringende Bedürfnis, sich zu bewegen, sich zu verausgaben. Atmen, schwitzen, fühlen, wie die Muskeln brannten, spüren, wie ihr Körper funktionierte, spüren, dass sie lebte.

Es war kühl geworden. Gräser, ausgedörrt vom Sommer, bogen sich im Wind, flauschige Wolken zogen über den weiten Himmel. Ein blasses Licht lag über der Landschaft, und die Sonne bewegte sich in Richtung Horizont und färbte das Meer zartrosa. Drüben, zwischen den Felsen, bemerkte Eva eine geduckte Gestalt. Im Sommer waren die flachen Felsen beliebt bei Liebespärchen oder Jugendlichen, die dort Lagerfeuer entzündeten und Trinkgelage abhielten. War es ein Mann gewesen? Was machte er dort, ging von ihm Gefahr aus? Reflexartige Überlegungen einer Frau, die sich allein in einer einsamen Gegend befindet, analysierte Eva. Sie zog sich die Joggingschuhe an, die im Kofferraum lagen. Als sie damit fertig war, war niemand mehr auf den Felsen zu sehen. Wahrscheinlich hatte ein Spaziergänger mal austreten müssen und sich dafür einen ungünstigen Platz gesucht.

Sie schloss den Wagen per Knopfdruck ab und steckte den Schlüssel in die Tasche ihrer Fleecejacke und das Handy in die kleine Tasche hinten am Hosenbund und überlegte dabei, in welche Richtung sie laufen sollte. Sie entschloss sich, zuerst den Weg am Meer entlang zu nehmen, und setzte sich in Bewegung. Ihr Kreislauf kam in Schwung, ihr wurde warm. Sie würde sich einiges von der Seele laufen müssen: die Trauer über ihre sterbende Mutter und den Ärger über Stieg, mit dem sie sich heute Morgen gestritten hatte. Worum war es eigentlich gegangen? Ach ja, eine Reise nach China, die er machen wollte, weil Freunde oder Kunden davon geschwärmt hatten, und sie wollte nicht, weil sie das zu teuer fand und sich zu dem Land nicht besonders hingezogen fühlte. Am Ende war es mal wieder um Geld gegangen, aber sie wollte jetzt

311

nicht über Geld nachdenken oder über Stiegs lässige Haltung zum Thema Schulden. Ob sie Forsberg raten sollte, sich Cederlunds gute Werke mal etwas näher anzusehen? Nein, lieber erst selbst recherchieren, beschloss sie. Morgen würde man hoffentlich genau wissen, ob die Kinderleiche im Wald Valeria war. Und vielleicht auch schon, ob Cederlund etwas damit zu tun hatte. Sie lief schneller, atmete im Rhythmus ihrer Schritte. Hätte sie sich umgedreht, hätte sie gesehen, wie sich zwischen den Felsen jemand aufrichtete und mit dem Lauf einer Waffe auf sie zielte. So aber spürte sie nur den Schmerz, als das Geschoss sie traf. Einen Knall hörte sie nicht.

Die Sportsbar lag in einer Seitenstraße zur Avenyn, es lief irgendein Fußballspiel, keine Live-Übertragung, und der Laden war auch ziemlich leer. Leander interessierte sich nicht für Sport, und heute schon gar nicht. Er hatte eine Cola vor sich stehen, er musste nüchtern bleiben, für den Fall, dass … Ebenso gut hätte er auch im Büro herumlungern können, oder wirklich zur Buchmesseparty gehen, wie er Tinka gegenüber behauptet hatte, aber es hatte ihn seltsamerweise in diese Kneipe gezogen, in der er noch nie zuvor gewesen war und in die er normalerweise nie einen Fuß setzen würde. Er wollte allein sein, allein unter Fremden, wollte nachdenken.

Warum konnte der Erpresser ihm nicht einfach sein Opfer nennen und es ihm überlassen, wie er es anstellte? Weil ich kein professioneller Killer bin, beantwortete sich Leander die Frage selbst. Ich könnte mit dem Opfer Kontakt aufnehmen. Und, fiel ihm ein, weil der Typ dann nicht weiß, für welche Zeit er sich ein Alibi besorgen muss.

Pausenlos zerbrach Leander sich den Kopf darüber, wer hinter alledem stecken könnte. Von Tinkas Annahme, dass der Kerl im Dunstkreis des Opfers zu suchen wäre, war Leander nicht restlos überzeugt, obwohl es am wahrscheinlichsten war. Vielleicht aber, spekulierte er, geht es auch um mich. Es gibt genug Leute, die mich für einen arroganten Hund halten, und möglicherweise haben sie sogar recht damit. Jemand vom Sender, der an seinem Stuhl sägte? Auch wenn dort ein lockerer Ton herrschte, so war es doch ein Haifischbecken, darüber machte er sich keine Illusionen. Aber etwas Derartiges traute er eigentlich keinem seiner Kollegen zu. Und außerhalb von *SR*? Er würde in den kommenden Tagen einigen Autoren begegnen, darunter sicher auch welche, die ihn abgrundtief hassten. Ein Krimiautor vielleicht. Mit denen war er nie besonders wohlwollend umgegangen. So einer hätte womöglich genug Phantasie für dieses sadistische Spiel. Im Geist ging er die Verrisse der vergangenen ein, zwei Jahre durch. Aber es konnte ebenso gut einer sein, den er gar nicht berücksichtigt hatte. Nichtbeachtung war ja oft schlimmer als negative Kritik. Andererseits sträubte sich sein Inneres gegen die Vorstellung, dass jemand wegen einer schlechten oder nicht erfolgten Kritik eine solche Nummer abzog. Das wäre doch völlig absurd! Krank! Genauso gut konnte es jemand sein, der gar nichts gegen ihn hatte, ein Irrer, dem er lediglich als Forschungsobjekt diente.

Der Erpresser hatte sich seit gestern nicht mehr gemeldet, und auch Leander hatte ihm keine Nachricht mehr geschickt. Es war ja auch alles gesagt. Leander war angespannt. Diese Warterei machte ihn irre. Ausnahmezustand, dachte er. Er sah sich verstohlen um, aber die anderen Gäste, alles Männer, beachteten ihn nicht. Wenn ihr wüsstet … Wenn ihr wüsstet, dass hier einer sitzt, der bereit ist zu töten. Der in seinem Wagen eine Pistole liegen hat und nur noch auf das Kommando wartet, einen Menschen zu erschießen.

Wenn ich erst ein Mörder bin, dachte er, dann bin ich für immer erpressbar. Hält dieser Zustand dann an? Und bekommen wir dann wirklich Lucie zurück?

Es hatte ihn gewundert, dass Tinka ihn so einfach hatte gehen lassen. Unmöglich, dass sie ihn nicht durchschaute, er schaffte es ja auch sonst kaum, sie zu belügen. Aber was sagte sie ihm mit ihrem Schweigen? Leander kannte nur eine Antwort darauf: Tief im Innern wollte auch sie, dass er es tat. Für Lucie. Für uns.

Für uns. Wenn ich diesen Mord – ja, nichts anderes war das, was er vorhatte, Lucie hin oder her –, wenn ich also diesen Mord begehe, dachte Leander, dann müssen Tinka und ich für immer zusammenbleiben. Ein gemeinsames Verbrechen schweißt viel mehr zusammen als ein Eheversprechen. Wir dürften uns nie mehr trennen, selbst dann nicht, wenn wir Lucie nicht zurückbekommen. Und wenn Tinka mich eines Tages verlässt, dann müsste ich auch sie töten – sicherheitshalber. Was für ein absurdes Gedankenspiel!

Plötzlich wurde ihm warm, heiß sogar. Er hatte das Gefühl, dass sein Brustkorb immer enger wurde. Was war das? Eine Panikattacke, ein Herzanfall? Er hielt es nicht länger aus, er musste an die Luft. Als er aus der Kneipe trat, klingelte sein Mobiltelefon.

Tinka.

Er überlegte, ob er überhaupt abnehmen sollte. Aber es war ja noch nichts geschehen, er konnte ja so tun, als wäre er auf der Party.

»Ja?«, sagte er.

»Wo bist du?«

»In … der Stadt.«

»Komm mit dem Wagen nach Dansholmen, ich brauche deine Hilfe. Beeil dich.«

»Was?!«

Aufgelegt. Er rief zurück, aber sie nahm nicht ab. Völlig verwirrt setzte sich Leander in den Wagen und fuhr, so schnell es der dichte Feierabendverkehr zuließ, aus der Stadt hinaus. Was war da los? Als er vor einer roten Ampel in der Schlange stand, öffnete er das Handschuhfach. Die Pistole war da. Was also trieb Tinka in Dansholmen? War das eine Falle? Hatte jemand Tinka entführt und sie zu dem Anruf gezwungen, war sie deshalb so kurz angebunden gewesen? Herrgott, dieser Scheißverkehr! Warum ging es denn nicht vorwärts?

Es dämmerte bereits, als Leander in einer Staubfahne auf den Parkplatz schoss. Zuerst sah er nur einen roten Peugeot, den er nicht kannte. Er stieg aus. Wie aus dem Nichts kam Tinka über den Platz auf ihn zugelaufen. Gott sei Dank, ihr war nichts passiert!

»Du musst näher ranfahren«, sagte sie und ging auf den fremden Peugeot zu. Leander folgte ihr. Tinka öffnete die Tür und schlug die Decke zurück, die über dem Körper lag. Und dann starrte Leander auf die leblose Gestalt seiner früheren Geliebten.

»Wo ist er?« Malin Birgersson trat unaufgefordert ins Büro und lehnte sich an Forsbergs unaufgeräumten Schreibtisch.

»Keine Ahnung«, sagte Selma. »Er hat einen Anruf bekommen und ist ohne ein Wort zu sagen losgerast. Gerade noch hat er mir einen Vortrag von Jupiter und den Ochsen gehalten.«

Malin verdrehte die Augen.

»Gut, dass du da bist und ein bisschen für Struktur sorgst.«

Struktur. Was Malin wohl damit meinte?

»Ihr wart mal zusammen«, sagte Selma.

»Hat er dir das erzählt?«

»Das merkt man.«

»Echt?«

»Ist ja nicht schlimm«, sagte Selma.

»Na ja. Du kennst ihn ja jetzt auch schon ein bisschen, also kannst du dir vorstellen, dass es nicht allzu lange gut ging. Diese Sache mit Annika, das schwebt wie eine dunkle Wolke über ihm.« Malin malte mit dem Finger Kreise auf eine freie Stelle auf Forsbergs Schreibtisch.

»Was hältst du von der Sache mit den Postkarten?«, fragte Selma.

»Die Postkarten …« Malin wirkte erstaunt und fragte schon wieder: »Hat er dir davon erzählt?«

»Ich hab sie gesehen«, sagte Selma. »Sieben Stück.«

»Oh«, sagte Malin und fand offenbar, dass das alles war, was man dazu sagen konnte, denn sie wechselte das Thema: »Hast du diese Camilla aus Öckerö gefunden?«

»Das hat sich erledigt.« Selma wiederholte für Malin noch einmal das, was sie schon Forsberg berichtet hatte. An der Stelle mit dem Vaterschaftstest ließ Malin erneut ein verwundertes »Oh« hören, und als Selma geendet hatte, fing sie wieder an, Kreise zu malen.

»Er brüstet sich also damit, dass er trotz des negativen Tests ein paar Jahre lang Unterhalt für das Kind bezahlt hat?«, sagte sie dann.

»Ja«, bestätigte Selma.

»Ein bisschen zu viel Edelmut, oder?«

»Was meinst du?«, fragte Selma verunsichert. Sie hatte Nordin seine altmodische, altruistische Haltung abgenommen – Kinder, die nach Hause zu ihren Müttern gehören. War sie etwa seinem Patriarchencharme auf den Leim gegangen?

»So ein Test lässt sich fälschen. Laboranten sind auch nur Menschen«, sagte Malin.

»Aber warum hat er dann freiwillig …?« Selma unterbrach sich, und Malin sprach bereits ihren Gedanken aus.

»Damit Camilla Ruhe gibt und nicht nachhakt.«

»Okay, aber selbst wenn er zwanzig Jahre lang hätte zahlen müssen, das wäre für ihn doch ein Klacks gewesen«, erwiderte Selma.

»Es geht doch nicht um das bisschen Unterhalt«, sagte Malin, »sondern um Erbansprüche. Da steht eine ganze Menge mehr auf dem Spiel. Dafür lohnte es sich schon mal, in einen gefälschten Test zu investieren und die abgelegte Geliebte ein paar Jahre lang mit einem Almosen ruhigzustellen.«

Selmas Faust schlug auf die Tischplatte.

»Mist! Und ich hab ihm echt geglaubt! Oh, ich bin so saublöd!«

»Bist du nicht«, sagte Malin. »Das ist das Erfolgsgeheimnis von Leuten wie Nordin. Sie wirken ungemein seriös und überzeugend und damit wickeln sie jeden ein.«

»Aber ich bin Polizistin, das hätte mir nicht passieren dürfen.«

Malin spann den Faden weiter.

»Und selbst wenn es stimmt und er tatsächlich nicht der Vater ist, dann heißt das noch lange nicht, dass auch Camilla das akzeptiert und verinnerlicht hat. Vielleicht hat sie ihre

Tochter und sich selbst gern in dem Glauben gelassen, dass ihr Vater ein bedeutender Mann wäre, und nicht ein dahergelaufener Student, aus dem vielleicht nie etwas wurde. Der Mensch ist ungemein begabt darin, Dinge auszublenden, die er nicht glauben will.«

»Du hast recht«, sagte Selma, deren Jagdfieber gerade einen neuen Schub erhalten hatte. »Wir müssen Lillemor Ahlborg finden, ihre Tochter. Ich hatte schon die ganze Zeit so ein … na ja, ist ja egal.«

»Was?«, fragte Malin.

»So ein Bauchgefühl«, gestand Selma. »Das ist nicht professionell.«

»Es ist das, was dir dein Unterbewusstsein sagt. Das weiß oft mehr als der Verstand. Gott, ich hör mich an wie eine Briefkastentante.« Malin grinste.

»Die Wohnung!«, fiel Selma ein. »Sie hat die Wohnung verkauft. Über einen Makler. Der muss doch Kontakt zu ihr gehabt haben. Ich verkaufe ja schließlich keine Wohnung von einem Phantom.«

»Gute Idee«, sagte Malin, stieß sich von Forsbergs Schreibtischplatte ab und besann sich auf das, was sie eigentlich in dieses Büro geführt hatte: »Ach ja, was ich euch sagen wollte: Die Leiche im Wald ist Valeria. Das Haar ist identisch mit denen in ihrer Haarbürste, die die Spurensicherung aufbewahrt hat. Man hat außerdem ihre Fingerabdrücke in Cederlunds Sommerhaus gefunden, auf einer Puppe und auf dem Papier eines Schokoriegels. Und sie haben Fingerabdrücke auf diesen Müllsäcken gefunden, in die sie eingewickelt war. Die stammen aber nicht von Cederlund.«

»Krull?«, fragte Selma.

»Nein, auch nicht.«

»Jemand hat also die Drecksarbeit für Cederlund ge-macht«, schlussfolgerte Selma. Sie winkte Malin an ihren Tisch, auf dem noch immer Valerias Zeichnungen lagen. »Es ist zwar nur ein Indiz, kein Beweis, aber vielleicht …«

Kaum hatte Selma ihre Erläuterung beendet, eilte Malin aus dem Zimmer, und Selma hörte sie durch den Gang brül-len.

»Bergeröööd! Lass jetzt die Kaffeesauferei, wir müssen sofort nach Biskopsgården raus …«

Dieser Geruch. Sie kannte diesen Geruch. Es roch … nach alten Möbeln … und nach Holzfeuer … und Mäusepisse. Eva blinzelte. Stoff. Bräunliche Streifen. Irgendwo war Licht. Eine Lampe. Ihr Kopf lag auf etwas Weichem, das sich klamm an-fühlte und muffig roch. Es fühlte sich an wie das Aufwachen in ungewohnter Umgebung, einem Hotel, einer fremden Wohnung. Die ersten Sekunden, ehe man sich erinnerte, wo man war und warum. Nur gab es dieses Mal keine Orientie-rung. Sämtliche Koordinaten waren verloren gegangen, sie hatte keine Ahnung, wo sie war, an welchem Punkt ihres Lebens sie sich gerade befand, und diese Leere versetzte sie in Panik. Sie wollte schreien, aber ihr Mund war trocken, und ihre Kehle auch. Stimmen. Eine Frau.

»… dauert jetzt nicht mehr lange.«

»Hoffentlich!«

Das war … das war Leanders Stimme! Leander, sie er-innerte sich an Leander, diesen viel zu schönen Mann. Wieso hörte sie seine Stimme? Wieso Leander? Es gab doch … den Wikinger. Stieg war sein Name. Ja, sie war verheiratet mit

Stieg, das fiel ihr in dieser Sekunde wieder ein. Stieg. Da war etwas Unangenehmes, das sich mit dem Gedanken an ihn verband. Was? Es war wie weggewischt. Wieder hörte sie die Stimme von Leander.

»... nicht gleich mit diesem Ding da auf sie schießen müssen.«

Die Frau: »Woher sollte ich wissen, ob sie kooperiert?«

Leander: »Weißt du es denn jetzt?«

Die Frau: »Wir werden ihr keine Wahl lassen.«

Pause.

Was hatte das zu bedeuten? Was für eine Wahl?

Leander: »Du hast mich hintergangen!«

Die Frau: »Dann sind wir ja jetzt quitt.«

Leander: »Das ist kein Spiel, Tinka.«

»Denkst du, das weiß ich nicht?«

Eine Weile blieb es ruhig. Etwas knackte. Feuer. Ein Kamin.

Evas Gehirn begann wieder zu arbeiten, wie ein Computer, der langsam hochfuhr. Szene für Szene kehrte die Erinnerung zurück. Ihre Mutter. Was hatte sie noch mal über Cederlund erzählt? Egal. Dann das Joggen. Es war kalt gewesen und windig und das Meer rosarot. Die Gestalt in den Felsen ... Tinka? Tinka Hansson? Und sie hatte auf sie geschossen? Warum war sie dann nicht tot? Eva versuchte, sich aufzurichten, aber ihre Muskeln gehorchten ihr nicht und ein messerscharfer Schmerz fuhr ihr durch den Kopf.

Vor die Lampe schob sich ein Schatten.

»Eva? Bist du wach?«

Leander.

»Durst.«

Er ging weg. Eva hob den Kopf an, was sie über die Maßen

anstrengte. Wieder diese stechenden Kopfschmerzen. Allmählich gewann der Raum Konturen. Eine Kanne Tee stand
auf einem Tisch und zwei Becher. Tinka Hansson saß davor,
sie trug Jeans und einen Kapuzenpulli und sah zu ihr hin. Ihr
Haar glänzte wie flüssiges Gold im Schein des Feuers, das in
einem offenen Kamin brannte. Das Holz musste feucht sein,
es hing Qualm in der Luft. Die Decke des Raums bestand aus
breiten Holzbalken, auch der Fußboden war aus Holz. Hinter dem Tisch befand sich eine kleine Küchenzeile, darüber
ein Regal mit Geschirr.

Eine Hütte oder ein Bootshaus.

Leander kam zurück und half ihr, sich aufzusetzen. Die
Decke, die man über sie gelegt hatte, rutschte auf den Boden.
Eva bemerkte einen Flecken auf ihrer Fleecejacke, der wie
angetrocknetes Blut aussah. Ihre Hand fuhr unter ihr T-Shirt.
Die Haut darunter hatte nicht den winzigsten Kratzer. Seltsam. Leander hob die Decke auf und reichte ihr ein Glas
Wasser, das sie mit unbeholfenem Griff umklammerte und in
einem Zug leerte. Nun erschien auch Tinka und betrachtete
sie mit distanziertem Interesse.

Eva wollte aufspringen, diesem Miststück an die Gurgel
gehen, aber sie schaffte es nicht einmal, aufzustehen. Sie kam
einfach nicht in die Höhe, es ging nicht.

»Was habt ihr mit mir gemacht?«, schrie sie, bereute es aber
sofort, denn ein höllischer Kopfschmerz war das Ergebnis.

Tinkas Stimme klang ruhig und nüchtern.

»Ich war das. Das wird wieder. Die Dosis war vielleicht
etwas hoch, ich hatte mit einem Mann gerechnet.«

»Einem Mann«, sagte Eva verwirrt, aber Tinka war bereits aus ihrem Sichtfeld verschwunden. Sie sagte etwas zu
Leander, das Eva nicht verstand. Eine Tür quietschte. Leander

setzte sich auf die Armlehne des Sofas und blickte sie besorgt und irgendwie reumütig an.

»Ich kann's dir erklären«, sagte er.

»Das hoffe ich«, sagte Eva.

Das Haus hatte Schlagseite. Über die komplette rechte Außenwand zog sich ein breiter Riss, Dachziegel waren herabgefallen und rote Mauersteine lagen in der Einfahrt zu den Garagen. Wie nach einem Erdbeben, dachte Forsberg.

Die Straße war abgeriegelt worden, vor dem Haus standen zwei Streifenwagen, eine Ambulanz und drei Einsatzfahrzeuge der Feuerwehr. Von einem Einsatz war aber nicht viel zu bemerken, die Hilfskräfte lungerten herum, mit wichtigen Mienen und Handys am Ohr. Funkgeräte quakten. Vor den Absperrbändern hatte sich eine kleine Menschenansammlung gebildet. Forsberg erkannte einige der Hausbewohner, darunter auch Frau Biriat, die ihn angerufen hatte. Zum Glück war inzwischen deren Mann eingetroffen, der seine melodiös lamentierende Frau zu trösten versuchte. Die Kinder hingen am Arm der Mutter wie Regenschirme und kauten auf ihren Daumen herum. Der Rest seiner Nachbarn schaute genauso besorgt und irritiert drein wie Forsberg selbst.

»Das musste ja so weit kommen!« Der alte Grantler aus dem Erdgeschoss. »Wie oft hab ich diesem Mistkerl schon geschrieben, aber nie hat er reagiert! Der wusste schon, warum er nicht selbst in seinem bröseligen Kasten gewohnt hat!«

»Was wird jetzt aus unseren Sachen? Ich hab ein Kind, ich steh quasi auf der Straße«, rief die junge Mutter aus dem ersten Stock einem der Feuerwehrleute zu, aber der Mann tat beschäftigt.

»So nah am Sumpf hätte man gar nie bauen dürfen!«, hörte Forsberg den schwergewichtigen Mann aus dem Haus gegenüber fachsimpeln. Forsberg nannte ihn »den Blockwart«, weil er stets mit wichtiger Miene und seinem Schäferhund bei Fuß durchs Viertel streifte und jeden Falschparker anzeigte. Der Blockwart redete mit einer Frau, wohl auch eine Nachbarin, denn sie meinte: »Ich such mir jetzt wirklich was anderes, am Ende fällt mir sonst auch noch die Decke auf den Kopf.«

Die beiden Streifenpolizisten waren Jüngelchen, die Forsberg nicht kannte, also griff er sich den Einsatzleiter der Feuerwehr und zeigte ihm seinen Dienstausweis.

»Wurde jemand verletzt?«

»Nein, wie es aussieht, nicht«, antwortete der Mann, ein blonder, bärtiger Hüne, ungefähr in Forsbergs Alter.

»Was genau ist denn passiert?«

»Es sieht so aus, als wäre die rechte Mauer ein Stück abgesackt, ganz plötzlich. Aber warum …?« Er hob die Schultern. »Es gab keine Detonation oder etwas Ähnliches. Auch kein Erdbeben.« Er grinste, hörte aber gleich wieder auf damit, als er Forsbergs grimmigen Blick auffing. »Das müssen die Sachverständigen klären. Wir organisieren gerade Stützen vom Bauhof.«

»Ich wohne da drin, ich müsste mal kurz …«, begann Forsberg.

Der Feuerwehrmann wurde dienstlich. »Das geht auf gar keinen Fall! Es besteht akute Einsturzgefahr.«

»Die besteht schon seit Jahren«, sagte Forsberg.

»Niemand kann sagen, wann das Ding ganz zusammenkracht – und dann?«, fragte ihn der Einsatzleiter und blickte ihn an wie ein Lehrer einen besonders renitenten Schüler.

»Ich möchte ja nur schnell ein paar wichtige Dinge holen.«

Der Hüne runzelte die Stirn.

»Und wer will das verantworten? Ich nicht!«, rief er und murmelte dann in seinen Bart. »Nimm den Hintereingang, aber sieh zu, dass dich niemand sieht.«

»Dann eben nicht«, sagte Forsberg laut und nickte dem Bärtigen zu. Der Feuerwehrmann zwinkerte und ging wieder seiner Arbeit nach, die offenbar darin bestand, mit irgendwem zu telefonieren.

Wichtige Dinge, dachte Forsberg, während er sein Rad um die Ecke schob.

Vor dem Hintereingang stand ein junger Streifenpolizist, der vor Forsbergs Dienstmarke und seinem forschen »Kommissar Forsberg, Spezialeinheit Gebäudesicherheit« respektvoll zurückwich.

Das Treppenhaus sah aus wie immer, nur lag mehr Staub als sonst auf den Stufen, der die Sohlenabdrücke der geflüchteten Mieter zeigte. In seinem Wohnungsflur schien zunächst alles unverändert, aber im Schlafzimmer bog sich die Decke durch wie eine Hängematte. Forsberg machte sich lang und zog seine Sporttasche vom Schrank herunter. Keine gute Idee. Sie war bedeckt von rotem Ziegelstaub, der nun auf ihn herabrieselte und ihn einnebelte. Das Zeug brannte in den Augen.

Wichtige Dinge …

Durch einen Tränenschleier in der Sicht behindert, riss er wahllos ein paar Kleidungsstücke aus dem Schrank und stopfte sie in die Tasche. Im Bad lag der Spiegel zerbrochen im Waschbecken. Forsberg konnte sein Rasierzeug und die Zahnbürste retten. Aus dem Wohnzimmer, in dem keine Spuren von Verwüstung zu bemerken waren, nahm er einen Ordner mit Papieren, deren Wiederbeschaffung höchst lästig geworden wäre, das Fotoalbum von Annika und seinen Laptop mit, den Bergeröd neulich als »Dinosaurier« bezeichnet hatte. Gut, dass ich mir noch immer keinen neuen Fernseher angeschafft habe, dachte Forsberg und warf noch eine Handvoll CDs in die Tasche. Die meisten hatte er schon jahrelang nicht mehr gehört. Musik mogelte sich am Verstand vorbei, direkt in seine Seele, und diesem schutzlosen Zustand hatte er sich nicht allzu oft aussetzen wollen. Seine Bücher. Für die war jetzt kein Platz. In der Küche lag eine Schicht von Putz und Mauerwerk über allem und er konnte durch den Riss in der Wand auf die Straße schauen. Die Postkarten! Er grub sie unter einem Haufen Schutt hervor, der auf dem Küchentisch lag. Wieder wurde er eingestaubt, dieses Mal von weißgrauem Mörtel. Zwischen den Mauerbrocken bemerkte er eine kleine Plastikpuppe, die nicht zu seinem Hausstand gehörte. Er sah nach oben. Der Riss in der Decke war armdick, durch die Staubschlieren konnte er bis in die Küche der Biriats schauen. Er verspürte einen Niesreiz, den er unterdrückte, in der irrationalen Angst, sein Niesen könnte das Haus endgültig zum Einsturz bringen, wie in einem Comic. In der Tasche war noch Platz für Annikas Foto, das schmutzig, aber unversehrt auf dem Kühlschrank stand. Und sein Schweizer Messer. Der betagte Zanussi selbst funktionierte noch einwandfrei, Forsberg evakuierte daraus ein Sixpack Norrlands Guld und die angebrochene Wodkaflasche, ehe er den Stecker herauszog. »Sorry, Kumpel«, murmelte er und dann sah er zu, dass er wegkam. Erst im Flur fiel ihm ein, dass er gar nicht in

Annikas Zimmer gewesen war. Aber was sollte er von dort auch mitnehmen? Was würde sie mitnehmen, was sie nicht schon mitgenommen hatte? Er verzichtete darauf, den Raum noch einmal zu betreten, und als er die Tür hinter sich zuzog, war ihm klar, dass er nie mehr zurückkommen würde. Seltsamerweise fühlte er dabei gar nichts.

»Ich hätte da etwas ganz Besonderes: das Wohnrecht für ein exklusives Dachstudio in Vasastaden, super Lage, toprenovierter Altbau, Tageslichtbad, Parkett, gerade erneuert, sechzig Quadratmeter plus ein großer Balkon zur Südseite, was sagen Sie dazu?«

»Sehr schön. Aber eigentlich wollte ich …«

»Sie wissen ja wohl auch, was die drei wichtigsten Punkte bei der Immobiliensuche sind? Lage, Lage, Lage! Und diese hier ist wirklich 1a!«

Der kleine, rundliche Mann breitete die einzelnen Seiten des Exposés vor Selma aus und strahlte sie an wie der Vollmond. »Das dürfen Sie gerne mitnehmen.«

»Ja, danke«, sagte Selma. »Aber jetzt bin ich dienstlich hier. Sie haben im Juli eine Wohnung am Schlosswald verkauft, die Besitzerin hieß Lillemor Ahlborg.«

Der Makler zog eine Schnute und schüttelte den Kopf.

»Haben Sie noch andere Mitarbeiter?«

»Nein, ich bin ein Ein-Mann-Unternehmen«, sagte Viktor Arvidsson stolz. »Seit fünfzehn Jahren die Top-Adresse in Göteborg. Meine Kunden kommen immer wieder oder schicken inzwischen schon ihre Kinder zu mir, wenn die flügge geworden sind. Vertrauen ist mein Kapital!«

Selma nannte ihm erneut die Adresse und sagte: »Es ist zwei Monate her, Sie müssen sich doch noch an den Verkauf der Wohnung erinnern!«

»Ich erinnere mich sehr gut an die Wohnung, ein wunderschönes Objekt, ein Sahnestückchen, ging sofort an einen Interessenten in meiner Kundenkartei weg, ich brauchte nicht einmal zu inserieren. Aber dieser Name … Augenblick mal.« Er blätterte in einer Hängeregistratur, schlug eine Akte auf und dann wieder zu. »Doch, Sie haben recht. Ahlborg. Oder eigentlich auch wieder nicht. Ahlborg hieß die Mieterin, die verstorben war. Camilla Ahlborg.«

»Und wie hieß der Verkäufer?«, fragte Selma.

»Das weiß ich nicht«, sagte Arvidsson.

»Aber jemand muss Sie doch beauftragt haben.«

»Ich habe immer nur mit einer Bevollmächtigten zu tun gehabt, und auch das nur per Telefon. Zur Beurkundung des Vertrags kam dann ein Anwalt. Das kommt bisweilen vor, wenn die Käufer oder Verkäufer der Immobilie im Ausland leben oder nicht in Erscheinung treten wollen. Ich bin bekannt für meine Diskretion.« Arvidsson grinste.

Wahrscheinlich hat er sich diese Diskretion ein paar Zehntausender in bar und ohne Quittung kosten lassen, dachte Selma.

»Ich brauche den Namen des Bevollmächtigten.«

Das Mondgesicht verdüsterte sich.

»Sonst bleibt mir nichts anderes übrig, als einen Durchsuchungsbeschluss Ihrer Büroräume zu erwirken. Wir ermitteln hier nämlich in einer Mordsache.«

Das entsprach zwar nicht ganz der Wahrheit, aber es half, denn Arvidsson blinzelte nun erschrocken hinter seinen runden Brillengläsern.

»Mord? Mein Gott! Damit will man ja lieber nichts zu tun haben.«

»Eben«, sagte Selma.

»Es war eine Frau.« Der Makler schlug erneut die Akte auf. »Catherine Tjäder aus Stockholm, genauer gesagt: Östermalm, Valhallavägen. Sehr schöne Lage, kaum noch bezahlbar ...«

»Herr Arvidsson!«

»Also, im Vertrauen: Mir kam das ja auch alles ein wenig komisch vor, deshalb habe ich die Frau mal gegoogelt. Macht man ja heutzutage so.« Der Makler lächelte schelmisch, offenbar hielt er sich für besonders gerissen. »Ich dachte, es wäre eine Anwältin, aber dann habe ich ganz schön gestaunt.«

»Und warum haben Sie gestaunt?«, fragte Selma, um Geduld bemüht.

»Es war eine Agentin.«

»CIA, FBI oder Mossad?«, fragte Selma. Das Mondgesicht wollte sie doch nicht etwa verarschen?

»Nicht so eine ... Eine Agentin für Künstler. Genauer gesagt: Schriftsteller. Ich wusste bis dahin gar nicht, dass es diesen Beruf gibt und dass die auch solche Sachen machen – ich meine, Wohnungen verkaufen für ihre Klienten. Das gehört sicher nicht zum Kerngeschäft, habe ich mir gedacht. Bestimmt ist die ehemalige Besitzerin der Wohnung eine Berühmtheit, die inkognito bleiben will.«

»Woher wissen Sie, dass es eine Besitzerin war?«, fragte Selma.

»Frau Tjäder – eine sehr sympathische Dame übrigens, zumindest am Telefon – hat immer von ›ihrer Klientin‹ gesprochen. Aber den Namen hat sie nie genannt. Der müsste eigentlich im Kaufvertrag stehen, aber der liegt mir nicht vor. Am besten, Sie wenden sich an das Notariat, bei dem der Kauf abgewickelt wurde. Die Adresse kann ich Ihnen geben.«

»Danke«, sagte Selma und stand auf.

»Vergessen Sie das Exposé nicht! Rufen Sie mich an, dann zeige ich Ihnen die Wohnung. Aber zögern Sie nicht zu lange, die Lage ist absolut gesucht! Und was die Finanzierung angeht: Da kann ich Ihnen zu einem sehr günstigen Kredit verhelfen. Sonderkonditionen für Staatsbeamte.«

»Ich überlege es mir«, sagte Selma, ergriff die Mappe und flüchtete aus dem Maklerbüro die breiten Marmortreppen hinunter.

Sie konnte es kaum erwarten, mit ihren Recherchen zu beginnen, und holte bereits in der Straßenbahn ihr Notebook aus dem Rucksack.

Netterweise waren auf Catherine Tjäders Webseite die vierundzwanzig Autoren aufgeführt, die sie betreute. Selma sagten die Namen nichts, bis auf einen: Eyja de Lyn.

»Mich laust der Affe!«, flüsterte sie. »Das kann nicht wahr sein. Das gibt's doch nicht.«

Beinahe hätte sie ihre Haltestelle verpasst, im letzten Moment quetschte sie sich zur Tür hinaus. Atemlos kam sie vor ihrem Haus an, rannte die Stufen hinauf und hielt vor Schreck die Luft an. Von den Stufen vor ihrer Wohnungstür erhob sich ein weißes Gespenst mit roten Augen.

»Forsberg«, keuchte Selma, nachdem sie ihren Vorgesetzten identifiziert hatte. »Du siehst aus wie ein Krapfen mit Puderzucker.«

»Ja, ich weiß, ich sollte abnehmen«, sagte Forsberg und trat zur Seite, wobei weißer Staub durch die Luft flirrte. »Das Haus ist … also, es steht noch, aber sie lassen niemanden mehr rein. Kann ich ein paar Tage …?«

329

»Klar. Warum hast du mich nicht angerufen?«

»Ich weiß nicht«, sagte Forsberg. »Es tat gut, hier zu sitzen und nachzudenken. Die Mutter von unserer kleinen Freundin Wilma hat mich reingelassen, aber sie hat mich ganz komisch angesehen, als ich sagte, ich wolle zu dir.«

Selma öffnete die Tür und riet Forsberg, mal in den Spiegel zu schauen, dann würde er das vielleicht verstehen.

An einem Winterabend stand plötzlich ihr Stiefbruder mit zwei Koffern vor der Tür. Camilla schien nicht allzu überrascht zu sein, offenbar wusste sie von seiner Ankunft, hatte es aber nicht für nötig gehalten, Lillemor etwas davon zu sagen. Sein Vater war gestorben.

Lillemor hatte ihren Stiefbruder nicht sehr vermisst und auch nur selten an ihn gedacht. Dennoch freute sie sich, ihn zu sehen, und fand es ungewohnt großzügig von ihrer Mutter, ihn aufzunehmen. Dass sie ab jetzt kein eigenes Zimmer mehr hatte und bei ihrer Mutter schlafen musste, gefiel ihr allerdings weniger. Ihre Schreibmaschine stand nun unter ihrem Bett, und wenn sie schreiben wollte, musste sie sich an den Küchentisch setzen, wo sie viel öfter gestört wurde.

Erst viel später erfuhr Lillemor Einzelheiten: Camillas Exmann Ingvar war nach einer Messe in einem abgelegenen Ort von der Straße abgekommen, in einen See gefahren und darin ertrunken. Angeblich war er stark alkoholisiert gewesen, man munkelte auch etwas von Selbstmord, aber das konnte nicht bewiesen werden. Da sein Sohn minderjährig war und die Mutter unauffindbar, wurde Ingvars Mutter zum Vormund ihres Enkels und erhielt dafür Geld von der Jugendfürsorge. Die Frau kam aber mit dem aufsässigen, pubertierenden Jungen nicht klar, und da er ständig nach Camilla fragte und schließlich einfach nach Göteborg durchbrannte, arrangierten sich die beiden Frauen sozusagen unter der Hand: Ingvars Mutter überließ Camilla den Jungen und das Geld von der Fürsorge, das Camilla gut gebrauchen konnte.

Ihr Bruder war gewitzt und raffiniert und laut Camilla »ein ziemlicher Taugenichts«. Irgendwann ertappte ihn Lillemor, wie er auf Camillas Bett saß und in ihren getippten Manuskripten las. Wütend entriss sie ihm die Blätter und warf ihn hinaus. Lillemor wusste, dass ihr Bruder durchs Schlüsselloch schaute, wenn sie oder Camilla im Bad waren oder sich im Schlafzimmer auszogen. Bestimmt war das bei dreizehnjährigen Jungs normal, und seltsamerweise war es ihr auch egal. Im Gegenteil, zuweilen verursachte ihr das Wissen darum ein seltsames Prickeln auf der Haut. Er konnte ihretwegen ihren Körper ansehen, aber ihre Geschichten zu lesen, das war wie ein Blick in ihr Innerstes, und das ging niemanden etwas an.

Von ihrem kindlichen Berufswunsch Bibliothekarin war Lillemor nun, mit sechzehn, abgekommen. Jetzt war es ihr heimlicher Traum, Schriftstellerin zu werden. Über den Weg dorthin hatte sie sich allerdings noch keine Gedanken gemacht. Es war eben ein Traum, etwas Diffuses, das vielleicht, eines fernen Tages, schicksalhaft über sie kommen würde, einfach so. Die Autoren, deren Bücher sie las und die sie aus dem Fernsehen und aus der Zeitung kannte, waren erwachsene Menschen, die meisten sogar schon ziemlich alt, und Lillemor bezweifelte, ob sie als Erwachsene jemals so klug sein würde wie diese Leute. Sie packte die Blätter in den großen Koffer, der auf dem Schrank lag und den man abschließen konnte. Den Schlüssel trug sie ab sofort immer bei sich.

Doch ein paar Wochen später kam sie von der Schule nach Hause und der Koffer war gewaltsam geöffnet worden und alle ihre Manuskripte waren verschwunden.

Tinka hockte mit angezogenen Knien auf der Gartenbank. Durch das Geäst der Bäume und Sträucher, die das kleine Haus umgaben wie ein schützender Wall, betrachtete sie die Mondsichel, die auf den Askimsviken herablächelte.

Die Begegnung mit Leanders Exgeliebter hatte die alte Wunde wieder aufgerissen, und es fiel Tinka schwer, in Gegenwart dieser Frau einen kühlen Kopf zu bewahren. Aber das musste sie, unbedingt.

Ausgerechnet Eva Röög! Das hatte ihr Plan nicht vorgesehen.

Als Leander gestern mit der Pistole aus der Wohnung gestürmt war, sein Telefon jedoch dagelassen hatte, hatte Tinka dem Erpresser eine SMS mit ihrer Handynummer geschickt, und der Nachricht, künftig lieber nicht mehr das normale Handy benutzen zu wollen. Da die Nachricht von Leanders Telefon kam, schien ihr der Kerl zu glauben und akzeptierte die angebliche Vorsichtsmaßnahme.

Ja, sie hatte Leander hintergangen, aber sie hielt nun einmal gern die Fäden in der Hand. Und sie hatte etwas wiedergutzumachen, sie, nicht er.

Um 17.25 Uhr, Tinka hatte gerade die Nachrichten gehört und mit Forsberg telefoniert, kam die SMS: *Fahr zum Parkplatz Dansholmen.*

Tinka zog sich Turnschuhe und ein Kapuzensweatshirt an und nahm ein Taxi bis zum Hafen von Fiskebäck. Von dort ging sie zu Fuß. Ihr Haar war unter der Kapuze verborgen und die Waffe hatte sie zerlegt und in ihre Sporttasche aus blauem Segeltuch gepackt, die sie über der Schulter trug. Sie sah aus, als käme sie gerade von einem der vielen Boote, deren Masten sanft hin und her schaukelten.

Ich bin da, schrieb sie eine knappe Stunde später, als sie den leeren Wanderparkplatz von Dansholmen erreicht hatte.

Die nächste Anweisung kam prompt: *Zielperson trifft 19 bis 20 Uhr ein, roter Peugeot, ONG 866.*

Als Tinka von ihrem Beobachtungsposten zwischen den Felsen sah, wer aus dem roten Peugeot stieg, dachte sie zuerst an einen ziemlich üblen Scherz und überlegte, ob sie ihr Vorhaben aufgeben sollte. Sie erwog auch, Eva anzusprechen und in ihre Pläne einzuweihen. Aber was, wenn sie sich weigerte mitzuspielen? Nein, sie wusste nicht, wie sie diese Frau, mit der Leander sie betrogen hatte, einschätzen sollte. Also keine Planänderung. Sie hatte eine Stelle zwischen den Felsen gefunden, von der aus sie den Weg gut überblicken konnte. Je nachdem, welche Richtung Eva einschlagen würde, musste sie sie entweder gleich nach dem Start oder am Ende ihrer Laufrunde erwischen.

Das Narkosegewehr stammte noch aus der Zeit, als man große Hunde im Versuchslabor gehalten hatte. Inzwischen war das nicht mehr notwendig, denn ein Großteil der Medikamente wurde in Indien erprobt, an »freiwilligen« Probanden, die oft nicht wussten, was sie unterschrieben, weil sie nicht lesen konnten. Keiner in der Firma würde das Gewehr vermissen. Mit ihm ließen sich Injektionspfeile verschießen, es besaß eine Reichweite von 70 Metern. Und es war leise.

Tinka war eine gute Schützin. Als Teenager hatte sie Biathlon betrieben, einmal war sie sogar Jugendmeisterin von Västra Götaland geworden. Sie mochte diese Mischung aus Anstrengung, Ausdauer und Konzentration.

Als Eva loslief, wandte sie Tinka den Rücken zu, sodass Tinka sie in aller Ruhe ins Visier nehmen konnte, wobei sie sich eingestehen musste, dass es ihr auch ein obskures Vergnügen bereitete, diesem Weibsstück einen Pfeil in den Hintern zu jagen.

Nach dem Schuss reagierte Eva im Grunde nicht anders als ein Tier: mit einem Fluchtreflex. Nachdem sie sich den kleinen Pfeil herausgerissen hatte, rannte sie zurück in Richtung Parkplatz. Nach einigen Metern fing sie an zu taumeln, schaffte es aber zum Glück noch fast bis zu ihrem Wagen, ehe das Narkosemittel wirkte. Tinka eilte zu ihr. Dies war der kritische Moment. Wenn jetzt jemand vorbeikäme, wäre sie in Erklärungsnot und müsste wohl oder übel einen Krankenwagen rufen. Sie rief Leander an, bestellte ihn knapp und ohne Erklärung her. Die Zeit drängte. Sie drehte die Bewusstlose um und kippte ein Röhrchen Blut aus dem Labor auf der hellblauen Fleecejacke aus, ungefähr in der Herzgegend. Eilig machte sie zwei Fotos und mühte sich dann ab, Evas Körper in deren Wagen zu zerren. Wie sie das schaffte, war ihr im Nachhinein selbst ein Rätsel.

Bei Gelegenheit, dachte Tinka jetzt, während sie aufs Meer blickte, würde sie Leander unter die Nase reiben, dass sie sich dabei gefühlt hatte, als würde sie auf einen Pferdehintern schießen! Was hatte er nur an dieser Person gefunden?

Tinka verbot sich für den Augenblick derlei Gedanken und spähte durch das Fenster ins Innere der Hütte. Die beiden saßen am Tisch und redeten. Tinka war jedoch nicht nur nach draußen gegangen, um frische Luft zu schnappen und ihr Gemüt zu beruhigen. Leise öffnete sie die Tür des Saabs, und dann das Handschuhfach.

Forsberg hatte vorgehabt, sich in ein Hotel einzumieten und seinem Vermieter die Rechnung dafür zu schicken. So, wie er diesen Typen kannte, war zwar zu befürchten, dass er auf den Kosten sitzen blieb, aber wohin sollte er sonst? Gleich beim ersten Hotel, das er angerufen hatte, hatte man ihn regelrecht ausgelacht. Buchmesse. Alles dicht. Als Nächstes war er im Geist die Liste seiner Frauenbekanntschaften durchgegangen, aber die meisten waren inzwischen verheiratet oder fest liiert, und beim Rest war die Chance, eine Abfuhr zu kassieren, ungefähr 99:1.

In diesem Moment allerdings fragte sich Forsberg, ob er nicht doch besser noch einmal nach einem freien Hotelzimmer suchen sollte. Er war in einem pastellfarbenen Mädchentraum gelandet: türkisfarbene Wände mit Rosenbordüre, rosa Bettwäsche, rosa Gardinen, ein Himmelbett mit hellblauem Vorhang, ein Schrank, weiß mit aufgeklebten Röslein, ein Schminktisch mit zierlichen Beinchen und einem dreiteiligen Spiegel. Der Fußboden war graurosa lackiert, die Farbe erinnerte ihn an das Toilettenpapier auf der Dienststelle, und von der Wand schauten halb nackte Kerle von irgendeiner Boygroup mit dümmlich-arroganten Gesichtern auf ihn herab. Nur das Bücherregal und der Schreibtisch ließen ahnen, dass hier eine Studentin wohnte und keine Märchenprinzessin aus einem Disney-Film. Am besten, er schaute sich nach dem Duschen gleich die Wohnungsanzeigen im Internet an.

»Sonst ist Anna ganz in Ordnung«, sagte Selma, während sich ihre Mundwinkel verdächtig kräuselten.

Forsberg kippte seine Tasche aus und suchte in dem Haufen nach halbwegs sauberen Sachen, aber der rote Ziegelstaub hatte alles versaut. Selma stand währenddessen im Türrahmen und erzählte ihm eine krude Geschichte von einem Makler, einer Agentin und einer Schriftstellerin mit komischem Namen, die angeblich Lillemor Ahlborg sein sollte, Holger Nordins uneheliche Tochter.

»Ich muss duschen«, sagte Forsberg, als Selma geendet hatte und ihn mit ihren Lakritzaugen ansah wie ein Hund, der gerade ein Kunststück ausgeführt hatte. Der Dreck juckte jetzt plötzlich überall auf der Haut, und er hatte das Gefühl, es keine Minute länger auszuhalten.

»Das muss auch gewaschen werden.« Selma schleppte den Kleiderhaufen in die Küche, wo die Waschmaschine stand. Forsberg protestierte. Er wolle den Rest des Abends nicht in ein Handtuch gewickelt dasitzen.

»Du kannst Amundsen haben, aber nur ausnahmsweise«, sagte Selma.

»?«

»Den Bademantel. Er hängt an der Tür«, erklärte Selma und meinte im selben Atemzug, sie müsse sich jetzt sofort und ganz dringend einen Podcast im Internet anhören.

Unter der Dusche dachte Forsberg darüber nach, ob er schon jemals eine Frau gekannt hatte, die ihrem Bademantel einen Namen gegeben hatte. (Ein Mann würde sowieso nie im Leben auf so eine Idee kommen.) Und ob Selma vielleicht wirklich auf eine, wie sie meinte, »ganz heiße Spur in der Lucie-Sache« gestoßen sein könnte.

»Hast du irgendeine Idee, wer sich deinen Tod wünschen könnte?«

Eva saß am Tisch, trank Tee und hatte sich gerade Leanders Bericht der Ereignisse der letzten Tage angehört.

»Du wirst lachen, darüber habe ich auch schon nachgedacht. Nein, keine Ahnung. Und das ist ein Scheißgefühl,
das kann ich dir verraten.«

Leander nickte. Er konnte sich denken, was in Eva vorging, aber er war auch enttäuscht über ihre Antwort. Sie
kannte ihre Feinde also auch nicht. Er zwang sich, wie ein
Polizist zu denken.

»Wer hat denn gewusst, dass du heute in Dansholmen
joggen gehst?«

»Jeder in der Redaktion. Es ist dort bekannt, dass ich jeden Mittwoch zu meiner Mutter fahre, weil ich dann immer
pünktlich Feierabend mache, solange nicht gerade die Welt
untergeht. Und dass ich danach jogge – über so was redet
man halt mal unter Kollegen. Außerdem wissen es natürlich
meine Mutter und deren Pflegerin und die Nachbarschaft.«

»Und dein Mann?«

Ein Ausdruck flog über Evas Gesicht, den Leander nicht
deuten konnte.

»Ja, natürlich weiß er, dass ich dort laufe«, sagte sie un-
wirsch. »Aber warum sollte er …?«

»Geld vielleicht?«, schlug Leander vor, der sich dabei ertappte, sich mit dieser Lösung des Rätsels noch am ehesten
anfreunden zu können.

Doch Eva sah ihn finster an und erwiderte: »Denk doch
mal nach! Wenn er wüsste, wo Lucie ist, könnte er die Information ganz einfach an euch verkaufen, vorausgesetzt,
er wäre so ein Schweinehund. Dabei würde bestimmt mehr
herausspringen als mein bescheidenes Erbe, trotz all der Probleme, die der Nordin-Konzern momentan hat, meinst du
nicht?«

»Das mit Lucie könnte ja aber auch gelogen sein«, sagte Leander. Das auszusprechen kostete ihn Überwindung. »Vielleicht hat er ja eine fette Lebensversicherung auf deinen Namen abgeschlossen.«

»Jetzt hör schon auf! Stieg hat nichts damit zu tun.«

Wahrscheinlich hat sie recht, dachte Leander. Es geht nicht um Geld. Tinka hatte dem Unbekannten ja eine hohe Summe angeboten. Falls das überhaupt stimmte. Im Moment war Leander nicht sicher, was er seiner Frau noch glauben konnte. Er war so wütend auf sie, wie noch nie vorher, und wütend auf sich, weil er sie unterschätzt hatte. Und er fragte sich allmählich, wozu sie sonst noch fähig war.

»Der Einzige, dem ich so eine Aktion zutrauen würde, ist Leif Hakeröd, so vom Charakter her«, hörte er Eva nachdenklich sagen. »Aber was nützt ihm mein Tod? Meinen Posten hat er ja schon.«

»Was ist mit deiner Kollegin ... dieser ...«

»Fredrika? Na ja. Eine Weile haben wir um den Posten konkurriert, den jetzt Leif hat. Sollte der abtreten, wovon wir über kurz oder lang ausgehen, geht das Rennen wahrscheinlich wieder los. Und jetzt, wo Dag Cederlund der größte Anteil der Zeitung gehört ... Vielleicht hat sie Angst, ins Hintertreffen zu geraten, weil Dag und ich uns von früher kennen.«

»Traust du ihr das zu?«

»Ich hätte dir auch nicht zugetraut, dass du mich betäubst und in eine Hütte verschleppst.«

»Wir haben einen guten Grund«, verteidigte sich Leander. »Es geht schließlich um unser Kind.«

»Ach ja?«, zischte Eva, und ihre Augen blitzten ihn wütend an. »Weißt du, Anders Breivig hatte auch einen guten Grund 77 Menschen zu ermorden. Dem ging es um sein Land!«

»Du kannst uns doch nicht mit diesem irren Fanatiker vergleichen!«, ereiferte sich Leander, tief getroffen.

»Ich wollte damit nur sagen, dass man sich jedes Verbrechen schönreden kann.«

Leander schwieg. Ihr Argument war nicht ganz von der Hand zu weisen, auch wenn sie natürlich maßlos übertrieb. Außerdem kannte Leander ihre hochfahrende Art und ihre scharfe Zunge.

Sie trank von ihrem Tee und sagte dann ein wenig ruhiger: »Das wäre nicht nötig gewesen, Leander. Wir sitzen im selben Boot. Apropos …« Sie wandte sich mit einer steifen Bewegung um und schaute aus dem Fenster. Man sah aber nur Dunkelheit. »Wo sind wir überhaupt?«

Sie befanden sich in einem von mehreren Sommerhäusern der Nordins, wobei »Sommerhaus« etwas zu hoch gegriffen war. Leander und Tinka waren zum letzten Mal hier gewesen, als Lucie ein halbes Jahr alt war, und auch die anderen Familienmitglieder schienen dieses kleine Anwesen am Järkholmsvägen in Askim nicht besonders intensiv zu nutzen. Es stammte noch aus dem Besitz von Holger Nordins Eltern und vermutlich genügte es Gretas Ansprüchen nicht. Leander hatte es damals hübsch gefunden, gerade weil es so primitiv war. Immerhin gab es Strom und Wasser aus der Leitung, allerdings nur kaltes. Im Mülleimer hatte er vorhin eine Milchtüte mit dem Stempel 24–06–09 gefunden. Wahrscheinlich hatten Gunnar und Sanna hier vor zwei Jahren Mittsommer gefeiert. Seitdem schien niemand mehr hier gewesen zu sein. Außer ein paar Mäusen.

Leander erklärte es ihr.

Eva seufzte. »Also noch mal: Du willst wissen, wo deine Tochter ist, und ich will wissen, wer mir ans Leder will.«

Leander nickte. Eva fuhr fort: »Dieser Erpresser hatte doch ursprünglich dich als Killer vorgesehen, habe ich das richtig verstanden?«

»Ja«, sagte Leander.

»Also kann es niemand sein, der das von uns wusste. Denn du hättest mich ja wohl nicht …«

»Nein, natürlich nicht!« Hoffentlich glaubte sie ihm wenigstens das.

»Das bringt uns nur leider nicht viel weiter«, sagte Eva. »Ich hab's keinem Menschen erzählt, weder damals noch heute.«

»Ich auch nicht«, sagte Leander leise und glaubte, für einen Moment wieder jenen magischen Gleichklang zwischen ihnen zu spüren. Aber Eva schien das nicht so zu empfinden, denn sie fragte in gereiztem Ton, was das rote Zeug auf ihrer Jacke sei.

»Blut aus Tinkas Labor. Wegen des Fotos.«

»Das ihr jetzt dem Erpresser geschickt habt.«

»Ja.«

»Blut von was?«

»Ratten wahrscheinlich«, sagte Leander.

Der *magic moment*, falls er existiert hatte, war definitiv vorbei. Eva schnaubte und rollte die Augen zur Decke.

»Ihr habt nicht zufällig was zu rauchen hier?«

»Nein, tut mir leid«, sagte Leander. »Was ist mit Fredrika? Wusste die …?«

»Nein. Ich hatte keine Lust auf Redaktionsklatsch. Und bevor du fragst: Auch Stieg weiß es nicht. Du bist nach wie vor mein süßes Geheimnis.«

Leander suchte nach dem Lächeln zu diesen Worten, aber da war keines. Ein paar Falten hatten sich im Lauf der letzten

Jahre zwischen ihre Augen und um die Mundwinkel gegraben, aber die standen ihr erstaunlicherweise gar nicht mal schlecht. Als sie sich vor einem Jahr auf der Buchmesseparty getroffen hatten, waren die alte Vertrautheit und das Knistern vom ersten Moment an wieder da gewesen, aber jetzt war zwischen ihnen eine Kluft, so tief wie der Marianengraben, und Evas grünliche Augen sahen ihn so kühl an, dass Leander trotz der Wärme, die das Kaminfeuer verbreitete, fröstelte. Kein Wunder, dachte er. Eine Geiselnahme löst wahrscheinlich bei den wenigsten Menschen romantische Gefühle aus. Außerdem hat sie gerade erfahren, dass jemand sie töten will. Dass sie keinem Menschen aus ihrer Umgebung mehr trauen kann. So etwas hebt auch nicht gerade die Stimmung.

»Nur Forsberg weiß davon«, fügte Eva hinzu.

»Forsberg?«

»Der Kommissar. Tinka hat es ihm damals gesteckt. Hat er dich nie darauf angesprochen?«

»Nein«, wunderte sich Leander. Er füllte Evas leere Tasse mit Tee.

»Leander?«, sagte Eva.

»Ja?«

»Hättest du – wenn Tinka dich nicht ausgetrickst hätte – wirklich einen Menschen erschossen?«

Leander biss sich auf die Lippen und wich ihrem bohrenden Blick aus. »Ich weiß nicht, ob ich es wirklich gekonnt hätte.«

»Aber du wolltest es.«

»Ja.«

Eva schwieg und schaute dem Kaminfeuer beim Qualmen zu.

»Verachtest du mich jetzt?«, fragte Leander.

»Nein. Ich wollte es nur wissen.«

»Auch wenn's reichlich abgedroschen klingt: Du verstehst das nicht, wenn du nicht selbst ein Kind hast.«

»Ist wohl so«, sagte Eva. Nach diesen Worten war es eine Weile still. Leander stand auf und legte ein dickes Holzscheit ins Feuer.

»Vielleicht kannst du mir irgendwann verzeihen«, sagte Leander. »Das hier und … alles andere.«

»Vielleicht«, sagte Eva und fügte hinzu: »Das kann aber ganz schön lange dauern.«

Er nickte und riskierte ein kleines Lächeln, das aber kein Echo in ihrem Gesicht hervorrief. Selbst damals, als er ihr gesagt hatte, dass sie sich nicht mehr sehen konnten, hatte sie noch ein Lächeln für ihn übrig gehabt, wenn auch ein trauriges, erinnerte sich Leander, der sich im Augenblick nichts mehr wünschte, als ein solches Lächeln von ihr.

»Und was jetzt?«, fragte Eva stattdessen.

Ehe Tinka nach draußen gegangen war, hatte sie gesagt: »Krieg raus, wer sie umbringen möchte, und mach ihr klar, dass sie eine Weile hierbleiben muss. Ich geh mal an die Luft, ich ertrage die Gegenwart dieser Person nicht.«

Vielleicht, dachte Leander, hatte Tinka es vorhin ja sogar bereut, nur ein Betäubungsgewehr in der Hand zu halten.

»Du musst für eine Weile untertauchen«, antwortete Leander. »Dich tot stellen. Bis wir wissen, wo Lucie ist.«

»Und wie stellst du dir das vor? Soll ich tagelang in dieser Hütte hier sitzen, während Stieg und meine Mutter vor Sorgen verrückt werden und die Polizei nach mir sucht, meine Anrufe checkt, meine privaten Sachen durchwühlt und vermutlich meinen Mann verdächtigt, genau wie du? Außerdem bin ich gerade an einer heißen Story dran, ich werde den Teufel tun und die verpassen. Obwohl … deine Story ist wirklich auch nicht übel. Nur hätte ich nicht unbedingt die Rolle des Mordopfers darin spielen wollen.«

»Eva, du kannst nicht einfach nach Hause gehen und so tun, als ob nichts wäre. Jemand will dich töten!«

»Da mach ich nicht mit«, sagte Eva, seinen Einwurf ignorierend. »Meine Mutter ist todkrank, wenn die denkt …«

»Du hast gar keine Wahl!« Die Worte kamen von Tinka. Sie stand in der Tür, die Sporttasche, aus der der Lauf des Narkosegewehrs ragte, hing über ihrer Schulter und in der Hand hielt sie die Pistole.

»Tinka, lass den Blödsinn«, sagte Leander.

»Das ist kein Blödsinn! Sie wird hierbleiben, bis wir Lucie wiederhaben. Es sind noch ein paar Injektionen übrig.«

»Ist ja gut, reg dich wieder ab«, sagte Eva, die die Waffe in Tinkas Hand offenbar wenig beeindruckte. »Ich muss nachdenken. Kann ich mal aufs Klo?«

»Was?«, sagte Leander, der sich fühlte, als wäre er zwischen zwei aufeinander zurasende Kampfstiere geraten.

»Aufs Klo«, wiederholte Eva ungeduldig. »Ich muss mal. Der viele Tee …«

Tinka wies mit dem Lauf der Pistole auf die kleine Tür neben der Küchenzeile. »Das Klo hat kein Fenster«, sagte sie.

Eva stand auf. Ihr Gang war noch immer unsicher, weit würde sie ohnehin nicht kommen. Sie verschwand hinter der Tür und man hörte, wie der Riegel vorgeschoben wurde. Tinka stellte die Sporttasche in Reichweite neben sich und setzte sich an den Tisch. Sie mied Leanders Blick.

»Gib mir sofort die Pistole!«, sagte er wütend.

»Nein!«

»Was soll das, Tinka? Rastest du jetzt total aus, nur weil es

Eva ist? Hatten wir nicht ursprünglich vor, zur Polizei zu gehen, sobald wir wissen, wer das Mordopfer ist?«

»Und hattest du nicht vor, denjenigen zu erschießen?«, erwiderte Tinka.

Leander fragte sich, wie lange sie vorhin schon in der Tür gestanden hatte und wieso er auch nur eine Sekunde lang hatte glauben können, dass sie ihn nicht durchschaute.

»Du warst noch nie besonders gut darin, mich anzulügen«, sagte Tinka.

»Und ich dachte, ich wäre besser geworden.«

Hinter der Tür hörte man es plätschern. Tinka verdrehte angewidert die Augen. Leanders Handy klingelte. Unbekannte Nummer. Der Erpresser. Hatte er den Fotos geglaubt? Sagte er ihnen jetzt, wo Lucie war? Leander nahm ab. »Ja?«

»Ich bin es.«

»Äh ... Wieso rufst du mich an?«, fragte Leander die weiß lackierte Klotür.

»Weil ich es kann«, sagte Eva.

Leander wusste nicht, was er sagen sollte, aber das Reden übernahm jetzt ohnehin Eva.

»Ich wollte nur Bescheid sagen, dass ich gerade eine SMS an Forsberg geschickt habe. Also sag deiner Gattin, sie kann jetzt ihre Waffen wegstecken. Es ist vorbei.«

Die ganze Situation kam Leander auf einmal völlig surreal vor. Dieses Haus hier, sie drei hier, Tinkas Bewaffnung ... So etwas gab es doch sonst nur in Filmen, das war doch nicht sein Leben. Und dann fiel ihm ein, dass er so ähnlich auch damals empfunden hatte, als man ihm gesagt hatte, dass Lucie verschwunden wäre.

»Was ist los?«, fragte Tinka alarmiert, aber ehe er antworten konnte, wurde die Tür geöffnet und jetzt lächelte Eva.

345

»Dürfen wir kurz hereinkommen?« Malin hielt Janne Siska ihren Dienstausweis hin.

»Wozu?« Frau Siska betrachtete Malin Birgersson und Pontus Bergeröd mit sichtlichem Unwillen. »Ich bin am Kochen!«

Der Geruch nach etwas Angebranntem strömte ihnen entgegen, und aus den Tiefen der Wohnung drangen Kinderstimmen, die sich um etwas zankten. Frau Siska rief über die Schulter, dass sie gefälligst Ruhe geben sollten, und fragte, was es gäbe.

»Frau Siska, wir suchen nach Oxana Bobrow«, sagte Malin. Sie hatte Bergeröd angewiesen, den Mund zu halten. Zuvor hatten sie auf dem Parkplatz nach Siskas Mercedes Ausschau gehalten, den Wagen aber nicht entdeckt.

»Ich auch«, sagte Janne Siska und blieb wie ein Felsbrocken in der Tür stehen. »Bei mir hat sie sich jedenfalls nicht abgemeldet. Sie schuldet mir noch Geld für die letzten zwei Wochen.« Kaum hatte sie die Worte ausgesprochen, schien sie zu merken, wie herzlos das geklungen haben musste. Um den schlechten Eindruck wieder wettzumachen, schauderte sie, dass ihr Dreifachkinn ins Wabern geriet, und sagte: »Eine schreckliche Sache, das mit ihrem Freund.«

»Wissen Sie, wo sie gewohnt hat, bevor sie nach Schweden kam?«, fragte Malin.

»Ich weiß nur, dass sie aus irgendeinem Kaff bei St. Petersburg stammt, das ist alles. Und jetzt entschuldigen Sie mich, ich muss den Kindern das Abendessen machen.«

»Ist Ihr Mann zu Hause?«

Janne Siska schüttelte den Kopf. »Nein. Aber was sollte der denn wissen, was ich nicht weiß?«

»Wir würden ihn trotzdem gern selbst fragen«, sagte Malin. »Können Sie uns sagen, wo wir ihn finden?«

»Er arbeitet«, kam es knapp. »Fährt Taxi. War's das jetzt?«

Hinter ihr rannten zwei Mädchen durch den Flur, die eine war offenbar die Tochter des Hauses, zumindest sah sie Janne Siska recht ähnlich, das andere Kind hatte asiatische Züge. Beide zerrten an einem Stück Glitzerstoff, wie junge Hunde.

»Ja, das war's«, sagte Malin freundlich und reichte Frau Siska ihre Visitenkarte. »Ihr Mann möchte uns bitte anrufen, wenn er nach Hause kommt.« Sie verabschiedeten sich und gingen mit festen Schritten den Flur entlang, um sich nach wenigen Metern wieder zurückzuschleichen. Die Tür war dünn genug, um zu hören, wie Janne Siska die Kinder zusammenschnauzte. Danach wurde es ruhig. Malin vermutete, dass sie versuchte, zu telefonieren.

»Die hat Lunte gerochen«, murmelte Bergeröd. »Fahndung?«

»Fahndung«, sagte Malin.

Sie gingen am Aufzug vorbei, und Malin nahm gerade die ersten Stufen abwärts, als sich dessen Türen öffneten. Sie blieb stehen. Ein kräftiger Mann stieg aus, hielt sein Handy ans Ohr und rief immer wieder »labas?«, das litauische Wort für Hallo.

Malin folgte ihm.

»Herr Siska? Kripo Göteborg, wir wollten …«

Er stieß Malin hart gegen die Wand und rannte die Treppe hinab. Weit kam er nicht. Beim nächsten Absatz krachte Bergeröds Faust gegen sein Kinn. Ein paar Sekunden und ein kurzes Gerangel später hatten seine feisten Wangen Kontakt mit den Steinfliesen, hundert Kilo Muskelmasse knieten ihm im Kreuz, und der Lauf von Malins Pistole bohrte sich in seinen Stiernacken. Die blaue Schirmmütze rutschte ihm vom Kopf. Bergeröd ließ die Handschellen klicken.

Nach der Dusche fühlte sich Forsberg wie ein frisch ge-
schlüpftes Küken. Er gab sich Amundsens flauschiger Umarmung hin und nahm sich ein Bier aus dem Kühlschrank.
Nachdem er die halbe Dose auf einen Zug geleert hatte,
merkte er, dass er schrecklich hungrig war. Der Kühlschrank
versprach Hilfe. Weniger der Inhalt, es sei denn, man wollte
sich an neun verschiedenen Senfsorten satt essen, doch außen
an der Tür hafteten Angebote verschiedener Bringdienste,
angepinnt mit Magneten: italienisch, indisch, chinesisch, türkisch, vegetarisch. Die Bewohnerin war kulinarisch wirklich
breit aufgestellt. Er klopfte an Selmas Zimmertür und fragte,
ob er für sie eine Pizza mitbestellen solle. Es kam keine Antwort. Er stellte die Frage noch einmal lauter, aber im Zimmer
blieb es ruhig. War sie weggegangen? Vorsichtig öffnete er die
Tür. Sie saß im Schneidersitz auf ihrem Bett, das Notebook
auf dem Schoß, und starrte ihn so abwesend an, als wäre sie
auf Drogen. Sie hatte kleine Stöpsel im Ohr und ihre Wangen
waren flammend rot.

»Pizza?«, brüllte Forsberg.

Selma nickte.

»Was für eine?«

»Egal!«, rief sie und vollführte eine unwillige Handbewegung.

Forsberg schloss die Tür und wurde im selben Moment
von einem heftigen Déjà-vu überrollt: Annika, die in derselben Pose auf dem Bett gesessen und nichts hatte sehen und
hören wollen, vor allem nichts von ihrem Vater.

Verdammt, wo war denn nur sein Telefon? Ihm schwante
Böses. Zuletzt hatte er es in seiner Cordhose gehabt. Hatte es
der Vogel in seinem Übereifer womöglich mit in die Waschmaschine gesteckt? Ein panischer Blick dorthin, dann Er-

leichterung. Es lag obenauf. Er telefonierte mit dem Pizza-service, setzte sich mit seinem Bier an den Küchentisch und verfolgte die Drehungen einer blauen Socke im Bullauge der Maschine. »Skäl«, sagte er zu Sir Henry und fragte sich gera-de, ob Wahnsinn ansteckend war, als Selma hereinstürmte und schrie: »Das musst du dir anhören!« Sie legte ihren Com-puter auf den Tisch. »Den Anfang kann man sich schenken, der geht nur über das neue Buch, aber jetzt …« Schon tönte die wohlklingende Stimme von Leander Hansson aus den Lautsprechern des Geräts.

Hansson: »Frau de Lyn, Sie scheuen das Licht der Öffent-lichkeit, es gibt keine Lesungen mit Ihnen, Sie treten nie im Fernsehen auf, wie kommt das?«

De Lyn: »Als mein erstes Buch veröffentlicht wurde, war ich noch sehr, sehr jung. Mein damaliger Verleger befürchte-te, Kritiker und Leser würden mich nicht ernst nehmen, also gab man mir dieses Pseudonym und schuf die Autorin Eyja de Lyn – die ein paar Jahre älter ist als ich.«

Hansson: »Mittlerweile sind Sie seit fast zwanzig Jah-ren erfolgreich, besonders mit ihrer isländisch angehauchten Mystery-Serie, und das nicht nur in Skandinavien. Ihre Werke wurden in dreißig Sprachen übersetzt, jedes neue Buch wird von immer mehr Fans sehnsüchtig erwartet – wäre es da nicht an der Zeit, der Welt Eyja de Lyns Gesicht zu zeigen?«

De Lyn: »Dass ich hier im Radio spreche, ist ja schon ein Schritt in diese Richtung. Aber mittlerweile ist das Geheim-nis um meine wahre Identität zu einer Art Markenzeichen geworden, ich habe Angst, dass die Fans enttäuscht von mir wären …«

Hansson: »Das kann ich mir nicht vorstellen!«

De Lyn: »Ich glaube, meine Leser mögen das Geheimnis um Eyja de Lyn. Es lässt ihnen Raum für Projektionen. Wenn ich in der Straßenbahn jemanden sehe, der eines meiner Bücher liest, dann freue ich mich im Geheimen umso mehr darüber. Ich bin kein extrovertierter Mensch. Müsste ich eine Lesung vor Publikum halten oder in einer Talkshow auftreten, ich glaube, ich würde vor Angst davonlaufen. Nein, ich konzentriere mich aufs Schreiben, den Glamour überlasse ich gerne anderen.«

Hansson: »Umso mehr freue ich mich, dass ich Sie persönlich treffen durfte. Ich bedanke mich ganz herzlich für das Gespräch und wünsche Ihrem neuen Buch einen genauso großen Erfolg wie den bisherigen.«

Selma klappte das Gerät zu.

»Und weißt du, was wirklich der Hammer ist?«

»Nein«, sagte Forsberg.

»Das Gespräch wurde vor vier Jahren, zu Beginn der Buchmesse 2007, gesendet, als ihr neues Buch erschien. Aber aufgezeichnet wurde es am 17. August 2007. Ungefähr eine Stunde bevor Lucie Hansson verschwand. Ich habe gerade bei *SR* angerufen.«

Für einige Sekunden blieb es still.

Forsberg blickte in Selmas Augen und zugleich durch sie hindurch.

»O mein Gott«, flüsterte er. »Wie konnte das passieren?« Er hatte Leander Hanssons Alibi überprüft, selbstverständlich, doch der Name dieser Frau war nie gefallen, daran hätte er sich erinnert, der hätte im Protokoll gestanden. Nachdem etliche Mitarbeiter des Senders bestätigt hatten, dass Hansson den ganzen Vormittag im Haus gewesen sei, hatte er nicht nachgefragt, wie und mit wem Hansson die Stunden vor dem Verschwinden seiner Tochter verbracht hatte. Hansson selbst hatte seinen prominenten Besuch ebenfalls nicht erwähnt, was kein Wunder war, der Mann war ja vollkommen durcheinander gewesen.

Forsberg verspürte den Wunsch, augenblicklich nach Stockholm zu reisen und aus dieser Agentin die Adresse von Lillemor Ahlborg alias Eyja de Lyn herauszuschütteln. Aber natürlich war das blödsinnig und im Moment an eine Reise auch nicht zu denken, es sei denn, er wollte sie in einem fremden Bademantel antreten.

»Lass mich nachdenken«, sagte er zu Selma, während er barfüßig durch die ganze Wohnung tigerte. Er überlegte, wen er in Stockholm anrufen und zu dieser Agentin schicken könnte. Jemand, der zuverlässig war, jemand, den er kannte. Knut Erichsen! Erichsen, inzwischen Kommissar wie er, war mit ihm zur Polizeischule gegangen, sie hielten losen Mailkontakt, was bei Forsberg bedeutete, dass er ihm alle zwei, drei Jahre eine Nachricht zu Weihnachten schickte. Erichsen würde ihn nicht hängen lassen, hoffte Forsberg.

»Vielleicht ist sie gerade hier«, sagte Selma, als er seine Runde beendet hatte und wieder in die Küche kam.

»Wie, hier?«, fragte Forsberg.

»In Göteborg. Morgen ist Buchmesse. Was eine anständige Literaturagentin ist, die wird doch wohl zur Buchmesse gehen, oder?«

Manchmal war der Vogel wirklich auf Zack.

»Gut. Dann rufen wir jetzt die wichtigsten Hotels an, und bei denen, die uns keine Auskunft geben, müssen wir eben wen hinschicken. Ich kann ja so nicht aus dem Haus. Wie lange dauert das denn noch?«

»Was?«, fragte Selma. Sie schaute nicht einmal auf und klapperte auf ihrem Notebook herum.

»Die Wäsche.«

»Knappe Stunde.«

Forsberg fluchte und sah sich suchend um. »Hast du einen Wäschetrockner?«

»Nein.«

Forsberg fühlte sich gefangen in Amundsen.

»Ich hab einen Fön«, sagte Selma.

»Großartig!« Forsberg sah sich bereits am Küchentisch sitzen und seine Unterhosen trocknen. »Was gibt es da zu lachen?«

Dieses unmögliche Frauenzimmer grinste immer noch.

»Im Keller ist ein Wäschetrockner. Gehört Jolanda, Wilmas Mutter. Aber ich darf ihn benutzen.«

»Sag das doch gleich«, raunzte Forsberg, während Selma schon die Nummer des ersten Hotels in ihr Handy tippte.

Forsbergs Telefon meldete sich. Malin.

»Treffer!«, rief sie aufgeregt. »Siskas Fingerabdrücke stimmen mit denen auf dem Müllsack bei Valerias Leiche überein!«

»Wer ist Siska?« Forsberg entging nicht, dass der Vogel bei dieser Frage den Kopf hob.

»Wie, ›wer ist Siska?‹ Der Mann von der Tagesmutter. Der mit dem Taxi, dem Auto auf der Kinderzeichnung … Hat dir Selma nichts davon gesagt?«

»Doch, doch«, sagte Forsberg und nahm sein Gegenüber scharf aufs Korn. Na warte! »Und wo ist er jetzt?«

»Bei uns im Verhörraum. Seine Frau haben wir auch mitgenommen, damit sie keine Beweise verschwinden lässt.«

»Weiß Gulldén schon Bescheid?«, fragte Forsberg.

»Den ruf ich gleich an, ich wollte nur erst dir Bescheid sagen. Jetzt kommt endlich Bewegung in die Sache.«

»Ja«, sagte Forsberg.

»Was ist los?«, fragte Malin. »Du hörst dich komisch an.«

Ein schriller Ton gellte durch die Wohnung. Das musste die Türklingel sein. »Die Pizza«, murmelte er und bat Selma, die Tür zu öffnen. »Warte! Ich bezahle … verdammt, wo ist mein Portemonnaie?«

Selma winkte ab, ging zur Tür, und Forsberg hörte sie mit dem Pizzaboten reden.

»Hast du Besuch?«, fragte Malin.

Es war zwecklos, sie anzulügen, und es gab ja auch gar keinen Grund dafür. »Ich bin bei Selma zu Hause.«

»Ah«, kam es gedehnt.

»Wir haben eine heiße Spur im Fall Lucie Hansson, wir könnten Hilfe gebrauchen.«

»Oh, nein, ich habe eigentlich schon seit vier Stunden Feierabend. Bis Gulldén den Durchsuchungsbeschluss für Siskas Wohnung besorgt hat, werde ich mich erst mal gepflegt ausschlafen. Frag doch Bergeröd, der versucht seit einer Stunde, Siska weichzuklopfen. Der kennt aber plötzlich nur noch ein einziges schwedisches Wort, und das heißt Anwalt.«

»Vielleicht müssen wir heute noch eine Frau Tjäder in einem Hotel besuchen, die wissen könnte, wo Lucies …«

»Und warum gehst du nicht selbst?«, unterbrach ihn Malin. Sie klang ungeduldig. Vielleicht war sie wirklich müde.

»Weil ich nur einen Bademantel anhabe.«

Es folgten ein paar Takte Schweigen, dann sagte Malin:

»Weißt du was, Greger, du kannst mich mal! Ich habe für heute genug getan für die Sicherheit des Landes, es ist neun

Uhr, ich geh jetzt nach Hause und lass mir von meinem Mann die Füße massieren.«

»Das Haus ist zusammengebrochen«, sagte Forsberg.

»Was?«

»Mein Haus. Ich kann da nicht mehr rein, und die Hotels sind voll wegen der Buchmesse.« Warum rechtfertigte er sich eigentlich vor ihr?

»O mein Gott! Das ... das tut mir leid.«

»Meine ganze Wäsche ist noch in der Maschine. Falls wir diese Agentin Tjäder finden, kann ich dich dann noch mal anrufen? Ich möchte nicht den Vogel ...« Er biss sich auf die Lippen, aber es war schon zu spät. Selma knallte die Pizzakartons auf den Tisch, dann fiel die Küchentür mit Karacho ins Schloss, und danach die ihres Zimmers.

»Sie hat's gehört«, sagte Malin.

»Scheiße, ja.«

»Na, dann noch einen schönen Abend.« Malin legte auf.

Erst mal was in den Magen bekommen, bis dahin hatte sie sich vielleicht wieder beruhigt. Außerdem konnte er hungrig nicht klar denken. Forsberg verschlang die Pizza direkt aus dem Karton, spülte mit Dosenbier nach und sagte gerade zu Sir Henry: »Ich weiß gar nicht, was sie hat. Vogel ist doch ein netter Spitzname«, als er die Wohnungstür zufallen hörte. Na, großartig! Jetzt, wo er sie dringend brauchte. Er überlegte, ob er sie anrufen sollte, aber sein Inneres sträubte sich dagegen. Einer Aussprache wäre er nicht aus dem Weg gegangen, dafür wurde es ohnehin Zeit, aber diese kindische Wegrennerei ... Wenigstens hätte sie ihm sagen können, wie weit sie mit dem Abtelefonieren der Hotels gekommen war. Frauen!

Mit neunzehn zog Lillemor bei Camilla aus. Wohnte an verschiedenen Orten, probierte Städte an wie Kleider, immer auf der Suche nach einem Platz, wo sie in Ruhe schreiben und glücklich sein konnte. So richtig glücklich fühlte sie sich allerdings an keinem Ort. Oder wenn, dann immer nur am Anfang. Aber sie war produktiv, und ihre Arbeit, der Erfolg, machte sie zufrieden. Davon profitierte schließlich auch Camilla, die dem Plattenbau in Backa den Rücken kehrte und in die Wohnung am Park zog.

Sie habe diese »protzige« Wohnung für Camilla nur gekauft, um ihn zu demütigen, warf der Stiefbruder ihr vor, und es kostete Lillemor etliche zehntausend Kronen, um seinen verletzten Stolz wieder zu heilen.

Camilla nahm das Geschenk der Wohnung ebenso gerne wie selbstverständlich an. Anstandshalber las sie Lillemors Bücher, aber dennoch wusste sie mit dem Beruf und dem Erfolg ihrer Tochter nichts anzufangen. Sie hatte nie zur Literatur gefunden. »Das Fabulieren hast du von meinem Vater, der lebte auch ständig in einer anderen Welt«, war alles, was sie hin und wieder bemerkte. Enttäuscht vom eigenen Scheitern und hoffnungslos verstrickt in ihre altbackenen Vorstellungen eines erfüllten Frauenlebens, verweigerte Camilla ihrer Tochter die Anerkennung, nach der sich diese so sehr sehnte. Vielleicht wäre ihre Mutter stolz auf Lillemor gewesen, wenn sie einen schwerreichen Mann geheiratet und damit das erreicht hätte, woran Camilla selbst gescheitert war. Als Lillemor dies allmählich klar wurde, besuchte sie ihre

Mutter nur noch selten. Sie hatten einander wenig zu sagen und außerdem befürchtete Lillemor bei jedem Besuch, dem Geier in die Arme zu laufen. Bis zu Camillas Tod blieben sie zwei voneinander enttäuschte Frauen, auch wenn Lillemor ihre Mutter nach wie vor liebte.

Die Badewanne mitten im Zimmer hat man bestimmt selten in einem Hotel, dachte Selma. Aber das Avalon firmierte ja auch als Designhotel, das sah man schon von außen an dem beleuchteten Pool auf dem Dach, dessen eine Ecke über den Kungsportsplatsen hinausragte, sodass die Schwimmer von unten aussahen wie Kaulquappen.

Catherine Tjäder war Ende vierzig, ihre Hochsteckfrisur schien aus einer anderen Zeit zu stammen, harmonierte aber ausgezeichnet mit ihrem Katzengesicht, das von schräg stehenden hellgrauen Augen dominiert wurde. Sie war dezent geschminkt, duftete nach Bergamotte und trug ein schwarzes Kostüm mit engem Rock und hohen Pumps. Sie war gerade im Begriff gewesen, zu einer Party aufzubrechen. Inzwischen hatte es ihr die Feierlaune jedoch gründlich verhagelt. Anfangs hatte sie sogar geleugnet, den Namen Lillemor Ahlborg je gehört zu haben, doch nun schien sie schockiert zu sein, nachdem ihr Selma erklärt hatte, worum es ging. Ihr Widerstand bröckelte.

»Warum sollte Lillemor denn ein Kind entführt haben? Sie hat doch eins.«

»Wann haben Sie das Kind gesehen?«, fragte Selma.

Frau Tjäder hatte ihr den einzigen Stuhl im Zimmer angeboten, sie selbst saß am Rand des Doppelbetts, und ihre Finger verflochten sich in immer neuen Formationen ineinander. Selma musste sich Mühe geben, die Frau nicht zu auffällig anzustarren. Es gab Menschen, deren natürliche Schönheit Selma faszinierte, unabhängig von deren Alter und Geschlecht. Ähnlich wie der Anblick eines besonders schönen Tiers. Catherine Tjäder anzusehen war, als würde man eine wunderschöne Katze betrachten. Die Katze und der Vogel, dachte Selma.

»Gleich nach der Geburt, zum Beispiel. Ich war bei ihr im Krankenhaus, in Kopenhagen. Ein süßes Mädchen, sie heißt Marie.«

»Wer ist der Vater des Kindes?«

»Das weiß ich nicht. Sie sagte nur, es sei eine Sommerliebe gewesen.«

Sommerliebe. Klang wie der Titel eines Rosamunde-Pilcher-Films. Aber so eine kleine Prise Herzschmerz hatten Eyja de Lyns Bücher ja auch immer, wenn Selma sich recht erinnerte. Sie brachte die Rede auf den 17. August 2007. Das Interview.

»Im Herbst sollte ihr neues Buch erscheinen, nach einer längeren Pause. Da musste ein bisschen PR gemacht werden. Also überredete ich sie zu einigen Interviews.«

»Auch das mit Leander Hansson«, sagte Selma.

»Ja. Er ist bissig und manchmal ein wenig von oben herab, aber kein Schaumschläger. Und sie war ein paar Jahre zuvor schon einmal in seiner Sendung, deshalb war es nicht allzu schwer, sie dazu zu bringen. Das ist leider nicht immer so bei ihr. Manchmal übertreibt sie es mit dem Geheimnisvollen ein wenig.«

»Der Fall der kleinen Lucie ging durch alle Medien. Ihre Klientin war am Tag des Verschwindens beim Vater des Mädchens zum Interview. Hat es da bei Ihnen nicht geklingelt?«, fragte Selma.

Catherine Tjäder schüttelte den Kopf.

»Lillemor hatte zugesagt, sich mit Hansson wegen eines

Interviews in Verbindung zu setzen, wenn sie in Göteborg ist und ihre Mutter besucht. Den genauen Termin hat sie selbst mit ihm verabredet, den kannte ich gar nicht. Sie schrieb mir erst im September eine Mail, dass sie sämtliche Interviewtermine abgearbeitet hätte.«

Die Erklärung klang aufrichtig und man würde ihr das Gegenteil nicht beweisen können. Selma glaubte auch nicht, dass Catherine Tjäder eine Kindesentführung decken würde. Sie machte auf Selma einen vernünftigen Eindruck: geschäftstüchtig, aber nicht skrupellos. Vorsicht!, warnte eine innere Stimme. Du hast dich vom alten Nordin auch einwickeln lassen.

»Sie sagten etwas von einer längeren Pause. Wann genau war die?«

Ihr Gegenüber klemmte sich eine lose Haarsträhne hinters Ohr. Die Stimme der Agentin changierte in Violetttönen.

»Lillemor hatte an dem Manuskript für die Elfenprinzessin gearbeitet, als sie schwanger war. Im Mai 2005 kam dann das Kind. Damals sagte sie mir, dass sie damit schon weit gekommen sei, und es war ja auch noch viel Zeit. Im Frühjahr 2006 hätte das Manuskript dann abgegeben werden sollen. Ich habe nachgefragt, wo es bleibt. Lillemor ist sonst sehr gewissenhaft und versäumt nie einen Termin. Sie schrieb mir, sie wäre nicht dazu gekommen. Keine Begründung. Ich wusste auch gar nicht, wo sie zu dem Zeitpunkt war. Was allerdings nichts Besonderes ist. Sie war schon immer eine Nomadin, lebte mal hier, mal dort. Ich nahm an, dass sie es unterschätzt hatte, wie viel Arbeit es macht, ein kleines Kind zu versorgen, noch dazu ohne Vater. Und ich sagte mir: Herrgott, sie ist gerade Mutter geworden, warum soll sie sich nicht mal eine Auszeit gönnen? Ich schrieb ihr also Mails, was denn los wäre, und sprach ihr auf die Mailbox. Aber sie wollte es mir nicht sagen. Ich dachte, vielleicht hat sie Liebeskummer oder eine Depression. Allzu sehr wollte ich sie natürlich auch nicht drängen, ich bin ja nicht ihre Therapeutin. Und sie ist … nun ja, sie ist meine größte und zuverlässigste Einnahmequelle. Ich wollte es mir mit ihr auf keinen Fall verscherzen. Also habe ich den Verlag hingehalten, und zum nächsten Jahr klappte es dann ja auch.«

»Das heißt, sie tauchte erst nach einem Jahr wieder auf aus der Versenkung?«

»Ja. Anfang 2007. Jedenfalls schickte sie mir im Februar oder März das fertige Manuskript und wir telefonierten und verabredeten ein Treffen. Ein paar Wochen später kam sie zu mir in die Agentur. Ohne das Kind. Sie war noch nicht wieder vollkommen die Alte, aber ich war froh, dass sie wenigstens wieder arbeitete.«

»Sie war also verändert«, hielt Selma fest. »Inwiefern?«

»Mager war sie geworden, hatte Falten bekommen, und sie wirkte … so gedämpft. Als hätte sie Tranquilizer genommen oder etwas Ähnliches. Sie war auch ungewohnt distanziert. Wir redeten nur übers Geschäft, alles andere blockte sie ab. Und sie hatte so eine Aura – entschuldigen Sie das dumme Wort –, aber sie strahlte etwas aus, für das ich hinterher nur ein Wort fand: Traurigkeit.«

Trauer, dachte Selma. Tote betrauern.

»Wann haben Sie Lillemors Kind nach diesem Treffen wiedergesehen? Möglichst genau bitte.«

Catherine Tjäder musste nicht lange nachdenken.

»Im April 2008. Marie war knapp drei. Ein hübsches kleines Mädchen, und sie sah Lillemor auch ähnlich. Zumindest fand ich das. Und Lillemor sah auch wieder besser aus als im Jahr zuvor. Nie im Leben wäre ich auf die Idee gekommen …« Sie schüttelte den Kopf.

Selma griff in ihren Rucksack und zeigte der Literaturagentin das Foto von Lucie, das nach ihrem Verschwinden durch die Presse gegangen war, auf dem Bildschirm ihres Notebooks.

»Sah Marie damals diesem Mädchen ähnlich?«

Frau Tjäder betrachtete das Bild.

»Die Augen vielleicht. Aber Marie hatte dunklere Haare und sie waren glatt. Derselbe Farbton wie Lillemor. Haselnussbraun.«

Haselnussbraun, dachte Selma und fragte sich, wie man eine Dreijährige dazu kriegte, sich die Haare färben zu lassen. Wenn Wilma die Haare nur gewaschen bekam, wusste es das ganze Haus. Lucie war im April 2008 erst zweieinhalb gewesen, fiel Selma ein.

»Sie sagten, ›kleines Mädchen‹. Sah Marie denn aus wie eine Dreijährige?«

Die Agentin zuckte die Achseln.

»Ich weiß es nicht. Tut mir leid, ich kenne mich mit Kindern nicht aus. Ich kann eine Zweijährige und eine Dreijährige nur dann auseinanderhalten, wenn ich sie nebeneinander sehe.«

»Geht mir auch so«, gestand Selma und fragte: »Wo war dieses Treffen mit Marie?«

»In Bologna. Ich war dort zur Kinderbuchmesse, die ist immer Ende März, Anfang April. Lillemor wohnte zu der Zeit in Rom – zumindest erzählte sie mir das. Sie hat dort eine Wohnung. Im Jahr darauf zog sie zurück nach Schweden, nach Stockholm. Sie wohnte ungefähr ein Jahr lang dort. In der Zeit sah ich sie drei oder vier Mal, auch mit der

Kleinen. Und danach traf ich sie und das Kind erst wieder vor einem halben Jahr. In Kopenhagen. Dort hat sie zuletzt wieder gewohnt, ich hatte dort zu tun, also rief ich sie an. Sie lud mich zu sich nach Hause ein, wir tranken Kaffee, Marie war auch da. Es schien allen beiden gut zu gehen.«

»Wo ist diese Wohnung?«, fragte Selma, die plötzlich merkte, dass ihr das Herz bis zum Kehlkopf schlug.

Catherine Tjäder seufzte schwer. Anscheinend dämmerte ihr gerade, dass sich auch in ihrem Leben etwas ändern würde, sollten sich die Anschuldigungen bewahrheiten. Und nun sah sie sich gezwungen, ihren Goldesel ans Messer zu liefern.

»Muss ich das beantworten?«, fragte sie unglücklich.

Selma überlegte: bluffen oder die Karten auf den Tisch?

»Nein«, sagte die Kommissarin. Sie stand auf und trat ans Fenster. Von hier aus hatte man einen guten Blick über den Kungstorget. Man konnte sogar die Stelle sehen, an der Lucie entführt worden war.

»Schon gut«, sagte Catherine Tjäder und nickte resigniert.

Das Telefon vibrierte, als Forsberg gerade versuchte, den Pizzakarton in den vollen Mülleimer zu stopfen. Er ließ es sein und schaute auf das Display. Der Vo… Selma. Er nahm ab.

»Selma … ich entschuldige mich. Es war … Es war überhaupt nicht abwertend gemeint … wirklich nicht. Außerdem sind Vö… Vögel schöne und kluge Tiere …«

»Ich hab die Adresse von Lillemor Ahlborgs letzter Wohnung«, durchbrach Selmas Stimme sein Gestotter. »Kopenhagen, Århusgade 14, in der Nähe des Fælledparken in Østerbro.«

Ein, zwei Sekunden vergingen.

»Okay«, sagte Forsberg, der das Gefühl hatte, gleich ohnmächtig zu werden. »Wo bist du?«

»Im Avalon«, sagte Selma. »Netter Laden.«

»Ist diese Agentin bei dir?«

»Ja.«

»Okay«, sagte Forsberg schon wieder und merkte, dass er daherredete, als wäre er der Cop in einem amerikanischen Film. Er nahm sich zusammen: »Pass auf, Selma, diese Agentin darf Lillemor Ahlborg auf keinen Fall warnen, also nimmst du sie jetzt mit aufs Präsidium und fertigst schön langsam ein Protokoll mit ihr an. Lass sie nicht aus den Augen, nimm ihr das Handy ab, wenn sie aufs Klo geht. Inzwischen veranlasse ich alles, damit diese Ahlborg sofort Besuch bekommt. Ich halte dich auf dem Laufenden.«

»Gut«, sagte Selma und legte sofort auf. Forsberg fragte sich, ob sie seine Entschuldigung akzeptiert hatte. Dann aber sagte er sich, dass das im Augenblick ziemlich egal war. War es möglich, dass der Fall Lucie nach so langer Zeit doch noch ein gutes Ende nahm? Aber was hieß hier schon gut? Selbst im günstigsten Fall hatte man den Eltern vier wichtige Jahre mir ihrer Tochter unwiederbringlich gestohlen. Das Kind würde seine vermeintliche Mutter ein zweites Mal verlieren und zu ihm fremden Menschen zurückkommen. Aber immerhin lebte die Kleine, im Gegensatz zu Valeria Bobrow.

Forsberg verschob das Philosophieren auf später und telefonierte mit Anders Gulldén. Der musste die Dinge bei den Dänen ins Rollen bringen. Es brauchte jedoch fast fünf Minuten, ehe er seinem Chef klargemacht hatte, dass das alles kein Hirngespinst war, sondern eine Situation, die ein rasches Handeln erforderte. Er musste zuerst Gulldéns Befürchtungen zerstreuen, sich bei den Dänen bis auf die Knochen zu blamieren, sollte sich das alles als Irrtum herausstellen. Manchmal, dachte Forsberg, frage ich mich, wie Leute, die geistig so träge sind wie eine Eidechse im Winterschlaf, in Führungspositionen landen können. Er war kurz davor, diesen Satz laut auszusprechen, als sein Vorgesetzter schließlich einlenkte und versprach, die dänischen Kollegen zu informieren.

»Jetzt sofort«, vergewisserte sich Forsberg.

»Ja, natürlich, jetzt sofort«, knurrte Gulldén zurück.

»Und du hältst mich auf dem Laufenden«, verlangte Forsberg.

»Übertreib es nicht, Forsberg«, bellte Gulldén, und dann war das Gespräch zu Ende und Forsberg sah sich plötzlich in der Situation, in einem fremden Bademantel in einer fremden Wohnung zu sitzen, zu mehr oder weniger untätigem Warten verurteilt. Ich könnte ja mal nach diesem Wäschetrockner suchen, dachte er, als sein Handy Laut gab. Eine unbekannte Nummer.

»Forsberg!«

»Hier spricht Leander Hansson. Ich … wir müssen Sie dringend sprechen.«

Der Vogel! Hatte es offenbar nicht lassen können, die Eltern von Lucie zu benachrichtigen, noch ehe man ein Ergebnis aus Kopenhagen hatte. Wie konnte sie nur? Wollte sie sich bei Leander Hansson einschleimen? Das Letzte, was man jetzt gebrauchen konnte, waren hysterische Eltern, die alle fünf Minuten wissen wollten, ob es etwas Neues gebe. Na warte, Selma Valkonen, das wird ein Nachspiel haben!

»Kommissar Forsberg?«, drang Hanssons Stimme zu ihm durch. »Sind Sie noch dran?«

»Ja«, sagte Forsberg.

»Können wir uns treffen? Aber wenn möglich nicht im Polizeipräsidium.«

Dieser Wunsch kam Forsberg sehr gelegen. »Können Sie ins Linnéviertel kommen?«, fragte er.

Ans Heiraten hatte Lillemor nur ein einziges Mal gedacht: als sie Jören kennenlernte. Die Winterzeit hatte sie häufig in warmen Gegenden verbracht, aber den schwedischen Sommer erlebte sie fast immer in ihrem Sommerhaus auf der Schäreninsel Smögen. Das Haus stand am Rand einer einsamen Bucht mit Blick auf das offene Meer. Lillemor hatte es in jungen Jahren gekauft, um einen ruhigen, inspirierenden Platz zum Schreiben zu haben. Es war ihr Refugium, ihr *geheimer Ort, den der Geier nicht findet.*

An einem Sommerabend hockte ein Mann auf einem Felsen und zeichnete, während am Horizont ein dunkelschwarzes Gewitter mit leuchtenden Rändern aufzog. Lillemor stand am Fenster und beobachtete ihn durch ihr Fernglas und was sie sah, gefiel ihr: sein gebräuntes Gesicht, der harmonische Körperbau, die leicht verfilzten, blonden Locken. Sie legte das Fernglas hin, zog sich das blaue Sommerkleid an und stakste über die Felsen auf ihn zu. Grün-goldene Augen. Ein breites Lächeln und ein Grübchen am Kinn.

Sie hatten noch keine zwei Sätze gewechselt, da frischte der Wind auf, Blitze erhellten das Wolkengebirge und die ersten Tropfen zerplatzten vor ihren Füßen. Klitschnass erreichten sie das Haus. Sie zogen sich gegenseitig die Kleider aus und liebten sich, als wäre es das Selbstverständlichste auf der Welt, während sich das Unwetter über dem Meer austobte und schließlich grummelnd auflöste. Ein dünner Sommerregen flüsterte sie schließlich in den Schlaf.

Jören war wenige Jahre jünger als Lillemor, er hatte Kunst

studiert und jobbte in einem Café. Wenn er frei hatte, ging er segeln oder malte. Es gab zwei Sorten von Bildern. Die eine Sorte nannte er naserümpfend »die Schönen« – gegenständliche Bilder, die die Schönheit der westlichen Schären in Acryl bannten: das Meer, mal glatt, mal sturmgepeitscht, die bunten, hölzernen Fischerboote, die im Hafen rotteten, weil ihre Besitzer längst auf einem Trawler mit Satellitentechnik arbeiteten, und natürlich, immer wieder, die dunkelroten Fischerhäuschen mit den aufgespannten Netzen davor. Jören behauptete, diese Bilder zu hassen. Aber mit ihnen verdiente er Geld, indem er sie an die Touristen verkaufte. Und es gab die, die er für die wahre, authentische Kunst hielt. Insgeheim mochte Lillemor seine »schönen« Bilder lieber als die anderen. Deren wirres, wütendes Gekleckse flößte ihr Unbehagen ein, so, als offenbare es eine Seite von ihm, von der sie lieber nichts wissen wollte. Natürlich sagte sie ihm das nie.

Jören kündigte den Job im Café, zog zu ihr, und sie verlebten einen schwerelosen Sommer. Ende August begann Lillemor ihn zu fragen, wo sie den Winter verbringen sollten. Wie selbstverständlich ging sie davon aus, dass sie ab jetzt zusammenbleiben würden. Schließlich liebten sie sich, und sie verdiente Geld genug für zwei. Aber sie bekam nie eine klare Antwort von ihm, und als einen Monat später der erste Herbststurm die Wärme und das Licht des Sommers vertrieb, verschwand auch Jören, als wäre er ein Zugvogel. Er versprach, im nächsten Sommer zurückzukommen, aber Lillemor wusste, dass sie sich nicht wiedersehen würden.

Ohne ihn ertrug sie die Insel nicht mehr. Sie zog nach Kopenhagen, sie mochte die fast schon südländische Leichtigkeit und Lebhaftigkeit dieser Stadt. Allerdings war es mit dem mediterranen Flair während der Wintermonate auch nicht allzu weit her.

Dann bestätigte sich Lillemors Ahnung, dass sie schwanger war. Nachwuchs war in ihren Lebensentwürfen bis jetzt nicht vorgekommen. Aber sie fand den Gedanken aufregend und freute sich von Woche zu Woche mehr auf das Kind.

Im Mai 2005 wurde Marie geboren, und obwohl sie seine E-Mail-Adresse hatte, schrieb sie Jören nichts davon. Sie schrieb ihm überhaupt nicht. Sie war glücklich mit der Kleinen. Es war eine ganz neue, andere Art von Liebe, so tief und erfüllend, dass es manchmal sogar wehtat. Nein, sie brauchte ihn nicht mehr, sie brauchte niemanden mehr.

Als Marie drei Monate alt war, besuchte Lillemor ihre Mutter ein paar Tage vor deren Geburtstag, um dem Geier aus dem Weg zu gehen. Stolz und strahlend schwenkte sie Camilla das Baby in der Tragetasche entgegen wie eine mühsam errungene Trophäe. Sie ignorierte das Seufzen Camillas, nachdem diese sich nach dem Vater des Kindes erkundigt hatte. Auch Camillas Bemerkungen, dass das Kind auffallend ruhig wäre, kaum schreie und sich zu wenig bewege, hielt Lillemor zunächst für eine weitere Böswilligkeit ihrer Mutter. Trotzdem ging sie mit Marie etwas früher als notwendig zur nächsten Routineuntersuchung. Der Arzt klopfte und zerrte an dem Säugling herum, leuchtete in die Augen, machte einen Bluttest und überwies Marie an einen Neurologen, wobei er etwas von »keine Sorgen machen« und »nur eine Vorsichtsmaßnahme« faselte.

Aber die Lüge stand ihm scharlachrot ins Gesicht geschrieben.

Lillemor hatte in Vorfreude auf das Kind alle möglichen Ratgeberbücher verschlungen. Doch niemand hatte sie darauf vorbereitet, dass sie eines Tages die Mutter eines Kindes sein würde, das wahrscheinlich nie »Mama« zu ihr sagen würde.

Plötzlich war alles bedeutungslos: die Gedanken an Kindergarten, Schule, Musikunterricht, die Spekulationen über ihren späteren Berufsweg und welches Talent wohl in ihr schlummerte, all die Erwartungen, die Eltern für gewöhnlich an ihre Kinder richten, galten nichts mehr, denn es gab keine Zukunft für Marie. Nie würde sie ihre Mutter stolz machen oder sie enttäuschen.

Marie würde sterben.

Eine genetische Anomalie mit dem Namen Tay-Sach-Syndrom. Sehr selten. Marie würde sich zurückentwickeln. Lähmungen würden eintreten, Atemnot, der Verlust der Sinne und schließlich würde sie ins Koma fallen und sterben. Und das alles sehr wahrscheinlich noch vor ihrem dritten Geburtstag.

Lillemor zog mit Marie zurück auf die Insel, in ihr Sommerhaus. Sie wollte allein sein mit ihrem Kind. Was sollte sie auch in der Stadt? Marie würde kein Babyschwimmen brauchen, keine Zoobesuche, kein Kindertheater und keine Begegnungen mit anderen Kindern im Park. Sie brauchte Medikamente, die ihr die Schmerzen nahmen, und Apparate, die ihr beim Atmen oder beim Schlucken halfen. Das war nichts, worüber man sich mit anderen Müttern am Spielplatz unterhalten konnte. Zu furchtbar, um es mit Freunden teilen zu können. Die Gegenwart eines todgeweihten Kindes bereitete den Menschen Unbehagen und machte ihnen Angst, das wusste Lillemor, ohne es ausprobieren zu müssen.

Sie erzählte niemandem davon, nicht einmal Catherine. Sie lebte in einem erwartungslosen Zustand, was Marie

betraf, und versuchte, sich in Gedanken auf den Tag X vor-
zubereiten, freilich ohne sich das Leben danach wirklich
vorstellen zu können. Sie lernte, für den Moment zu leben,
den heutigen Tag und den nächsten und den übernächsten.
Sie las Marie Gutenachtgeschichten vor, sie machte mit ihr
Spaziergänge am Meer, damit sie frische Luft atmen konnte.
Lillemor erkannte, dass sie nicht mehr tun konnte, als ihre
Tochter bedingungslos zu lieben für die Zeit, die sie miteinander hatten, und sie dann gehen zu lassen.

Eine Viertelstunde später standen Tinka und Leander Hansson vor der Tür. Obwohl ihr Atem ruhig ging, wirkten die beiden abgehetzt und rochen, als hätten sie den Abend an einem Lagerfeuer verbracht. Allerdings war Leander Hansson in schwarzer Hose, weißem Hemd und einem Sakko aus einem feinen italienischen Zwirn dafür nicht passend angezogen. Seine Frau schon eher: schwarzer Kapuzenpulli, Jeans und Turnschuhe waren für Tinka Hansson, deren zurückhaltende Eleganz Forsberg noch gut in Erinnerung hatte, ungewohnt salopp. Allerdings, sah Forsberg ein, war er gerade nicht in der Position, sich über die Kleidung seiner Besucher zu mokieren.

»Herr Kommissar, ich möchte mich entschuldigen, dass wir in Ihren Feierabend platzen«, sagte Tinka Hansson und musterte dabei mit ganz leicht hochgezogenen Augenbrauen und einem spöttischen Lächeln im Mundwinkel Forsbergs Outfit, das noch immer nur aus Amundsen bestand. Der Trockner brauchte noch ewig und das Föhnen der feuchten Cordhose hatte nicht viel gebracht.

Er bat sie in die Küche. Sir Henry hatte er vorübergehend in Selmas Zimmer verbannt. Er bot an, Kaffee zu kochen, ohne eine Ahnung zu haben, ob es überhaupt welchen gab, aber beide wollten nur ein Glas Wasser. Dann waren die Höflichkeiten ausgetauscht, und eine innere Stimme sagte Forsberg, dass es klug wäre, erst einmal seine Gäste reden zu lassen. Wenig später beglückwünschte er sich zu diesem Entschluss. Außerdem leistete er bei Selma stumme Abbitte

dafür, dass er sie im Geist der Profilierungs- und Klatsch-
sucht bezichtigt hatte. Nein, das Paar wusste nichts über die
neueste Entwicklung in Sachen Lucie. Stattdessen konnte
Leander Hansson mit einer Geschichte aufwarten, bei der
Forsberg die Haare zu Berge gestanden hätten, wären sie
nicht gerade erst Opfer des türkischen Friseurs geworden.
Nach jedem zweiten Satz war der Kommissar in Versuchung,
sie zu unterbrechen und zu fragen, warum sie ihn nicht von
Anfang an mit einbezogen hatten, aber er beherrschte sich
und beschränkte sich auf sachdienliche Fragen wie: »Was für
eine Pistole war das?«

»Eine Glock 17.«

Eine Glock 17. Ein weit verbreitetes Modell.

Jetzt sprach Tinka Hansson.

»Und dann kam die SMS mit dem Zielort Dansholmen,
also dort, wo schon der Brief und der Schuh gelegen haben.«

Dansholmen. Forsberg kannte die Gegend. Lieblich, fast
malerisch, aber um diese Jahreszeit wahrscheinlich auch
recht einsam.

»Selbstverständlich wollten wir niemanden erschießen …«

Selbstverständlich? Forsberg überlegte, wie er wohl reagieren würde, sollte jemand dasselbe Angebot an ihn richten.
Einen Menschen töten, um Annika zurückzubekommen. Er
würde es zumindest in Erwägung ziehen. Aber das hatten die
Hanssons sicherlich auch getan.

»Andererseits wollten wir aber auch wissen, wer das Opfer
ist, um dann vielleicht eine Spur zum Täter zu bekommen«,
sagte Leander Hansson. »Wir konnten ja nicht ahnen, dass es
sich ausgerechnet um Eva Röög handelt.«

»Was?!«

»Eva Röög, die Journalistin«, wiederholte Tinka verunsichert. »Und was immer sie in der SMS geschrieben hat …«

»Welche SMS?«, fuhr Forsberg unüberlegt dazwischen.

»Sie hat Ihnen keine SMS geschickt?«, fragte Leander Hansson.

Forsberg nahm sein Handy und rief das Protokoll auf. Nichts. Er schüttelte den Kopf.

Seltsamerweise schien Hansson das zu amüsieren, ein Lächeln umspielte seine Lippen.

»Dieses miese Aas«, zischte Tinka Hansson, die augenscheinlich für einen Moment die Contenance verlor.

»Ist doch jetzt egal«, fuhr Leander Hansson seine Frau scharf an. Die presste die Lippen aufeinander und atmete hörbar aus und ein.

Irgendwas stimmt nicht, erkannte Forsberg, während er die beiden musterte. Angeblich hatte Leander Hansson die Briefe bekommen und das Paket mit der Pistole. Warum war er dann angezogen wie zu einer Dinnerparty und seine Frau wie ein Hooligan?

»Ich fasse zusammen: Jemand behauptet, zu wissen, wo sich Ihr Kind aufhält, schickt Ihnen einen Schuh und ein Video von Lucie, das nur ein Mal anzusehen ist, und eine Pistole. Derselbe Mensch verlangt von Ihnen, damit Eva Röög zu ermorden, um an weitere Informationen über Lucies Aufenthaltsort zu kommen. Habe ich das alles richtig verstanden?«

Beide nickten.

»Wo ist sie jetzt?«, fragte Forsberg.

»Eva? In einem alten Sommerhaus am Askimsviken, das Tinkas Familie gehört. Sie ist einverstanden mit unserem

373

Plan, sich dort so lange verborgen zu halten, bis wir ... na ja, bis wir mehr wissen«, sagte Leander Hansson.

»Hat sie einen Verdacht, wer dahinterstecken könnte?«, fragte Forsberg.

»Nein«, sagte Leander. »Das ist ja das Problem. Es müsste eine offizielle Pressemeldung der Polizei geben über den Fund von Evas Leiche, damit der Erpresser glaubt, dass sie tot ist. Wir haben ihm zwar ein Foto geschickt, ein gestelltes natürlich, aber bis jetzt nichts gehört.«

Forsberg ließ sich das Foto zeigen und betrachtete es mit gerunzelter Stirn. Eva wirkte tatsächlich leblos, sogar der Mund stand leicht offen, was nicht schön aussah und ihn wunderte, bei dieser eitlen Person. Der Blutfleck war zu groß und sah überhaupt nicht wie eine echte Schusswunde aus, war aber möglicherweise geeignet, einen Laien zu täuschen.

»Das ist also der Plan?«, vergewisserte sich Forsberg.

»Ja«, sagte Tinka und nickte entschlossen. »Eva will schließlich auch wissen, wer sie töten lassen möchte. Und wir möchten Lucie zurückhaben.«

»Ist sie dort allein?« Forsberg musste sich beherrschen, um ruhig zu bleiben.

Leander nickte. »Wir haben ihr die Pistole dagelassen. Das war ihre Bedingung. Und, dass wir Sie informieren und überreden, mitzuspielen.«

Forsberg schaute die beiden an und mochte nicht glauben, dass er erwachsene Menschen vor sich hatte. In der Stille, die nach diesen Worten im Raum hing, griff Forsberg zum Telefon und sagte dabei zu Tinka Hansson:

»Adresse?«

»Bitte?«

»Die Adresse dieses Sommerhauses!« Sein Ton war offenbar so einschüchternd, wie er sein sollte.

»Es liegt in einer unbenannten Seitenstraße, die vom Järkholmsvägen abzweigt …«

Noch während Forsberg ihre Angaben notierte, rief er Selma an.

»Neues aus Kopenhagen?«, fragte ihre heisere Rabenstimme.

»Noch nicht. Bist du noch im Präsidium?«

»Ja. Wir sind fast fertig.«

Im Klartext: Ich kann Frau Tjäder nicht mehr länger hinhalten.

»Schnapp dir Bergeröd, der müsste mit deinem Freund Siska beschäftigt sein. Mit ihm fährst du so schnell wie möglich … hast du was zu schreiben?«

»Ja.«

Er wiederholte für sie Tinkas Angaben. »Das ist ein Sommerhaus. Darin befindet sich Eva Röög, und die schafft ihr sofort hierher.«

»In meine Wohnung?«, fragte Selma.

»Ja«, sagte Forsberg. »Aber seid vorsichtig, seht euch vorher dort um. Ihr Leben wird bedroht.«

»Von wem?«

»Das weiß ich noch nicht.«

»Ah«, sagte Selma. »Muss ich wirklich Bergeröd …«

»Ja! Und nimm deine Waffe mit. Ich sage Eva Bescheid, dass ihr kommt. Sie hat eine Pistole bei sich.«

»Schön«, sagte Selma, und Forsberg zog in Betracht, dass er sich möglicherweise wirr anhörte. »Noch etwas: Eine Streife soll diese Frau Tjäder sofort hierherbringen, ich habe da noch ein paar Fragen.«

»In meine Wohnung?«, fragte Selma erneut.

»Ja. Die Hanssons sind auch schon da.«

»Also wirklich. Dafür, dass du gerade erst bei mir eingezogen bist, haust du ganz schön auf den Putz.«

»Du rührst dich nicht von der Stelle, bis meine Leute da sind und dich abholen!«, drang Forsbergs Stimme aus dem Telefon.

»Ist das wirklich nötig? Kann ich nicht Stieg anrufen?«, fragte Eva.

»Nein!«

»Gut, wenn du meinst«, lenkte sie ein.

»Ja, das meine ich!«

Forsberg klang ungewohnt ruppig, aber insgeheim war Eva ganz froh über seinen Anruf. Die Aussicht, längere Zeit allein in dieser muffigen Hütte zu verbringen, erschien ihr von Minute zu Minute weniger verlockend. Sie hatte dem Vorschlag von Leander und Tinka hauptsächlich deshalb zugestimmt, um die beiden erst einmal loszuwerden und in Ruhe nachdenken zu können. Aber das Nachdenken hatte nicht viel gebracht, und ehe Forsbergs Anruf kam, war sie kurz davor gewesen, Stieg anzurufen, damit er sie abholte. Er hatte mit einem Kunden essen gehen wollen, fiel ihr ein. *Ein Alibi ...* Unfug!

»Und es wäre besser, wenn du dein Handy ausmachst. Obwohl – jetzt ist es ohnehin schon zu spät«, sagte Forsberg.

»Wirklich, Forsberg, du verstehst es, einem Mut zu machen«, sagte Eva und merkte selbst, wie klein und ängstlich ihre Stimme hinter ihrem Sarkasmus klang.

»Sieh zu, dass du die Pistole immer griffbereit hast. Kannst du damit umgehen?«

»Ich weiß nicht ...«

»Das ist eine Glock. Sie hat keinen Sicherungshebel, der Abzug hat einen Druckpunkt, wenn man den überwindet, dann kracht es.«

»Gut. Frag doch mal das reizende Ehepaar, ob das Ding auch geladen ist.«

»Fühlt sie sich schwer an?«

Eva wog die Waffe in der Hand. »Ziemlich.«

»Dann ist sie geladen. Und jetzt bleib ruhig, Selma wird gleich da sein.«

»Wer?«

»Selma Valkonen und Pontus Bergeröd. Sei so gut und erschieß keinen von ihnen.«

»Okay«, sagte Eva. »Aber eigentlich dachte ich, ich wäre Chefsache.«

Darauf ging Forsberg nicht ein.

»Und du weißt wirklich nicht, wer dich ...?«, fragte er stattdessen.

»Glaubst du, ich würde es dir verheimlichen?«

Forsberg verabschiedete sich etwas unvermittelt, und Eva ließ sich wieder in das muffige, gestreifte Kissen sinken.

Kaum hatte Forsberg aufgelegt, surrte sein Telefon erneut.

»Es gibt eine gute und eine schlechte Nachricht«, sagte Anders Gulldén. Jedem anderen hätte Forsberg deutlich gesagt, was er von solchen Sätzen hielt, so aber beherrschte er sich und schielte hinüber ins Wohnzimmer, wo inzwischen die Hanssons auf dem roten Sofa Platz genommen hatten. Sie hingen in den Ecken, erschöpft und doch angespannt, wie zwei Boxer vor der letzten Runde. Leander hielt eine Dose Bier in der Hand und Tinka hatte ein noch unberührtes Glas Wasser vor sich auf dem Tisch stehen. Forsberg hatte ihnen noch nichts gesagt, sie nur gebeten, noch eine Weile dazubleiben.

»Die Wohnung ist leer«, erklärte Gulldén, »nur noch ein paar Möbel sind drin. Der Hausmeister sagte, Frau Ahlborg sei heute Morgen sehr früh mit drei großen Koffern und dem Mädchen in ein Taxi gestiegen. Die Wohnung war auf den Namen Catherine Tjäder gemietet, sie ist zum Jahresende gekündigt worden. Frau Ahlborg hat dem Hausmeister den Schlüssel in den Briefkasten geworfen und einen Zettel geschrieben, er dürfe die Möbel verkaufen und das Geld behalten. Hört sich für mich ein bisschen nach überstürzter Abreise an. Die dänischen Kollegen sind noch dabei, die Hausbewohner zu befragen. Nach dem Taxifahrer wird auch schon gesucht.«

»Und was ist die gute Nachricht?«, fragte Forsberg.

»Na ja … das Mädchen … Die Spurensicherung ist jetzt in der Wohnung und sie werden sicherlich DNA finden, die wir vergleichen können. Und wenn es Lucie ist, dann wird weltweit …«

»Ja, schon klar«, sagte Forsberg. »Ich melde mich wieder, wenn ich mit Frau Tjäder gesprochen habe.«

»Kannst du mir mal erklären, warum du das alles nicht vom Präsidium aus machst?«, fragte Gulldén.

»Ja«, sagte Forsberg. »Ich muss aufhören, es hat geklingelt.«

Das war geschwindelt, aber Forsberg hatte es eilig, in

den Keller zu kommen und diesem Wäschetrockner seine Garderobe zu entreißen, ehe er auch noch die nächste Besucherin in Amundsen empfangen musste. Nichts gegen das Textil, aber er hatte die Befürchtung, dass es seine Autorität untergrub.

Selma krallte sich am Beifahrersitz des Dienstwagens fest und dachte darüber nach, warum die Hanssons jetzt in ihrer Wohnung waren und diese Journalistin im Sommerhaus der Hanssons. Hatte Forsberg das angeleiert? Warum bloß? Hatte er einen sitzen? Sie biss die Zähne zusammen. Bloß keine Bemerkung über Pontus Bergeröds Fahrstil verlieren! Dieser entsprach so ziemlich seinem Wesen: aggressiv und schwachsinnig. Beschleunigen, obwohl die rote Ampel schon von weitem sichtbar war, um dann kurz davor in die Eisen zu steigen. Eigentlich hatte Selma wenig Lust, mit ihm zu reden, aber vielleicht würde ihn das ablenken und beruhigen.

»Wie lief es mit Siska?«

Bergeröd grinste und hielt ihr seine rechte Faust hin, die um die Fingerknöchel herum rot und geschwollen war.

»Er wollte abhauen.«

»Und das Verhör?«

»Er streitet alles ab und kräht nach seinem Anwalt.«

Selma nickte. Das war zu erwarten gewesen. Tatsächlich fuhr Bergeröd nun etwas langsamer, um sich auf das Gespräch konzentrieren zu können. Multitasking war seine Sache offenbar nicht.

»Die Fingerabdrücke auf den Müllsäcken sind seine, aber Siska behauptet, dieser andere Typ, Krull, hätte sich die

Müllsäcke von ihm geborgt. Wir müssen abwarten, was die Hausdurchsuchung bringt und die Auswertung seiner Handydaten. Die Spurensicherung hat auch noch einen Sohlenabdruck am Leichenfundort sicherstellen können. Wenn das Mädchen in seinem Wagen war, dann werden sie das nachweisen!« Bergeröd klang trotzig, als wollte er das gewünschte Ergebnis herbeireden. »Morgen nimmt ihn sich Gulldén höchstpersönlich zur Brust.«

»Na, dann«, sagte Selma.

»Wie bist du eigentlich auf den Kerl gekommen?«

»Durch eine Kinderzeichnung.«

»Ah.« Bergeröd überholte einen Lastwagen, als gäbe es kein Morgen.

Selma atmete schwer.

»Also, ich habe ja für vieles Verständnis, aber solche Schweine gehören an den Eiern aufgehängt«, platzte es aus ihrem Kollegen heraus, während er mit kreischenden Reifen einen Kreisverkehr passierte.

Selma war tendenziell seiner Meinung, hatte aber keine Lust, sich Bergeröds Gewaltphantasien anzuhören, die sich offensichtlich auch auf seine Fahrweise niederschlugen.

»Sag mal, wie wollen wir vorgehen?«, fragte sie deshalb, »ich meine, jetzt gleich.«

Wie sie vorausgeahnt hatte, schmeichelte es Bergeröd, dass sie ihm freiwillig das Kommando überließ. Dabei war das vollkommen klar: Er war der Dienstältere und hatte mehr Erfahrung mit solchen Einsätzen. Und er hätte ohnehin niemals auf Vorschläge von ihr gehört.

»Wir peilen erst mal die Lage, ob die Lady wirklich allein ist, und wenn ja, machen wir uns bemerkbar, damit sie weiß, dass wir es sind und nicht ihr Killer«, schlug Bergeröd vor.

Was auch sonst, dachte Selma.

»Hast du Schiss?«, fragte er.

»Na ja, du könntest für meinen Geschmack ein bisschen langsamer fahren«, sagte sie, ihn absichtlich missverstehend. »Ich bin eine schlechte Beifahrerin, tut mir leid.« Was bin ich heute harmoniesüchtig, stellte sie fest und grinste in sich hinein.

»Sorry«, sagte Bergeröd. »Malin beschwert sich auch immer über meine flotte Fahrweise. Ich meinte, ob du Schiss hast vor dem Einsatz.«

»Nein«, sagte Selma, und weil sie gerade der Hafer stach, fügte sie hinzu: »Ich hab ja dich dabei.«

Er warf ihr einen misstrauischen Blick zu, aber sie lächelte zaghaft. Wenn sie wollte, konnte Selma in der Weibchenrolle einigermaßen überzeugen, und da Schusswaffen im Spiel waren, überließ sie Bergeröd gern den Vortritt. Zudem fuhr er nun auch ganz manierlich Auto. Ihr Telefon meldete sich. Forsberg.

»Habt ihr Lucie?«

»Nein, die Wohnung ist leer.«

»Mist.«

»Aber Lucie war sehr wahrscheinlich dort. Wo seid ihr?«

»Hinter Björlanda.«

»Ist Bergeröd dabei?«

»Er fährt. Traust du mir etwa nicht? Rufst du deswegen an?«

»Nein. Ich will wissen, wie der verdammte Wäschetrockner aufgeht!«, kam es verzweifelt. »Ich hab ihn ausgeschaltet, aber diese scheiß Tür geht nicht auf.«

Selma musste lachen.

»In der Ruhe liegt die Kraft. Du musst eine Minute warten, dann geht das Schloss auf, wie von Zauberhand. Ist so ein Sicherungsding, damit man sich nicht die Finger ver…«

Aufgelegt.

»Hast du wirklich eine Spur von Lucie Hansson gefunden?«, fragte Bergeröd.

»Wir wissen, wer sie entführt hat und jetzt bei ihr ist. Aber knapp daneben ist auch vorbei.«

»Trotzdem«, sagte er beeindruckt. »Das war gut.«

»Danke«, sagte Selma und dachte: Falls Bergeröd nicht in der nächsten Viertelstunde erschossen wird, werden wir noch richtig gute Freunde.

Die Bierdose in Leanders Hand wurde warm. Sie war längst leer. Die Situation hier hatte etwas Absurdes; diese Wohnung, Forsbergs hektische Telefonate … Er schien sehr um Evas Sicherheit besorgt. Aber was war mit Lucie? Hatte er die schon völlig abgeschrieben? Wusste er mehr, als er sagte? Kein Wort über die Möglichkeit, mit der von Tinka geplanten Scharade auf ihre Spur zu kommen. Der Plan war vielleicht nicht perfekt, aber was hatten sie schon zu verlieren? Was hatten sie denn sonst für eine Chance?

Das alles hatte er Forsberg fragen wollen, aber der hatte sie ungewohnt autoritär angewiesen, hierzubleiben und abzuwarten. Zu Lucie würde er ihnen gleich noch etwas erklären. Dieser Satz hatte Leander verstummen lassen. Vor Hoffnung? Vor Angst? *Etwas erklären.* Stumm betete Leander, der gefühlte Atheist, dass dies nicht Forsbergs Art war, ihnen schonend beizubringen, dass das tote Mädchen im Wald doch Lucie war.

Er schielte hinüber zu Tinka. In diesem Kapuzenpulli und mit verschränkten Armen an die Decke starrend, sah sie aus wie eine Jugendliche, die etwas angestellt hatte und nun halb trotzig, halb verängstigt, der Konsequenzen harrte. Aber sie war nicht nur angespannt, sie war auch stinksauer, das erkannte Leander an der Art, wie sie ihre Lippen zu einem Strich zusammenpresste. Forsberg würde in Teufels Küche kommen, wenn er nicht gleich etwas hervorzauberte, was sie besänftigte. Tinka hatte alles getan, um die Situation zu kontrollieren, hatte sogar ihn, Leander, hintergangen, und das alles nur, damit ein Kommissar in Bademantel und *Die-Hard-*Frisur das alles wegfegte und sie beide wie Idioten dasitzen ließ? Das würde sie sich nicht ohne weiteres gefallen lassen. Wo war Forsberg jetzt überhaupt? Ach ja, im Keller. Seine Wäsche holen. *Haus zusammengebrochen.* Noch so ein Irrsinn. Kafkaesk, dachte Leander und überlegte, ob das Wort wirklich passte und ob er Tinka fragen sollte, aber wahrscheinlich würde sie sagen: Wenn du es nicht mal weißt, oder: Hast du jetzt keine anderen Sorgen? Mit Eva hätte er darüber diskutieren können, selbst in so einer Situation. Eva. Leander versuchte, nicht mehr an den Augenblick zu denken, als er sie in ihrem Wagen liegen gesehen und geglaubt hatte, Tinka hätte sie ermordet. Überhaupt Tinka … Wie hatte sie es nur geschafft, Eva, die größer war und einiges mehr wog als Tinka selbst, in ihrem bewusstlosen Zustand in den Wagen zu bekommen? Was wohl wieder einmal bewies, dass ein hoher Adrenalinspiegel ungeahnte Kräfte verlieh. Sicher könnte ihm Tinka dieses Phänomen ganz genau erklären, dachte er, und ein zärtliches Gefühl ergriff von ihm Besitz. Er sah zu ihr hinüber und lächelte. Sie spürte seinen Blick, dann lächelte auch sie und schloss die Augen, als wollte sie den Moment auf diese Weise festhalten, und Leander wusste, dass sie wusste, dass er ihr verziehen hatte. Er konnte gar nicht anders.

Sich räuspernd betrat Forsberg das Zimmer. Er war wieder normal gekleidet, wenn auch nicht besonders chic: abgewetzte braune Cordhose, zerknittertes Hemd, hellgrau oder weiß, mit etwas Dunklem gewaschen. Das Sofa war ausladend genug, theoretisch hätte halb Göteborg zwischen ihm und Tinka Platz nehmen können, doch der Kommissar trug einen Küchenstuhl herein und setzte sich ihnen gegenüber, wie es sich für seinesgleichen gehörte. Auch Tinka nahm Haltung an, mit durchgedrücktem Kreuz saß sie da, eine Kobra kurz vor dem Zubeißen. Leander gab seine lässige Haltung nun ebenfalls auf.

Forsberg entschuldigte sich dafür, dass er sie hatte warten lassen.

»Herr Hansson«, richtete er sich dann an Leander, »an dem Tag, als Ihre Tochter verschwand, hatten Sie die Autorin Eyja de Lyn bei sich im Sender zu Gast?«

»Ja«, antwortete Leander knapp. Vor seinem inneren Auge erschien die Autorin dieser überaus erfolgreichen Fantasy-Schinken: mittelgroß, schlank, dunkelblonder Pagenkopf. Er sah zwei mit schwarzem Kajal umrahmte Augen vor sich, an deren Farbe er sich nicht erinnerte, und er hätte allenfalls noch sagen können, dass es ein schmales Gesicht war, mehr aber nicht. Aber an ihre Stimme erinnerte er sich, die hatte er gemocht, klar und hell und nicht piepsig. Sie hatte eine ruhige, überlegte Art zu sprechen, sehr beherrscht, beinahe zu sehr. Sie hatte bescheiden gewirkt, frei von jeglichem Dünkel, als wäre ihr gar nicht bewusst, was für einen Erfolg sie hatte. Das hatte er sympathisch gefunden. Da gab es ganz andere!

Ihre Agentin hatte ihn einige Wochen vorher angerufen und durchblicken lassen, dass ihre Autorin zu einem Interview mit ihm zu bewegen wäre. Wie gnädig!, hatte Leander noch gedacht und war versucht gewesen, eine schnippische Antwort zu geben. Aber natürlich hatte er mitgespielt, denn Eyja de Lyn bekam wirklich nicht jeder ins Tonstudio. Den Termin hatte sie erst einen Tag vorher bestätigt und ihn gebeten, im Sender keinerlei Aufhebens davon zu machen. Je weniger Leute wussten, dass sie dort war, desto besser. Das war der Geheimniskrämerei um ihre Identität geschuldet, ein Marketingding.

»Ich kenne den Podcast dieser Sendung«, sagte Forsberg. »Worüber haben Sie sonst noch mit der Frau gesprochen?«

Leander fragte sich, worauf der Kommissar hinauswollte. Er überlegte. Es war nicht einfach, eine vier Jahre zurückliegende Unterhaltung zu rekonstruieren.

»Nicht viel«, sagte er wahrheitsgemäß. »Ich fragte sie bei der Begrüßung, ob sie zum Kulturfest nach Göteborg gekommen sei, und sie sagte, nein, ihre Mutter habe Geburtstag. Das war alles, was wir sozusagen außerdienstlich gesprochen haben, soweit ich mich erinnere.«

»Haben Sie über Ihre Frau oder Ihr Kind geredet?«, fragte Forsberg.

»Nein«, sagte Leander bestimmt. Das tat er nie mit Autoren. Für sie wollte er ausschließlich Leander Hansson, der Kritiker, sein, eine Respektsperson, ein arrogantes Arschloch, seinetwegen, auf keinen Fall aber Leander Hansson, der Ehemann oder Vater.

»Haben Sie vielleicht den Namen Nordin erwähnt?«

»Nein, natürlich nicht«, antwortete Leander ungeduldig. Was für seltsame Fragen dieser seltsame Mensch stellte.

»Und sie? Hat sie etwas erzählt? Vielleicht von ihrer Tochter?«

Leander schüttelte den Kopf.

»Nein. Ich wusste gar nicht, dass sie eine hat.«

»Hat diese Frau etwa Lucie entführt?«, platzte Tinka heraus.

»Einen Moment bitte«, sagte Forsberg und hob die Hand in ihre Richtung wie ein Schiedsrichter. Die Ellbogen auf die Knie gestützt, nahm er wieder Leander ins Visier.

»Wie lief dieser Besuch genau ab?«

»So wie alle anderen«, sagte Leander. »Ich habe sie an der Pforte abgeholt, dann sind wir in mein Büro gegangen, wo sie ihre Sachen ablegte. Jacke und Handtasche. Dort bespreche ich mit den Autoren kurz die Fragen, die ich im Interview stellen werde, aber bei ihr musste ich das nicht. Sie sagte, es wäre ihr lieber, spontan zu antworten. Manche wollen das, sie sind dann weniger verkrampft. Also sind wir gleich zusammen rüber ins Tonstudio.«

»Wann war das?«

»Das weiß ich doch heute nicht ...« Leander unterbrach sich. Er hatte plötzlich ein Bild vor Augen.

»Was?«, fragte Forsberg, und auch Tinka sah ihn gespannt an.

Leander spürte seinen Puls beschleunigen, als er Forsberg beschrieb, woran er sich erinnerte.

»Nach der Aufnahme – die dauerte nur eine gute Viertelstunde – sind wir zurück in mein Büro, ihre Sachen holen. Ich war gerade dabei, sie zu verabschieden, als Tinka anrief. Ich ... ich habe kurz mit meiner Frau geredet, und sie stand da, bereit zu gehen. Ich winkte ihr, sie solle warten. Also wartete sie. Und auf dem Aktenschrank ... Auf dem Schrank

386

steht ein Foto von Tinka und Lucie. Ich glaube, ich habe beim Telefonieren dieses Bild angeschaut …« Etwas schnürte ihm die Kehle zu.

»Hat sie irgendwas dazu gesagt?«, fragte Forsberg.

Leander konnte nur den Kopf schütteln.

»Jetzt sagen Sie schon endlich, hat diese Frau Lucie entführt?«, herrschte Tinka nun den Kommissar an.

»Möglicherweise«, sagte Forsberg. Seinen Worten folgte eine atemlose Stille.

Leander war heiß geworden, und mit einem Mal war da wieder dieses Gefühl der Enge in seinem Brustkorb, genau wie vor ein paar Stunden in der Sportsbar. Er rang nach Luft. Tinka griff nach seiner Hand und hielt ihm ihr Wasserglas hin, das er in einem Zug leerte.

»Verzeihung«, murmelte er und schämte sich ein wenig für seine Schwäche, während er Forsberg zuhörte, der etwas von einer verlassenen Wohnung in Kopenhagen erzählte, die zur Stunde von der dänischen Polizei durchsucht werde.

»Also lebt sie?«, rief Tinka unbeherrscht.

»Wir müssen den DNA-Vergleich abwarten. Falls die dänische Polizei DNA-Spuren in der Wohnung findet, was wahrscheinlich ist, denn es sind noch Möbel da.«

»Mein Gott«, flüsterte Tinka. »Wo ist Lucie jetzt?«

»Das wissen wir nicht. Vielleicht hat die Person, die auch Sie erpresst hat, Kontakt zu ihr aufgenommen, warum auch immer, oder sie hatte das Gefühl, dass sie beobachtet wird … Aber wir kennen jetzt ihre Identität, es wird weltweit nach ihr gefahndet. Ihr richtiger Name lautet übrigens Lillemor Ahlborg. Sagt Ihnen der Name etwas? Oder Camilla Ahlborg?«

Forsberg hatte die Fragen an Tinka gerichtet, warum

auch immer. Die schüttelte den Kopf, aber Leander war nicht sicher, ob die Fragen auch wirklich bei ihr angekommen waren. Auf ihren Wangen brannten jetzt ungleichmäßige rote Flecken, wie immer, wenn sie sich stark aufregte, und sie blinzelte gegen Tränen an.

»Und warum erfahren wir davon erst jetzt?«, fragte Leander, der sich wieder einigermaßen im Griff hatte.

»Weil wir selbst erst seit wenigen Stunden davon wissen«, antwortete Forsberg.

»Wieso jetzt – nach vier Jahren?«, beharrte Leander, aber er bekam keine Antwort mehr, denn die Türklingel schrillte. Forsberg sprang auf und sagte: »Das wird Frau Tjäder sein, die Agentin. Vielleicht kann sie uns weiterhelfen.«

Der Kapitän informierte die Fluggäste darüber, dass sich der Start noch ein klein wenig verzögerte, was ein genervtes Stöhnen und verhaltenes Murren hinter den aufgeschlagenen Zeitungen hervorrief. Lillemor seufzte nervös und strich Marie das wirre Haar glatt. In ihr Kissen gekuschelt, schaute das Mädchen auf die Rollbahn. Sie blinzelte. Gleich würden ihr die Augen zufallen. Während des ersten Fluges war sie noch aufgeregt und zappelig gewesen, aber der Aufenthalt auf dem Frankfurter Flughafen hatte sie ermüdet. Auch Lillemor war erschöpft, sie würde sich erst entspannen, wenn sie in der Luft waren. Sie warf einen Blick auf ihr Handy. Eine Mail von Catherine. Ein brasilianischer Verlag hatte die Lizenzen ihrer letzten drei Bücher gekauft. Gut so. Sie würde ihr antworten, wenn sie angekommen waren. Von einem neuen Handy. Sie schaltete es aus.

Kaum war die Stimme des Piloten verklungen, leuchteten die Anschnallzeichen auf und die Maschine setzte sich endlich in Bewegung. Lillemor sah nach, ob Marie den Gurt umgelegt hatte.

Es war leicht gewesen, damals, als das Leben im Verborgenen noch eine PR-Masche gewesen war, ein Katz-und-Maus-Spiel mit dem Geier. Nichts von existenzieller Bedeutung. Jetzt war es anders. Marie musste bald in die Schule. Spätestens dann konnten sie nicht mehr dauernd umziehen. Ein Neuanfang war ihre einzige Chance. Neuer Kontinent, neue Pässe, neue Sprache. Wie gut, dachte Lillemor, dass sie es seit Jahren gewohnt war, keine Spuren zu hinterlassen, unauffällig zu sein.

Weder Lillemor noch ihr Verleger hatten anfangs einkalkuliert, dass sich das Geheimnis um Eyja de Lyn zu einem Kultfaktor entwickeln würde. Aber schon bald war Lillemor dieser Umstand sehr gelegen gekommen. Ihr Stiefbruder vertrat die Meinung, Lillemor habe ihre Karriere größtenteils ihm zu verdanken, da er es gewesen war, der damals ihre Manuskripte an einen Verlag geschickt hatte. Er scheute sich auch nicht, ihre Dankbarkeit für den einstigen Geniestreich einzufordern. Und da er die Neigung hatte, über seine Verhältnisse zu leben, kam das recht häufig vor. In den ersten Jahren hatte ihm Lillemor regelmäßig Geld »geliehen«, aber irgendwann war sie nicht mehr bereit gewesen, sich länger von diesem Geier, wie sie ihn inzwischen nannte, ausnutzen zu lassen. Sie fand, dass sie nicht länger in seiner Schuld stand, denn sie hätte es gewiss auch ohne sein Dazutun geschafft, vielleicht nur ein paar Jahre später. Sie suchte sich professionelle Hilfe und fand in Catherine Tjäder eine loyale Person, die sich nicht nur um ihre Bücher und das ganze Drumherum kümmerte, sondern für Lillemor zu einem Bindeglied zwischen ihr und der Welt wurde, zu ihrem Schutzwall gegen den Geier und gegen sämtliche Geier dieses Planeten, für die Lillemor ab sofort nicht mehr erreichbar war.

Die Maschine war auf dem Rollfeld angekommen und beschleunigte, die Triebwerke heulten auf. Rasch lösten sich die Reifen vom Boden. Marie gähnte gegen den Druck auf den Ohren an. Lillemor nahm ihre Hand.

Die Welt war so klein geworden. Ein einziger Kameraklick von irgendeinem Wichtigtuer konnte sich in Windeseile über die ganze Welt verbreiten, und schon würden sie Gejagte sein.

Forsberg hatte noch einen Küchenstuhl ins Wohnzimmer geschleppt, auf dem sich die zierliche Catherine Tjäder nun mit gekreuzten Beinen niederließ. Neben ihr kam Forsberg sich vor wie ein zerknautschter Putzlappen. Außerdem war die Hose an manchen Stellen doch noch feucht, was hoffentlich nur ihm auffiel.

Leander Hansson und Catherine Tjäder schüttelten sich die Hände, und Hansson bemerkte in seiner trockenen Art, dass sie sich ja eigentlich heute Abend auf der Buchmesseparty hätten treffen sollen. Tinka Hansson sagte außer einem gehauchten »Hej« gar nichts mehr, was sicher nicht daran lag, dass Forsberg das Paar gebeten hatte, zunächst ihn mit Frau Tjäder reden zu lassen. Es war wohl eher die Neuigkeit über Lucie, die ihr die Sprache verschlagen hatte, dachte Forsberg, während die Literaturagentin ein wenig misslaunig fragte, warum sie hier sei, sie habe doch schon seiner Kollegin alles gesagt.

»Die Wohnung, deren Adresse Sie uns gaben, ist leer. Zeugen haben Ihre Klientin heute Morgen in ein Taxi steigen sehen, mit viel Gepäck.«

Er beobachtete sie bei diesen Worten. Das hatte ermittlungstaktische Gründe, aber es war auch eine Freude, sie anzusehen. Sie wirkte erstaunt.

»Aber sie wollte doch erst im Winter weg. Sie hat die Wohnung zum Jahresende gekündigt.«

»*Sie* haben gekündigt«, stellte Forsberg richtig. »Der Mietvertrag lief auf Ihren Namen.«

»Ja. Das haben wir oft so gemacht. Sie wollte sich niemandem als Eyja de Lyn vorstellen, aber als Lillemor Ahlborg konnte sie keine Einkünfte nachweisen, ohne ihr Pseudonym aufzudecken. Vermieter mögen aber gerne Mieter mit einem Einkommen. Deshalb habe meistens ich die Wohnungen auf meinen Namen angemietet. Schon früher … also, ich meine, bevor …« Sie geriet ins Stottern und sagte zu niemand Bestimmtem: »Ich habe wirklich nichts davon geahnt! Ich habe ihr Kind als Säugling gesehen und dann erst wieder mit drei Jahren. Nie wäre ich auf die Idee gekommen …«

Leander nickte ihr zu, Tinka biss sich auf die Lippen. Sie sah blass aus. Hoffentlich kippt sie mir hier nicht um, dachte Forsberg.

»Hat sie Ihnen gesagt, wohin sie wollte?«, wollte er jetzt wissen.

»Nein. Sie hat mir vor einigen Wochen wegen der Wohnungskündigung gemailt. Es sei mal wieder Zeit für eine Veränderung. Mehr nicht. Das ist typisch für sie.«

»Wie wär's, wenn Sie sie anrufen und fragen, wo sie ist?«, schlug der Kommissar vor.

»Glauben Sie denn, sie würde mir die Wahrheit sagen?«, entgegnete Catherine Tjäder.

»Was denken Sie?«

»Wenn sie wirklich mit einem entführten Kind auf der Flucht ist, dann wohl eher nicht.«

»Wieso? Traut sie Ihnen nicht?«

»Ich weiß es nicht«, sagte die Agentin. »Bis vor einer Stunde hätte ich das bejaht, aber jetzt … Es kommt mir gerade so vor, als hätte ich sie nie auch nur ein bisschen gekannt.«

»Es käme auf den Versuch an«, beharrte Forsberg.

Sie nickte.

»Ja. Aber warten Sie! Ich … ich muss mir was ausdenken, warum ich sie jetzt so spät noch anrufe, es ist immerhin schon fast elf.«

Forsberg bot ihr etwas zu trinken an, und Catherine Tjäder deutete auf die Bierdose vor Leander auf dem kleinen Tisch.

»Könnte ich vielleicht auch ein kaltes Bier haben?«

Forsberg ging in die Küche, und sie folgte ihm wie ein bettelnder Hund. Offenbar wollte sie nicht gern mit den Hanssons allein sein. Verständlich, dachte Forsberg.

Sie nahm die Bierdose und stöckelte nervös in der Küche auf und ab, während sie in kleinen Schlucken wie ein Huhn trank. Das ging zwei Minuten lang so, dann stellte sie die Dose hin.

»Okay. Ich werde tun, als wäre ich auf der Messeparty und ein bisschen angetrunken und hätte jemanden getroffen, der sich für die Filmrechte ihres letzten Romans interessiert.«

»Gut«, sagte Forsberg. »Sagen Sie ihr, sie muss dringend den Regisseur treffen.«

Die Agentin kramte ihr Telefon aus der Handtasche und atmete tief aus und ein. Ihre Wangen hatten einen rosigen Schimmer bekommen. Dann drückte sie eine Taste und wartete, die linke Hand am Telefon, die rechte über die Brust gepresst, als müsse sie den zu lauten Herzschlag abschirmen.

»Sie hat's ausgeschaltet«, sagte sie wenig später. »*Der Teilnehmer ist nicht erreichbar …*«

»Ich brauche die Nummer für eine Handy-Ortung«, sagte Forsberg. Sie gab ihm das Telefon, und er schrieb sie auf den umgedrehten Beleg des Pizzalieferanten. Inzwischen war Leander Hansson auf der Bildfläche erschienen. Er lehnte im Türrahmen und machte keinen Hehl daraus, dass er ihnen zugehört hatte.

»Geht keiner ran«, sagte Forsberg zu ihm und wandte sich wieder an Catherine Tjäder, die auf Sir Henrys freien Stuhl gesunken war. »Frau Tjäder, die Hanssons sind in den letzten Tagen von jemandem erpresst worden, der behauptete, den Aufenthalt von Lucie zu kennen. Wer außer Ihnen könnte gewusst haben, wo Lillemor Ahlborg gewohnt hat?«

Catherine Tjäder schaute erst Forsberg, dann Hansson ungläubig an, dann schüttelte sie den Kopf. »Das weiß ich wirklich nicht. Eigentlich niemand. Nicht mal ihre Mutter wusste früher, wo ihre Tochter gerade war.«

Die Erwähnung der Mutter hatte Forsberg auf einen Gedanken gebracht.

»Camilla Ahlborg ist im Juli gestorben, und Lillemor war bei der Beerdigung. Woher wusste Lillemor vom Tod ihrer Mutter?«

»Von mir. Ihr Bruder schrieb mir eine E-Mail an die Agentur, die ich an Lillemor weitergeleitet habe.«

Forsberg blieb für einen Augenblick der Mund offen stehen.

»Lillemor hat einen Bruder?«

Warum, zum Teufel, hatte der Vogel das übersehen? Kinder standen doch dick und fett im Personenverzeichnis!

»Eigentlich ist es ihr Stiefbruder. Er war auch einer der Gründe, weshalb Lillemor nicht gerne unter ihrem eigenen Namen gemeldet war. Sie sagte mir mal, er würde sie dauernd anpumpen und dass sie ihn nicht leiden könne. Sie versuchte, ihm so gut es ging aus dem Weg zu gehen und für ihn nicht erreichbar zu sein. Was wohl nicht immer gelang, er hat sie einige Male aufgespürt, er schien darin so eine Art sportlichen Ehrgeiz entwickelt zu haben.«

»Wie ist sein Name?«, fragte Forsberg.

»Leif. Der Nachname … entschuldigen Sie, der fällt mir gerade nicht ein, Lillemor nannte ihn nämlich immer nur ›den Geier‹. Aber ich weiß, dass er als Journalist beim *Göteborg Dagbladet* arbeitet.«

Leif calling. Der Schnösel! Forsberg sah das Bild auf Evas Handy vor sich. Leif Hakeröd! So hieß der Typ, den Eva nicht ausstehen konnte, weil er es in kürzester Zeit zum Nachrichtenchef gebracht hatte, ein Job, auf den sie selber scharf gewesen war. Aber was hatte der für ein Motiv, Eva umbringen zu lassen? Umgekehrt wäre es ja noch verständlich, wenn man voraussetzte, dass ein Job in der mittleren Führungsebene einer mittelgroßen Zeitung überhaupt ein Mordmotiv darstellte. Aber so?

Forsberg wandte sich um und wollte Leander Hansson fragen, ob er Hakeröd persönlich kenne, aber der Türrahmen, in dem er eben noch gestanden hatte, war leer. Hansson war auch nicht im Bad und nicht im Wohnzimmer. Seine Frau saß ganz allein auf dem viel zu großen Sofa, die Arme um die Knie geschlungen und umgeben von einer Aura der Unnahbarkeit.

»Wo ist Ihr Mann hin?«, fragte der Kommissar.

Tinka Hansson sah ihn mit leeren Augen an. Sie zitterte am ganzen Körper. Catherine Tjäder drängelte sich an ihm vorbei und zischte ihm zu:

»Sie hat einen Schock. Am besten, wir legen ihr erst mal die Füße hoch. Holen Sie ihr noch ein Glas Wasser.«

Forsberg gehorchte und ging in die Küche.

»Ich könnte mir vorstellen, wo ihr Mann hingegangen ist«, rief die Agentin ihm nach. »Auf die Buchmesseparty. Dort treiben sich heute die ganzen Journalisten herum.«

Die Gegend wurde dunkler, die Bebauung spärlicher. Es konnte nicht mehr weit sein. Da vorn war eine Parkbucht. Er bremste den Wagen ab und hielt an. So viel Zeit muss sein, sagte er sich in einem Anfall von Übermut und rollte einen Hundertkronenschein zusammen. Er benutzte das iPad als Unterlage und zog sich eine Line in die Nase. Während er auf das Kopfgewitter wartete, betrachtete er das Display des Tablets. Evas Handy hatte sich seit Stunden nicht bewegt, noch immer verharrte es an dem einen Punkt am Askimsviken. Er überlegte, was das zu bedeuten hatte. Auf jeden Fall, dass Hansson versagt hatte. Dass Eva Bescheid wusste. Vielleicht sogar die Polizei. Nein, das eher nicht, denn dann wäre sie jetzt im Präsidium und nicht irgendwo hier draußen in den Büschen. Ein Versteck, ging es ihm durch den Kopf.

Sie und Hansson spielten also auf Zeit. Bald würden sie eine Vermisstenmeldung aufgeben und hoffen, dass er darauf hereinfiel und ihnen sagte, wo das Kind war. So wie er auf das dilettantische Foto hätte hereinfallen sollen, das Hansson ihm geschickt hatte. Diese theatralische Haltung, dieser viel zu große Blutfleck auf der Brust ... Lächerlich! Als ob eine Glock ein Loch reißen würde wie eine Elefantenbüchse. Nein, so nicht, Freunde, zum Verarschen müsst ihr euch einen anderen suchen.

Im Grunde war sein Experiment damit zu Ende. Was hatten die Hanssons damals für einen Zirkus in den Medien veranstaltet! Dieser tränenreiche Appell an den Entführer, diese zur Schau gestellte Verzweiflung. Beinahe hätten sie es in diesen Tagen noch fertiggebracht, dass er Mitleid bekam und es bereute, seiner durchgeknallten Schwester geholfen zu haben. Ja, damals war er plötzlich wieder sehr gefragt gewesen, nachdem Lillemor ihm jahrelang aus dem Weg gegangen war. Er war es, der sie mitsamt dem Kind auf ihre beschissene Insel gebracht hatte, und er hatte sie bis zum Herbst mit Lebensmitteln versorgt, sodass sie nicht mit dem Kind aus dem Haus gehen musste. Er hatte das nicht für Lillemor getan, und auch nicht für das Geld, das danach eine Weile lang wieder regelmäßig geflossen war. Nein, er hatte es für Camilla getan. Die Einzige, die ihn jemals geliebt hatte, auf ihre Art. Seine eigene Mutter war abgehauen, als er noch ein Kleinkind war, und sein Vater hatte im Grunde nur den Alkohol geliebt, und seine bescheuerte Religion. Und am Ende war er im Suff in diesen scheiß See gefahren, ohne sich einen Deut darum zu scheren, was aus seinem Sohn wurde. So viel zum Thema Elternliebe. Gar nicht erst zu reden von seiner Großmutter, diesem bigotten alten Weib, das ihn nur drangsaliert hatte.

Aber Camilla hatte ihn aufgenommen, sie hatte zu ihm gesagt, dass sie sich immer einen Sohn gewünscht habe, und nun hätte sie einen. Diese Worte hatte er aufgesogen wie ein Schwamm. Ja, er hatte Camilla gerngehabt, mit all ihren Schwächen und Macken, derentwegen Lillemor in ihrer Selbstgerechtigkeit auf ihre Mutter herabgesehen hatte.

Als Lillemor nach der Schule ausgezogen war, hatte er ihr angeboten, sie in Zukunft zu managen, wenn er dafür ein Drittel ihrer Einnahmen bekäme. Schließlich, so sein Argument, verdanke sie es ihm, dass sie so jung schon so viel Geld verdiente. Lillemor hatte ihm einen Vogel gezeigt und ihn ausgelacht. Sie hatten sich gestritten. Und dann hatte Lillemor gesagt, Camilla habe ihn nur wegen des Geldes von der Fürsorge aufgenommen, das sie von seiner Großmutter für ihn überwiesen bekam. Natürlich hatte Leif ihr kein Wort geglaubt. »Warum hat sie dich dann nicht gleich nach Göteborg mitgenommen, als sie von deinem versoffenen Vater die Nase voll hatte?«, hatte seine Stiefschwester gefragt. Diese Worte, die sie ihm zum Abschied entgegengeschleudert hatte, waren in seine Seele eingedrungen wie Säure.

Leif wurde also nicht Lillemors Manager. Er schlug sich irgendwie durch, jobbte mal hier, mal da, glaubte eine Zeit lang, er hätte eine Karriere als Model vor sich, bis sich auch das als Trugbild erwies. Und bei alledem empfand er eine wachsende Wut auf dieses Miststück Lillemor.

Ja, er hatte das alles für Camilla getan. Camilla, die krank und verbittert war und deren einziger Lichtblick seit langer Zeit ihr vermeintliches Enkelkind wurde. Unmöglich hatte Leif ihr sagen können, dass ihre Tochter, diese Irre, das Kind mitten auf einem belebten Platz entführt hatte. Und das auch noch vor seinen Augen, an jenem 17. August vor vier Jahren.

Diese finnische Tangotruppe war nicht zum Pressetermin erschienen, und Eva Röög war schon zur nächsten Verabredung geeilt. Er hatte ihr versichert, er würde noch eine Weile vor dem Avalon auf die Finnen warten, aber kaum war sie außer Sicht gewesen, war er von dort verschwunden. Er hatte sich an der Markthalle in ein Café gesetzt, um seinen Kater, den er sich am Abend zuvor eingefangen hatte, auszukurieren. Zum Teufel mit den Finnen. Zum Teufel mit Eva Röög.

Als er die Stelle in der Redaktion angetreten hatte und ihr unterstellt wurde, war er sofort ihrer Faszination erlegen. Diese Frau war anders als andere. Sie war nicht einmal besonders hübsch, aber sie hatte etwas, das einen in den Wahnsinn trieb. Das ist sie, das ist *die Eine*, hatte er gedacht, ausgerechnet er, der sonst Frauen konsumierte wie Drinks oder Koks. Ja, er hatte sich verliebt. Ernsthaft. Und eines Abends war er kurz davor gewesen, es ihr zu sagen oder zumindest, sie in seine Wohnung zu bringen und mit ihr zu schlafen. Aber dann hatte sie diesen plötzlichen Rückzieher gemacht, aus heiterem Himmel und obwohl sie schon ziemlich angetrunken gewesen war. Okay, hatte er gedacht, vielleicht war ihr nicht wohl, bei Frauen wusste man ja nie, die bekamen ganz unverhofft irgendwelche Malaisen. Aber so war es nicht. Denn seit diesem Abend hatte sie ihn anders behandelt. Distanzierter. Als wäre ihr das, was hätte passieren können, peinlich. Als wäre er peinlich. Nicht liebenswert. Es war nicht der erste Korb, den er von einer Frau bekommen hatte, aber der erste von einer, in die er verliebt war. Diese Schmach würde er ihr nie verzeihen, ebenso wenig, wie er Lillemor verzeihen würde oder seiner Mutter, die ihn auch nicht gewollt hatte.

Solche Gedanken hinter seiner Sonnenbrille in seinem verkaterten Hirn wälzend, hatte er in seinem Kaffee rumgerührt und den vorbeiziehenden Menschenstrom beobachtet, als er sie plötzlich sah: Lillemor. Er hatte nicht gewusst, dass sie in der Stadt war. Trotz der Methoden, die er sich abgeschaut hatte, als er ein Jahr lang für eine Detektei gearbeitet hatte, war es ihm seit drei Jahren nicht mehr gelungen, Lillemors Aufenthaltsort ausfindig zu machen. Automatisch war er aufgestanden, hatte zu ihr gehen wollen. Gerade schob sie das Kind, von dem Camilla ihm erzählt hatte, von dem Marktstand weg, und er verlor sie im Gedränge rasch aus den Augen. Egal, dachte Leif, bestimmt würde er Lillemor morgen, an Camillas Geburtstag, in deren Wohnung treffen. Wozu wäre sie sonst in der Stadt, samt Nachwuchs? Seine Nichte, fiel ihm ein. Stiefnichte.

Dass auf dem Kungstorget ein Kind entführt worden war, bekam er erst mit, als er wieder in der Redaktion eintraf. Ein blondes Kind. In einem schwarzen Buggy. Leif zählte eins und eins zusammen, und tatsächlich: Als er am Abend bei Camilla vorbeischaute, saßen seine Mutter und seine Schwester auf dem Balkon und tranken Wein und das Kind, dessen Bild gerade durch alle Fernsehkanäle ging, schlief friedlich im Gästebett.

Bis zu Camillas Tod hatte Leif nie herausfinden können, ob sie gewusst hatte, was los war. Eigentlich hätte sie es wissen müssen, denn Camilla war nicht auf den Kopf gefallen. Aber Leif wusste auch, dass Menschen sehr gut darin waren, Dinge auszublenden, die sie nicht sehen wollten. Besonders Camilla.

Dann, vor gut zwei Monaten, war Camilla gestorben. Leif hatte es durch einen Anruf aus dem Krankenhaus erfahren. Er war ehrlich traurig. Mit Camilla war der einzige Mensch dahingegangen, der ihm etwas bedeutet hatte. Zwar hatte er sie nicht allzu oft besucht, nur alle zwei, drei Monate war er auf einen Kaffee bei ihr vorbeigekommen, aber es hatte gutgetan, zu wissen, dass es sie gab. Er mailte die Todesnachricht an Lillemors Agentin und war gespannt, ob Lillemor zur Beerdigung erscheinen würde. Und sie kam, allerdings ohne das Kind. Im vergangenen Jahr hatte Lillemors Zahlungsmoral wieder nachgelassen, was nicht allzu schlimm war, denn er hatte ja eine andere sprudelnde Quelle aufgetan. Aber schließlich ging es ums Prinzip, und als er Lillemor fragte, was sie mit der Wohnung machen würde – er hatte sich vorgestellt, dass er dort mietfrei einziehen könnte –, waren sie wieder aneinandergeraten. Lillemor hatte es schon immer verstanden, ihn zu verletzen, und an diesem Tag raubte sie ihm seine letzte Illusion über Camilla. Sie habe die ganze Zeit über Marie Bescheid gewusst, hatte Lillemor behauptet, und hätte nur aus der Angst geschwiegen, aus ihrer schönen Wohnung wieder ausziehen zu müssen, falls Lillemor verhaftet würde.

Was folgte, war ein hässlicher Streit. Leif drohte Lillemor, sie auffliegen zu lassen, und Lillemor drohte Leif, dass er dann wegen Beihilfe zur Kindesentführung dran wäre. Schließlich bot sie ihm an, ihm die Hälfte des Erlöses aus der Wohnung zu überlassen, wenn er sie danach nie mehr behelligen würde. Leif hatte eingewilligt. Aber wenige Wochen später war sein Hass erneut aufgeflammt, denn der Erlös und sein Anteil daran waren viel niedriger, als er sich ausgerechnet hatte. Lillemor hatte die Wohnung zu einem Spottpreis verschleudert, man hätte mindestens ein Drittel mehr rausholen können. Das hatte sie nur getan, um ihm zu schaden, da gab es keinen Zweifel. In diesen Tagen war sein Entschluss gereift, sie zu bestrafen. Ihr »Marie« wieder wegzunehmen und dafür zu sorgen, dass sie in den Knast kam. Jetzt, da Camilla tot war, brauchte er ja keine Rücksicht mehr auf deren Gefühle zu nehmen. Kein Mensch würde Lillemor glauben, wenn sie ihn der Beihilfe bezichtigte, und selbst wenn – wie wollte man ihm das beweisen?

Er wusste jetzt wieder, wo seine Stiefschwester wohnte, er hatte sie nach der Beerdigung Camillas beschatten lassen. Zusätzlich hatte er einen Kleinkriminellen damit beauftragt, Fotos oder besser noch ein Video von ihr und dem Kind anzufertigen. Und zum Glück war er damals, vor vier Jahren, so vorausschauend gewesen, Lucies Schuhe an sich zu nehmen – aus einem vagen Gefühl heraus, besser ein Pfand zurückzubehalten.

Zu seinem Vorhaben gesellte sich die charmante Idee, Leander Hansson, diesen blasierten Möchtegern-Intellektuellen mit seinem postmodernen Ironie-Habitus, einen Preis zahlen zu lassen für sein wiedererlangtes Familienglück. Er würde aus ihm einen Mörder machen. Seine Tochter gegen seine Unschuld, seine Integrität. Der Gedanke beflügelte ihn. Was für ein geniales soziologisches Experiment!

Das Mordopfer war schnell gefunden: die Frau, die ihn abgewiesen hatte, die Frau, die ihn jeden Tag aufs Neue provozierte, die ihm gerade gefährlich zu werden drohte, weil sie dabei war, ihre Nase in eine Sache zu stecken, die sie absolut nichts anging.

Nun hatte Leander Hansson also versagt. Dieses Weichei! Aber Leif war nicht wütend darüber. Es war ja ein Experiment gewesen, es hätte so oder so ausgehen können. Hätte er darauf wetten müssen, er hätte die Chancen 50:50 eingeschätzt. Nein, er empfand sogar eine gewisse Befriedigung über den Ausgang, der ihm bestätigte, was er immer schon geahnt hatte: alles Lüge, maßlose Übertreibung, dieser Mythos von der aufopferungsvollen Liebe zum eigenen Nachwuchs, die keine Grenzen kannte, die über allem stand. Die Stimme des Blutes, alles Quatsch! Das wusste er nun.

Hanssons Versagen hatte lediglich die Konsequenz, dass er sich jetzt selbst um das Problem Eva Röög kümmern musste. Aber Hansson servierte sie ihm ja sozusagen auf dem silbernen Tablett. Ein Blick über die Schulter. Auf der Rückbank lag die Jagdwaffe. Geladen.

Leif verspürte das vertraute Kribbeln über der Nasenwurzel, und seine fiebrige Stimmung steigerte sich zur Euphorie. Noch einen Blick auf den Bildschirm. Alles wie gehabt. Das Programm zeigte, je nach Standort, die Position eines Handys genauso exakt an wie ein Navi. Hier draußen war das Satellitennetz, das das Programm zur Berechnung der Koordinaten benötigte, nicht so engmaschig wie in der Stadt, aber das machte nichts. Dafür standen die Häuser hier ja auch weiter auseinander. Beste Voraussetzungen. Ja, er war ganz in der Nähe.

Die Pistole lag als schwerer Klumpen auf Evas Bauch. Jetzt, nach Forsbergs Anruf, schien es noch stiller geworden zu sein. Nur ein feuchtes Holzscheit sang vor sich hin. Zu zweit könnte es hier vielleicht sogar recht romantisch sein, dachte Eva. Jetzt aber war es eher unheimlich. Da! Was war das für ein Geräusch? Ein Scharren oder Poltern. Es kam von oben, vom Dach. Sie lauschte angestrengt, aber das Geräusch wiederholte sich nicht. Beruhige dich! Es wird ein Vogel gewesen sein, oder ein Ast ist runtergefallen. Sie entspannte sich wieder. Dachte an Leander, an ihre erste gemeinsame Nacht. An die Leidenschaft, mit der sie sich geliebt hatten, an die Mischung aus Leichtigkeit und Hingabe. Mit keinem Mann war es je so gewesen, weder davor noch danach. Vorhin aber war er ihr so fremd gewesen. Vielleicht hatte es an Tinkas Gegenwart gelegen oder an der absurden Situation. Oder auch an der Zeit, die vergangen war. Man sollte seine verflossenen Liebhaber niemals wiedersehen, vor allem die guten nicht, dachte Eva. Das kann nur ernüchternd sein. Sie rieb sich die Augen. Irgendwie war auf einmal ihre Sicht getrübt. Sie musste husten, und ihre Augen fingen an zu brennen. Das Feuer! Es qualmte wie ein Vulkan. Sie hatte doch gar kein frisches Holz aufgelegt, woher kam dieser Rauch, der sich jetzt im ganzen Zimmer ausbreitete? Eva stand auf. Sie musste sofort hier raus! Sie hielt den Atem an und ergriff die Pistole. Binnen Sekunden hatte sich der Qualm so verdichtet, dass sie kaum noch etwas sehen konnte. Sie tastete sich bis zur Tür, fand die Klinke und wankte ins Freie, in die klare Herbstnacht. Vor einer niedrigen Mauer blieb sie stehen, hustete sich den Qualm aus der Lunge und sog tief die kühle Nachtluft ein. Schön, hier draußen. Gerade glitt die Mondsichel hinter einer Wolke hervor und bewirkte, dass Eva etwas von ihrer Umgebung wahrnehmen konnte. Das Haus war klein, eher eine mickrige Hütte, auf drei Seiten von Sträuchern bedrängt. Der Garten davor war verwuchert, anscheinend kümmerte sich niemand um dieses Anwesen. Auf der anderen Seite der Mauer verlief ein schmaler Weg, und dahinter gab es nur noch grobe Steine und das Wasser. Eigentlich eine Verschwendung, das Häuschen und das Grundstück so verkommen zu lassen. Das passierte eben, wenn die Leute zu viel Geld hatten. Etwas knackte hinter ihr. Eva fuhr herum, sah einen menschlichen Umriss, und mit dem Knall spürte sie einen glühend heißen Luftzug dicht neben ihrem Ohr. Reflexhaft schoss sie zurück. Sie zielte nicht, sie drückte einfach ab, vier Mal hintereinander schoss sie in Richtung der Gestalt. Noch im Fallen legte der Schütze das Gewehr erneut auf sie an, aber sein zweiter Schuss ging fehl. Eva stürzte sich auf ihn. Ohne auf viel Gegenwehr zu stoßen, schaffte sie es, ihm das Gewehr zu entreißen. Sie hatte ihn getroffen.

»Scheiße, Scheiße, ich blute!« Leif hechelte und schnappte nach Luft, während er die Hände auf seinen Bauch presste.

Eva stellte sich vor ihn hin, die Pistole fest umklammert, die Mündung auf ihn gerichtet.

»Ruf einen Arzt, ich verblute!«, röchelte Leif.

»Erst will ich ein paar Antworten.« Ihre Stimme war noch

immer zittrig vom Schrecken. Sie sah, wie er in seine Jackentasche griff. Das Display seines Handys leuchtete auf. Sie
kickte es ihm mit einem Fußtritt aus der Hand und warf es
im hohen Bogen ins Gebüsch. Jetzt erkannte sie auch, was
den Qualm in der Hütte verursacht hatte: Ein dicht belaub-
ter Zweig lag auf dem Schornstein, und der war sicher nicht
von allein dahinauf gekommen. Ihr Zorn wuchs. Sie würde
diesen Dreckskerl erschießen, ja, das würde sie! Notwehr,
ganz klar. Aber erst wollte sie noch ein paar Dinge wissen.
»Warum?«, fragte sie.

»Das fragst du noch? Weil du nervst. Ständig lauerst du
darauf, dass ich einen Fehler mache, damit du mich bei Hinnfors hinhängen kannst, du lästerst hintenherum über mich,
du kannst es einfach nicht ertragen, dass ich den Job gekriegt
habe. Denkst du, das ist angenehm, mit jemandem zu arbeiten, der an deinem Stuhl sägt?«

»Gut, dass wir darüber gesprochen haben. Und jetzt sag
mir die Wahrheit, oder ich lass dich hier verrecken.«

Er schwieg. Eva wartete. Eine Minute verstrich oder zwei.
Nach dem ersten Zorn war Eva plötzlich erschrocken über
sich selbst. Über das obskure Vergnügen, das es ihr machte,
eine Waffe in der Hand zu halten und Leif leiden zu sehen.
Macht auszuüben. Sie kam zur Besinnung und hatte gerade
beschlossen, ihr Handy zu holen, als Leif krächzte:

»Cederlund.«

»Was ist mit ihm?«

»Er war ein Kinderficker.« Leif klang, als müsse er sich die
Luft gut einteilen.

»Und du hast ihn damit erpresst«, sagte Eva, der gerade
so manches klar wurde. Die Designerklamotten, der teure
Wagen, alles Dinge, die so gar nicht zu seinem Gehalt pass-

ten. »Hast du Marta niedergeschlagen und die Häuser durchsucht?«

»Ich habe gehört, was Marta auf der Beerdigung zu dir gesagt hat. Es war klar, dass du anfangen würdest zu schnüffeln. Das konnte ich nicht zulassen.«

»Du hast mein vollstes Verständnis«, sagte Eva eisig. »Wonach hast du gesucht?«

»Nach allem, was die Polizei zu mir führen könnte. Und jetzt ruf den Notarzt!«, presste er hervor.

»Wir sind noch nicht ganz fertig. Wo ist Lucie?«

»Ruf den Arzt!«

»Erst die Adresse. Ich habe Zeit, du nicht.«

»Århusgade 14 in Østerbro, Kopenhagen«, ächzte Leif. »Und jetzt mach!«

Sein unverschämter Ton ärgerte Eva aufs Neue, aber ehe sie reagieren konnte, sagte eine Männerstimme aus der Dunkelheit: »Polizei, nehmen Sie die Waffe runter.« Dann leuchtete ein Scheinwerfer auf und blendete sie.

»Es ist nicht so, wie es aussieht«, sagte Eva. »Ich bin hier das Opfer.«

»Wissen wir«, sagte Selma und nahm ihr die Pistole ab.

Das ist also die Frau, auf die Forsberg so abfährt. Interessanter Typ. Und immerhin hatte sie ihren Widersacher selbst zur Strecke gebracht, das verdiente Anerkennung.

Vorhin hatte ihr Forsberg am Telefon noch stichwortartig eine unglaubliche Geschichte erzählt, in der dieser Typ, der nun waidwund am Boden lag, offensichtlich den Part des Erzschurken übernommen hatte.

Sie waren übereingekommen, dass Bergeröd die Journalistin zu ihrem Wagen bringen würde, der noch immer in Dansholmen stand.

»Ich mache meine Aussage morgen, ich brauche jetzt dringend eine Dusche und etwas Schlaf«, sagte Eva mit einer Bestimmtheit, der Bergeröd nichts entgegenzusetzen wusste. Dann ging sie ihr Handy aus der Hütte holen.

Selma bot sich an, bei Leif Hakeröd zu bleiben und auf das Eintreffen des Notarztes zu warten.

»Und wie kommst du zurück?«, fragte ihr Kollege.

»Mit seinem SUV, so ein Teil wollte ich schon immer mal fahren«, sagte Selma. Auf dem letzten Wegstück hierher war ihr ein breitreifiger Volvo-XC90-Geländewagen aufgefallen, der im Gebüsch gestanden hatte.

»Meinetwegen, auf deine Verantwortung«, sagte Bergeröd.

Dann wartete Selma, bis die beiden außer Sicht waren.

Die Glock in der einen Hand und die Maglite aus dem Dienstwagen in der anderen stellte sie sich vor den Mann, der nun zusammengekrümmt auf der Seite lag. Sie richtete den Lichtstrahl und die Waffe auf ihn.

»Wo sind Lillemor Ahlborg und Lucie Hansson?«, fragte sie ohne Umschweife. »Und komm mir nicht mit Kopenhagen, da sind sie nicht.«

»Ich weiß es nicht«, stöhnte Leif Hakeröd und versuchte, seine Augen gegen das grelle Licht abzuschirmen.

»Ich schwör dir, ich schieß dir noch ein Loch in den Bauch, wenn du jetzt nicht redest«, kam es von Selma gefährlich leise.

»Das tust du nicht.«

»Bist du sicher?«, sagte Selma. »Niemand sieht, was hier passiert. Eine Kugel mehr in deinen Eingeweiden fällt gar nicht auf.«

Hakeröd ließ ein trotziges Schnauben hören.

Selma drückte Evas Waffe ab. Ein neongrüner Knall. Dicht neben Hakeröds Kopf spritzten Sand und Gras auf.

»Du bist ja wahnsinnig!«, schrie Hakeröd auf und hielt sich gleich darauf wieder jammernd die Hände vor den Bauch. Blut quoll zwischen seinen Fingern hervor.

»Das höre ich öfter«, sagte Selma. »Also?«

»Ich weiß es wirklich nicht«, wimmerte Hakeröd, und seine Stimme war nur noch ein wässriges Beige. Weit weg jaulte eine Sirene.

»Tja«, sagte Selma und hob die Waffe an.

»Warte!«, flüsterte Hakeröd. »Warte! Da ... da gibt es noch ein Sommerhaus auf Smögen ...«

Nachdem sie sich Leif Hakeröds Angaben eingeprägt hatte, steckte Selma die Waffe weg und begann, sich eine Zigarette zu drehen, während der Ton der Sirene anschwoll und der Angeschossene im Hintergrund Drohungen vor sich hin brabbelte. Kurze Zeit später traf die Ambulanz ein. Hakeröd wurde auf eine Trage geschnallt, und ehe man ihn in den Wagen schob, fischte Selma noch den Autoschlüssel aus seinem Sakko.

Dem Verletzten schien das nicht zu gefallen, aber Selma wies ihn darauf hin, dass er den Wagen ohnehin nicht mehr brauche. »Weder im Jenseits noch im Knast.« Dann schlugen die Türen zu, der Krankenwagen holperte davon und das Hellgrün der Sirene verblasste.

Selma sah hinaus aufs Wasser. Es war schwarz und still, ein paar Lichter bewegten sich weit draußen. Sie rauchte noch eine und schrieb dabei Forsberg eine SMS, dass Hakeröd angeschossen auf dem Weg ins Krankenhaus wäre und Eva unverletzt und auf dem Rückweg in die Stadt. Das musste fürs

Erste reichen. Mit dem Abschicken näherten sich Scheinwerfer. Selma duckte sich hinter die Mauer. Ein Mann stieg aus einem Saab und ging auf die Hütte zu.

»Leander Hansson.« Selma richtete sich auf. »Ein bisschen zu spät. Der Typ ist eben mit ein paar Löchern im Bauch weggekarrt worden.«

»Waren Sie das?«

»Nein. Eva Röög. Sie ist schon wieder weg. Es geht ihr gut.«

Er lächelte und seufzte erleichtert. Was fanden die nur alle an diesem Frauenzimmer?

»Und was machen Sie noch hier?«, fragte er.

Dieselbe Frage hatte ihm Selma auch gerade stellen wollen, aber jetzt sagte sie: »Ich rauche eine. Und dann fahre ich nach Smögen. Dort hat Lillemor Ahlborg ein Sommerhaus.«

Die Bar des Gothia Towers Hotels war gefüllt mit angetrunkenen Menschen, aber Forsberg konnte weder den Schnösel noch Leander Hansson darunter ausmachen. Immerhin waren beide im Lauf des Abends schon hier gesehen worden, das sagten ihm verschiedene Leute, allerdings unterschieden sich die Zeitangaben so beträchtlich voneinander, dass Forsberg die Fragerei entnervt aufgab. Leander Hansson ging noch immer nicht ans Telefon, und Forsberg wollte gerade eine Fahndung nach allen beiden einleiten, als ihn Selmas SMS erreichte.

Um ein paar Sorgen leichter nahm er also wieder ein Taxi und fuhr zurück zu Selmas Wohnung, die jetzt auch sein Zuhause war, zumindest für die nächste Zeit. Ein Gedanke, an den er sich erst noch gewöhnen musste.

Es war niemand mehr da, worüber Forsberg nicht unglücklich war. Catherine Tjäder hatte einen Zettel hinterlassen, dass sie Tinka nach Hause bringen und deren Hausarzt anrufen würde.

»Gutes Mädchen«, murmelte Forsberg und gähnte. Er fühlte sich wie durch den Wolf gedreht. Allmächtiger, was für ein Tag! Erst das tote Mädchen im Wald, dann war er obdachlos geworden, und obendrein noch der ganze Wirbel um Lucie Hansson. Jedes Ereignis für sich hätte schon gereicht, um einen aus der Bahn zu werfen. Aber Eva war in Sicherheit, der Erpresser außer Gefecht, Leander Hansson bestimmt schon zu Hause bei seiner Frau, und nach Lillemor Ahlborg und Lucie würde Interpol fahnden. Die Chancen, sie zu finden, waren jetzt deutlich größer als bisher. Alles in allem keine schlechten Aussichten, fand Forsberg.

Nur Annika blieb nach wie vor verschwunden, und falls sie je zurückkommen würde, wäre das Haus, in dem sie gelebt hatten, nicht mehr da.

Er ging ins Bad, spritzte sich Wasser ins Gesicht und betrat dann die Pastellhölle. Morgen würde er einen Haufen Arbeit haben, es war vielleicht das Beste, er sah zu, dass er ein wenig Schlaf bekam. Mit diesem Gedanken ließ er sich auf das Himmelbett fallen und versank darin wie in einer Wolke. Ganz schlecht für die Bandscheiben, diese Matratze. Aber dennoch … himmlisch. Er war müde wie ein Stein. Die Augen fielen ihm zu. Sein Telefon vibrierte.

Eva.

»Was ist passiert?«, fragte sie.

»Viel«, sagte Forsberg.

»Mit deinem Haus!«

»Wieso?«

»Weil ich gerade davorstehe. Es ist schief, und eine Streife parkt davor, und alles ist abgesperrt. Wo bist du?«

Forsberg erklärte es ihr.

»Wir waren für heute verabredet. Nach dem Joggen. Erinnerst du dich?«

»Ja«, sagte er.

»Ich bin noch so aufgedreht, ich brauche jetzt dringend ein Glas Wein. Und eine Dusche. Oder bist du zu müde?«

»Nicht die Spur«, sagte Forsberg. »Es gibt aber nur Bier und Wodka.«

»Bestens.«

»Ich werde dich aber nicht zum Lachen bringen«, warnte er.

»Danach ist mir jetzt auch nicht«, kam es von Eva mit einem verheißungsvollen Unterton in der Stimme.

Die Zeit bis zu ihrem Eintreffen nutzte Forsberg, um sich die Zähne zu putzen, Kaffee aufzusetzen und aus der Rückseite des Pizzakartons ein Schild zu machen, das er an die Tür seines Mädchenzimmers hängte: *Bitte nicht stören. Auf gar keinen Fall!*

»Der Kerl hat ja die halbe Redaktion überwacht«, sagte Leander Hansson.

»So ein Programm ist schnell installiert, man muss nur kurz das eingeschaltete Handy in die Finger kriegen. Und wenn man's drauf anlegt, merkt der Handybesitzer gar nichts davon. Sehr beliebt bei eifersüchtigen Ehepartnern«, klärte ihn Selma auf. Sie saß am Steuer, während Leander Hansson Leif Hakeröds iPad inspizierte.

Vorhin hatte er mit seiner Frau telefoniert. Die war offenbar über seine Exkursion nicht begeistert, aber er hatte nicht nachgegeben und irgendwann einfach gesagt: »Ich melde mich, sobald sich was ergibt«, und dann aufgelegt.

Das Handyüberwachungsprogramm schien tatsächlich gut zu funktionieren, jedenfalls konnte sogar Selma, die zu ihm hinüberschielte, deutlich erkennen, dass Evas Handy im Augenblick an dem Punkt verharrte, an dem ihre Wohnung lag. Ein spätes Verhör? Selma musste schmunzeln. Ist die Katze aus dem Haus … Leander Hansson schien sich ähnliche Gedanken zu machen, er runzelte die Stirn. Dann durchstöberte er weiter das iPad. »Die meisten Dateien sind verschlüsselt«, sagte er nach einer Weile.

»Die Nerds im Präsidium kriegen die schon auf. Ich will auch lieber gar nicht sehen, was da drauf ist«, sagte Selma.

»Wieso? Was glaubst du?«

Selma erzählte ihm von Valeria Bobrow und Magnus Cederlund und ihrem Verdacht, der sich erhärtet hatte, nachdem sie die Ziele in Leif Hakeröds Navi gesehen hatte. Das Sommerhaus am Vättern war darunter ebenso wie das Haus von Marta und Magnus Cederlund in Långedrag. Andererseits war der Mann Journalist, er könnte auch dienstlich dort gewesen sein.

»Kannst du nachsehen, ob irgendwo der Name Siska auftaucht. In einer Mail vielleicht?«, fragte sie.

»Später, ja?«, sagte er. »Mir ist gerade nicht so gut.«

»Tut mir leid«, sagte Selma. »Fahr ich so mies?«

»Nein. Ich habe nur ewig nichts gegessen, und die ganze Aufregung …«

»Hast du heute keine Schokolade dabei?«, fragte Selma.

Leander Hansson schüttelte lächelnd den Kopf und öffnete das Handschuhfach. »Ein Energy-Drink, ein Müsliriegel, eine Ray Ban und ein paar Gramm Koks, wenn ich das richtig deute. Der Kerl hat wirklich nichts ausgelassen.«

Selma drehte die Lüftung höher.

»Nach vorn schauen, das hilft.«

Er wickelte den Müsliriegel aus, hielt ihn ihr vors Gesicht und ließ sie abbeißen. Na toll, jetzt fress ich ihm schon aus der Hand, dachte Selma vergnügt. Abgesehen davon, dass ich gerade gegen mindestens ein Dutzend Vorschriften verstoße.

»Für deinen Job hätte ich nicht den Magen«, sagte er.

»Den habe ich auch nicht. Und erst recht nicht das Gemüt. Aber vielleicht gewöhn ich mich noch dran«, meinte Selma mehr zu sich selbst.

Eine Weile hingen sie ihren Gedanken nach, dann fragte Leander:

»Wie seid ihr eigentlich auf Eyja de Lyn gekommen, ausgerechnet jetzt?«

Selma war versucht, es ihm zu erklären. Das zufällige Treffen mit Pernilla Nordin und deren Bemerkung, die ihre Neugier geweckt hatte. Allerdings würde diese Information sicherlich nicht dazu dienen, den Familienfrieden zwischen den Hanssons und den Nordins zu fördern.

»Zufall«, sagte sie also nur. »Ich hab mir deine Podcasts angehört.«

»Interessierst du dich für Literatur?«

»Geht so«, sagte Selma. »Ich mag deine Stimme. Sie ist dunkelrot.«

»Dunkelrot«, sagte er.

»Ja. Manchmal auch kobaltblau. Nur wenn du lügst, ist sie hellrot.«

»Das *hörst* du?«

»Das *sehe* ich. So innen drin. Bei mir sind ein paar Synapsen nicht ganz richtig verschaltet. Ich sehe Töne und ich höre oder spüre Farben. Ich kann's nicht so gut erklären, das kapiert niemand, der das nicht hat.«

»Synästhesie«, sagte Leander. »Das ist eine Gabe, keine Krankheit. Manche Künstler haben diese Fähigkeit.«

»Ich weiß«, sagte Selma. Und dachte: Warum erzähle ich es ausgerechnet ihm? Wo ich doch sonst auch nicht damit hausieren gehe?

»Das ist sicher praktisch bei Verhören. Du bist quasi ein wandelnder Lügendetektor.«

»Es funktioniert nicht immer. Und auf der Dienststelle weiß niemand davon. Die halten mich eh schon für einen Freak.«

»Wieso denn?«

»Keine Ahnung. Vielleicht wegen der schwarzen Klamotten. Aber ich trage sie doch nur, weil Schwarz tonlos ist, verstehst du?«

»Ich glaub schon«, sagte Leander. »Ich hatte das auch mal … dass ich Töne sehen konnte und Bilder hören.«

»Echt?«

»Ja. Als Student auf einem LSD-Trip. Es war ziemlich … verwirrend. Aber auch irgendwie …«

»Geil?«, schlug Selma vor.

»Ja«, sagte er. »Was ist mit Weiß?«

»Auch leise, aber nicht so wie Schwarz. Außerdem will ich nicht rumlaufen wie eine Krankenschwester oder Braut.«

Er lächelte.

»Und ich klinge also dunkelrot.«

»Ja.«

»Und du?«

»Bei mir selbst sehe ich nichts.«

Es war zwei Uhr, als sie die Brücke nach Smögen passierten.

»Ich war schon mal hier«, sagte Leander. »Garnelen essen in Kungshamn. Glaubst du, dass Lucie hier ist?«

»Vielleicht. Es ist ein guter Ort, um ein Kind zu verstecken.«

»Na ja. Nicht gerade das, was man sich unter einer einsamen Insel vorstellt«, zweifelte Leander.

»Einen Baum versteckt man am besten im Wald«, entgegnete Selma. »Von den Feriengästen kennt keiner den anderen. Und wenn ihr das Haus schon länger gehört, dann war sie vielleicht schon einmal mit dem Kind dort, mit ihrem eigenen. Dann denken die einheimischen Nachbarn automatisch, dass es immer noch ihres ist, genau wie Frau Tjäder.«

Leander nickte.

»Das Haus liegt an der Westküste«, sagte Selma. »Vielleicht ist es da ruhiger.«

»Was ist mit dem Navi?«, fragte Leander.

»Es gibt keine Adresse.«

»Wie wollen wir es dann finden?«

»Leif Hakeröd hat es mir netterweise erklärt«, sagte Selma. »Ich schlage vor, wir warten, bis es hell wird. Sonst machen wir noch den Abgang über ein paar Felsen.«

»Gut«, sagte Leander.

Selma fuhr aus dem Ort hinaus, am Friedhof vorbei, und stellte den Wagen auf einem leeren Parkplatz ab. Ein Weg führte von hier aus hinunter zu einem Badeplatz, wie ein Schild verkündete. Leander machte sich an der Rückbank zu schaffen, während Selma mit der Taschenlampe die unmittelbare Umgebung ableuchtete und dabei eine Zigarette rauchte. Dann saßen sie im Heck des Wagens und das Radio lief. Classic Rock in kraftvollen Farben. Leander öffnete den Energy-Drink und hielt ihr die Flasche hin. Selma trank. Der Himmel hatte aufgeklart, Sterne funkelten. Leander starrte nach oben und dann schüttelte er den Kopf.

»Was ist?«

»Ich komm mir vor wie … ach, ich weiß nicht. Es ist alles so irre.«

»Ich möchte dich was fragen«, sagte Selma.

»Ja«, sagte Leander.

»Seh ich aus wie ein Vogel?«

»Nur von der Seite«, sagte Leander und lachte. Ein freundliches, hellbraunes Lachen.

»Was für ein Vogel?«, fragte Selma.

»Ein Rabe«, sagte er. »Definitiv.«

»Wegen meiner Haare?«

»Nein«, sagte Leander. »Einfach so.«

»Ein Rabe«, wiederholte Selma.

»Raben sind schön. Geheimnisvoll, klug und scheu. Und ein wenig furchteinflößend, aber daran ist nur Poe schuld.«

Selma lächelte, und dann strichen seine langen Finger durch ihr Haar, zeichneten die Kontur ihres Gesichts nach und verharrten in der Halsbeuge.

Selma bekam am ganzen Körper Gänsehaut.

»Drehst du uns eine?«, fragte er.

»Klar«, sagte Selma.

Sie zogen abwechselnd an der Zigarette zu *Smoke on the Water*. Aus der Stereoanlage, nicht aus ihrem Kopf. Dann küssten sie sich. Kurz, tastend. Dann länger.

»Und da ist wirklich Koks im Handschuhfach?«, fragte Selma.

Forsberg erwachte im Morgengrauen und wusste im ersten Moment nicht, wo er war. Vor allen Dingen irritierte ihn dieser warme Frauenkörper in Unterwäsche, der mehr als die Hälfte des breiten Himmelbetts einnahm. Er sah an sich hinunter, während die Erinnerung langsam zurückkehrte. Er trug noch immer das Hemd von gestern und seine Cordhosen. Die Schuhe standen artig vor dem Bett. Er erhob sich, ging aufs Klo und putzte sich die Zähne, um den Geschmack nach toter Ratte loszuwerden. Der Vogel wird ja eine tolle Meinung von mir bekommen, dachte er. Damenbesuch schon in der ersten Nacht.

Als er ins Zimmer zurückkam, saß Eva aufrecht im Bett und betrachtete ihre Hände, den Ehering, und verkündete, sie würde Stieg verlassen.

»War ich so gut?«, fragte Forsberg.

»So was hab ich noch nie erlebt«, sagte Eva.

»Was wirst du erst tun, wenn ich in Hochform bin?«, grinste Forsberg, dem gerade angst und bange wurde.

»Das hat nichts mit dir zu tun.«

Hoffentlich! »Denk an den Z4«, mahnte er.

»Wir passen einfach nicht zusammen. Das ist mir gestern, in dieser Hütte, klar geworden.«

Schluss mit lustig, dachte Forsberg. Er legte seine Kleidung ab und kroch wieder ins Bett.

»Dann lass uns doch noch rasch ein Verhältnis anfangen, ehe du geschieden bist.«

Eva rollte sich auf die Seite, stützte den Kopf auf den Ellbogen und schaute ihn an. Morgenlicht sickerte durch die rosa Gardinen. Wie wunderschön sie war, ein Moment für die Ewigkeit, dachte Forsberg.

»Du bist unmöglich!«, sagte Eva.

»Ja«, sagte Forsberg.

Eine gute Stunde später saß Forsberg allein in der Küche und beschloss, jetzt noch fünf Minuten zu warten und dann den Vogel zu wecken. Er hatte Selma nicht nach Hause kommen hören, was kein Wunder war, wenn man Evas Schilderung glauben durfte: Angeblich sei er nach einem Bier, einem Wodka und einer vermurksten Liebeserklärung am Küchentisch eingeschlafen und ihr dann, wie in Trance, in dieses Zimmer gefolgt, wo er aufs Bett geplumpst sei wie ein Sack Kartoffeln und dann geschnarcht habe wie ein Bär.

Er spülte die Gläser und wischte den Tisch ab und warf die zweite Pizza, die Selma gestern Abend in ihrem gerechten Zorn verschmäht hatte, in den Müll.

So, halb acht, jetzt wurde es aber langsam Zeit! Er klopfte an ihre Tür und als sie nicht reagierte, spähte er hinein. Sir Henry saß auf ihrem Bett und blickte ihn stumm und vorwurfsvoll an.

»Ist ja gut«, sagte Forsberg und schleppte ihn wieder in die Küche, auf seinen angestammten Platz. Keine SMS, nichts auf der Mailbox.

Musste er sich Sorgen machen? Andererseits – was wusste er denn schon von ihrem Privatleben? Vielleicht hatte sie einen Freund oder eine Freundin und war dort über Nacht geblieben. Er beschloss, zum Dienst zu radeln, und wenn sie bis zehn Uhr nicht erschien oder sich meldete, würde er sie anrufen.

Die Sonne quälte sich durch den Dunst, und ein strammer Seewind verwirbelte die Staubfahne, die Leif Hakeröds hochglanzpolierter XC90 hinter sich herzog. Das Fahrzeug erwies sich als nützlich, denn die schmale, unbefestigte Straße führte steil bergab. Hakeröd hätte es sicher gar nicht gerne gesehen, wie Selma den Wagen über das Geröll springen ließ, als würde sie ein Pferd zureiten.

Leander klammerte sich an den Sitz und fragte sich, ob man sich auf Hakeröds Wegbeschreibung und Selmas Gedächtnis verlassen konnte, oder ob sie gleich in einen Abgrund rasen würden. »Bloß gut, dass wir nicht nachts hierrunter gefahren sind.«

»Ja«, sagte Selma. Sie lächelte scheu zu ihm hinüber, und Leander lächelte zurück.

Sie hatten in einem einfachen Café am Hafen gefrühstückt, hungrig, wortkarg und verlegen, und es hatte eine Weile gedauert, bis sie sich wieder in die Augen hatten sehen können. Leander hatte darüber nachgedacht, wieso er sich immer wieder von bizarren Frauen magisch angezogen fühlte. Er dachte an Tinka, wie sie gestern auf dem Sofa gesessen hatte, an diesen Moment, in dem er fest überzeugt gewesen war, sie zu lieben. Und doch hatte er es nur ein paar Stunden später nicht erwarten können, mit diesem Vogelwesen zu schlafen. Selma, die Töne sah und Farben hörte. Noch dazu in einem Auto, wie ein Teenager! Das Koks konnte nicht als Ausrede gelten, das machte es nur … schärfer. Denn schon als er sie das erste Mal in Forsbergs Büro gesehen hatte, hatte er sie anziehend gefunden und sich so allerhand vorgestellt. Verdammt, was war los mit ihm? Er hatte eine wunderbare Frau und einen Job, den er mochte, zumindest an den meisten Tagen. Genug, um nicht unzufrieden zu sein. Und die Gewissheit wuchs, dass Lucie lebte. Sie lebte, sie hatte nicht gelitten, war keinen Kinderschändern in die Hände gefallen, und man würde sie finden, ganz gewiss.

Der Weg beschrieb eine Kurve, sie sahen das Haus. Grau und geduckt schmiegte es sich in die kleine Bucht, als wäre es schon immer da gewesen. Vielleicht ein Stützpunkt für Schmuggler. Es stand allein und vermittelte den Eindruck von Einsamkeit, obwohl der nächste Ort höchstens einen Kilometer weit enfernt lag. Vom Wasser aus war es bequemer zu erreichen, weiter unten, wo die Felsen an einem winzigen Kiesstrand endeten, gab es einen Anlegesteg. Eine in den Stein gehauene Treppe führte hinab. Ein Boot war nicht zu sehen, auch kein Auto. Das Haus war aus groben grauen Steinen gebaut. Es wirkte verlassen und schläfrig, eine Kletterrose überwucherte das halbe Dach und es hatte blaue Fensterläden, die geschlossen waren. Leander hatte nicht wirklich daran geglaubt, Lucie hier zu finden, aber nun zwickte ihn doch eine kleine Enttäuschung.

Sie waren angekommen, Selma stellte den Motor ab, stieg aus und umrundete das Gebäude. Auch Leander kletterte aus dem Auto und schaute sich um. Zur Meerseite hin gab es einen Garten, wobei »Garten« übertrieben war, es handelte sich um eine Fläche mit vertrocknetem, ins Kraut geschossenem Gestrüpp und einem windschiefen Baum, umgeben von einer Steinmauer. An einer Ecke lagerte ein Rest Brennholz. Jenseits der Mauer war nur noch Fels, aus dessen Spalten dürres Gestrüpp wuchs und ab und an kleine, zarte Blumen, die sich im Wind bogen. Felsen und Meer, sonst nichts. Ein Ort, der ihn frösteln ließ. Kein Ort für die Seele eines Kindes. War Lucie hier gewesen? Wie lange? Wie hatte sie das ausgehalten? Ihr wurde doch immer so schnell langweilig.

Selma ging zurück zum Wagen, kam mit etwas Werkzeug zurück, und ein paar Minuten später hatte sie die Haustür aufgebrochen. Leander spürte erneut diese Enge in der Brust. Wenn das alles vorüber war, musste er mal zum Kardiologen.

Es wurde besser, nachdem sie das Haus betreten und die Fensterläden aufgestoßen hatten. Es war einfach eingerichtet, und es hatte diesen typischen abgestandenen Geruch von Häusern, die nicht oft bewohnt wurden. Im großen Raum, der Wohnzimmer und Küche zugleich war, hatte die Besitzerin einen Mahagonischreibtisch so vor dem Fenster platziert, dass sie über den Garten hinweg auf den Skagerrak blicken konnte. Im Schlafzimmer befand sich ein breites Bett aus Metall und an der Wand ein Kinderbett mit weißen Gitterstäben. Ein gewebter rosa Läufer lag davor. Leander berührte die Matratze. Hatte Lucie darin gelegen?

Im Kleiderschrank waren noch Bettwäsche und Laken und zwei Sommerkleider, blau und bunt. Neben dem Schrank stand eine Kommode. Leander öffnete die oberste Schublade. Babysachen. Er sah sie durch. Nichts von Lucie, natürlich nicht. In der zweiten Schublade lagerten Handtücher, Stoff- und Wegwerfwindeln, und als er die untere Schublade öffnete, erschrak er. Was waren das für seltsame Geräte? Ein Inhalator. Eine Infrarotlampe. Dünne Schläuche, Einwegspritzen und ein Ding, das wie eine Sauerstoffmaske aussah. War Lucie krank geworden? Quatsch! Ihr eigenes Kind war krank gewesen, schwer krank. Wahrscheinlich war es gestorben. Warum sonst hätte sie ein anderes entführen sollen? Langsam wurde ihm auch klar, was Selma hier suchte. Er ging zurück in den Wohnraum.

Sie kniete vor einem eisernen Bollerofen am Boden, blickte kurz zu ihm auf und wies auf eine Falltür mit einem dicken Eisenring.

»Lass mich«, sagte Leander und zog die Tür auf. Es ging leichter, als er gedacht hatte. Steinerne Stufen führten ins Dunkel hinab. Ein kalter Hauch streifte sie.

»Ich hol die Lampe«, sagte Selma und ging zum Wagen. Das Haus war nicht an die öffentliche Stromversorgung angeschlossen, irgendwo stand wahrscheinlich ein Generator, denn die Lampen waren elektrisch. Einen Kühlschrank gab es nicht, und der Herd wurde mit einer Gasflasche betrieben.

»Soll ich?«, fragte Leander, als Selma zurückkam.

»Auf keinen Fall. Das ist mein Job.« Sie leuchtete die Treppenstufen an und stieg hinunter. Leander fröstelte erneut. Er beugte sich über die Luke und betrachtete, was der Lichtstrahl aus dem Dunkel riss. Ein kleiner Vorratskeller, gerade so hoch, dass Selma aufrecht stehen konnte. Regale aus Eisen, die Wände blanker Fels. Konservendosen, hauptsächlich Obstkonserven, Putzmittel, angebrochene Farbdosen, ein Kanister mit Seife für den Holzboden. Werkzeuge: Säge, Hammer, eine Bohrmaschine. In einer Ecke lehnten ein Spaten, eine Spitzhacke und ein Rechen. Nichts Außergewöhnliches, bis auf ein metallenes Gestell, das er erst nach ein paar Sekunden als Infusionsständer identifizierte. Er wandte sich ab, trat ans Fenster. Der Dunst war verflogen, der Himmel tiefblau, doch im Westen baute sich gerade ein Wolkengebirge auf. Eine Möwe stolzierte über den Bootssteg. Warum war der Tod des Kindes nicht bekannt geworden? Oder war es möglich, dass durch irgendeinen Fehler bei den Behörden ein Kindstod nicht aktenkundig wurde?

Er hörte Selma die Stufen heraufkommen und die Falltür schließen. Sie trat neben ihn ans Fenster und hauchte gegen

422

ihre Hände. Er legte den Arm um sie und rieb ihre Schultern warm.

»Ihre Stimme«, sagte Leander. »Du hast sie doch auch gehört. Welche Farbe hatte sie?«

»Blau«, sagte Selma. »So wie das Meer heute.«

»Vielleicht hat sie es ins Meer geworfen«, sagte Leander.

»Das eigene Kind?«

Leander wusste, was sie meinte. Die Vorstellung, wie der Körper von Möwen angefressen wird oder von Fischen. Oder irgendwo als Kadaver anlandet. Nein.

»Vielleicht hat sie es umgebracht? Weil es krank war«, sagte er. Es umgebracht und sich ein gesundes Kind genommen, seines.

»Egal, was passiert ist. Sein totes Kind wirft man nicht ins Meer, und man legt es auch nicht in den Keller. Das beerdigt man«, sagte Selma.

Das beerdigt man. Wie will man etwas beerdigen, wenn der Grund nur aus Fels besteht?

Ihre Blicke trafen sich.

»Der Garten«, sagte Selma und zog ihn an der Hand hinaus. Sie kämpften sich durch das dürre Gras, das ihnen bis zu den Hüften reichte. Hinter einem verkrüppelten, windgebeugten Baum lag ein Haufen Steine. Auf den ersten Blick sah es aus, als wären es Überreste vom Bau der Trockenmauer, aber das Gegenteil war der Fall: An einem Ende der Mauer fehlten Steine. Jemand hatte die Brocken aus der Mauer gelöst und sie hier wieder sorgfältig und auf einer Länge von einem Meter dachförmig aufgehäuft.

Wortlos begannen sie, die Steine beiseitezuschaffen. Sandiger Boden kam zum Vorschein.

»Ich hol den Spaten«, sagte Leander.

»Lass mich«, sagte Selma, als er mit dem Spaten und der Spitzhacke zurückkam.

Er schüttelte den Kopf und stieß das Blatt in den harten Boden.

»Leander!«, sagte Selma. »Das ist mein Job. Und was immer da liegt – es ist nicht Lucie! Lucie ist am Leben und man wird sie bald finden.«

Er hielt inne.

»Das weiß ich doch«, sagte er. Sein Beschützerinstinkt gewann die Oberhand. Sie hatte ja schließlich selbst zugegeben, dass ihr solche Dinge aufs Gemüt und auf den Magen schlugen. »Bitte, lass mich das machen! Ich erzähl's keinem.«

»Okay«, sagte Selma. Sie setzte sich auf die Mauer und drehte sich eine Zigarette.

Die Schicht aus Erde und Sand war nicht einmal einen halben Meter dick. Schon nach ein paar vorsichtigen Spatenstichen wurde der erste Knochen sichtbar. Er war braun. Sah aus, wie von einem Unterarm. Sorgfältig legte Leander die skelettierte Kinderleiche frei. An einigen Stellen war noch etwas übrig, das wie verschrumpeltes Leder aussah. Dazwischen kam Stoff zum Vorschein, der einstmals weiß gewesen sein musste. Leander fiel eine alte Kantinengeschichte ein: Jemand hatte von seinem Urlaub auf Lesbos erzählt und dass man dort die Angehörigen nur für drei oder vier Jahre beerdigte. Danach grub die Familie sie wieder aus, traf sich auf dem Friedhof zum »Knochenputzen«, und anschließend kamen die gesäuberten Gebeine in eine Kiste und die in eine Art Lagerhaus neben dem Friedhof. Der Kollege hatte sogar Fotos von den Regalen mit den beschrifteten Kisten gemacht und herumgezeigt. Damals hatte Leander das makaber und eklig gefunden, aber seltsamerweise empfand er jetzt keinen

Ekel bei der Tätigkeit, das tote Kind der Frau auszugraben, die ihm seines weggenommen hatte. Ihr Geheimnis ans Licht zu bringen. Er stellte sich mit grimmiger Befriedigung ihren Schrecken vor, wenn sie davon hörte oder las.

Der Schädel wurde sichtbar. Kleine, braune Zähne steckten im Oberkiefer. Kein Haar. Haare verwesen doch auch recht langsam, dachte Leander. Aber da waren keine.

»Es reicht.« Selma legte ihm ihre kühle Hand zwischen die Schulterblätter. Leander richtete sich auf. Er wusste nicht, wie lange sie schon da gestanden und ihn beobachtet hatte.

»Komm, wir fahren zurück«, sagte sie.

Marie war vier Monate vor ihrem zweiten Geburtstag in einer eisigen Januarnacht gestorben. Vor ihrem Tod hatte das Mädchen acht Wochen im Koma zugebracht, sodass sich Lillemor manchmal, für einen schwachen Moment, ihren Tod herbeigesehnt hatte und sich im nächsten Moment für ihre eigenen Gedanken schämte und zu Gott betete, er möge ihr noch viele Tage mit Marie schenken. Aber der Tag würde kommen, das stand fest. Als es dann tatsächlich so weit war, war der Schmerz unerträglich gewesen. Sie fühlte sich betrogen. Man hatte ihr drei Jahre in Aussicht gestellt, es waren nur neunzehn Monate geworden. Wie konnten sie sich so irren? Sie weigerte sich, Marie loszulassen, indem sie die Tatsachen ignorierte. Sie wickelte sie, gab ihr die Infusion mit der Flüssignahrung, sie badete sie und zog ihr frische Sachen an. Aber Maries Augen wurden immer glasiger und zogen sich in die Höhlen zurück, ihre Haut bekam dunkle Flecken, und das Haar löste sich vom Kopf. Dies und der zunehmende Geruch der Verwesung zwangen Lillemor irgendwann, sich der Wahrheit zu stellen. Marie war tot. Was sollte nun geschehen? Was tat man, wenn jemand starb? Man rief den Arzt, den Bestatter. Aber Marie brauchte keinen Arzt mehr, und Lillemor wollte nicht, dass ein Bestatter den kleinen Körper berührte. Sie wollte keine Beerdigung, weder auf dem Kirchhof der Insel noch sonst wo. Was verband Marie mit einem Friedhof, was Lillemor? Nichts! Außerdem würde man sie fragen, warum sie so lange gewartet hatte, und womöglich würde man ihr die Schuld an Maries Tod geben, weil sie ihr Kind nicht in ein Krankenhaus gebracht hatte. Also wählte sie eine Stelle, die sie von ihrem Schreibtisch aus gut sehen konnte, um sie zu bestatten. Mit der Hacke schlug sie in den gefrorenen Boden, bis ihr fast die Arme abfielen, aber sehr bald schon stieß sie auf undurchdringlichen Fels. Sie zog Marie das weiße Nachthemd mit den Spitzen an und legte sie in ihr kleines Felsenbett. Mit den Händen schaufelte sie die Erde über den Körper und klopfte sie vorsichtig fest. Dabei murmelte sie die Gebete, die sie aus der Zeit mit Ingvar Hakeröd, dem Mann ihrer Mutter, behalten hatte. *Der Herr ist mein Hirte, mir wird nichts mangeln ... Vater unser, der du bist im Himmel ...* Damit kein Tier an den Körper gelangen konnte, löste sie Steine aus der Mauer und schichtete sie auf. Wie bei den Hügelgräbern, die es im ganzen Land verteilt gab. Sie kaufte Grablichter und stellte sie davor. Um die große Leere, die Maries Tod hinterlassen hatte, auszufüllen, schrieb sie das Buch zu Ende, das sie angefangen hatte, als sie schwanger gewesen war. Erstaunlicherweise gelang es ihr, sich darauf zu konzentrieren, und nach vier Wochen war sie fertig damit. Aber die Einsamkeit, die sie früher so geschätzt hatte, erdrückte sie nun. Fluchtartig verließ sie die Insel und ihr totes Kind. Sie erzählte niemandem, was passiert war. Marie war ihr Kind gewesen, ganz allein ihres, ihr Tod ging niemanden etwas an.

Forsberg war gerade in seinem Büro angekommen und hatte die Abwesenheit des Vogels mit gemischten Gefühlen registriert, da wünschte ihn Dag Cederlund zu sprechen. Forsberg bat ihn herein. Der Mann, den er zum ersten und einzigen Mal auf der Trauerfeier seines Vaters gesehen hatte, setzte sich mit eckigen Bewegungen auf den Besucherstuhl, zupfte an den Bügelfalten seiner Hose und begann zögernd:

»Ich bin hier, wegen dieser Anschuldigungen gegen meinen Vater.«

»Ja«, sagte Forsberg. Was wollte er? Sich beschweren? Dann wäre er sicher gleich mit einem Anwalt gekommen. Dag Cederlund ruckelte am Knoten seiner Krawatte, und Forsberg sah den Jungen vor sich, der mit den Gewaltausbrüchen seiner Mutter zurechtkommen musste, und der Scham und Hilflosigkeit seines Vaters. Und jetzt entpuppte sich dieser Vater auch noch als Kinderschänder. Familie, dachte Forsberg. Sie sollte für Kinder ein Schutz sein, doch die meisten Familien verbogen und beschädigten sie nur.

»Der Einbruch und der Überfall auf meine Mutter – hat das etwas damit zu tun?«

»Wir sind gerade dabei, es herauszufinden«, sagte Forsberg. »Wir haben gestern zwei Verdächtige festgenommen, und zur Stunde laufen die Hausdurchsuchungen.«

Cederlund nickte.

»Eva Röög sagte mir, dass meine Mutter sich mit ihr treffen wollte. Aber dann kam der Überfall dazwischen.«

»Ja«, sagte Forsberg und schielte auf die Uhr. Gleich neun

und noch immer keine Nachricht von Selma. Er würde bei allernächster Gelegenheit mit ihr über Disziplin sprechen müssen.

Dag Cederlund griff in die Innentasche seines Sakkos und legte einen großen braunen Umschlag auf den Tisch.

»Ich habe in den Unterlagen meiner Mutter einen Beleg gefunden. Sie hat offenbar zwei Tage nach dem Tod meines Vaters ein Schließfach bei der Forex Bank eröffnet. Das ist ungewöhnlich, denn mit dieser Bank hatte unsere Familie bisher nichts zu tun. Der Direktor sagte mir, er dürfe mir keinen Zugang zu dem Fach gewähren, denn meine Mutter ist ja nicht … sie ist ja nicht tot. Und bis jetzt bin ich auch nicht ihr Vormund. Ich habe noch keine Schritte in dieser Richtung unternommen, denn die Ärzte lassen mich nach wie vor im Unklaren, wie lange das noch gehen kann.«

»Sie glauben, in diesem Schließfach könnte etwas sein, das uns weiterhilft?«

Dag Cederlund nickte.

»Ich kenne die Rechtslage in solchen Fällen nicht, aber vielleicht kann sich die Staatsanwaltschaft rascher Zugang verschaffen, als wenn ich den Rechtsweg beschreite«, sagte Cederlund gestelzt, und Forsberg sah ihm an, dass ihm das, was er gerade tat, nicht leichtfiel. Offenbar war ihm aber an der Aufklärung der Dinge gelegen. Wollte er Tabula rasa machen, um endlich seinen Frieden zu finden, oder hoffte er, dass in dem Fach etwas sein würde, das seinen Vater entlastete?

»Ich werde mich erkundigen«, sagte Forsberg. »Danke, dass Sie es mir gesagt haben. Das ist mutig von Ihnen.«

Sein Gegenüber nahm das Lob ohne sichtbare Reaktion zur Kenntnis.

»Da ist noch etwas«, sagte Cederlund. »Als ich die Buchführung des Verlags durchgegangen bin, ist mir ein Konto
aufgefallen, an das alle sechs Monate Tantiemen überwiesen
wurden. Meistens in sechsstelliger Höhe. Aber das Buch, für
das die Tantiemen bezahlt wurden, existiert ebenso wenig
wie der Autor. Es ist ein Nummernkonto in Liechtenstein.
Die Auszüge befinden sich ebenfalls in dem Umschlag. Vielleicht finden Sie den Inhaber des Kontos bei diesen … Hausdurchsuchungen.«

»Das ist gut möglich«, sagte Forsberg.

»Ich habe nur eine Bitte«, sagte Cederlund. »Wären Sie so
nett, mich über alles zu informieren, was meinen Vater betrifft, bevor es die Presse erfährt?«

»Ja«, sagte Forsberg. »Selbstverständlich.« Und dachte:
Aber er ist doch jetzt die Presse.

Dag Cederlund stand auf, bedankte sich und verabschiedete sich ein wenig steif, wie es seine Art war.

Forsbergs Telefon klingelte. Endlich, der Vogel!

Am Montag, dem 26. September, saß Selma gespannt neben
Forsberg und Malin im großen Konferenzraum, wo Anders
Gulldén die Ermittlungsergebnisse der vergangenen Woche
einer Schar von Pressevertretern präsentierte. Eva Röög saß in
der vordersten Reihe, und Selma war der vertrauliche Blick
nicht entgangen, den sie mit Forsberg gewechselt hatte.

»… handelte es sich um eine kriminelle Organisation, wel-
che Kinder im Alter zwischen vier und vierzehn Jahren zum
Zweck des sexuellen Missbrauchs an Pädophile vermittelte.
Anhand von Kommunikationsdaten, Computerdateien und

430

Unterlagen, die wir in den Wohnungen der verdächtigen Personen gefunden haben, ergibt sich folgendes Bild: Zum einen waren da der litauische Staatsbürger Michael Siska, vorgeblich Taxifahrer, und seine Frau Janne Siska. Frau Siska beaufsichtigte als Tagesmutter die Kinder von Migrantenfamilien aus Biskopsgården. Michael Siska hat, unter anderem, die seiner Frau anvertrauten Kinder an die zahlende Kundschaft vermittelt. Ob Janne Siska darüber Bescheid wusste, konnte noch nicht bewiesen werden, aber wir gehen davon aus. Die Familie Siska missbrauchte also das Vertrauen der Eltern, von denen viele ohne gültige Aufenthaltserlaubnis in Schweden leben und die Sprache nicht gut beherrschen. Möglich ist auch, dass in Einzelfällen die Eltern der Kinder von diesem Missbrauch wussten und womöglich daran mitverdienten.«

Scharfes Inhalieren der Zuhörer. Selma schaute hinüber zu Malin. Ihr gegenüber hatte am Freitag die Mutter einer Fünfjährigen ausgesagt, Michael Siska habe ihr versichert, ein Fotograf würde »nur Fotos« von ihrem Kind machen wollen, und sie habe ihm – natürlich! – geglaubt und dafür fünfhundert Kronen bekommen.

Anders Gulldén linste auf seinen Zettel und sprach weiter: »Ältere Kinder holte sich Michael Siska sozusagen von der Straße und köderte sie mit kleinen Geldzahlungen oder Geschenken. Bei Valeria Bobrow fanden wir einen Plüschbären und eine Puppe. Valeria Bobrow kannte die Familie Siska, da sie häufig ihren kleinen Bruder zu Janne Siska brachte oder ihn dort abholte. Sie wohnten im selben Block. Möglich ist auch, dass der Freund und Zuhälter von Valerias Mutter, Ivan Krull, das Mädchen an Michael Siska vermittelt hat. Ivan Krull ist estnischer Staatsbürger aus Tallinn, vorbestraft wegen Schmuggels und Schwarzbrennerei. Ivan

431

Krull und Michael Siska kannten sich schon länger und hatten einige krumme Geschäfte am Laufen.«

Gulldén hielt kurz inne. Seine Zuhörer kritzelten hektisch Notizen nieder oder hackten sie in ihre Notebooks.

Jetzt wird's heikel, dachte Selma, als der Kripochef fortfuhr: »Am 15. August dieses Jahres starb Valeria Bobrow im Sommerhaus des Verlegers Magnus Cederlund. Wir gehen von einem Unfall aus. Vermutlich erlitt das Kind während sexueller Handlungen einen Asthmaanfall, an dessen Folgen sie verstarb. Leider kann uns, wie Sie ja alle wissen, der Zeuge nichts mehr dazu sagen, da er sich am Tag darauf im selben Sommerhaus erschossen hat. Bevor er das tat, rief er allerdings Michael Siska an, das ergab die Auswertung seiner Handydaten. Michael Siska beseitigte die Leiche des Mädchens, indem er sie in der Nähe des Pukasjön-Sees vergrub, das konnten wir ihm anhand forensischer Spuren nachweisen.

Wir vermuten, dass Ivan Krull wegen des Todes der Tochter seiner Freundin zur Gefahr für Michael Siska wurde: entweder weil er ihn damit erpresste oder weil er deswegen die Nerven verlor. Also lockte Michael Siska Ivan Krull in eine Falle und tötete ihn. Oxana Bobrow, die wusste, dass Ivan Krull und Michael Siska zusammen Geschäfte machten, bekam den abgetrennten Kopf ihres Freundes auf den Küchentisch gelegt, mit zugenähtem Mund.«

»Wie war das?«, rief jemand dazwischen.

»Wie ich es sage«, bellte Gulldén. »Der Mund war zugenäht. Mit schwarzem Zwirnsfaden. Denselben Faden fanden wir im Haushalt der Siskas.«

»Das ist aber neu«, beschwerte sich der Zwischenrufer.

»Ich denke, Sie sind hier, um Neuigkeiten zu erfahren?«, antwortete Gulldén verärgert. »Darf ich jetzt fortfahren? Sie können am Ende Fragen stellen.« Er musste wieder auf seinen Zettel schauen. »Michael Siska und Ivan Krull waren also für die Kinder zuständig. Aber woher kamen die Kunden? Dafür war ein gewisser Leif Hakeröd zuständig, den die meisten von Ihnen kennen dürften.«

Obwohl sich die Sache längst herumgesprochen hatte, ging ein Murmeln durch den Raum.

»Leif Hakeröd geriet vor drei Jahren durch Zufall bei einer Recherche im Milieu an die Kundenliste eines erschossenen Zuhälters, der für spezielle Kunden auch Minderjährige vermittelte. Dieser Mann war sozusagen ein Kompagnon von Michael Siska gewesen. Anstatt diese Daten den Behörden zur Verfügung zu stellen, behielt er sie und erpresste mindestens fünf Personen von dieser Liste. Das ergab die Auswertung der Daten seines Kontos in Liechtenstein, von dem wir elektronische Auszüge fanden. Gegen diese fünf Personen wird noch ermittelt, Sie haben Verständnis, dass zu ihrer Identität noch keine Angaben gemacht werden können.«

Gemurre erhob sich, Gulldén bat um Ruhe und fuhr fort: »Einer davon aber war Leif Hakeröds Arbeitgeber, Magnus Cederlund. Von ihm erpresste er nicht nur hohe Geldsummen, er zwang Magnus Cederlund außerdem, seine Beförderung in eine Führungsposition zu forcieren. Beweise dafür fanden wir auf einem Laptop, das Magnus Cederlunds Witwe in einem Bankschließfach gelagert hatte, ehe sie niedergeschlagen wurde.«

Selma und Forsberg tauschten einen Blick. Beide dachten an die umfangreiche Sammlung von Kinderpornos, die Marta neben dem gerade Erwähnten auch noch auf dem Laptop entdeckt haben musste.

»Aber mit Erpressung war es für Leif Hakeröd irgendwann nicht mehr getan: Er nahm Kontakt zu Michael Siska auf und stieg in die kriminelle Organisation ein. Er hatte Zugang zu den besseren Kreisen der Gesellschaft, er vermittelte Michael Siska die Kunden, er mietete unter falschem Namen häufig wechselnde Wohnungen an, in denen der Missbrauch stattfand.«

Diese Information, wusste Selma, stammte von Siska, dem wohl sein Anwalt geraten hatte, gegen Hakeröd auszusagen.

Gulldén hielt inne, holte tief Atem und sagte dann mit deutlichem Widerwillen: »Auf Leif Hakeröds Tablet-Computer fanden wir außerdem Bildmaterial. Man könnte sagen: ein Katalog mit Bildern von Kindern beiderlei Geschlechts mit Angaben zu ihrem Alter, ihren … Fähigkeiten …« Gulldén unterbrach sich und sagte dann unbeherrscht: »Ich muss Ihnen sagen, das war das Widerlichste, was mir jemals untergekommen ist!«

»Den Scheißkerl konnte ich noch nie leiden«, rief jemand vorlaut, und ein zustimmendes Gemurmel erhob sich.

»Bitte, meine Damen und Herren!«

Die Meute beruhigte sich wieder.

»Steckt Hakeröd auch hinter dem Überfall auf Marta Cederlund?«, fragte ein Blonder in der ersten Reihe.

»Wir gehen davon aus«, antwortete Gulldén. »Gestanden hat er das bis jetzt noch nicht, und Marta Cederlund liegt nach wie vor im Koma, ihr Zustand verschlechtert sich leider zusehends.«

»Und wo ist er?«

Gulldén wiederholte in dürren Worten, was bereits bekannt war, nämlich dass Hakeröd am Mittwochabend bei seiner Festnahme angeschossen worden sei. Er liege seither in einer Klinik und würde streng bewacht. Er sei vernehmungsfähig und auf dem Wege der Besserung, verweigere aber die Aussage. Über die Schießerei und die Umstände, die zu Hakeröds Verhaftung geführt hatten, schwieg der Kripochef sich »aus ermittlungstaktischen Gründen« aus.

Selma kannte die wahren Gründe: Die Hanssons, unterstützt von Holger Nordin, hatten darum gebeten, die Erpressungsgeschichte nach Möglichkeit vorerst nicht publik werden zu lassen. Auch Eva Röög hatte kein Interesse daran, dass bekannt wurde, welche Rolle sie dabei gespielt hatte. Die Öffentlichkeit würde noch früh genug davon erfahren, spätestens dann, wenn Leif Hakeröd wegen Anstiftung zum Mord vor Gericht stünde. So blieb der Presse zunächst verborgen, dass die Glock 17, mit der Eva auf Hakeröd geschossen hatte, aus Cederlunds Sommerhaus stammte, ebenso wie der Sauer S 90 Repetierer, mit dem Hakeröd auf Eva geschossen hatte. Aber es gab in diesen Tagen auch so schon mehr als genug Futter für die Medien.

Am vergangenen Donnerstag hatten die Rechtsmedizinischen Institute von Kopenhagen und Göteborg das Ergebnis des DNA-Abgleichs zwischen Lucies archivierter Zahnbürste und den Spuren aus der Kopenhagener Wohnung an die Behörden übermittelt. Noch am selben Tag hatte Gulldén die Bombe platzen lassen und bekannt gegeben, dass die Schriftstellerin Eyja de Lyn in Wirklichkeit Lillemor Ahlborg hieß und dringend der Entführung von Lucie Hansson verdächtig war. Seitdem liefen weltweit die Drähte heiß.

Auf Hakeröds Computer hatte man das Video gefunden, dessen Ausschnitt er Leander geschickt hatte. Es war im Original noch länger, und auch Lillemor war darauf zu sehen. Bilder von Lucie und Lillemor gingen seitdem um die Welt.

Am Freitag tauchten die ersten Fotos des Sommerhauses

auf Smögen auf, natürlich auch von der Stelle, an der Lillemor ihr eigenes Kind bestattet hatte. Hunderte von Gaffern, Eyja-de-Lyn-Fans und Neugierigen pilgerten seither dorthin und de Lyns Bücher belegten seit Samstag die Ränge eins bis zwanzig bei Amazon.

Was Catherine Tjäder vielleicht ein wenig trösten wird, hatte Selma gedacht. Die Agentin war abgetaucht, denn auch ihr Stockholmer Büro war zur Anlaufstelle sensationshungriger Menschen geworden.

»... und ich möchte zum Schluss noch anfügen, dass wir die Aufklärung dieser Verbrechen der unermüdlichen Arbeit unserer tapferen Fahndungsabteilung verdanken, vor allen Dingen aber Kommissar Greger Forsberg von der Vermisstenstelle und seiner Kollegin, der Inspektorin Selma Valkonen. Steht doch mal auf, ihr beiden!«

»Ach du Scheiße«, murmelten Forsberg und Selma im Chor und der Kommissar hob abwehrend die Hand. Aber schon klickten die Kameras.

Nach der Pressekonferenz bat Forsberg Selma um ein Gespräch unter vier Augen. Seine Bitte klang ungewohnt förmlich, zumal sie in ihrem Büro ja sowieso immer unter vier Augen waren, und seine Stimme war plötzlich ganz grau. Selma wusste nicht, was sie davon halten sollte. Vielleicht kam jetzt die längst fällige Predigt. Okay, sie hatte es nun mal nicht so mit der Disziplin, hatte gegen eine Menge Vorschriften verstoßen. Den Anschiss dafür, dass sie Hakeröds Wagen benutzt hatte, obwohl der doch ein Beweismittel war, hatte sie allerdings schon von Gulldén kassiert.

»Kann ich mir noch einen Kaffee holen?«, fragte Selma.

»Sicher«, sagte Forsberg steif.

Vor lauter Unbehagen ließ sich Selma zu einem Small Talk mit Bergeröd und Malin am Kaffeeautomaten hinreißen, aber schließlich musste sie sich doch dem stellen, was sie erwartete, was immer es war.

»Letzte Woche haben Gulldén und ich über dich gesprochen«, eröffnete Forsberg das Gespräch.

»Ah«, sagte Selma.

»Da ist eine Stelle frei bei der Abteilung für Organisierte Kriminalität.«

Selma schwieg.

»Gulldén meint, das wäre das Richtige für dich und dein Potenzial.«

Der Kloß im Hals wurde größer.

»Und was meinst du?«

»Ich meine das auch.«

Sie nickte.

»Versteh schon. Du bist lieber allein.«

»Nein, Selma, das ist nicht wahr. Aber die Vermisstenstelle, die ist eine Sackgasse. Dort wirst du erst Kommissarin, wenn ich pensioniert werde oder vorzeitig den Löffel abgebe. Und solche spektakulären Fälle wie Valeria und Lucie, die sind die Ausnahme. Normalerweise geht es hier um Leute, die aus Altenheimen ausgebüxt sind, und um Ehemänner, die im Suff in einem Bordell versacken.«

Und um verschwundene Teenager, dachte Selma. Annika Carlberg zum Beispiel.

»Du bist viel zu gut, um hier zu versauern. Mit deinen Fähigkeiten kannst du richtig Karriere machen. Und ich möchte dir da nicht im Weg stehen.«

»Gut«, sagte Selma. »Ich werde darüber nachdenken.«

Forsberg nickte, fuhr sich über seine nachwachsenden Stoppeln und packte einige Papiere auf seinem Schreibtisch von der rechten auf die linke Seite.

Selma schob sich ein Kaugummi in den Mund.

»Okay, ich hab nachgedacht. Sag Gulldén, er kann sich seine Organisierte Kriminalität sonst wo hinstecken.«

»Wie du willst«, sagte Forsberg, und seine Stimme klang endlich wieder salbeigrün. »Aber beschwer dich nicht, wenn wir hier in zehn Jahren immer noch rumsitzen wie ein zänkisches altes Ehepaar.«

Ehepaar. Selma lächelte. Gestern war eine Mail von Leander Hansson gekommen: *Wie klingen eigentlich Polarlichter?* Und Selma hatte geantwortet: *Wie Beethovens Neunte.*

»Forsberg?«

»Was?«

»Was für ein Vogel?«

Er grinste.

»Ein Rabe, was denn sonst?«

Lillemor und Marie standen auf dem winzigen Balkon des Radisson Blu Plaza Hotels und schauten hinunter auf das Gewusel des Central Business Districts. Es war Frühling auf dieser Seite der Erdkugel, und die Sonne brannte vom Himmel, genau wie an jenem Tag ...

Es war nicht geplant gewesen. Als sie nach dem Interview in Leander Hanssons Büro gestanden hatten, hatte sein Telefon geklingelt, und Lillemor hatte sich ein Lächeln verkneifen müssen, denn der große, böse Literaturkritiker war plötzlich ein ganz normaler Ehemann, der am Telefon mit seiner Frau über Tomaten, Bohnen und Fisch diskutierte. Tinka war kein besonders häufiger Name, deshalb war sie hellhörig geworden und hatte sich, seit langem wieder einmal, an die Zeit erinnert, als sie um die Villa der Nordins herumgeschlichen war und ihre vermeintlichen Halbgeschwister beobachtet hatte: Gunnar und Tinka, die Privilegierten, die Unerreichbaren, die Verbotenen. Und dann folgte sie Leander Hanssons Blick und sah das Foto. Ja, sie war es. Tinka Nordin. Sie hatte sich in den fast zwanzig Jahren kaum verändert. Aber als Lillemor das Kind genauer betrachtete, raubte es ihr beinahe den Atem. Marie! Lillemor hatte Mühe, ihre aufwallenden Gefühle zu verbergen. Sie musste hier weg, sofort. Sie nahm ihre Tasche und ihre Jacke und wollte gehen, aber Leander winkte ihr zu und schüttelte den Kopf und beendete das Gespräch ungeduldig und mit einer kleinen Notlüge. Also ließ sie sich von ihm bis zur Pforte bringen, wo sie sich voneinander verabschiedeten.

Sie hätte hinterher nicht mehr sagen können, wie sie zur Anlegestelle der Älvsnabben gekommen war, auch wie sie das Schiff bestiegen und in Lilla Bommen wieder verlassen hatte, wusste sie nicht mehr, ebenso wenig erinnerte sie sich an den Gang durch die Stadt. Sie hatte kein Ziel, jedenfalls war es ihr nicht bewusst, sie ließ sich treiben. Aber irgendetwas führte sie zum Kungstorget, als würde sie von einem Magneten angezogen. Auf einmal stand sie auf dem Platz, vor der Bühne, noch immer benommen von diesem Erlebnis in Hanssons Büro. Und dann sah sie sie. Marie. Sie saß in dem Buggy, abgestellt neben ein paar Salatkisten, und wirkte unglücklich. *Ihr* Kind! Plötzlich war es, als hätte es die letzten sieben Monate des Alleinseins nicht gegeben und auch nicht die furchtbare Zeit davor. Das Leiden, das Sterben. Hier saß Marie, lebendig, und war kurz davor, zu weinen. Lillemor ging auf sie zu. Sie blickte weder nach rechts noch nach links, sie beachtete auch Tinka nicht, sie sah sie nicht einmal, sie sah nur das Kind. Schon bahnten sich die ersten kleinen Unmutsäußerungen ihren Weg, und Lillemor ging in die Knie und lächelte sie an. Und Marie hörte augenblicklich auf zu schmollen und blickte ihr direkt in die Augen. Wach und interessiert, als würde sie … ja, als würde sie sie *erkennen*. »Marie«, flüsterte Lillemor, und da lächelte die Kleine, und Lillemor sagte: »Komm, Marie, deine Oma hat morgen Geburtstag, wir müssen sie besuchen.«

Sie stellte sich hinter den Buggy, löste die Bremse, lauter vertraute Bewegungen, und dann ging sie mit Marie davon. Erst nach einigen Metern wurde ihr klar, was sie da tat. Aber sie konnte nicht anhalten, sie schaffte es nicht, diesen Wagen loszulassen oder mit ihm umzukehren. Nur für ein paar Stunden, sagte sie sich. Für Camilla. Im Sichtschutz der

Lieferwagen, die hinter den Marktständen parkten, schob sie Marie einfach immer weiter, ohne sich umzublicken, nur weiter, hinter der Bühne herum, dann über die Brücke, durch den Park und immer weiter durch die Straßen, bis zur Wohnung ihrer Mutter. Marie war die ganze Zeit still, und wenn Lillemor sich nach vorn beugte und sie ansah, dann erwiderte sie ihren Blick aus großen, neugierigen Augen. Sie weinte nicht.

Als Nächstes erinnerte sich Lillemor an Camillas überraschtes, mildes Lächeln und an die Frage, wo denn ihr Gepäck wäre.

»Im Hotel«, sagte Lillemor. »Ich hole es später.«

»Wann gehen wir denn jetzt endlich ins Aquarium?«, quengelte Marie.

Sie war schlecht gelaunt, kein Wunder. Lillemor hatte ihr so viel versprochen, und jetzt wagte sie sich mit ihr kaum noch auf die Straße, aus Angst, jemand würde sie erkennen. Die ganze Welt machte Jagd auf sie, und es wurde immer schlimmer. Einen Monat ging das schon so, und sie schienen die Lust daran nicht zu verlieren, was Lillemor anfangs noch gehofft hatte.

Im Gegenteil. Elf Stockwerke weiter unten hielten zwei Polizeiautos. Lillemor wich zurück. Sie kniete sich vor Marie, so wie damals, auf dem Kungstorget, und küsste sie auf die Wangen.

»Ich hab dich lieb«, sagte Lillemor.

»Warum weinst du denn?«, fragte Marie.

»Ach, nur so.«

Minuten später klopfte es an die Tür.

»Marie, machst du bitte auf?«

Und Marie, froh um jede Abwechslung, nickte und ging zur Tür und öffnete sie.

Die Polizisten drangen ins Zimmer, und Marie drehte sich erschrocken um nach ihrer Mutter. Aber die war verschwunden.

Tinka spürte Leanders Hand auf ihrer Schulter, während sie auf die Anzeigetafel blickte. Die Maschine war gelandet. Vor vier Tagen war der Anruf gekommen: Sie hatten Lucie gefunden. Am anderen Ende der Welt. Lillemor Ahlborg hatte sich schließlich selbst durch einen Anruf bei der Polizei gestellt, war aber kurz vor ihrer Festnahme vom Balkon im elften Stock des Radisson Blu Plaza Hotels in Sydney gesprungen. Praktisch vor Lucies Augen. Lucie war sofort in psychologische Betreuung gekommen. Es ginge ihr den Umständen entsprechend gut, sagten sie.

Tinka starrte jetzt nur noch auf die automatische Tür, durch die in wenigen Minuten ihre Tochter treten würde. Ihre fremde, fast sechsjährige Tochter, erzogen von einer fremden Psychopatin, und sie selbst würde eine Fremde sein für Lucie. Lucie, die nicht einmal mehr ihren eigenen Namen kannte.

Sie hatte Catherine Tjäder gefragt, wie diese ihre Tochter erlebt hatte, und die Agentin hatte gesagt, sie sei ihr aufgeweckt und zufrieden vorgekommen. »Was immer Lillemor Schlimmes getan hat, sie hat Marie ausgesprochen liebevoll behandelt.«

Liebevoll. Vor den Augen des Kindes vom Balkon des zwölften Stockwerks zu springen, war das etwa liebevoll? Aber wenigstens war man diese Frau nun für alle Zeiten los. Vielleicht hatte sie Lucie damit wirklich einen Gefallen getan. Zu sterben.

Sie hatten sofort nach Australien fliegen und sie abholen

wollen. Aber man hatte sie davon überzeugen können, dass es besser wäre, wenn sie mit Lucie gleich nach Hause gehen könnten und nicht nach der ersten Begegnung einen anstrengenden Flug mit ihr durchzustehen hätten. Eine Psychologin vom Internationalen Roten Kreuz begleitete sie jetzt hierher. Verstohlen blickte Tinka sich um. Lungerten vielleicht schon irgendwo Reporter herum?

Seit dem Bekanntwerden der Sensation war ihr Haus regelrecht belagert worden, sodass sie in einer Nacht-und-Nebel-Aktion zu Tinkas Eltern gefahren waren, wo ihr Vater drei Gorillas von einem Sicherheitsdienst angeheuert hatte, die die Paparazzi im Zaum hielten. Natürlich lauerten diese elenden Kreaturen auch schon seit Tagen auf allen skandinavischen Flughäfen, deshalb waren sie gezwungen, ihr Kind auf dem Frankfurter Flughafen zu empfangen. Sie würden dort im Hotel übernachten und Lucie dann mit dem Auto nach Göteborg bringen. Es ging nicht anders, es sei denn, man wollte ein Wiedersehen unter den Augen der sensationsgierigen Meute erleben. Ohne das Internet wäre es Lillemor vielleicht gelungen, noch länger unterzutauchen. Aber jetzt war das Leben von Tinka, Leander und Lucie plötzlich Allgemeingut geworden, jeder glaubte, ihr Schicksal ginge ihn etwas an.

Die ersten Passagiere kamen heraus.

Tinka bekam auf einmal panische Angst. Was wird aus meinem Leben? Wieder so ein Schnitt mittendurch. Sie hatte gekämpft und gewonnen. Und jetzt, wo der Kampf vorbei war, schmeckte der Sieg schal, und dort, wo bisher die Sehnsucht gewesen war und jetzt die Freude sein sollte, waren nur Furcht und das Gefühl, dass der Kampf gerade erst anfing.

Was bin ich nur für eine fürchterliche Mutter?

»Ich hab Angst«, sagte Tinka.

»Ich auch«, sagte Leander. »Aber es wird alles gut werden.« Er nahm ihre Hand. In der anderen hielt sie den kleinen Stoffaffen. Vielleicht würde Lucie den wiedererkennen.

»Wir schaffen das«, sagte Leander.

Wir.

Er würde sich wieder eingeengt fühlen, so wie damals, würde ausbrechen, sie betrügen. Aber ich werde zu Ende bringen, was ich angefangen habe, sagte sich Tinka, die den Moment der Schwäche überwunden hatte. Ich werde eine Familie haben. Einen Mann und eine Tochter.

Dann sah Tinka die Frau durch die Tür kommen und das Kind, dieses große Kind, an ihrer Seite. Lucie. Die Frau sagte etwas zu ihr und deutete in ihre Richtung. Und Lucie schaute ihr in die Augen, mit diesem Blick, den Tinka nie vergessen hatte.

Karin Fossum

Ein atemberaubender Fall: Kommissar Konrad Sejer ist zurück

Karin Fossum
Eine undankbare Frau

Johnny Beskow liebt es, Unfug zu treiben. Täglich bringt er seine Mutter auf die Palme oder verschreckt heimlich die Nachbarn mit seinen makabren Streichen. Bald treibt der misanthropische Junge es so weit, dass der alternde Kommissar Sejer sich des Falles annimmt. Noch während der laufenden Ermittlungen überschlagen sich die Ereignisse, und Johnny Beskow begeht einen fatalen Fehler ...

Weitere Informationen: www.berlinverlag.de